여러분의 아름다운 공간에
우진의 이야기가 행복한 온기로 남길 바랍니다.

은재 올림.

골든 프린트

—

7

골든 프린트 7

지은이 은재
펴낸이 임상진
펴낸곳 (주)넥서스

초판1쇄 인쇄 2020년 11월 6일
초판1쇄 발행 2020년 11월 13일

출판신고 1992년 4월 3일 제311-2002-2호
10880 경기도 파주시 지목로 5
Tel (02)330-5500 Fax (02)330-5555

ISBN 979-11-90927-63-5 04810

이 도서의 국립중앙도서관 출판예정도서목록(CIP)은 서지정보유통지원시스템
홈페이지(http://seoji.nl.go.kr)와 국가자료공동목록시스템(http://www.nl.go.kr/
kolisnet)에서 이용하실 수 있습니다. (CIP제어번호 : CIP2020040863)

www.nexusbook.com

은재 지음

제2막

골든 프린트

GOLDEN | PRINT

7

——— 디자인을 완성시킬 단 하나의 선, Golden Print ———

BOOK CAT

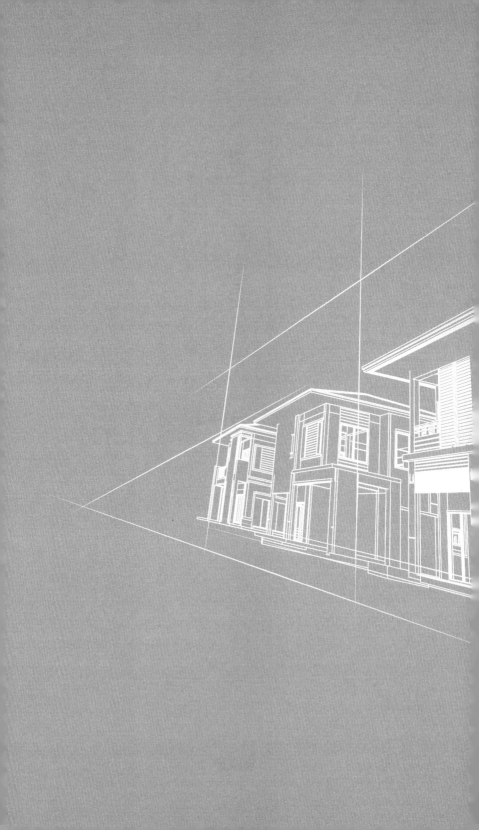

차례

또 다른 도전

그날 우진의 입학식 축사는 당연히 SNS에 떠돌기 시작했다. 그가 단상에서 한 이야기를 처음부터 끝까지 영상으로 촬영한 신입생만 열 명은 되었으니 그것이 SNS에 올라오지 않을 수가 없던 것이다.

가장 처음 올라온 영상은 순식간에 몇만 뷰 이상의 조회수를 찍었다. 우진의 축사가 대단했기 때문이라고는 할 수 없었다. 다만 최근 우진과 관련된 이슈가 인터넷에 너무나 뜨거운 상황이었고, 이런 때에 우진의 비공식적인 활동과 관련된 영상이 올라온 것이었으니 네티즌들 입장에서는 관심이 생기는 게 당연한 이치였을 뿐이다.

당연히 댓글도 수백 개 이상 달렸다. 그중 절반 이상은 순수히 흥미를 느끼는 사람들이었고, 그 나머지의 절반 정도는 우진을 찬양하는 팬들, 나머지 중 일부는 우진의 이러한 연설을 못마땅해 하는 악플이었다.

젊은 꼰대라는 등, 지가 뭐라도 된 줄 안다는 등 그런 이야기들 말이다. 물론 건축가 협회와의 여론전에서 이보다 훨씬 더 심한 악

플도 많이 경험해본 우진에게 그런 악플들이 딱히 대미지를 주지는 못했지만 말이다.

'꼰대 맞지, 뭐. 내 나이가 몇 갠데.'

아침부터 대표실에 앉아 커피를 마시며 업무를 준비하던 우진은 눈에 띄는 기사 몇 개를 확인하고는 피식 웃었다. 사실 어제 축사를 할 때에는 느끼지 못했지만, 집에 돌아온 뒤부터는 조금 민망함을 느꼈던 우진이었다.

이제 겨우 인정받기 시작한 디자이너일 뿐인 자신이, 마치 대단한 사람이라도 된 양 이야기를 한 건 아닌가 하는 생각이 든 것이다. 하지만 후배들에 대한 우진의 마음은 진심이었고, 그의 연설 또한 결코 보여주기 식이 아닌 진정성 있는 것이었다. 그래서 우진은 자신의 진심이 신입생들에게 잘 전달되기만 했다면, 그것으로 되었다고 생각하였다.

딸깍-

출근하자마자 회사 메일에 쌓인 업무들을 쭉 확인한 우진은 곧 다시 컴퓨터를 끄고 자리에서 일어났다. 일찍 출근했음에도 불구하고, 여유 부릴 시간은 없었다. 공휴일과 주말, 입학식으로 인해 사실상 3월의 첫 출근이었던 오늘, 길게 쉰 만큼 할 일은 쌓여있었으니까. 우진은 책상 위의 수화기를 들어 비서실 번호를 눌렀다.

"회의 준비 다 됐죠?"

[네, 대표님.]

오늘 오전에 잡혀있는 회의는 원래 청담 아르코의 브랜딩 기획 회의였다. 이제 다진건설과의 설계조율은 다 끝났으며, 분양준비를 할 단계였으니 말이다. 만약 아르코가 이미 인지도 있는 기성 브랜드라면 홍보 전략만 짜면 될 터였지만, 이제 첫 출범하는 브랜드인 만큼 신경 써야 할 부분이 한두 가지가 아니었기에 오늘 잡힌 회의가 벌써 세 번째 브랜딩 회의였던 것.

하지만 어제 우진이 윤치형 교수를 만나고 온 덕에 회의에 이슈거리가 하나 더 생겨났다. 그것은 당연히 마곡의 새 컨벤션 센터인 M-tec의 설계 건과 관련된 것이었다.

"지금 내려가겠습니다."

[넵, 알겠습니다!]

WJ 타워에는 회의실이 몇 군데 있었지만, 이렇게 중요한 실장급 회의를 할 때 사용하는 장소는 항상 바로 아래층의 회의실이었다. 나선형 계단을 따라 회의실로 내려가던 우진은 문득 이런 생각을 떠올렸다.

'올해도 만만찮게 바쁘겠군.'

상반기에 출범 예정인 WJ 스튜디오의 첫 브랜드 아르코부터 시작해서, 이미 진행 중인 이천시 공공건축들과 마곡 컨벤션 센터까지. 바쁘다는 생각을 시작한 지 벌써 4년 차였지만, 우진은 여전히 바쁘게 달리고 있었다.

—— * ——

윤치형 교수는 우진에게 '기회'를 준다고 했다. 그 기회란 조만간 공시에 뜰 마곡 뉴 컨벤션 센터인 마곡엠텍의 건축설계·디자인 공모. 그런데 여기서 한 가지 궁금증이 생길 수 있다. 공시까지 뜨는 공모에 참가하는 것을 왜 윤치형이 '기회'씩이나 준다고 표현했던 것일까?

그리고 마치 치형의 기회를 우진에게 양보해주는 것처럼 말했는데, 어차피 공모라면 누구나 다 참여해도 되는 것은 아닐까? 누구나 참여할 수 있는 공모를 양보해준다는 게 말이 되는 것일까?

결론부터 말하자면 당연히 그런 개념이 아니었다. 그런 부분이었다면, 애초에 치형이 그렇게 거창하게 이야기하지도 않았을 테니까. 이 공모는 말 그대로, 아무나 참가할 수 있는 공모가 아니었던 것이다.

"그러니까… 민영사업인 거군요, 대표님."

"얼마 전에 사업권 7할 이상이 해외 사모펀드로 넘어갔으니까요."

"그럼 국내 시행대행사에서 외주를 받았다고 보는 게 맞겠고…."

"대표님 말씀 듣고 기사 좀 찾아봤는데, 사업권이 2회 정도 유찰된 적 있더라고요. 그래서 이번에 비교적 싸게 팔린 것 같아요."

국가에서 주관하는 공공사업이야 모든 공모 과정이 투명하게 공개돼야 한다. 일단 공모 참가 자격부터도 딱히 제한을 두지 않으니 말이다. 하지만 민영사업의 설계 공모는 사업 주체가 전권을 쥐고 있다. 애초에 공모를 열든 내부 디자인 팀이 설계를 하든 아니면 기존 거래처에 설계를 맡기든 누구도 터치할 수 없는 게 당연했으니 말이다.

그래서 전시 건축 디자인 쪽으로 이름 있는 건축가인 윤치형 교수에게도 제안이 왔던 것이고, 사실상 이 제안을 받지 못한 설계사무소의 설계는 공모에 투고한다 해도 검토조차 받지 못한다. 다만 우진의 경우 제안을 받은 윤치형이 시행사 쪽에 역으로 추천해준 케이스였으니, 그가 자신의 기회를 넘겨준 게 맞다 볼 수 있었다.

"사업 규모가 엄청나네요."

"아무래도 그렇죠. 러프하게 책정된 공사비만 해도 왕십리 패러 필드 세 배는 되니까요."

"서울 내에 이 정도 규모의 컨벤션 센터가 생긴다니…."

그렇다면 이렇게 사업 주체가 전권을 가진 불투명한 공모전의 경우 공공사업보다 훨씬 더 비리와 부정이 판치지는 않을까? 언뜻 그렇게 생각할 수도 있겠지만, 실상은 오히려 그렇지 않았다. 이런 민영기업의 경우 설계의 퀄리티가 곧 사업성으로 이어진다.

특히나 해외 사모펀드 같은 사금융이 끼어있는 경우 모든 것이 자본의 논리에 의해 굴러가다 보니 오로지 설계실력과 디자인 퀄리티가 모든 것을 결정짓게 되는 것이다. 그 사업적 손해를 메울 만큼의 로비를 받는다는 게 성립하기 힘든 조건이었기 때문에, 이렇게 규모가 큰 사업일수록 그런 일은 일어나기 쉽지 않았다.

"완성되면 멋지겠네요."

"저희가 따내야죠. 이런 기회 흔치 않은 거, 다들 잘 아시잖습니까?"

"하하, 물론입니다, 대표님. 쉽진 않겠지만… 최대한 노력해봐야지요."

그리고 WJ 스튜디오의 실무진들은 그런 이치들을 아주 잘 알고 있기 때문에 회의가 시작되자 더욱 의욕을 불태우고 있었다. 청담 아르코의 브랜딩 회의가 얼추 마무리된 뒤 본격적으로 마곡 컨벤션 센터에 대한 논의가 시작되자, 실무진들은 다들 눈을 반짝이며 저마다 의견을 내기 시작한 것이다.

"어쩌면 이번 기회에 설계팀 인력을 더 충원해야 할 수도 있습니다, 대표님."
"사람 구하는 게 쉽지 않은데…."
"경력이 필요해서 그렇죠?"
"아무래도 이번 프로젝트에 바로 투입하려면, 최소 3년 차 이상은 되는 경력직이 필요하니까요."

이미 WJ 스튜디오는 많은 작업들을 해왔고, 그중에는 어지간한 설계사무소가 건드려보지도 못했을 대형 프로젝트도 더러 있었다. 하지만 이 마곡 컨벤션 센터 프로젝트는 그중 가장 규모가 컸던 성수지구 설계 프로젝트와 비교하더라도 꿀리지 않는 볼륨이었다.
게다가 공공이 아닌 민영이 주체가 되는 사업이기에 남는 것은 오히려 더 컸다. 방금까지 두 시간이 넘게 브랜딩 회의를 했음에도 불구하고, 실무진들이 눈을 빛내며 열정적으로 회의를 할 수 있는 이유였다. 가만히 이야기들을 듣던 우진이 입을 열었다.

"사업이 매력적이고 묵직한 만큼… 그리고 사업 주체가 해외에 있는 만큼."

우진이 잠시 뜸을 들이자 모두가 그에게로 시선을 모았고, 우진이 다시 입을 열었다.

"이번 공모에는 분명, 해외 유명 설계사무소들도 많이 들어올 겁니다."

실무진들이 고개를 끄덕이자, 우진의 말이 계속해서 이어졌다.

"그러니까 제가 하고 싶은 이야기는, 지금껏 저희 회사에서 참가했던 그 어떤 공모보다도 경쟁이 치열할 거란 말이지요."

WJ 스튜디오라고 해서 지금까지 모든 설계 경쟁에 승리한 것은 아니다. 회사가 커오는 과정에서 우진이 아닌 다른 실무자가 주체가 되어 공모에 참여했던 적도 많았고 그 과정에서 다른 업체에 설계권을 뺏긴 적도 당연히 있었으니까.

하지만 이제까지 전력투구로 진행한 프로젝트의 사업권을 뺏긴 적은 없었는데, 그럼에도 이번 프로젝트는 쉽지 않을 것이라고 우진은 생각하였다. 물론 그렇다고 해서 하지 말자는 얘기는 아니었지만 말이다.

설계팀장 하나가 웃으며 우진을 향해 물었다.

"각오 단단히 하라는 말씀이시죠?"

옆에 있던 기획실장도 씨익 웃으며 덧붙였다.

"진행할 생각 없으셨으면, 애초에 회의에 가지고 나오지도 않으셨을 분이니…."

지금까지 가만히 듣고만 있던 진태도 한마디 덧붙였다.

"빡세게 한번 해봐야죠."

이번에는 재무실장이 얘기했다.

"그래도 사업 주체가 해외에 있다면, 미당선 설계에 대해서 얼마라도 디자인 페이가 나올 겁니다. 물론 확인은 해봐야 하겠지만요."

"그럼 더 고민 없이 전력투구할 수 있겠군요. 인건비라도 건질 수 있다면…."

직원들의 이야기를 듣던 우진은 기분이 좋아지는 것을 느꼈다. 처음 윤치형에게 이 프로젝트에 대해 들었을 때 자신과 마찬가지로 이 자리에 있는 모든 직원들도 순수한 열정을 불태우고 있는 게 느껴졌으니 말이다. 그래서 저도 모르게 입가에 웃음을 띤 우진이 다시 이야기를 시작했다. 이건 실무진들에게도 처음 하는 이야기였다.

"만약 설계 채택된다면, 이곳에서 열릴 첫 번째 전시는 2017 서울 모터쇼가 될 겁니다."

"오…!"

"좋네요. 모터쇼라니."

가만히 회의 내용을 메모하고 있던 석현도 모터쇼라는 말에 화들짝 고개를 들었다.

"모터쇼? 정말입니까, 대표님?"

반사적으로 반말을 하려 했던 석현은 회의 자리라는 것을 깨닫고 황급히 존대를 하였고, 석현이 평소에 자동차광이라는 사실을 잘 알고 있는 사람들은 한바탕 웃음을 터뜨렸다. 우진도 피식 웃었고 말이다.

"정말입니다, 이사님. 어떻게, 열정이 좀 더 생기시는지요?"

구체적인 계획에 대한 논의는 더 세부적으로 해야겠지만, 여기까지 이야기가 나왔다는 사실만으로 한 가지는 확정되었다. 그 어떤 실무인원의 반대 없이, 만장일치로 이번 프로젝트 진행이 픽스되었다는 사실 말이다.

"디자인 실장님."

"네, 대표님."

"일단 점심 식사하시고, 오늘 오후에 바로 디자인팀 회의 잡아도 될까요?"

"전체 회의는 좀 힘들 것 같습니다. 지금 작업 중인 일이 있는지라…."

"다 오실 필요는 없어요. 팀장급 이상만 모여서 콘셉트 회의부터 시작해보도록 하죠."

"알겠습니다. 그 정도라면 문제없습니다."

어느 정도 가닥이 잡히자, 우진은 구체적인 플랜을 정했다. 각 파트별로 해줘야 할 일들이 정해져 있었으니, 각각 러프하게라도 일정을 산정한 것이다. 하여 모든 일정이 정해지자, 우진은 천천히 자리에서 일어났다.

"그럼 우리, 오전 회의는 여기서 마무리하기로 하고…."

그런데 그때, 디자인 실장이 우진을 향해 다시 물었다.

"그럼 대표님, 오후 디자인 콘셉트 회의는 2시쯤으로 잡으면 될까요?"

"아, 아뇨. 제가 점심에 약속이 좀 있어서…."

우진이 시계를 확인하며 말을 이었다.

"4시 반 정도가 좋겠네요."

"넵. 알겠습니다."

"7시 전엔 회의 끝내드릴 테니 걱정 마세요, 하하."

우진은 오늘 점심, 꽤 중요한 약속이 하나 잡혀있었다. 이 약속에서 만날 사람은 이번 컨벤션 센터의 디자인 콘셉트에 꽤 큰 영감을 줄지도 모를 사람이었다.

— * —

우진의 점심 약속장소는 무척이나 가까운 곳이었다. WJ 타워 내에 입점해있는 고급 중식 레스토랑이 오늘 점심약속이 잡혀있는 식당이었으니 말이다. 가격이 좀 비싸긴 했지만, 맛도 좋고 분위기도 괜찮은 데다 WJ 타워 내 식당들 중에 가장 조용한 프리미엄 레스토랑. 그렇기에 우진은 중요한 손님을 만날 때면 종종 이 식당을 애용했다.

"대표님, 오셨어요?"

"안녕하세요, 사장님. 예약은 되어있죠?"

"물론이에요. 이쪽으로…."

우진의 얼굴을 알고 있는 레스토랑의 사장이 친절히 예약된 방으로 안내해주었고, 우진은 먼저 그 안에 들어가 음식을 주문하였다.

16

"A코스로 3개 주세요."

"세 분이신거죠?"

"네, 아마 곧 도착하실 겁니다."

"그럼, 준비하겠습니다."

오늘 우진의 약속은 정말 타이밍 맞게 잡힌 약속이었다. 만나기로 한 인물이 우진만큼이나 바쁜 사람이었는데, 마침 가장 좋은 타이밍에 시간이 맞았으니 말이다. 그 바쁜 사람이란 다름 아닌 석중의 친구 석호. 우진은 석호를 석중에게 소개받은 이후 계속 연을 이어오고 있었다. 자리에 앉은 우진은 잠시 어젯밤 통화를 떠올렸다.

[형님, 통화 괜찮으세요?]

[오, 셀럽 우진이가 전화도 다 걸어주고, 이거 황송하네.]

[하하, 셀럽은요 무슨. 요즘 많이 바쁘시죠?]

[나야 뭐, 바쁜 척하는 한량이지. 그런데 무슨 일이야?]

[지난번에 저희 사옥 한번 놀러 오신다고 하셨잖아요?]

[그랬지.]

[혹시 언제 시간 가능하세요? 저도 형님 뵙고 여쭙고 싶은 부분이 좀 생겨서요.]

귀국한 이후 석호는 아직 기반을 만드는 중이었지만, 미국에서는 손에 꼽을 정도로 인정받는 큐레이터였다. 큐레이터란 결국 전시에 관련된 모든 부분에 관여를 하는 포지션. 때문에 석호야말로 이번 프로젝트에서 우진에게 가장 큰 도움을 줄 수 있는 사람이었다.

우진은 건축을 잘 알지만 전시 디자인 경험은 많이 없었고, 해서 이번 마곡 전시장을 설계함에 있어서 석호에게 조언을 좀 받고 싶었던 것이다. 디자인 자체에 대한 조언이 필요한 것은 아니다. 전시 디자인과 큐레이팅은 또 다른 영역이었으니까.

다만 실질적으로 전시가 어떻게 기획되고 진행되는지 그 과정에 대한 이야기들을 듣는다면, 공간구조의 설계 과정에서 큰 도움이 될 터. 우진은 이런 얘기들을 석호에게 하였고, 석호는 기분 좋게 대답하였다.

[그런 부분이라면 정말 내가 도움이 될 수도 있겠는데?]

[오…!]

[그럼 혹시 내일은 어때?]

[내, 내일요?]

[마침 내일 낮 시간이 비어서 말이야. 너만 시간 괜찮다면.]

약속이 조금 급한 감이 있었지만, 우진은 긴 고민 없이 그의 제안을 수락하였다. 생각해보면 우진의 입장에서도 본격적인 설계 회의가 들어가기 전, 석호의 조언을 먼저 들어보는 게 더 좋을 것 같았으니 말이다.

[그럼 내일 점심 식사 어떠세요, 형님? 제가 식사라도 대접하겠습니다.]

[좋아. 내가 그럼 내일 점심에 너희 사옥으로 갈게.]

[감사합니다.]

그런데 그렇게 통화를 끊기 전, 석호는 우진에게 생각지 못했던 제안을 하나 하였다.

[아, 참. 우진아.]
[네?]
[사람 한 명 데려가도 될까?]
[사람…이요?]

뜬금없이 우진에게 도움을 줄 만한 사람이 있다며, 함께 가도 되냐고 한 것이다. 우진은 좀 당황했지만, 그렇다 해서 거부할 이유도 없었다. 도움이 될 만한 좋은 인맥이라면, 알아둬서 나쁠 게 없었으니까. 특히나 석호같이 자기 일하기 바쁜 사람이 터무니없는 사람을 우진에게 소개시켜줄 리는 없다고 생각했다.

[뭐, 좋습니다.]
[하하, 그래. 그럼 내일 보자고.]
[예, 형님!]

그래서 석호를 기다리는 중, 우진은 석호가 데려온다던 그 사람이 문득 궁금해졌다.
'나한테 도움이 될 만한 사람이라…. 누굴까?'
약속장소에 오기 전까지만 해도 크게 궁금하지 않았는데, 막상 기다리기 시작하니 궁금증이 증폭되기 시작한 것. 그런데 우진이 그런 생각을 하고 있던 그때,
또각- 또각-

누군가의 걸음소리가 들려오기 시작하였다.

— * —

텅-

택시의 문을 닫고 내린 석호는 길가에 높게 솟은 건물을 보며 감탄하였다.

"키야… 건물 간지 나네."

그러자 그보다 먼저 내려 서있던 여자가 그에게 핀잔을 주었다.

"뭐야, 오빠. 여긴 왜 온 건데?"

길게 묶어 올린 포니테일에, 동그란 뿔테안경을 쓴 단아한 외모의 여성. 그녀를 힐끔 본 석호가 피식 웃으며 대꾸하였다.

"왜 왔긴, 약속 있어서 왔다니까?"

"약속장소가 WJ 타워였어?"

"어, 여기 유명한 중식집 있다던데?"

"WJ 타워야 맛집 많기로 유명하지."

"그래?"

"나 성수동 자주 오잖아. 몰랐어?"

"그걸 내가 어떻게 아냐?"

오늘 석호가 우진과의 약속에 데려온 사람은 다름 아닌 그의 학교 후배였다. 석호가 유학파였으니, 그의 후배도 당연히 미국 유학생 출신. 그녀는 석호와 꽤 친한 사이였다. 선후배 관계를 떠나서 석호가 큐레이터로 일할 때에도, 꽤 오랜 시간 함께 일했던 동료이기도 했으니 말이다.

"나한테 맛있는 밥 먹여주려고 여기까지 데려온 건 아닐 테고…."

"잘 아네."

"대체 뭔데? 만날 사람이 있다는 건 누구야? 남자라도 소개시켜 주려고?"

"오, 제법 날카로운데?"

"정말? 남자? 나 화장도 제대로 안 하고 나왔는데?"

"한 다섯 살 연하도 괜찮다면…."

"아니, 안 괜찮아. 휴우, 이 오빠한테 기대한 내가 바보지."

"윤민선, 오늘 왜 이렇게 까칠해?"

"오빠가 까칠하게 만들잖아."

석호의 후배인 민선은 석호와 같은 전공을 했지만 다른 길을 걷고 있는 인물이었다. 미술사와 미술품 컬렉팅 그리고 전시기획에 관심 있던 석호와 달리, 민선의 관심사는 공간 디자인이었으니 말이다. 그래서 민선이 전공한 분야는 다름 아닌 전시 디자인. 그녀는 석호와 달리 한국에 입국한 지 오래됐고, 이미 한국에서도 꽤 유명한 전시 디자이너였다.

"아무튼, 너 오늘 나한테 고맙다고 절해야 할지도 몰라."

"아니, 대체 얼마나 대단한 사람을 소개시켜주려고…."

"그만 떠들고 따라오기나 하시지? 약속시간 다 돼간다."

"알겠어. 밥이라도 맛있었으면 좋겠네."

석호는 일부러 민선에게 우진을 만나러 간다는 이야기를 하지 않았다. 그것은 일종의 장난이었다. 평소에도 그는 민선에게 장난 치기를 좋아했는데, 오늘은 그녀를 크게 놀려줄 수 있는 아주 좋은 기회였으니까. 석호가 알기로 민선은, 평소 우진의 팬이었다.

또각- 또각-

그래서 약속장소에 도착해 룸의 문을 열었을 때, 석호는 무척이나 기대하며 두 사람의 대면을 지켜보았다.

드르륵-

그리고 다음 순간,

"…!"

"어, 형님! 오셨어요?"

우진을 발견한 민선은, 당황한 나머지 말을 더듬었다.

"서, 서우진…?"

— * —

우진을 발견하자마자 헛바람을 집어삼킨 민선은 당황한 표정으로 횡설수설하였다.

"죄, 죄송해요. 제가 너무 놀라서 말실수를….."

"하, 하하. 아닙니다. 말씀하신 대로, 서우진입니다. 처음 뵙겠습니다."

우진이 건네는 명함을 받아 든 뒤에는 더욱 안절부절못했고 말이다.

"저는 윤민선이라고 해요. 아차차, 제 명함이 어디 있을 텐데…

잠시만요."

민선은 너무 당황하여 어쩔 줄 몰라 했지만, 사실 놀란 것은 그녀 뿐만이 아니었다. 그녀와 마주한 우진 또한, 그녀만큼은 아닐지언 정 꽤나 놀랐으니 말이다.

'윤민선이라… 혹시 내가 아는 그 윤민선인가?'

민선은 2013년인 이 시점에도, 전시 디자인 쪽에서 꽤 유명한 디자이너였다. 30대 젊은 디자이너들 중에서, 유일하게 국제 전시 디자인 컨퍼런스에 초대받았을 정도였으니 말이다. 전생에 딱히 전시 디자인 관련된 일을 하지 않았던 우진도 그녀의 이름을 들어 보았을 정도. 그래서 그녀의 명함을 받아 든 우진은 속으로 꽤 놀 랄 수밖에 없었다.

'내게 도움이 될 사람이라더니… 역시 빈말이 아니었네.'

얼굴과 이름만 듣고 긴가민가했던 그녀의 정체가 명함을 확인하 고는 확실해졌으니까.

[디자이너 - 윤민선]
[IEA 소속 프리랜서]

IEA는 International Exhibition design Association. 즉, 국제 전 시 디자인협회의 약자였고, 이곳에 소속된 한국인 전시 디자이너 는 그리 많지 않았다. 그래서 우진은 환히 웃었다. 그녀의 조언을 받을 수 있다면, 디자인 설계까지도 아주 큰 도움이 될 테니까.

"오늘 서우진 대표님을 만나 뵙는 자리인 줄은 몰랐어요. 진짜 영광입니다."

"유명한 디자이너님을 뵙게 되어 저도 영광입니다. 석호 형님 덕에 또 이렇게 뵙게 되네요."

우진의 말에, 옆에서 두 사람의 대면을 지켜보던 석호가 의아한 표정으로 우진을 향해 물었다.

"너, 얘 알아?"

그에 우진은 대수롭지 않은 표정으로 고개를 끄덕였다. 민선은 우진이 작년 코엑스 리빙페어에 참가할 때도 전시 디자인 자문을 받을 디자이너 중 한 명으로 고민했던 사람이었으니 말이다.

"네, 전시 디자인 쪽에서 유명하시잖아요. 당연히 알고 있죠."

그 대답에 민선은 더욱 호들갑을 떨었고,

"헉, 저를 아신다고요?"

"그렇습니다."

"대, 대박!"

석호는 뭔가 못마땅한 표정으로 고개를 절레절레 저었다.

"아니 얘가 그렇게까지 유명한 애는 아닌데….'

"시끄러, 오빠. 오빠는 좀 빠져있어."

"야, 너. 오빠 덕에 오늘 우진이도 만났는데!"

"오빠가 미리 안 알려줘서 화장도 안 하고 왔잖아!"

"연하는 별로라며?"

"제발, 오빠. 그 입 좀 다물어주면 안 돼?"

그리고 두 사람이 티격태격하는 것을 보며 우진은 웃을 수밖에 없었다. 석호도 그렇게 평범한 캐릭터는 아니었지만, 민선은 정말 특이하고 재밌는 인물이었다. 잠시 그 모습을 지켜보던 우진이 헛기침을 하며 다시 입을 열었다.

"두 분, 일단 앉으시지요. 식사는 주문해놨습니다."

"그, 그래요. 제가 너무 주책이었죠?"

"내가 너무 시끄러운 앨 데려왔지? 미안하다."

"아, 진짜. 이 오빠가…!"

첫 대면부터가 시끌벅적해서인지, 세 사람의 대화는 어색함 없이 자연스럽게 이어졌다. 사실 어떻게 만났더라도 그들의 대화가 어색할 수는 없었을지도 모른다. 평소 우진의 팬이었던 민선이 자리에 앉자마자 폭풍 같은 수다를 쏟아내었으니 말이다.

"진짜 진짜, 꼭 한번 뵙고 싶었어요."

"저를요?"

"네, 사실 제가 우진 씨 팬이거든요."

"가, 감사합니다."

"왕십리 패러필드에 그 파빌리온은 진짜 충격이었어요. 제가 미국에서도 그런 디자인은 본 적이 없었거든요."

"하, 하하."

"사실 처음에는 우진 씨가 방송인인 것도 몰랐어요."

"제가 그렇다고 방송인은 아닌데…."

"어머, 방송인이 아니라뇨. 거의 연예인이신데."

"…."

"무튼, 저는 그 파빌리온 처음 본 뒤로 우진 씨 팬이 됐어요."

"감사합니다."

"여기 WJ 타워도 우진 씨 작품이라면서요?"

"그런… 셈이죠?"

"요즘은 무슨 프로젝트 준비하세요? 아, 맞다. 이천에 세트장도 한번 가봐야 하는데…."

민선은 정신이 혼미해질 정도로 말이 많았지만, 그럼에도 비호감이 느껴지는 타입은 아니었다. 오히려 그녀가 말이 많은 덕에 우진도 스스럼없이 하고 싶던 이야기들을 쉽게 꺼낼 수 있었다.

"아, 사실 제가 이번에 설계 공모를 하나 새로 들어가는데…."
"오! 어떤 공모예요?"
"마곡 M-Tec이라고, 이번에 마곡지구에 새로 컨벤션 센터 하나 착공하거든요."
"아, 정말요?"
"네, 거기 설계 공모인데… 이게 꽤 규모가 큰 사업이거든요."

우진은 민선과 석호를 향해, 프로젝트에 대해 좀 더 상세히 설명하기 시작하였다. 그러는 사이 코스 요리는 나오기 시작했고, 대화는 점점 더 깊게 이어졌다.

"그러니까…. 건축설계라는 게 결국, 그 건축물을 사용하는 사용자들의 시선에서 가장 좋은 공간이어야 하잖아요?"
"그렇죠?"

민선과 석호는 무척이나 흥미진진한 표정으로 우진의 이야기를 듣고 있었고, 그런 두 사람을 향해 우진이 본론을 꺼내기 시작했다.

"사실 그래서 오늘 석호 형님을 뵙고 싶었던 겁니다. '사용자'의
입장에서 '전시장'이라는 공간에 대한 의견들을 최대한 많이 들어
보고 싶었거든요."

우진이 눈을 빛내고 있는 민선을 슬쩍 응시하며 한마디 덧붙였다.

"게다가 이렇게 전시 디자이너인 민선 씨까지 뵙게 되었으니…
저는 오늘 정말 운이 좋네요."

— * —

앞서 언급했던 것처럼, 큐레이팅과 전시 디자인은 다른 영역이
다. 그리고 엄밀히 따지자면, 전시 디자인과 건축 디자인도 완전히
다른 영역이라고 할 수 있다. 물론 커다란 카테고리 안에서는 건축
이라는 대전제 안에 전시 디자인이 들어간다고 생각할 수도 있겠
지만, 그것은 표면적으로만 그렇게 보일 뿐이다.

물론 공간을 디자인한다는 점에서 두 분야가 비슷해 보일 수도
있겠지만, 디자인의 포커싱이 완전히 다른 것이다. 건축이 아름답
고 편리한 공간을 설계하는 데에 초점이 맞춰져있다면, 전시 디자
인은 '해당 전시'를 얼마나 방문객들에게 아름답게 전달할 수 있느
냐에 포커싱이 맞춰져있었으니까.

그나마 우진은 일반적인 건축가들보다 전시 디자인에 대한 이해
도가 좀 더 높은 편이었는데, 그 이유는 간단했다. 우진은 건축 이
전에 인테리어에 대한 공부를 많이 했었고, 인테리어는 건축이라
는 카테고리보다 좀 더 전시 디자인에 가까운 소분류였으니 말이
다. 그래서 우진은 지금 눈앞에 있는 민선의 이야기들이 귀에 쏙쏙
들어왔다.

"모든 디자인은 스토리를 가지고 있어요. 그렇죠?"

민선의 말에 우진이 고개를 끄덕였다.

"물론입니다. 스토리가 있어야 영감이 생기고, 디자인에 생명력이 생기는 법이죠."

디자인에 대한 이야기가 나오기 시작하자, 백치미 넘치던 민선은 완전히 다른 사람이 되어있었다.

"제가 건축에 대해 잘 아는 건 아니지만, 전시 디자인이라는 분야는 건축보다도 그 '스토리'가 더 구체적인 영향을 미쳐요."

"이를테면요?"

"전시 디자인에서 제일 중요한 것은, 해당 전시에 담겨있는 '보이지 않는 이야기'거든요."

"보이지 않는 이야기라…."

"물론 디자이너가 가지고 있는 철학이라든가 미학이 담기지 않을 수야 없겠지만, 그 이전에 전시 자체가 가지고 있는 아름다움과 스토리를 방문객들에게 오롯이 전달하는 게 더 중요한 일이죠."

"맞는 말씀이네요."

"전시라는 건 저마다 목적을 가지고 있거든요. 상업적 전시이든, 어떤 예술작품의 전시이든…."

우진은 흥미진진한 표정으로 민선의 이야기를 계속 듣고 있었다. 만약 노트와 펜을 가지고 있었다면, 체면 같은 것은 생각지 않고 메모를 하고 있을지도 몰랐다. 우진이 말했다.

"상업적 전시는 해당 상품들의 매력을 방문객에게 전달하는 게 가장 중요할 테고… 예술작품의 전시에서는 그 작가와 작품에 담긴 스토리가 중요하다는 거겠네요?"

민선이 가볍게 손뼉을 치며 대답했다.

"바로 그거죠. 이를테면 작가가 예술이라는 언어를 통해 담아놓은 자신의 스토리를 시각적인 언어로 방문객들에게 번역해주는 역할이라고 할 수 있겠네요."

우진이 물었다.

"그렇다면 그 '번역'이라는 걸 하기 위해선, 민선 씨가 먼저 그 작가님의 스토리에 대해 이해해야 하잖아요?"

"그렇죠?"

"민선 씨에게는 누가 번역해주나요?"

우진의 재밌는 질문에, 민선이 웃으며 대답하였다.

"호호, 당연히 전시의 주체가 되는 작가님이 해주시죠. 전시에 담긴 스토리라든가, 의도라든가… 그래서 가장 어려운 전시가 이미 작고하신 작가님들의 전시예요. 제게 일차적으로 본인의 이야기를 해줄 사람이 없는 거니까요."

"그럴 땐 어떻게 해요?"

"저를 그 작가님께 대입해보죠. 내가 만약 그 작가님이었다면? 그랬더라면 이 전시에 어떤 스토리를 담고 싶었을까?"

민선과 석호 그리고 우진의 대화는 꽤나 전시 디자인의 본질에 가까운 것들이었다. 얼핏 들으면 이번에 우진이 설계할 컨벤션 센터와는 큰 연관이 없어 보일 정도. 하지만 애초에 우진은 디자인 설계에 대한 조언을 듣고 싶은 게 아니었고, 전시와 전시 디자인이라는 분야에 대한 이해도를 높이기 위해 석호를 만나고자 했던 것이다. 그랬기에 이러한 대화들은 분명 큰 도움이 되고 있었다.

한참 이야기를 듣던 우진이 이번에는 석호를 향해 물어봤다.

"형님은 그럼, 여기 민선 씨랑 같이 일을 하셨던 거예요?"

석호가 고개를 끄덕였다.

"음. 그렇지? 미국에 있을 때 한 2년 정도…? 그땐 완전히 햇병아리였는데, 하하."

민선이 째려보자 석호는 움찔했지만, 그래도 계속해서 말을 이었다.

"얘가 처음 우리 미술관에 왔을 때, 난 대충 5년 차 정도였어. 한창 나도 그렇고 우리 미술관도 그렇고 성장하던 시기였지."

"진짜 그 시기가 제일 힘들었던 시기였어요."

불쑥 끼어든 민선의 말에, 흥미로운 표정이 된 우진이 물어보았다.

"왜요? 일이 많았나요?"

민선이 고개를 주억거리며 대답했다.

"장난 아니었죠. 야근 없는 날이 없었고, 주말 출근은 기본이었을 거예요. 그때 정말 많이 배우긴 했지만… 다시 그렇게 하라면 어휴, 못할 거예요."

두 사람은 당시에 있던 일들을 하나둘 이야기해주었고, 그 과정에서 우진은 재밌는 부분들을 캐치할 수 있었다.

'큐레이터와 전시 디자이너는 이런 식으로 일하는구나….'

단순히 큐레이터는 전시기획, 전시 디자이너는 공간에 대한 디자인 이런 식으로 업무가 분담되어 있을 줄 알았는데, 막상 두 사람의 이야기를 듣다 보니 그렇지도 않았던 것이다. 공간에 대한 제안을 큐레이터가 하기도 하고 반대로 작품구성이나 전시 콘셉트에 대한 제안을 디자이너가 하기도 한다. 지금까지도 현역인 두 사람의 대화를 듣다 보니, 우진은 현장감을 아주 확실하게 느낄 수 있었다.

'전시 디자인이라는 분야도 깊게 파고들면 엄청 흥미롭네.'

예술작품들이 주로 전시되는 미술관과 달리, 상업작품이 주로 전시되는 평범한 전시장의 경우 전시 디자이너의 손길이 닿지 않는 전시장도 꽤 많았다. 일반적으로 전시장을 대관한 업체나 개인이 전시 디자이너의 역할까지 하는 경우가 많았으니까. 우진이 참가했던 코엑스 리빙페어도 마찬가지였다.

공간구성이나 디자인 기획 콘셉트 등을 우진과 벨로스톤즈의 민주영 대표가 맡아서 했었으니까. 그때 윤민선 같은 실력 있는 전시 디자이너가 함께했다면, 좀 더 멋진 전시를 할 수도 있지 않았을까? 우진의 머릿속에서 그런 생각도 자연스럽게 떠올랐다. 가만히 두 사람의 대화를 듣던 우진은 오늘 묻고 싶었던, 가장 궁금했던 부분을 슬슬 꺼내었다.

"그렇다면, 민선 씨."

"네?"

"민선 씨는 여러 전시장에서 일해보셨을 것 아니에요?"

우진의 질문에 잠시 고민하던 민선이 고개를 끄덕이며 대답하였다.

"막 그렇게 많은 곳을 돌아다녀 본 건 아니지만… 한 일곱 군데 정도를 경험해본 것 같아요."

"오호."

"단발성으로 참여했던 엑스포나 디자인 페어까지 생각한다면, 열 곳도 훨씬 넘겠네요. 그런데 그건 왜요?"

우진이 웃음 띤 얼굴로 대답했다.

"전시 디자이너로서, 가장 좋았던 전시장에 대해 듣고 싶어서요."

"가장 좋았던… 전시장이라…."

"전시공간마다 특색들이 다 다르잖아요?"

"그렇죠."

"그중 디자이너로서 가장 선호했던 곳이 있나 해서요."

"이번 디자인 설계에 참고하시려고요?"

"물론이죠."

우진의 이야기에 민선과 석호가 동시에 생각에 잠겼다. 물론 우
진이 설계하려는 컨벤션 센터는 그들이 주로 일했던 미술관보다
훨씬 더 규모도 크고 용도도 다양한 건축물이었지만 그래도 분명
두 사람의 경험이 조금이나 도움은 될 수 있을 테니 말이다.

딸깍- 달그락-

대화를 나누느라 어느새 다 식어버린 음식을 한 숟갈씩 입에 담
으며, 곰곰이 생각하는 두 사람. 그리고 잠시 후, 민선이 천천히 입
을 열었다.

"일단 작품전시가 편리한 공간이어야 하는 것은 당연하고요."

"그야 당연하죠."

"제가 가장 좋았던 전시장은… 미국 캘리포니아주에 있는 애너
하임 컨벤션 센터였어요."

그녀의 답을 들은 우진은 살짝 놀란 표정이 되었다.

'음?'

처음 전시 디자이너의 일을 시작한 곳이 미술관이다 보니 미술
관 중 한 곳을 지목할 줄 알았는데, 이번에 우진이 참가하는 프로
젝트와 같은 컨벤션 센터를 이야기했으니 말이다. 우진은 가만히

경청했고, 민선의 말이 다시 이어졌다.

"애너하임 컨벤션 센터는, 미국 전시장치고는 작은 편이에요."

"그래도 한국 전시장보단 크겠죠?"

"아마 코엑스보단 크고, 킨텍스보단 작을 걸요?"

"아하."

"사실 제가 이렇게 큰 전시장에서 일해본 적이 많지는 않아서, 비교군이 좀 좁긴 하지만…."

잠시 뜸을 들인 민선이 다시 입을 열었다.

"이곳이 좋았던 가장 큰 이유는 공간의 다양성이었던 것 같아요."

"공간의 다양성이라…."

"전시 디자이너로서 정말 다양한 공간 디자인을 시도해볼 수 있는 전시장이었거든요."

우진이 흥미로운 표정으로 물었다.

"그래요?"

"평면적으로 탁 트여서 넓은 공간도 있고, 수직적으로 여러 개 층이 높게 뚫려있는 중정 같은 공간도 있고…."

"오호."

"게다가 공간 간의 연계성도 상당히 괜찮았어요."

"연계성은 어떤 걸 말씀하시는 건가요?"

"서로 다른 공간들이면서도, 완전히 단절돼있지는 않았거든요."

"아하."

"디자이너에게 선택지가 참 다양했던 전시장이라고 해야 할까요?"

민선과 석호의 말은 그 뒤로도 계속해서 이어졌다. 이야기가 너무 흥미로워서인지, 점심 식사만 두 시간을 넘게 했을 정도. 물론 전시에 대한 이야기들만 했던 건 아니다. 민선도 우진에게 궁금했던 것들이 많았고, 해서 우진도 자신의 이야기들을 들려줬으니까. 그래서 모든 이야기가 끝나고 음식점을 나왔을 때, 세 사람은 모두 기분 좋은 표정이었다.

"잠깐 올라오셔서, 차라도 한 잔 더 하고 가시죠?"
"대표님, 오후에 회의 있다면서요?"
"하하, 아직 한 시간 정도 남았습니다. 두 분 시간만 괜찮으시면 회사 구경도 시켜드릴 겸…."
"좋아요! 저희야 당연히 좋죠."
"야, 내 의견은 안 물어?"
"왜 이래? 어차피 오늘 저녁 약속, 나 보기로 한 거였으면서."
"…."
"오빠 먼저 왕십리 가있든가. 난 오늘 WJ 타워 구경하고 가야겠으니까."
"와, 윤민선 대박…."

우진은 티격태격하는 두 사람을 끌고, WJ 타워 투어도 잠깐 시켜주었다. 일반인들은 올라올 수 없는, 고층부까지 한 바퀴 돌아준 것이다. 그리고 이것은 일종의 투자라고 할 수 있었다. 우진은 민선에게 약간의 흑심이 생겼으니까.
'IEA 소속 프리랜서면 어디 묶여있는 회사는 없는 거고… 어쩌면 스카우트가 가능할지도….'

WJ 스튜디오는 현재 전방위적인 공간 디자인을 거의 다 취급한다. 때문에 종종 작은 전시 디자인 외주를 받을 때도 있었는데, 만약 민선을 스카우트할 수 있다면 전시 디자인 쪽도 적극적으로 키워볼 수 있을 것 같았다.

'뭐, 이번 프로젝트 자문 구하면서 차차 생각해봐야지.'

WJ 스튜디오를 한 바퀴 구경한 뒤 대표실에서 커피까지 한잔한 두 사람은 기분 좋게 WJ 타워를 나섰다.

"다음에 또 놀러오세요, 두 분."

"정말? 그래도 돼요?"

"미리 연락만 주신다면, 얼마든지요."

두 사람 덕에 많은 배움을 얻은 우진 또한 즐겁기는 마찬가지였고 말이다.

"오늘 즐거웠다, 우진아. 도움이 좀 됐는지는 모르겠네."

"하하, 당연히 도움 많이 됐죠, 형님. 덕분에 오늘 회의도 잘 풀릴 수 있을 것 같아요."

"그렇다면 다행이고."

"흐흐, 감사합니다."

그리고 석호는 건물을 나서기 전 우진에게 한마디를 더했다.

"그나저나, 우진이 너."

"네?"

"조만간 내 미술관 지어주기로 한 건, 잊지 않았지?"

우진에게 자신의 미술관 디자인 설계를 맡기기로 했던 약속을 다시 한번 상기시켜준 것이다.

"물론이죠. 그런데… 조만간이라고요?"

"조만간은 무슨. 이 오빠 미술관 지으려면 아직 한세월이에요. 걱정 마세요, 대표님."

"야, 한세월이라니. 이제 진짜 금방이야!"

"내가 그 말을 벌써 3년째 들어요, 3년째."

두 사람과 헤어진 우진은 곧바로 회의에 들어왔다.

"자, 다들 준비 되셨죠?"

"네, 대표님."

"그럼 시작할까요?"

그리고 둘에게서 얻은 영감들 덕분에, 회의는 무척이나 순조로 웠다.

'좋아. 이번 주 안으로 레퍼런스 체크 끝내고… 다음 주에 현장 답사만 다녀오면 본격적으로 디자인을 시작해도 되겠어.'

새로운 도전은 언제나 새로운 활력과 에너지를 가져다준다. 그 래서인지 우진은 오늘따라 더 생기가 넘치는 모습이었다.

공간의 미학

민선과 석호가 사옥에 다녀간 그날 이후, 우진과 WJ 스튜디오의 프로젝트 준비는 더욱 속력을 내기 시작하였다. 신규 프로젝트 진행을 위한 인원 배정부터 시작해서 레퍼런스 체크 그리고 디자인 콘셉트에 대한 R&D까지. 일주일 안에 본격적인 프로젝트 진행을 위한 모든 준비가 끝났고, 직원들은 일사불란하게 프로젝트에 시동을 걸기 시작했다.

때문에 주말이 지나 월요일이 되었을 때, 우진은 곧바로 외근을 나갈 수밖에 없었다. 본격적인 콘셉트 디자인과 기본설계에 들어가기 전 특별한 이유가 있는 것이 아닌 이상, 현장 답사를 무조건 한 번 이상은 가보는 것은 우진의 설계철학이었으니 말이다.

그리고 오늘 우진과 함께 현장답사에 나서는 사람은 진태가 아닌 석현이었다. 이유는 다른 것이 아니었다. 최근 석현은 운전대를 잡고 싶어 안달이 나있는 상태였으니까.

"너, 기분 좋아 보인다?"

우진의 물음에 석현이 콧노래까지 부르며 고개를 끄덕였다.

"당연하지. 지금 노래라도 부르고 싶은데 참는 중이야."

"안 참는 것 같은데?"

"야, 흥얼흥얼하는 건 좀 봐줘라."

"오케이."

석현은 노래 부르는 것을 무척 좋아한다. 문제는 지옥 같은 박치이자 음치라는 점.

'음치는 구제가 가능해도 박치는 답이 없다던데….'

그래서 평소 같았으면 생각에 방해된다며 석현의 흥얼거림도 저지했을 우진이었지만, 오늘은 특별히 봐주기로 했다. 오늘은 석현이 기분 좋을 만한 이유가 있었으니 말이다.

"야, 근데 차 진짜 잘 나간다."

우진의 말에 석현이 두 눈을 반짝이며 입을 열었다.

"그치? 차 죽이지?"

"그러게, 그냥 밟으면 튀어 나가네."

"내가 어? 예전부터 괜히 포르쉐 노래를 불렀던 게 아니라니까?"

석현은 지난해 포르쉐를 주문했다. 그동안 WJ 스튜디오에서 활약한 공로를 인정받아, 우진이 연봉을 올려준 기념으로 말이다. 하지만 인디 오더 방식인 포르쉐는 주문자가 직접 옵션을 전부 선택해 개별로 주문을 넣어야 하는 자동차였고, 그래서 석현이 차를 받은 것은, 바로 지난주의 일이었다.

차를 주문하고 받기까지 거의 일 년이 걸린 것이다. 해서 우진은 이번 달 만큼은 석현의 업 텐션을 인정해주기로 했다. 지난 일 년 동안, 매일 출근하면 자신이 주문한 차의 자태를 사진으로 감상하는 게 일과였던 석현을 잘 알고 있었으니 말이다.

"어련하시겠어."
"그러니까 너도 빨리 한 대 사자. 네 차도 이제 바꿀 때 됐잖아?"
"아직 고장 한 번 안 나고 잘 굴러다니는데, 멀쩡한 차를 왜 바꾸냐?"
"젠장, 물어본 내가 잘못이지."

우진은 아직 몇 년 전에 샀던 국산 중형 세단을 아주 잘 타고 다닌다. 물론 석현이 뽑은 포르쉐를 보니 조금 혹하긴 했지만, 신경써야 할 일들이 워낙 많다 보니 그 이상 마음이 동하지는 않았다.

"그나저나 첫 차로 포르쉐를 뽑는 사람은 너밖에 없을 거다."
창밖을 응시하며 핀잔을 주는 우진을 향해, 석현이 어깨를 으쓱하며 대꾸하였다.
"뭐 어때, 사고만 안 내면 되지."
여유로운 척하지만, 손바닥에 땀이 나도록 핸들을 꽉 쥔 채 시속 60키로를 넘지 않는 석현을 보며, 우진은 피식 웃을 수밖에 없었다.
"어휴, 이렇게 가다가 현장까지 하루 종일 가겠어."
"오버하지 마. 조금 더 안전하게 운전하는 것뿐이니까."
"그래, 안전제일이지."

출근 시간이 지났음에도 올림픽대로는 밀렸다. 성수지구가 본격적으로 공사에 들어가면서, 강변북로 지하화 공사로 도로 일부가 통제됐기 때문인 것 같기도 했다. 강변을 따라 서울을 횡으로 관통하는 강변북로와 올림픽대로는 필연적으로 교통량을 공유할 수밖에 없는 도로였으니 말이다.

그래서 10시에 성수 사옥에서 출발한 석현과 우진은 12시가 다 되어서야 마곡에 도착할 수 있었다. 성동구인 성수가 서울의 동쪽인 반면 마곡은 서울의 서쪽 끝에 있었으니, 밀린 것치고는 빠르게 도착했다고 할 수 있었다. 내비게이션을 통해 마곡에 진입한 것을 확인한 석현이 주변을 두리번거리며 입을 열었다.

"와, 마곡? 여기는 서울 맞아? 완전 촌이네?"

석현의 말에 우진도 주변을 두리번거렸다. 잠시 생각에 잠겨있다가 마곡이라는 석현의 말에 반사적으로 고개를 돌린 것이다. 그리고 그와 동시에, 우진은 꽤 놀랄 수밖에 없었다. 전생에 우진의 기억에 있던 마곡과 지금 눈앞의 마곡은 완전히 딴판이었으니까.

'2013년에 마곡이 이 정도였나?'

2015년만 됐더라도 마곡은 번쩍거리는 새 아파트들이 들어선 신도시였을 것이다. 전생에 우진은 그맘때쯤 마곡의 현장에서 일했던 적도 있었고, 하여 그때의 기억을 생생히 가지고 있었다.

그런데 2013년인 지금은 논밭이거나 낙후된 빌라촌이거나, 그도 아니라면 이제 공사를 위해 땅을 다지는 중이었으니 우진으로서는 놀라는 게 당연한 것이다. 아무리 현장에서 굴렀던 우진이라해도 모든 도시개발이 정확히 몇 년도에 이뤄졌는지까지 기억하지는 못했다.

'마곡 엠밸리가 본격적으로 완공되기 시작한 게, 2014년 이후였나 보네.'

40

시내에 들어서자 석현은 더욱 천천히 차를 운전하기 시작했고, 그 차 안에서 우진은 마곡의 전경을 천천히 눈에 담았다. 이때만 해도 마곡은 서울 변방 취급을 받으며, 미분양 걱정을 하던 때였다. 우진은 격세지감을 역으로 느끼는 아이러니에 고개를 절레절레 저었다.

'마곡 신도시 완성되고 직후에 컨벤션 센터 들어오면… 진짜 볼 만하겠어.'

마곡은 일반 뉴타운처럼 주거단지만 들어오는 지역이 아니다. 마곡 산업지구라고 하여, 대기업들부터 시작해서 수많은 업무시설들이 조만간 대량으로 입주할 테니까. 단순히 베드타운이 아닌, 완성형의 뉴타운이랄까. 그 일부가 될 컨벤션 센터를 디자인한다는 생각에 더욱 기분이 좋아진 우진은 더욱 의지를 불태우기 시작했다. 결국 공모를 따내지 못한다면, 한낱 미몽에 불과한 상상일 뿐이니 말이다.

우진이 그렇게 생각에 잠긴 사이, 잠깐 길을 잃어 헤매던 석현은 현장에 무사히 도착할 수 있었다. 다행히 석현의 포르쉐도 아직까지는 무사했다.

"나 멀미할 것 같아."

"뭐시라."

"진정한 포르쉐 오너가 되려면 운전 연습 좀 더 해야겠어, 석구."

반쯤 진담이 섞인 우진의 농담에, 석현이 버럭 반응하였다.

"네 멀미는 내 운전실력 탓이 아냐, 우진."

"그럼?"

"나약한 네 정신력이 문제일 뿐이지."

"…."

"딱딱한 서스펜션과 승차감은 주행 감성을 위한 스포츠카의 숙명."

"급정거와 급발진도 스포츠카의 주행 감성이야?"

"시끄러워."

"무튼 왔으니까 답사나 하자고. 돌아갈 땐 길만 잘못 들지 않았으면 좋겠어."

"크흑."

두 사람이 차를 대고 내린 곳은 널찍하게 다져져있는 광활한 개발 부지였다. 아직 개발계획이 전부 확정되지도 않았는지, 펜스도 제대로 쳐있지 않은 황야.

위이이이잉-

머리 위로 날아가는 시끄러운 비행기 소리를 뒤로한 채, 우진은 스마트폰을 들어 저장해둔 지도를 펼쳤다.

'공항이 바로 옆이라 그런지, 소리가 꽤 시끄럽네.'

이 넓은 부지 안에서도 컨벤션 센터가 지어질 곳은 일부. 하지만 컨벤션 센터의 부지가 워낙 넓었기 때문에, 찾는 데는 그리 오랜 시간이 걸리지 않았다.

"저기다, 우진."

"오, 길치인 줄 알았는데… 제대로 찾았네?"

"아니라고!"

그런데 처음 위치를 찾아낸 석현은 조금 실망한 표정이 되었다.

"그나저나 이런 식이면, 여기까지 괜히 온 것 아냐?"

석현의 물음에 우진이 고개를 갸웃하며 되물었다.

"왜? 그게 무슨 말이야?"

"아니, 이렇게 아무것도 없는 벌판이었다면, 굳이 안 와봤어도 됐을 것 같아서."

"아하?"

"현장답사라는 게, 디자인이나 설계에 도움이 되려고 온 거잖아?"

"맞지."

"그런데 이런 수준이면, 그냥 항공뷰로 보는 거랑 다를 게 없잖아."

석현의 말에 우진은 피식 웃었다. 충분히 그렇게 생각할 수도 있는 부분이었으니 말이다. 하지만 우진은 출발하기 전부터 대략적인 전경을 예상하고 있었고, 그래서 전혀 실망하지 않았다. 게다가 석현의 말과 달리, 충분히 얻을 게 있는 현장답사이기도 했다.

"석구."

"응?"

"현장답사라는 건, 현장에 대한 정보를 수집하기 위한 행위잖아?"

"그렇지?"

"나는 지도나 사진으로 볼 수 없는 것들을 보기 위해서 여기에 나온 거야."

"이를테면…?"

잠시 생각한 우진이 다시 입을 열었다.

"네 차를 타고 여기까지 오는 그 모든 과정들도 현장답사의 일환인 거고….”

“아하?”

위이이이잉-!

“가끔 이렇게 한 번씩 들리는 비행기 소음도 사진으로는 결코 알
수 없는 환경들이지.”

“그러네.”

“뭐, 답사 없이도 어떻게든 디자인이 나오기야 하겠지. 그리고
그 디자인이 좋은 디자인일 수도 있어.”

석현은 대답 대신 우진의 말을 기다렸고, 우진이 천천히 다시 말
을 이었다.

“하지만 작은 디테일까지 놓치지 않아야, 그 환경과 공간에 더욱
어우러지는 건축을 할 수 있으니까.”

“멋진 말이네.”

석현이 진심을 담아 대답했고, 우진은 씨익 웃으며 주변을 다시
둘러보았다. 이 광활한 부지에 멋진 건축물들이 들어선다는 생각
을 하니, 가슴이 벅차오르는 기분이었다. 우진은 부지 외곽을 따라
천천히 걷기 시작했고, 석현이 그 뒤를 따라 걸었다.

‘그래도 주변까지 싹 다 공사판인 건 나도 좀 아쉽네. 주변 건축
들이 어떤 디자인인지 알아야 더 어울리는 디자인을 떠올릴 수 있
을 텐데….’

우진은 미리 준비해온 지도를 보며 최대한 상상의 나래를 펼쳤
다. 인근 건물들의 외관 디자인까지는 지금 알 수 없지만, 적어도
어떤 용도의 건물들이 컨벤션 센터 인근에 세워지는지는 지도에

표시돼있었으니까. 지금 우진이 디자인하려는 컨벤션 센터처럼 특화설계가 들어가는 건축이 아니라면 용도에 따라 어느 정도 외관을 상상할 수 있었으니, 최대한 머릿속에서 그 건축물들을 이미 지화시키며 현장에 대입해보는 것이다.

'그래도 인근 부지들 중 절반 정도는 삽 뜬 걸 보니… 컨벤션 센터보다 공사가 길어질 부지는 많지 않겠네.'

들고 온 노트를 펼쳐 든 우진은 머릿속에 떠오른 이미지들을 열심히 그리고 메모하였다. 미리 디자인 콘셉트 회의를 하며 준비했던 레퍼런스 이미지들을 공간에 대입해보기도 하고, 주말 동안 그려냈던 아이디어 스케치를 검토해보기도 했다.

다리가 아픈 것도 잊은 채, 넓은 공간을 돌아다니며 열심히 펜을 놀리는 우진. 그리고 이러한 작업 과정 끝에 우진의 머릿속에 조금씩 그림이 그려지기 시작하였다.

'그래, 비교적 트여있는 공간 쪽으로 문주(門柱)를 열어두고 교통량에 대비해서 주차장 진출입로는 블록 외곽으로 빼면….'

공간구획에 몰입한 나머지, 어느새 노트 위에 평면을 그리고 있는 우진. 그런데 바로 그때,

스르륵-

까맣고 얇은 줄만 가지런히 나열되어있던 우진의 노트에서, 은은한 황금빛 기운이 흘러나오기 시작하였다.

— * —

처음에는 알아채지 못했다. 스케치에 집중하고 있었던 데다, 금빛 기운이 워낙 희미했기 때문이었다.

"야, 우진아. 커피라도 한 잔 사다 줄까?"

"이 근처에 카페가 있어?"

"한 5분 정도 차 몰고 나가면 있더라."

"귀찮게 무슨⋯."

"어차피 난 지금 할 것도 없잖아."

"뭐, 그럼 다녀오든가."

"오케이."

하지만 우진의 스케치가 이어지면 이어질수록 알아채기 힘들 정도로 희미했던 금빛 기운도 점점 더 진해졌고, 그렇게 시간이 좀 더 지나 석현이 커피를 사러 갔을 즈음 쉼 없이 펜대를 놀리던 우진은 멈칫할 수밖에 없었다.

'응⋯? 이건⋯.'

펜대의 근처에 은은하게 피어오르는 황금빛 기운을 발견한 것이다.

"⋯!"

두 눈을 깜빡인 우진은 좀 더 확실히 그 금빛 기운을 확인하기 위해 노트를 살짝 멀리 들어보았다. 그러자 희미하게 퍼져있어 제대로 보이지 않았던 황금빛 기류가 우진의 눈에 명확히 포착되었다.

'골든 프린트⋯!'

정말 오랜만에 우진의 눈앞에 나타난 골든 프린트. 그것을 발견한 우진은 순간적으로 복잡한 생각들이 스쳐 지나갔다. 당연하겠지만 가장 먼저 떠오른 감정은 반가움. 하지만 마냥 반갑고 기쁠 수만은 없는 이유는 아직도 우진이 이 골든 프린트에 대해 잘 알지 못하기 때문이었다.

'갑자기 왜 다시 나타난 걸까?'

이 비과학적이고 초월적인 현상이 어떻게 생겨나는 것인지를 알고 싶은 것은 아니다. 애초에 본인 말고는 그 누구도 볼 수 없는 현상을 과학적으로 증명하는 것은 말도 안 되는 일이었으니까. 다만 우진이 알고 싶은 것은 적어도 이 골든 프린트가 어떤 때 생기는지, 그리고 언제까지 우진의 곁에 있을 건지, 이 골든 프린트를 이렇게 계속 이용해도 되는 건지. 이런 부분들에 대한 의문이었다.

'사옥을 마지막으로 볼 수 없을 줄 알았는데….'

그래서 우진은 곰곰이 한번 생각해봤다. 지금까지 여러 가지 다른 프로젝트를 진행할 동안 한 번도 떠오르지 않았던 골든 프린트. 그것이 갑자기 왜 이번 프로젝트에서 나타났을지에 대해 말이다.

'이번 프로젝트가 지금까지와 다른 게 뭘까?'

그리고 고민 결과, 우진은 두 가지 가정을 세워볼 수 있었다.

첫째, 골든 프린트는 우진이 한 번도 접해보지 못한 새로운 프로젝트를 진행할 때 발생한다.

'이런 가정이라면 확실히 갈수록 골든 프린트가 나타나는 빈도는 줄어들겠지. 시간이 지나면 지날수록, 내가 접하지 못한 종류의 프로젝트 범위가 줄어들 테니까.'

둘째, 골든 프린트는 우진의 역량이 부족할 때 발생한다.

'생각해보면, 내가 뭔가 배우고자 하는 마음이 가득할 때 골든 프린트가 나타났던 것 같기도 하고….'

두 가지 가정 모두 나름 그럴싸했지만, 반대로 애매하기도 했다. 명확하게 와닿는 가정은 아니라는 이야기다.

'뭔가 나사가 하나씩 빠진 느낌이야.'

예전보다는 여유가 생겨서인지, 오랜만에 만난 골든 프린트에 대해 꽤 오랫동안 고민하는 우진.

그런데 그때,

스스슥-

노트에 일렁이던 골든 프린트가 조금씩 희미해지기 시작했다.

"아, 잠깐…!"

사라지려는 골든 프린트에 우진은 순간적으로 당황하였다. 우진은 반사적으로 펜대를 잡고 그리던 것을 그려나갔고, 그러자 흩어져 내리던 골든 프린트가 다시 노트 위에 선명해졌다. 그것을 확인한 우진의 입에서 안도의 한숨이 새어 나왔다.

"휴우."

물론 이 금빛 선들이 뭘 의미하는지는 아직 전혀 감도 오지 않는다. 하지만 한 가지 알 수 있는 것은…

'일단 이번 골든 프린트가 뭘 의미하는 건지부터 알아내고 나서… 다른 생각들은 그다음에 해야겠어.'

지금 우진에게 가장 중요한 것은, '이 골든 프린트를 어떻게 활용할 수 있을지에 대해 고민하는 것'이었다.

——— * ———

일반적으로 사모펀드는 민간에 그렇게 인식이 좋지 않다. 대부분의 사모펀드는 빚을 이용하여 매입한 회사의 가치를 단기적으로 끌어올려 되파는, 차입매수(Leveraged Buyout) 방식의 투자를 선호하는데 이러한 방식의 투자는 자칫 잘못하면 회사를 구조조정에 빠뜨릴 수 있기 때문이다.

회사를 사고팔아 차익을 남기는 게 목적이다 보니, 매입한 회사를 장기적인 관점에서 운영하지 않는 것. 하지만 당연하게도, 모든 사모펀드가 이렇게 부정적인 이미지만 가진 것은 아니었다. 미국에 본사를 두고 있는 사모펀드인 LTK그룹은 대형 M&A를 많이 하기로 국내에서도 유명한 회사였는데, 이들은 국제 금융위기였던 2000년대 초 국내 대형 기업 몇 곳을 인수하여 기사회생시켰던 회사였으니 말이다.

사모펀드의 가장 큰 장점인 자금 유동성을 활용해 망해가던 회사를 살려낸 대표적인 모범사례를 가지고 있는 회사였던 것. 그래서 LTK그룹은 해외 사모펀드임에도 불구하고, 마곡 MICE 단지의 사업권을 인수할 수 있었다. 물론 땅값만 1조 원에 달하는 마곡의 MICE 복합단지를 소화할 수 있는 민간사업자가 국내에 없었다는 게 가장 큰 이유였겠지만 말이다.

똑- 똑-

그래서 최근 LTK그룹의 한국지사 직원들은 무척이나 바쁘게 뛰어다니고 있었다. 본사에서 오랜만에 국내에 초고액의 자금을 투입했다 보니, 한국지사 직원들의 입장에서는 실적을 낼 수 있는 아주 좋은 기회였던 것이다.

특히 MICE 사업은 자본만 있다면 일반 관광산업보다 훨씬 높은 부가가치를 창출할 수 있는 기업 대상의 B2B(Business-to-Business) 관광산업. 능력과 실적에 따라 연봉이 책정되는 금융권 인재들에게는 자신들의 몸값을 높일 수 있는 절호의 기회라 할 수 있었다.

"실장님, 여기 보고서 가져왔습니다."

"좋아요, 고생했어요. 호텔 쪽은 이제 얼추 마무리된 거죠?"

"네, 실장님. 시공사 선정까지 다 끝났으니 내달 말에는 어느 정도 사업계획 윤곽이 나오지 않을까 싶습니다."

"그럼 이제 남은 건…."

"컨벤션 센터뿐입니다."

"제일 중요한 게 남았네요."

MICE란, Meeting, Incentives, Convention, Exhibition의 네 분야를 통틀어 말하는 서비스 산업이다. 기업회의, 포상관광, 행사, 그리고 전시. 그래서 MICE 산업단지는 항상 이러한 기능들을 동시에 갖춰야 하는데, 그래서 마곡 MICE 사업을 진행하기 위해서는 다음과 같은 시설들을 필수적으로 건설해야만 했다.

일단 500실 이상을 서비스할 수 있는 4성급 이상의 호텔과 2만 제곱미터 이상의 문화 집회 시설. 그리고 5천 제곱미터 이상의 원스톱 비즈니스 센터. 마지막으로 지금 우진이 설계 공모에 뛰어든, 전용면적 4만 제곱미터 이상의 컨벤션 센터까지.

산업단지마다 분야별 비중은 제각각이었지만, 마곡 MICE 단지에서 가장 큰 규모로 계획되어있는 것은 컨벤션 센터였고, 그래서 LTK그룹에서는 컨벤션 센터의 사업 진행에 가장 큰 공을 들이고 있었다. LTK 한국지사의 기획실 인원 절반이, 컨벤션 센터 사업 진행 쪽에 투입되어 있는 것만 봐도 알 수 있는 사실이었다.

"그나저나, 실장님."

"말해요."

"본사에서는 대체 왜, 이번 설계 건을 통합설계로 공모하지 않은 걸까요?"

"단지 전체를 하나의 디자인으로 묶는 게 더 좋지 않았겠냐는 거지요?"

"그렇습니다. 아무래도 그게 더 모양새가 더 좋았을 것 같아서요."

호텔 사업 쪽을 담당하던 이 팀장의 질문에, 기획실장 송민아가 웃으며 대답하였다. 그것은 본인도 의아하게 생각했던 부분이었고, 그래서 사업 초기에 본사에 문의했던 부분이기도 했으니 말이다.

"저라고 해서 본사의 의중을 다 알 수 있는 것은 아니지만… 그런 이유로 설계 가이드가 이미 제시됐다고 알고 있어요."

"설계… 가이드요?"

이 팀장은 고개를 갸웃했고, 송민아의 설명이 다시 이어졌다.

"본사에서 가장 처음에 컨택했던 디자인회사 있잖아요?"

"네. 'ALuna'라는 곳이었죠…?"

"맞아요. 세계적인 건축 디자인 스튜디오죠."

"그렇게 들은 것 같습니다."

"사실 처음에는 그 ALuna에게 전체 설계를 전부 다 맡기려고 했었대요."

"엇, 그렇습니까?"

송민아가 고개를 끄덕였다.

"하지만 일정조율에 실패했죠. 설계 규모는 큰데, 일정은 빠빡했으니까요. 그래서 ALuna에서는 설계 가이드만 제시하기로 한 거예요."

LTK는 금융그룹이다.

때문에 아무리 매머드급 회사라고 해도, 디자인 설계 방면으로는 전문인력을 보유하기 힘들다.

직접 설계는 당연히 불가능했고, 설계회사의 역량이나 디자인 퀄리티를 판단하는 것도 자체적으로는 쉽지 않았던 것이다. 해서 LTK에서 선택한 것은 건축 디자인 방면에서 세계적인 인지도를 가진 ALuna의 도움을 받는 것이었는데, 쉽게 말해 건축 설계의 디렉팅을 외주로 돌린 것이라 할 수 있었다. 전체 건축의 콘셉트와 디자인을 대략적으로 ALuna에서 세팅한 뒤 공모 자체에 직접 가이드 라인을 제시하여, 디자인 방향성을 통일시킨 것.

이러한 설명을 들은 이 팀장은 대략적으로 이해가 됐는지 고개를 주억거렸다.

"그래서 공모 가이드가 그렇게 복잡했던 거군요?"

"맞아요."

"그럼 다음 주에 오픈될 컨벤션 센터 설계 공모도, ALuna에서 직접 가이드를 제시하겠네요?"

"그렇죠."

하지만 이 팀장은 아직까지도 의문이 전부 풀리지 않았다. 디자인을 잘 모르는 그였지만, 뭔가 이상하다는 생각이 들었으니 말이다.

"음, 이건 제 사견이긴 한데…."

"말씀하세요."

"그런 식으로 가이드를 제시한다 해서, 통일성 있는 디자인이 나올까요?"

이 팀장의 질문에 송민아는 또 한 번 웃음 지었다. 이 또한 그녀가 가졌던 의문 중 하나였으니 말이다. 송민아의 설명이 다시 이어졌다.

"그래서 각 섹터별로 디자인 설계가 전부 나온 뒤에, ALuna에서 그 디자인 변경 및 설계조율을 한 번 더 봐주기로 했다고 해요."

"아하."

"최종적으로 통일성을 다시 맞추려는 모양이더라고요."

그제야 이해가 전부 되었는지 고개를 주억거리는 이 팀장.

"그럼, 고생하십쇼, 실장님."

"팀장님도 수고 많으셨어요."

이 팀장이 보고를 마치고 나간 뒤, 책상 위에 어질러진 서류들을 정리한 송민아는 꺼져있던 모니터를 다시 켰다. 그의 보고서류는 이미 다 확인했지만, 한 가지 더 확인하고 싶은 게 남아있었던 것이다.

"어디 한 번… 열어볼까?"

그녀가 확인하려는 것은, 사내 메일로 송부되어있는 호텔 건물의 콘셉트 설계도와 조감도. 물론 디자인과 관련된 업무가 그녀의 소관은 아니었지만, 프로젝트의 주요 책임자 중 한 사람으로서 순수한 궁금증이 생긴 것이다. 하여 압축되어있던 PDF 파일을 열어 렌더링 컷을 확인했을 때,

"오."

그녀는 짧게 감탄하였다. 건축에는 문외한인 그녀였지만, 그런 그녀가 보기에도 멋들어진 외관이었으니 말이다.

'업무동 건물도 예쁘게 나왔던데. 컨벤션 센터는 어떻게 나올지 궁금하네.'

호텔 건물의 설계와 업무동 건물의 설계는 해외 설계사무소에서 진행했다고 알고 있었다. 비공개 공모이긴 했지만 국내 설계사무소도 참가했는데, 전부 해외 스튜디오가 선정된 것이다. 그래서 그녀는 내심 컨벤션 센터는 국내 스튜디오에서 공모에 당선됐으면 좋겠다고 생각하고 있었다. LTK금융그룹이 국제 회사이긴 했지만, 그래도 이 MICE 산업단지의 사업장은 서울이었으니까.

'어디 보자… 컨벤션 센터 공모는 마감이 7월이었지?'

멋들어진 호텔 건물의 조감도를 확인하고 나자, 마지막 남은 컨벤션 센터의 외관이 더욱 기대되는 송민아였다.

— * —

우진은 석현의 투덜거림을 들으며 다시 그의 차에 올랐다.

"다리 아파 죽겠어."

"그러게 차에 가서 앉아있으라니까."

"아니, 허허벌판에서 두 시간 동안 스케치를 하고 있을 줄은 몰랐지."

"그래서 맛있는 거 사줬잖아."

"기름도 넣어줘…."

"흠. 그래, 공무집행이니까. 기름 정돈 넣어주지 뭐."

"고급유 아니면 안 되는 거 알지?"

"젠장, 알겠어."

석현의 말은 과장이 아니었다. 우진은 진짜 현장에서 노트를 든 채, 정확히 두 시간 동안이나 스케치를 한 것이다. 아무리 현장에서 영감을 받았다 해도, 석현으로서는 이해하기 힘든 긴 시간. 물론 우진으로서는 그럴 수밖에 없는 이유가 있었지만 말이다.

'결국 못 찾았네⋯.'

아무리 우진이라 해도 두 시간 동안 현장에서 스케치를 하는 일은 잘 없다. 다만 오늘은 어쩔 수 없었던 것이, 갑자기 나타난 골든 프린트 때문. 한번 떠오른 골든 프린트들이 언제 어떻게 사라질지 알 수 없었으니, 이 금빛 선들이 전하는 메시지들을 확인하기 전까지 자리를 뜰 수 없었던 것이다.

"흠⋯."

하지만 우진은 끝까지 이 골든 프린트의 의미를 찾을 수 없었고, 그래서 그 모든 이미지를 노트에 담아 왔다. 완벽하지는 않지만 적어도 노트를 보며 다시 이미지화시킬 수 있도록 최대한 많은 그림을 그려온 것이다. 시간이 오래 걸린 이유였다.

'어렵네. 역시 쉽게 알려줄 리 없지.'

그래서 우진은 사무실로 돌아오는 길에도, 자신이 그려 온 그림들을 빤히 쳐다보고 있었다. 운전대를 잡자 또다시 기분이 좋아진 석현이 흥얼거리고 있었지만, 그런 소리조차 귀에 들리지 않는 우진이었다.

'역시 이번에도 내가 스케치하는 그림에 따라서, 골든 프린트의 형태는 계속해서 바뀌었어. 근데 이게 뭘 의미하는 건지는 도통 짐작이 안 된단 말이지.'

2시간 안에 우진이 그린 그림은 수십 장. 거의 노트를 꽉 채울 정도였다. 우진은 볼펜 자국이 빼곡한 노트를 한 장 한 장 넘기며, 뭔가를 찾아내기 위해 애썼다.

'어떤 스케치에는 골든 프린트가 아예 사라져버리기도 하고, 어떤 스케치에서는 더욱 선명하게 빛나고….'

우진이 이번 골든 프린트를 뜯어보던 중 가장 이해할 수 없던 부분은 불규칙성이었다. 항상 골든 프린트는 우진의 설계에 따라 규칙적인 변화를 보여줬었는데, 이번에는 어떤 그림을 그려내다가도 어느 순간 푹 하고 사라져버리기 일쑤였으니 말이다.

심지어 우진의 그림 퀄리티에 따라 좌우되는 것도 아닌 듯했다. 어떤 경우에는 대충 휘갈긴 러프 스케치 위에도 골든 프린트가 아른거렸고, 어떨 때는 우진 본인이 만족할 정도로 멋진 스케치가 나와도 코빼기도 비추지 않았으니까. 스케치들을 한 번 쭉 훑어본 우진은 아랫입술을 살짝 깨물었다. 골든 프린트 덕에 숙제가 하나 더 생긴 기분이었다.

'쉽지 않겠어.'

하도 집중해서 노트를 들여다본 탓인지, 아니면 석현의 운전미숙 때문인지 멀미를 느낀 우진이 노트를 덮고 의자에 기대었다. 그러자 조용히 운전에 집중하던 석현이 우진에게 물어보았다.

"그나저나 우진아."

"응?"

"이거 공모 요강은 언제 뜨는 거야?"

갑작스런 석현의 물음에, 우진이 고개를 갸웃하며 대답했다.

"글쎄, 내일이나 모레?"

"아하."

"근데 그건 왜?"

"그게 떠야 본격적으로 작업이 시작될 것 아냐?"

"그치."

"그럼 모형파트도 준비시켜놔야 하니까."

"모형?"

우진은 의아한 표정으로 되물었고, 석현이 대답했다.

"디자인 팀장님께 들은 건데, 해외공모는 대부분 모형이 필수로 들어간다던데?"

"아, 맞네. 그럴지도 모르겠어."

석현의 말에 우진이 고개를 끄덕였다.

마곡 MICE 사업장은 서울이지만 어쨌든 공모의 주체는 해외 사모펀드. 게다가 아무나 참가하는 공모가 아닌 소수정예의 비공개 공모이기 때문에 우진이 생각하기에도 건축모형이 출품목록에 들어갈 확률이 매우 높았다.

'공모가 뜨기 전에 골든 프린트의 메시지를 풀어야 하는데….'

일단 공모 요강이 뜨고 나면, 본격적인 설계에 곧바로 착수해야만 한다. 설계일정 자체가 상당히 빠듯하게 잡혀있었으니 말이다. 해서 우진의 고민은 더욱 깊어지기 시작했고, 그런 가운데 석현의 차는 무사히 사옥에 돌아왔다.

텅-

차에서 내린 우진이 석현을 보며 말했다.

"살아남았네."

"살아남긴 뭘 살아남아. 어디 전쟁터라도 갔다 왔냐?"

"다음부턴 차 뒷유리에 초보운전 스티커라도 붙이고 다녀."

"홀리… 초보운전이라니. 그럴 순 없어."

"왜?"

"이건 포르쉐 오너의 자존심 같은 거라고."

"자존심은 개뿔…."

석현과 티격태격하며 사무실로 올라온 우진은 자리에 앉자마자
또다시 노트를 뒤적였다. 아무래도 골든 프린트의 메시지를 해석
해내기 전까지는, 잠도 제대로 오지 않을 것 같았다.

'으, 머리야….'

하루가 가고 이틀이 지났다. 그리고 그 이틀 동안, 우진의 눈 밑
은 시커멓게 변해있었다. 그사이 혼자서 현장을 한 번 더 다녀왔음
에도 불구하고, 해답을 찾아내지 못했던 것이다.

'대체 뭐지? 도저히 모르겠는데….'

공모요강이 뜨기 전까지 골든 프린트를 해석해내지 못한다 하더
라도, 일단 작업을 시작해야만 한다. 그래서 지금 모니터 앞에 앉
은 우진은 이번 프로젝트에서 골든 프린트의 도움을 받지 못할지
도 모른다는 생각까지도 하고 있었다. 이제 곧 그의 회사 메일로

공모 요강이 날아올 예정이었으니 말이다.

띠링-

컴퓨터 앞에 앉아 메일을 기다리고 있던 우진은 알림음이 들리자마자 재빨리 마우스를 클릭하였다.

[2013 마곡 MICE M-Tec 설계공모 요강 〈WJ 스튜디오 귀중〉]

공모 참가사 자체가 많지 않은 비공개 공모여서 그런지, 메일 제목에 친절히 WJ 스튜디오의 사명까지 명시되어 있는 공모요강 메일. 곧바로 그 내용물을 다운받은 우진은 화면을 띄워 올렸고, 공모요강을 처음부터 하나씩 꼼꼼히 읽어 내려가기 시작하였다.

"흠⋯."

그리고 이 내용을 한 페이지쯤 읽었을 때, 우진은 꽤 놀랄 수밖에 없었다.

'생각보다 엄청나게 디테일하잖아?'

디자인 전문회사가 아닌 금융회사에서 나온 설계공모라고는 믿을 수 없을 정도로 디자인에 대한 가이드가 디테일하고 섬세했으니 말이다. 하여 우진은 흥미롭게 그것을 읽어 내려갔다. 며칠간 잠을 제대로 자지 못해 피곤한 상태였지만, 어느새 우진의 눈은 다시 반짝이고 있었다.

'호텔건물에 업무동 디자인까지 전부 다 가이드가 제시되어있네. 이러면 콘셉트 잡기 확실히 편하지.'

자세하게 나온 가이드를 보며, 우진은 속으로 억울하기까지 했다. 워낙 자세히 가이드가 나온 덕에 현장에서 고민했던 부분들의 절반 정도가 무의미해졌으니 말이다.

찌이익-

책상 한쪽에 놓여있던 옐로페이퍼를 쭉 뜯은 우진은 공모요강을 보면서 그 위에 슥슥 그림을 올리기 시작하였다. 공모요강 안에는 이미 디자인이 픽스된 다른 두 건물의 외관이 러프하게 들어와 있었으니, 그것을 보며 컨벤션 센터의 실루엣에 대한 영감이 떠오른 것이다.

앉은 자리에서 디자인을 하는 것이라고까지 할 수는 없었지만, 당장에 떠오른 영감과 느낌 그대로를 메모처럼 남기고 싶었던 것. 그런데 그렇게 우진이 펜대를 놀리던 바로 그때,

스르륵-

우진은 적잖이 당황해야만 했다.

"…!"

어지간히 그려서는 쉽게 모습을 보여주지 않던 골든 프린트가, 옐로페이퍼 위에 대충 휘갈긴 러프 스케치 위에 그 어느 때보다도 강렬하게 피어오르기 시작했으니 말이다. 심지어 옐로페이퍼 위에 떠오른 골든 프린트의 윤곽은 무척이나 또렷하였다. 현장에서 그렸던 스케치보다도 더욱 선명했던 것이다.

— * —

우진은 고민했다.

"대체 왜…?"

현장에서 돌아온 뒤로는, 여기저기 끼적여도 코빼기조차 비치지 않았던 골든 프린트였다. 그런데 3분 만에 휘갈긴 이 콘셉트 스케

치 위에 지금까지 중 가장 선명한 골든 프린트가 떠올랐다. 그 말인 즉, 뭔가 이 스케치 안에 단서가 있다는 이야기.

'이유가 뭘까?'

우진의 머릿속에 간질간질한 기분이 맴돌았다. 조금만 더 고민하면, 결정적인 단서를 찾을 수 있을 것만 같았다.

'지금까지 그렸던 스케치들과 이 스케치의 다른 점…'

당연히 디자인이야 달랐다. 우진이 그렸던 스케치 중, 디자인이 같은 스케치는 없었으니까. 그래서 지금 우진이 해야 할 것은 방금 그려낸 스케치에는 없으면서 이전까지의 스케치들은 가지고 있는 공통점을 찾아내는 것. 우진은 후다닥 노트를 꺼내어 스케치들을 펼쳐놓았고, 이어서 방금 그려낸 스케치와 비교를 시작하였다.

그리고 그 결과, 한 가지 가정을 생각해낼 수 있었다.

'혹시…?'

우진은 얼른 옐로페이퍼를 몇 장 더 찢어보았고, 그 위에 빠르게 스케치들을 그려 올리기 시작했다.

그렇게 한 장,

그리고 두 장,

마지막으로 세 장.

"…!"

책상 위에 올린 스케치 세 장을 확인한 우진은 두 주먹을 불끈 쥐었다.

'그래, 이거였어!'

이제까지 없었던 골든 프린트의 불규칙성에 대한 단서를 이 세 장의 스케치에서 찾은 것이다.

첫 번째 스케치는 좀 밋밋하긴 해도, 공모 가이드에 명확하게 맞춘 디자인이었다. 두 번째 스케치는 일부러 가이드에서 완전히 벗어나도록 디자인한 스케치였다. 세 번째 스케치는 첫 번째 스케치와 다른 디자인이지만, 공모 가이드에는 맞는 디자인을 다시 하였다. 그리고 그 결과,

우우웅-!

첫 번째 스케치와 세 번째 스케치에만, 선명한 골든 프린트가 떠올라있었다.

'아무리 스케치를 바꿔가며 해봐도 골든 프린트가 불규칙했던 이유가 여기 있었네.'

우진이 현장에서 골머리를 가장 썩었던 가장 큰 이유는 스케치를 진행하다 보면 생겨났던 골든 프린트도 자꾸 사라져버린다는 것이었다. 보통 골든 프린트는 스케치가 구체화되고 퀄리티가 높아질수록 더 선명하고 명확하게 떠오르곤 했다.

그런데 이번에는 오히려 스케치가 정교해지기 시작하면 어느 순간 금빛 환영이 사라져버렸으니 기준이 뭔지 도저히 알 수 없었던 것이다. 하지만 방금의 실험을 통해 우진은 이 이유에 대해 깨달을 수 있었다.

'현장에서 그릴 땐 공모 가이드를 모르는 상태였고… 그러니 스케치가 구체화될수록 가이드에서 벗어날 수밖에 없었겠지. 그게 골든 프린트가 성립하지 않는 이유였어.'

우진의 얼굴에 의욕적인 표정이 떠올랐다. 지금 알아낸 이 사실이 디자인 자체에 도움 되는 것은 아니었지만, 수많은 고민에도 불구하고 골든 프린트의 비밀을 풀 수 없었던 가장 큰 걸림돌을 제거한 것이나 다름없었으니 말이다. 하여 우진은 곧바로 수화기를 들

었다.

"실장님."

[네, 대표님. 말씀하세요.]

"오후에 디자인 회의 잡겠습니다."

[마곡 M-Tec 프로젝트 관련이지요?]

"물론입니다."

[몇 시 정도로 잡을까요?]

"가능한 한 빠르게 일정 조율해서 전달 주세요."

[예, 대표님. 그럼 3시 정도로 잡아보겠습니다.]

비서실에 연락해 회의 일정을 잡은 우진은 지난 며칠간 떠올렸던 아이디어들을 공모가이드에 맞게 정리하기 시작했다. 골든 프린트의 비밀을 푸는 데에는 큰 도움이 되지 않았던 스케치들이었지만, 그 자체만으로도 충분한 디자인 리소스가 되었으니까. 하여 그날 디자인 콘셉트 회의에서 우진은 컨벤션 센터 프로젝트를 향해 또 한걸음 크게 다가설 수 있었다.

경쟁의 시작

영국의 자동차 디자이너 콜튼 테일러(Colton Taylor)는, 오늘 무척이나 중요한 미팅에 나와있었다. 그것은 바로 그의 제운자동차 영국지사에서의 마지막 실무이자, 금년 9월 개최될 예정인 프랑크푸르트 모터쇼(IAA[*])와 관련된 미팅.

제운자동차는 금년 처음 선보이게 될 신형 세단을 세계에서 가장 규모가 큰 모터쇼 중 한 곳인 프랑크푸르트 모터쇼에서 공개할 예정이었는데, 덕분에 당해 모터쇼에서 꽤 괜찮은 부스를 할당받을 수 있었다.

하여 콜튼의 오늘 미팅은 해당 부스의 디자인과 관련된 것이었다. 제운자동차는 독일 현지에서 가장 뛰어난 전시 디자이너 한 사람을 섭외하여 부스 디자인을 주문하였고, 제운자동차의 최고 수석 디자이너인 콜튼이 그와 함께 디자인 조율을 진행하고 있던 것.

모터쇼 중 가장 권위 있는 행사가 IAA인 만큼 제운자동차 본사

---

[*]　Internationale Automobil-Ausstellung.

에서도 이번 프로젝트에 무척이나 신경 쓰고 있었으며, 그래서 콜튼을 한국으로 다시 불러들이기 전 유럽에서 이번 프로젝트까지 그에게 맡긴 것이었다. 물론 임원급인 콜튼이 직접 미팅자리에까지 나온 데에는 다른 이유가 하나 더 있었지만 말이다.

"수고했네, 데미안(Demian). 덕분에 디자인은 아주 잘 뽑힌 것 같아."
"별말씀을. 이렇게까지 가이드를 해주는데 디자인 못 뽑아내면, 내가 은퇴할 때가 된 거지."
"하하, 그래도 부스 아이디어 자체는 대부분 자네 머릿속에서 나온 것 아닌가?"
"이 일만 이십 년째야, 콜튼. 내가 너만큼 벌진 못하지만, 그래도 나름 이 바닥에선 알아준다고."

이번 모터쇼에서 제운자동차의 부스를 디자인한 디자이너는 콜튼의 오랜 지기이자 유명한 전시 디자이너 데미안 군터(Demian Gunth). 본사에 디자이너를 추천한 사람도 콜튼이었으니, 이번 프로젝트까지 책임지고 관리하게 된 것이다.
콜튼은 영국인이었고 데미안은 독일인이었지만, 두 사람은 벌써 십년지기였다. 그들은 콜튼이 재규어 랜드로버에서 디자이너로 일할 당시, 재규어 브랜드의 단독전시장 디자인을 데미안이 맡게 되면서 알게 된 사이였다.

"그래도 콘셉트 픽스가 나고 나니, 마음이 꽤나 후련하구먼."
콜튼의 말에 데미안이 웃으며 답했다.

"그나저나 이번 프로젝트는 왜 이렇게 급하게 준비하는 거야?"

"급하다니?"

"그렇잖아. IAA는 9월이나 돼야 오픈인데, 부스 디자인을 벌써부터 픽스하는 게 이해가 안 돼서."

프랑크푸르트 모터쇼는 매 홀수년 9월 마지막 주에 개최된다. 때문에 부스 디자인은 8월 중에나 간신히 픽스되는 게 보통. 한데 5월 초에 불과한 지금 제운자동차의 부스디자인이 벌써 픽스되었으니, 업계에서 오래 일해온 데미안으로서는 그 이유가 궁금했던 것이다. 콜튼이 어깨를 으쓱하며 대답했다.

"뭐, 크게 중요한 이유가 있는 건 아냐."

"이유가 있긴 있다는 소리네?"

"그렇지."

"뭔데?"

"이 콜튼님이 6월에는 한국에 들어가야 하거든."

"…?"

"사실 3월에 한국지사로 발령 났었는데, 이 일 때문에 아직 영국에 붙어있던 거니까."

"응?"

"아마 지난 2개월 동안, 한국지사의 부사장 자리가 비어있었을 걸?"

콜튼의 대답에 데미안이 혀를 내둘렀다.

제운자동차쯤 되는 대기업이 콜튼의 일정에 맞춰 플랜을 운영해 준다는 사실이 대단하면서도 부럽게 느껴졌으니 말이다.

"크, 그 회사에서 어지간히 널 사랑하는군."

"물론이지. 실적 좋은 직원을 천대하는 회사는 대기업이 될 수가 없거든."

"쩝."

"그리고 제운자동차는 글로벌 대기업이지."

어깨를 으쓱하며 커피를 홀짝이는 콜튼을 보며, 데미안은 피식 웃을 수밖에 없었다. 잘난 척을 빼면 시체인 사람이 콜튼이었지만, 신기하게도 밉지 않은 사람이 바로 그의 친구였다.

"어쨌든 이제 그럼 일 얘긴 이쯤 하기로 하고…."

"좋아."

비즈니스가 끝난 두 사람은, 탁자 위에 올려있던 서류들을 정리하여 가방에 집어넣었다. 하지만 일이 끝났다 해서 바로 자리에서 일어나지는 않았다. 국적이 다르고 일하는 나라가 다른 두 사람은 친한 친구임에도 불구하고 꽤 오랜만에 이렇게 만난 것이었고, 그래서 사적으로는 아직 용무가 많이 남아있었으니까. 특히나 수다가 많은 편인 콜튼은 이대로 데미안이 자리에서 일어난다면 두고두고 섭섭해할 게 분명한 위인이었다.

"여기 허니 브레드 하나 더 시킬까?"

데미안의 물음에, 콜튼이 손뼉을 짝 치며 대답했다.

"좋지, 휘핑크림 듬뿍 얹어서."

업무 이야기를 끝낸 두 사람은, 사적인 이야기로 시간 가는 줄 모르고 떠들었다. 서로의 자녀들까지도 친분이 있다 보니, 오랜만에 만나 할 이야기가 무궁무진했던 것이다. 하지만 두 사람 모두 현역 일선에서 뛰고 있는 디자이너인 만큼 가장 큰 공통분모는 디자인

이었고, 때문에 결국 이야기는 다시 디자인과 관련된 것으로 돌아
올 수밖에 없었다.

"그런데 이번 IAA말이야, 데미안."

"IAA는 갑자기 또 왜? 일 얘기 끝난 거 아녔어?"

"오, 걱정 마. 일 얘긴 아니라고."

"그럼?"

"갑자기 궁금한 게 생겨서 말이지."

"궁금한 거?"

"내가 듣기로 이번 IAA가 역대급 규모로 기획됐다고 들었거든."

데미안은 콜튼의 이야기를 들으며 고개를 주억거렸다.

"그랬지."

"그래서 이번에 메세 프랑크푸르트(Frankfurt Main Messegelände)*
전시관 전체를 디자인 기획한 회사가 어딘지 궁금했어."

일반적으로 전시기획과 디자인은 하나의 디자인 회사에서 전체
를 맡아서 하는 경우가 대부분이다. 하지만 프랑크푸르트 모터쇼
같이 초대형 전시의 경우, 입점하는 회사가 원한다면 부스별로 개
별 디자인이 들어갈 수 있다.

그래서 제운자동차 부스의 그 개별 디자인을 맡은 사람이 바로
데미안이었다면 콜튼이 궁금한 것은 전체 전시장의 디자인을 맡
은 메인 업체가 어디인가 하는 것. 콜튼의 질문을 들은 데미안이
대수롭지 않다는 표정으로 대답해주었다.

---

* 독일 헤센, 프랑크푸르트 소재의 전시장으로, 100년이 넘은 유구한 역사와 30만 제
곱미터가 넘는 광활한 면적을 자랑하는 컨벤션 센터.

"D&P에서 맡았어."

하지만 대답을 들은 콜튼의 표정은 대수로움과는 거리가 좀 있었다.

"응? Design and Partners?"

"거기, 맞아. 근데 왜? 문제 있어?"

"어… 문제는 아니지만…."

콜튼은 의아한 표정이 되었다.

사실 물어보기는 했어도 속으로 답을 어느 정도 알고 있는 질문이라 생각했는데, 엉뚱한 회사의 이름이 튀어나왔으니 말이다.

'뭐지? 블랙테일즈가 아니야?'

블랙테일즈는 유럽 전역에서 활동하는 유명한 건축사무소이자 전시 디자인 회사였다. 인지도로 따지자면 데미안이 이야기한 D&P라는 회사보다 훨씬 더 저명한 회사인 것. 콜튼은 블랙테일즈가 이번 IAA의 전시설계에 입찰했다고 알고 있었으니, 어째서 D&P에게 기회가 돌아갔는지 의문스러운 게 당연했다. 그런 콜튼의 설명을 들은 데미안이, 웃으며 다시 입을 열었다.

"아하, 그래서 놀란 거였군."

"정말 D&P가 블랙테일즈를 이긴 거야?"

재차 묻는 콜튼을 보며 데미안이 다시 한번 웃었다.

"그럴 리가. D&P도 실력이 있긴 하지만, 블랙테일즈를 이기는 건 쉽지 않지."

"그럼?"

"블랙테일즈에서 입찰을 포기한 거로 알아."

"응? IAA의 입찰을 포기했다고?"

데미안이 고개를 끄덕였다.

"듣기로는 여력이 안 되는 모양이더라고."

"오호?"

"엄청나게 큰 설계 건을 하나 준비하고 있는 모양이야."

데미안의 설명을 들은 콜튼이, 그제야 고개를 주억거리며 수긍하였다. 그런 이유 때문이라면, 입찰 포기가 얼마든지 가능했으니까.

"건축설계 건인가 보지?"

"나도 자세히는 모르는데, 그렇게 들었어."

만약 블랙테일즈가 단순히 전시 디자인만 취급하는 회사라면, IAA보다 더 큰 일거리를 받는 것은 불가능에 가까운 일일 것이다. 다른 종류의 전시보다 규모가 큰 '모터쇼'라는 카테고리 안에서도, 가장 인지도 높고 많은 자본이 투입되는 전시가 바로 IAA였으니 말이다. 하지만 건축으로 넘어간다면 얘기는 달랐다. 어지간한 규모의 건물만 되어도, 전시설계보다는 건축설계의 규모가 더 클 수밖에 없으니까.

'그래도 IAA를 포기하고 입찰한 다른 설계가 있다니… 그게 어딘지는 좀 궁금한데?'

만약 블랙테일즈가 IAA의 기획설계를 맡았더라면, 콜튼은 데미안에게 연결을 좀 부탁하려고 했었다. 프랑크푸르트에서 최초 공개될 제운자동차의 신모델은 모터쇼가 끝난 직후 곧바로 한국에서 2차 공개될 예정이었는데, 그 때문에 블랙테일즈 쪽에 의뢰를 넣어볼 생각이었으니 말이다.

"의뢰할 게 있다면, 팀장급 이상으로 직통 연락처를 알아봐줄 수 있어."

"오, 데미안. 그렇게까지는 필요 없어. 어차피 블랙테일즈가 지금 프랑크푸르트에 있는 게 아니라면, 내가 다른 경로로 연락을 넣어도 되니까."

그래서 데미안과의 미팅이 끝난 뒤 영국으로 돌아오는 공항 대기실에서, 콜튼은 어딘가로 전화를 걸었다.

띠리리링-

이어서 콜튼의 입에서는, 유창한 한국어가 흘러나오기 시작하였다.

"여보세요? 저 콜튼입니다."

[네, 부사장님. 말씀하세요.]

"D-X 프로젝트 때문에 알아봐야 할 일이 좀 있는데요."

[넵.]

"설계사무소 중에 '블랙테일즈'라는 업체 아시죠? 재작년 킨텍스 모터쇼 전시기획 했던?"

[당연히 알고 있습니다, 부사장님.]

"이번 프로젝트를 그쪽에 견적 요청 한번 넣어볼까 하는데, 연락처가 좀 필요해서요."

[부사장님께서 직접이요?]

"네, 그러려고 했는데요?"

통화하는 사이 출국 수속이 끝났고, 콜튼은 게이트를 향해 걸어가며 통화를 계속하였다.

[음, 그러실 필요는 없을 것 같습니다, 부사장님. 제가 직접 연락 넣어보겠습니다.]

"오, 미스터 킴이요?"

[넵. 킨텍스 때도 제가 직접 발주 넣었었거든요.]

"오케이, 그럼 부탁 좀 드릴게요."

[만약 그쪽에서 하겠다고 한다면, 계약서 발송하기 전에 컨펌 요청 드리겠습니다.]

"좋아요. 고맙습니다."

[별말씀을요.]

"전 이제 비행기 타야 하니, 메시지로 남겨주세요."

[알겠습니다, 부사장님.]

콜튼이 독일에서의 모든 업무를 마치고 비행기에 탑승할 즈음, 사위에는 이미 어둠이 내려앉아 있었다. 해서 전화를 끊은 콜튼은 스마트폰을 비행 모드로 전환하고 자리에 기대 눈을 감았다.

'흠. 이제 영국에 돌아가면, 슬슬 한국으로 들어갈 준비를 해야 겠어.'

한국을 떠올리자 자연스레 그곳에서 고생 중인 아들내미의 얼굴이 떠올랐다.

'제이든은 잘 있으려나.'

한국의 디자인 대학에 입학했다고 한 것이 엊그제 같건만, 어느새 졸업반이라고 자랑하던 그의 아들 제이든. 하지만 콜튼의 아들 생각은 그리 오래 이어질 수 없었다. 비행기의 바퀴가 굴러가기 시작할 즈음, 안대를 낀 콜튼이 잠에 빠져들었으니 말이다.

쿠우우우웅-

요란한 소리를 내며 이륙하는 비행기가 익숙한지, 소음과 별개로 순식간에 잠에 빠져드는 콜튼. 그런데 그가 이렇게 잠든 사이, 비행기 모드로 되어있는 그의 스마트폰으로 메시지가 하나 전송되었다.

[부사장님, 지난번에 저와 일했던 블랙테일즈 디자인 팀장이 지금 한국에 들어와있다고 합니다. 마곡 컨벤션 센터 설계 입찰 때문에 들어왔다더군요. 차주에 저도 귀국할 예정이니, 오프라인으로 미팅 한번 잡아보겠습니다.]

— * —

우진은 골든 프린트의 비밀을 한 가지 알아내었지만, 그것은 단지 시작에 불과할 뿐이었다. 온갖 정보들이 가득 숨겨진 '골든 프린트'라는 비밀의 방에 이제야 겨우 열쇠를 구해 문을 열고 들어간 셈이랄까?

골든 프린트가 어떻게 작동하는지 알았으니, 이제 그 안에 어떤 정보들이 숨겨있는지를 알아내야 할 차례. 그래서 우진은 또다시 골머리를 싸매고 있었다. 골든 프린트와의 싸움은, 그 누구도 도와줄 수 없는 자신만의 싸움이었으니까.

'도면 위에 떠오르는 이 크고 작은 황금빛 사각형들이… 대체 뭘 의미하는 걸까?'

지금 우진은 홀로 회의실에 앉아 있었다. 그리고 그의 앞 커다란 회의실 탁자에는 가로세로 1미터가 넘는 거대한 도면이 펼쳐져있었다. 도면 위에 떠오르는 골든 프린트를 조금이라도 자세히 보기 위해서는 크고 디테일한 평면도를 그릴 필요가 있었고, 그래서 전지(全紙) 크기의 커다란 종이에 도면을 그려 올린 것이다. 이러한 우진의 시도는 분명히 효과가 있었다. 선명하지만 미세하게 떠올라 잘 보이지 않던 골든 프린트의 세세한 형태를 전지 위에서는 대부분 확인이 가능했으니까.

'문제는 형태를 봐도 대체 뭔지 짐작이 가질 않는다는 건데….'
회의실 구석에는 두루마리처럼 말린 전지 크기의 도면이 수십 장 세워져있었다. 엊그제 디자인 회의에서 나왔던 디자인 콘셉트들을 적용하여, 우진이 직접 도면을 그리고 골든 프린트를 전부 다 띄워본 것.
당연하겠지만 도면마다 적용되는 골든 프린트의 형태는 제각기 다 다른 모양이었고 그래서 우진은 그렸던 도면들 중, 가장 빼곡하게 골든 프린트가 떠오른 도면을 펼쳐놓고 고민에 빠져있었다. 그것을 선택한 이유는 단순한 것이었다. 최대한 많은 금빛 선들을 보고 비교할 수 있는 도면이, 골든 프린트의 메시지를 찾아내기 좋을 것이라고 생각한 것이다.

'요양원을 디자인했던 때처럼, 사람들의 동선을 보여주기라도 하는 걸까? 아니면 사옥을 디자인할 때 봤던 빛의 흐름?'
온갖 추측과 함께 갖은 상상력을 동원하며, 골든 프린트가 전하려는 메시지를 해석해보는 우진. 그는 아침부터 지금까지 점심 식사도 거른 채 회의실에 박혀있었고, 아무도 우진을 찾지 않았다.
이렇게 틀어박혀 도면과 디자인에 대한 고민을 할 때엔, 우진을 찾지 않도록 하는 게 비서실의 암묵적인 룰이었으니까. 그런데 그렇게 오후 세 시쯤이 되었을까? 처음으로 누군가 회의실의 문을 두들겼다.

똑똑똑-

그리고 갑자기 울려 퍼진 노크 소리에, 우진은 화들짝 놀랐다.

'음? 벌써 시간이 이렇게 됐나?'

누가 왔다는 사실 자체에 놀란 것은 아니다.

오늘 한 사람이 우진을 방문하기로 예정되어있었으니까.

다만 그녀와의 약속이 오후 세 시였는데, 워낙 골든 프린트를 분석하는 데 집중해있다 보니 시간이 벌써 그렇게 된 줄 몰랐을 뿐이었다.

멋쩍은 표정이 된 우진이 회의실 문을 향해 입을 열었다.

"들어오세요."

끼익-

높은 힐에 단아한 오피스룩을 입은 한 여성이 회의실 안쪽으로 들어왔다.

또각- 또각-

"회의실에서 혼자 뭐 하세요, 대표님?"

그녀의 물음에 우진이 뒷머리를 긁적이며 답했다.

"뭐, 보다시피….."

오늘 우진이 만나기로 한 여성은 다름 아닌 윤민선. 석호의 소개로 알게 된 전시 디자이너 윤민선이 오늘 방문하기로 했던 유일한 손님이었다.

— ✳ —

오늘 우진은 민선을 두 번째 만났다. 처음 석호와 함께 만났던 날을 제외하면 처음 만나는 날인 것. 그리고 그녀의 면면을 확인한 우진은 꽤 놀랄 수밖에 없었다. 그날 봤던 민선과 오늘의 민선은 완전히 이미지가 달랐으니 말이다.

'이렇게까지 미인이셨었나?'

편한 복장에 동그란 안경을 쓰고 있던 민선도 충분히 청순한 이미지였지만, 완전히 작정하고 꾸미고 나온 그녀의 모습은 또 달랐던 것. 하지만 달라진 그녀의 이미지로 인해 놀란 것도 잠깐이었을 뿐, 곧 우진은 다시 멋쩍은 표정이 되었다. 그 가장 큰 이유는 민선에게 미안해서였다.

"죄송합니다. 제가 작업을 하다 보니 시간이 이렇게 된 줄 몰랐네요."

사실 3시에 그녀와의 약속 이전에는 대표실로 돌아가서 손님 맞을 준비를 하려 했었는데, 시간도 잊어버리고 회의실에 박혀있었던 상황이었으니 말이다. 손님이 그가 있는 곳까지 찾아오게 만들었으니, 우진으로서는 미안한 게 당연한 것. 다행히 민선은 전혀 기분 나쁜 기색이 아니었지만 말이다.

"괜찮아요. 오히려 이렇게 일하고 계신 모습을 뵈니 더 좋은데요?"

"하하, 비서실에 미리 얘기는 해뒀는데, 뭔가 착오가 있었나 봐요."

우진의 이야기에, 민선이 눈을 찡긋 하며 대답했다.

"제가 사실 좀 일찍 왔거든요."

"네?"

"지금 이제 2시 50분쯤 됐을 걸요?"

"그 정도야…."

"실장님께서 대표님 모셔온다는 걸 제가 말렸어요."

"아하."

"후훗, 어차피 저도 일 얘기하러 온 거니까, 여기로 바로 오는 게 더 편하기도 하고요."

말은 우진을 향해 하지만, 민선의 시선은 언제부턴가 탁자 위의 커다란 도면 위에 꽂혀있었다. 오늘 그녀가 WJ 타워에 온 이유는 우진이 설계에 대한 자문을 구했기 때문.

이것은 프리랜서 윤민선과 정식으로 체결된 외주계약이었고, 그래서 그녀는 말 그대로 '일'을 하기 위해 오늘 이 자리에 온 것이었다. 물론 도면에 시선이 꽂힌 이유는, 일을 하러 왔기 때문보다 순수한 흥미가 더 컸지만 말이다.

"저, 여기 앉으면 돼요?"

"편하신 대로요."

두 사람이 잠시 대화를 나누는 사이, 비서실에서 커피를 한 잔씩 가지고 나왔다. 하여 우진도 잠시 머리를 식힐 겸, 그녀와 마주 앉아 커피를 홀짝이기 시작하였다. 물론 그 와중에도 도면은 바로 옆에 있었지만 말이다.

일상에 대한 가벼운 얘기가 잠시 오간 뒤, 먼저 일 얘기를 꺼낸 것은 민선이었다.

"그나저나 대표님께서는, 원래 이렇게 큰 종이에 도면작업을 하세요?"

눈을 반짝이는 그녀를 보며, 우진이 고개를 절레절레 저었다.

"아, 그렇지는 않습니다. 다만 이렇게 큰 면적의 설계를 진행해 보는 건 처음이라, 전지에 대고 한번 그려봤죠."

전시 디자인에 한정한다면, 민선이 우진보다 훨씬 더 많은 경험과 포트폴리오를 가진 사람일 것이다. 하지만 건축·공간 설계라는 더 큰 카테고리를 놓고 본다면, 지금 시점에서 우진이 오히려 더 인지도 있는 디자이너. 그래서 민선은 우진의 새로운 작업방식부터 시작하여 그가 그린 도면들까지도 배움의 자세로 보고 있었다.

"신선한 발상이에요. 저도 다음에 한번 해봐야겠어요."

"그, 그렇죠?"

"항상 같은 형식의 도면만 그리는 것보다 좀 더 다양한 시각을 가질 수 있는… 하나의 방법이 될 수 있겠네요."

고개를 주억거리며 턱을 만지작거리는 민선을 보며, 우진은 민망함을 감추기 위해 애써야 했다. 민선의 망상과 달리 우진으로서는 단지 골든 프린트의 비밀을 찾기 위해 커다란 도면을 사용했을 뿐이었으니 말이다.

하지만 굳이 그녀의 이야기를 부정할 필요는 없었다. 그녀를 WJ 스튜디오에 스카우트하고 싶은 우진으로서는 최대한 좋은 이미지를 심어줘야 했으니까. 두 사람이 그런 대화를 하는 사이 민선은 어느새 도면 앞에 다가가 흥미로운 표정으로 관찰하고 있었다. 그런 그녀를 향해, 우진이 조심스레 물어보았다.

"좀 어떤 것 같아요, 민선 씨?"

우진의 물음에, 민선이 웃으며 되물었다.

"뭐가요? 이 도면이요?"

"네."

"어떤 대답을 원하세요?"

민선의 반문에 이번에는 우진이 웃으며 말했다.

"있는 그대로를 원합니다. 그러려고 민선 씨를 모신 거니까요."

"정말이죠?"

"물론입니다."

우진의 이야기에 민선은 더욱 꼼꼼하게 도면을 관찰하기 시작했고, 그렇게 10여 분 정도가 지났을 즈음 다시 천천히 입을 열었다.

"일단 제가 이 도면을 보는 시점은 두 가지였어요."

흥미로운 표정이 된 우진이 물었다.

"시점…이라면요?"

민선은 도면 한쪽에 손을 짚으며, 담백한 목소리로 말을 이어 갔다.

"하나는 건축설계 그 자체를 보는 평범한 디자이너로서의 시점."

"…?"

"나머지 하나는 당장 이 전시장에 전시를 기획·디자인해야 하는 실무자로서의 시점이에요."

우진의 두 눈이 더욱 반짝였다. 그녀를 고용하면서 우진이 가장 원했던 부분.

'역시 이해가 빠르네.'

민선은 이미 우진이 가장 원하는 피드백을 줄 준비가 되어있는 것 같았으니 말이다.

"두 가지 시점에서의 감상을 다 들어볼 수 있을까요?"

"상처받지 마세요?"

"제 멘탈이 그 정도로 허약하진 않습니다, 하하."

지금 회의실 탁자 위에 놓여있는 설계는 우진의 베스트 설계가 아니다. 다만 여러 가지 중간과정 중 하나를 펼쳐놓은 것일 뿐. 그래서 우진이 보기에도 디자인적으로 완성도가 많이 떨어지는 설계였고, 그것에 대해 민선이 혹평을 한다 하더라도 딱히 상처받을 일은 없었다.

'오히려 칭찬을 한다면 조금 실망할지도….'

그리고 민선은, 우진의 기대에 완벽히 부응하였다.

"일단 평범한 디자이너로서 이 설계에 대한 말씀을 먼저 드리자면, 한마디로 미완성 설계 같아요."

"오호, 어째서 그렇죠?"

"평면 자체는 신선하고 공간에 대한 고민도 상당히 들어간 것 같은데…."

민선이 도면의 군데군데를 짚으며 설명을 계속하였다.

"이런 부분들을 보면, 너무 콘셉트에만 집착한 것 같거든요."

"공간구획이 별로인가요?"

"아뇨, 동선이 문제예요."

"아하."

"이렇게 되면 A섹터와 C섹터의 진출입로가 겹치게 되는데, 좋은 설계는 아니라고 봐요."

민선의 이야기들을 들으며, 우진은 속으로 꽤 감탄 중이었다.

'이렇게 짧은 시간 내에, 이 정도나 파악했다고?'

지금 탁자 위에 올려둔 도면이 그리 마음에 드는 도면은 아니었지만 그렇다고 해도 민선은 우진이 파악하지 못하고 있던 단점들까지 짧은 시간 내에 콕콕 집어내고 있었으니 말이다.

"역시 오늘 민선 씨를 모셔오길 잘했네요."

"도움이 됐다니 다행이네요."

"그럼 이번에는 실무자의 시점에서도 한번 들어볼 수 있을까요?"

"좋아요."

처음부터 꽤 날카로운 지적들을 했던 민선은, 실무자의 시점에서 한층 더 강도 높은 비판을 하였다.

"모터쇼에서 이런 공간들은 아예 죽은 공간이나 다름없어요, 대표님."

"음, 어째서 그렇죠? 최소 세 대 정도는 전시 가능한 공간으로 보이는데요."

"이쪽에 단차가 있는 것 맞죠?"

"아…?"

"차량 진입이 아예 불가능한 구조예요."

"오호, 그런 부분은 생각 못 했는데…."

"해서 이쪽 섹터는 완전히 설계를 다시 해야 할 수준이에요."

처음 우진이 펼쳐놓았던 도면 위에서 민선의 이야기는 거의 20분도 넘게 진행되었다. 그리고 그 이야기가 전부 끝났을 때, 우진은 저도 모르게 고개를 끄덕이고 있었다.

'확실히 실무자라 보는 눈이 다르네. 아니, 그냥 민선 씨 실력이 뛰어난 건가?'

우진이 탁자 위의 도면을 둘둘 말아 구석에 치우자, 자연스레 그곳에 둘둘 말려 세워져있던 다른 도면들이 민선의 눈에 들어왔다. 그것을 발견한 민선의 두 눈이 휘둥그레진 것은 당연한 수순 이었다.

"헉… 설마 저게 다 도면은… 아니겠죠?"

우진이 웃었다.

"하하, 왜 아니겠습니까."

민선은 믿을 수 없다는 표정으로 재차 물었다.

"공고 난 지 일주일쯤 된 것 아닌가요?"

"맞습니다."

"그런데 그 일주일 만에 도면을 이렇게 많이 그리셨다고요?"

"생각해보니 잠을 별로 안 잔 것 같군요."

"대박…."

우진이 반쯤 농담조로 민선을 향해 물었다.

"오늘 이거 다 피드백 주시기 전에 못 가시는데… 괜찮죠?"

민선도 웃으며 답했다.

"뭐, 각오는 하고 왔어요. 통장에 찍힌 돈이 제법 많더라고요. 흐흐."

회의실 벽으로 간 우진은 민선에게 보여줄 다음 도면을 천천히 골랐다.

'골든 프린트가 가장 많이 떠있어서 그 도면을 먼저 보여주긴 했는데… 역시나 그리 좋은 도면은 아니었던 것 같군.'

처음 펼쳐져 있던 도면과 민선의 피드백을 떠올리며, 다음으로 어떤 도면을 펼쳐놓을지 고심하기 시작한 것이다. 그리고 그런 생각을 하던 도중, 우진의 머릿속에 한 장의 도면이 떠올랐다.

'이번에는 이걸 펼쳐볼까?'

완전히 만족스럽지는 않았지만, 제법 깔끔하게 뽑혔다고 생각했던 도면. 하지만 그럼에도 불구하고, 골든 프린트의 환영은 가장 조금 발생했던 도면. 우진은 일부러 처음 보여줬던 도면과 스타일이 완전히 다른 도면을 펼쳐 보였고,

촤르륵-

그 앞에 다가간 민선은 이번에도 찬찬히 설계를 관찰하기 시작하였다. 그리고 이렇게 다시 십여 분 정도가 지났을 때 민선의 입에서 가장 처음 흘러나온 한마디는 바로 이것이었다.

"대표님."

"네?"

"이 도면… 대박인데요?"

— * —

뜬금없는 민선의 이야기에, 우진은 당황한 표정을 숨길 수 없었다.

"대박이라고요?"

우진의 반문에 민선은 망설임 없이 고개를 끄덕였고,

"네."

우진은 반사적으로 다시 한번 물어볼 수밖에 없었다.

"어떤 의미에서… 대박이라는 거죠?"

민선에게 보여준 두 번째 도면이 첫 번째 도면보다 나은 설계라는 것은 우진도 알고 있는 사실이다. 디자인적으로나 조형적으로

는 뭐가 더 낫다 이야기할 수 없으나, 적어도 '전시'라는 카테고리 안에서 더 많은 고민을 하며 그린 도면이 두 번째 도면이었으니 말이다.

하지만 냉정히 말해 이 도면도 처음 펼쳐뒀던 도면에 비해 크게 낫지 않다. 아니, 어떤 의미에서는 더 못난 도면이다. 적어도 우진의 눈에는 그랬다.

"어떤 의미에서냐니요. 당연히 도면이 좋다는 얘기지요."

"그러니까 그 이유를 여쭤보고 싶어서요."

"아하."

우진의 말에 민선은 고개를 끄덕였고, 차분히 도면을 짚으며 설명하기 시작하였다.

"일단, 제가 대박이라고 말씀드렸던 건… 전시기획 디자인을 담당하는 실무자의 시선에서 얘기한 거예요."

우진은 가만히 경청했고, 민선의 말이 또박또박 이어졌다.

"그러니까 실무자의 입장에서 이 전시장에 전시 디자인을 해야 한다고 했을 때… 불편한 부분이 거의 보이지 않는다고 해야 할까요?"

"아…?"

"가장 마음에 드는 건, 실무자로서 선택지가 상당히 많은 도면이라는 거예요."

"선택지라는 게 뭘까요?"

"공간구성에 대한 선택지요."

민선의 손가락이 도면을 따라 흘러가기 시작하였다.

"지금 이 도면 위에는 처음 보여주셨던 평면도보다 훨씬 더 많은 공간이 구획되어있어요.”

“더 잘게 쪼개놨으니까요?”

민선이 고개를 끄덕이며 대답했다.

“맞아요. 처음 봤던 도면보다, 섹터가 거의 두 배 이상 많죠.”

아직 그녀가 하고자 하는 말을 정확히 파악하지 못한 우진이 고개를 갸웃하였고, 민선이 다시 설명을 시작했다.

“물론 섹터가 쓸데없이 많은 건, 오히려 전시기획자에게 선택지를 줄이는 일이에요. 바둑판처럼 균일하게 공간만 쪼개둔다면, 그 자체로 재미없는 프레임이 되어버리니까요.”

도면을 가리키는 민선의 손가락이 다시 움직였다.

“반면에 대표님께서 설계하신 이 도면을 보면, 같은 종류의 공간이 거의 보이지 않아요. 가장 평면이 비슷한 C섹터와 D섹터도, 결국 층고에서 상당한 차이가 나도록 설계되어있고요. 공간감이 다르다는 거죠.”

우진은 감탄했다. 그녀에게 보여준 도면 안에는 입면도가 포함되어있지 않은데, 평면도와 개략적인 외관 러프스케치만 보고 공간감을 읽어낸 것이었으니 말이다. 탁월한 공간지각능력이 아니라면 결코 불가능한 통찰력.

'전시 디자인이 아니라 그냥 건축을 하셨어도 잘하셨겠어.'

게다가 민선의 이야기는 흥미진진했다. 그녀의 시선은 철저히 실무자의 그것이었고, 해서 그녀가 하는 이야기들은 우진에게 다양한 자극을 줄 수 있는 내용들을 담고 있었으니 말이다.

“제각기 다른 공간감을 가진 다양한 전시 섹터는 저 같은 실무자의 입장에서 아주 매력적인 먹잇감이에요.”

“시도해볼 수 있는 공간연출 방식이 다양해지기 때문이겠군요.”

민선이 고개를 끄덕였다.

"네, 바로 그거죠. 전시 디자이너가 요리사라면, 전시공간은 식재료 중 하나거든요."

"재밌는 비유네요."

"아무리 뛰어난 요리사라도 단조로운 재료를 가지고 만들어낼 수 있는 요리에는 한계가 있는 법이죠."

민선의 설명은 계속해서 이어졌다. 처음 이 설계가 대박이라고 말했던 것이 빈말은 아니었는지, 설명의 대부분이 공간구조에 대한 칭찬. 그래서 그녀의 이야기가 끝나갈 즈음 우진은 이런 질문을 할 수밖에 없었다.

"그럼 민선 씨."

"네, 대표님."

"만약 민선 씨라면, 이 도면으로 공모에 입찰할 것 같나요?"

단도직입적인 우진의 질문에, 민선은 대답 대신 잠시 웃었다. 그리고 이번에는 반대로 우진을 향해 되물었다.

"제가 그렇다고 하면, 대표님은 이 도면으로 입찰 넣으실 수 있겠어요?"

그녀의 반문에 우진은 말문이 막히고 말았다.

"그야 당연히…."

그에 대한 대답은 정해져 있었으니까.

'이 도면으로 입찰하면 그대로 탈락이지, 뭐.'

민선은 계속해서 칭찬을 거듭했고, 그 이야기들에 우진은 9할 이상 공감하였다. 그런데 대체 왜 우진은 그대로 탈락이라고 생각했을까? 우진이 말을 멈춘 사이, 민선의 말이 다시 이어졌다.

"제 생각에는 말이죠, 대표님."

"말씀하세요."

그녀는 잠시 도면을 훑어본 뒤 다시 우진과 눈을 마주쳤다.

"이 도면의 장점을 다 살린 채로, 대표님 마음에도 드는 도면을 만들어낼 수 있다면… 공모에서 충분히 당선될 수 있을 것 같아요."

"장점이라…."

"정확히는 이 도면의 장점을 그대로 가지면서도, 처음 제게 보여주셨던 도면 이상의 조형성까지 살릴 수 있다면… 최고의 전시공간이 되지 않을까 생각해요."

우진은 이제 머릿속이 좀 더 선명해지는 것을 느끼고 있었다. 민선과 대화를 나누기 전만 하더라도 실타래처럼 복잡하게 엉켜있던 디자인 방향성이 제법 명확하게 잡혔으니 말이다.

'다양한 공간구조와 사용자의 편리성. 공간의 기능성과 동선 구조까지 최대한 살리면서도, 조형적인 아름다움까지 갖춘다면….'

두 번째 도면이 우진의 마음에 들지 않았던 이유는 간단했다. 기능성에 대한 고민을 최대한 했을지언정, 시각적인 아름다움과 조형성에서는 다소 밋밋한 구조였던 것이다. 오히려 외관이나 공간 디자인의 스타일만 놓고 봤을 때는 처음 민선이 혹평했던 도면이 훨씬 더 우진의 마음에 들었던 것.

'결국에는 건축의 기본. 다양한 제약 속에서 최대한의 조형성과 디자인적 아름다움을 뽑아내는 게 내가 해야 할 일이었네.'

사실 이러한 이야기는 우진이 말했듯 건축의 기본이라고 할 수 있다. 다만 우진이 기본적인 부분에 대해 명확히 떠올리지 못했던 것은, '컨벤션 센터'라는 건축의 기능에 대한 이해가 부족했기 때문이었다. 당연히 설계 이전에 컨벤션 센터에 대한 공부를 열심히 했지만, 경험하지 못하고 알 수 있는 것에는 한계가 있을 수밖에 없던 것.

기능에 대한 이해가 부족하니 어떠한 제약을 둬야 할지 모호했던 것이며, 어떤 제약이 필요한지 명확히 알지 못하다 보니, 디자인 방향성 차원에서 쉽게 갈피를 잡지 못했던 것이다. 그래서 지금 우진의 앞에 있는 민선은, 우진이 부족한 부분을 가장 잘 채워줄 수 있는 사람이었다.

우진이 아름다운 건축을 추구하기에 앞서 어떤 제약들에 대한 고민이 선결되어야 할지 그 누구보다 꼼꼼히 체크해줄 수 있는 사람이 바로 전시 디자인 업계에서 잔뼈가 굵은 베테랑 디자이너 민선이었던 것이다. 여기까지 생각이 미치자, 골든 프린트에 대한 고민도 일부나마 해결되었다. 아직 골든 프린트가 보여주는 메시지를 100퍼센트 이해하진 못 했을지언정, 방향성은 깨달을 수 있던 것이다.

'아마 골든 프린트의 변화도 이 부분에 가장 밀접한 연관이 있었던 거겠지. 이번에 골든 프린트가 전하고자 하는 메시지는, 디자인의 아름다움이나 조형성에 대한 조언이 아니었어.'

공간의 기능성에서 비롯된 제약에 대한 이해가 선결되지 못한 상태에서, 골든 프린트에 대한 한 가지 오해가 중첩됐었다. 골든 프린트는 항상 나은 디자인과 기능에 대한 힌트를 보여준다는 오해. 이러한 오해를 가지고 있다 보니 지금까지와 상반되는 골든 프린트의 표현을 이해하지 못하고 고생했던 것이다.

생각의 방향성이 달라지니, 다른 길이 보였다. 두 번째 도면도 다시 말아 세워 둔 우진은 다른 도면들도 민선에게 보여주었고, 그 과정에서 골든 프린트의 메시지를 점점 더 명확하게 해석할 수 있었던 것이다. 하여 그렇게 무려 네 시간 동안을 회의실에 있던 두 사람은, 퇴근 시간이 지나서야 이야기를 마칠 수 있었다.

"오늘 정말 고생 많으셨습니다, 민선 씨."
우진의 이야기에 민선이 환하게 웃으며 고개를 저었다.
"고생은요, 무슨. 오랜만에 재밌었는데요."
"하하, 그럼 다행입니다."
"항상 크리에이터의 입장이었는데… 이렇게 만들어진 도면을 가지고 분석하는 작업도 재밌네요."

퇴근 시간이 지났기에, 우진도 대표실에서 곧바로 짐을 챙겼다. 두 사람은 같이 나왔고, 엘리베이터에서 민선이 물었다.

"대표님, 배 안 고프세요?"
"음. 그러고 보니 배가 좀 고프긴 하네요."
"뭐예요, 로봇도 아니고. 연료 떨어진 걸 누가 알려줘야 아는 거예요?"
"하하, 오늘 워낙 정신이 없었나 봅니다."
낄낄거리며 웃은 민선이 우진을 향해 다시 말했다.
"그럼, 밥 먹으러 가요."
"네?"
"저녁 약속 따로 없으시면요. 밥이나 같이 먹자고요."

"약속이야 없는데…."

우진은 뒷머리를 긁적였다. 민선과 저녁을 함께하기 싫은 것은 당연히 아니다. 다만 갑작스런 말에 조금 당황했을 뿐.

"밥, 제가 살게요."

"민선 씨가요?"

"저 오늘 돈 벌었잖아요. 지난번에는 얻어먹기도 했고."

"…."

"서울숲역 쪽에 곱창집 맛있는데 하나 생겼대요. 혹시 곱창 싫어하세요?"

"아뇨, 좋아합니다만."

"그럼 됐네. 거기로 가요."

민선이 말을 마친 순간, 1층에 도착한 엘리베이터가 열렸다.

또각- 또각-

먼저 걸음을 옮겨 엘리베이터를 나서는 그녀의 뒷모습을 보며, 우진은 피식 웃을 수밖에 없었다.

'참, 재밌는 캐릭터네, 이분도.'

사실 다음 미팅 때나 작업이 있을 땐, 우진이 먼저 식사를 제안하려 했었다. 그녀와 친해질수록 프로젝트의 결과물을 뽑는 것도 더 수월해질 것이었고, 무엇보다 앞으로도 쭉 함께 일하고 싶은 인재였으니까.

"걸어가게요?"

"가까워요. 차 가져가봐야, 주차할 곳도 없고요."

그래서 우진은 기꺼운 마음으로 그녀와 저녁 식사를 함께하였고, 유쾌한 이야기들을 나눌 수 있었다.

"재밌었어요, 오늘."

"하하, 저도 그렇습니다. 덕분에 맛있는 곱창도 얻어먹었고요."

"다음 미팅은 다음 주 금요일이죠?"

"네, 민선 씨. 그때는 콘셉트 설계 어느 정도 픽스해두도록 하죠."

"후훗, 기대할게요."

민선이 돌아간 뒤, 집에 도착한 우진은 곧바로 따뜻한 물로 샤워부터 하였다.

쏴아아-

물줄기를 맞으며 생각을 정리하면, 복잡한 머리를 좀 식힐 수 있었으니 말이다. 그리고 방에 들어간 우진은 또다시 노트를 펼쳤다.

'까먹기 전에 아이디어는 정리해둬야지.'

민선과의 미팅 과정에서 머릿속에 떠오른 공간에 대한 아이디어들을 간단한 스케치로 남겨놓고 쉬려는 생각이었다.

'이번 달 안에 설계 콘셉트나 구도는 무조건 픽스해야 해. 그래야 일정을 맞출 수 있어.'

시간은 빠르게 흘러갔다. 5월은 금세 지나갔으며, 6월도 어느덧 마지막 주가 되었다. 본격적인 설계가 시작된 6월부터는, 민선도 거의 WJ 타워에 출근하다시피 했다. 공모가 마무리 단계에 이르자, 논의해야 할 설계 디테일들이 거의 매일같이 발생했으니 말이다.

그리고 이렇게 수많은 사람들의 노력 속에서, 우진의 마곡 컨벤션 센터 설계는 거의 완성단계에 이르렀다. 민선을 통해 알게 된, 전시장 공간의 수많은 기능·편리에 대한 고찰과 우진의 고심 속에서 만들어진 아름다운 공간감이 전부 담긴 만족스러운 작품이 탄생한 것이다.

　하지만 공모 마감을 하루 남겨둔 시점, 우진에게는 마지막으로 한 가지 고민이 남아있었다.

디자인과 선택

어둠이 까맣게 내려앉은 저녁 9시의 성수동. 도로를 따라 늘어서 있는 가로등 불빛 사이로, 새하얀 건물 하나가 우뚝 솟아 있었다. 기하학적인 외관을 따라 늘어선 창문들 사이로, 가지런히 하얀 불빛이 새어 나오는 아름다운 건물. 그것은 어느새 성수동의 랜드마크가 된 서울숲 WJ 타워였다.

"와, 건물 진짜 예쁘다. 밤에는 조명이 이렇게 들어오는구나."
"오빠, 이게 WJ 타워지?"
"그럴걸? 그, 서우진이 지은 건물."

서울숲을 거닐던 연인들도, 야근 때문에 늦게 퇴근하던 직장인들도. 대로변에서 버스를 기다리던 사람들도, 밀리는 차도 위에서 신호를 기다리던 운전자들도. 인근을 지나던 많은 사람들의 시선을 사로잡으며 환하게 빛나는 WJ 타워. 하지만 오늘 저녁은 평소보다도 건물이 더 환하게 빛나고 있었는데, 그 이유는 조금 쓸쓸한 것이었다.

마곡 컨벤션 센터의 공모 마감이 하루 남은 오늘, WJ 스튜디오의 설계·디자인 파트의 직원들은, 한 사람도 빠짐없이 야근 중이었으니 말이다. 저층부의 상업 시설을 전부 제외하고라도 모든 오피스의 불이 전부 다 환하게 켜져있었으니, 평소보다 더욱 밝게 빛날 수밖에 없던 것.

디자인이 끝나지 않아서 야근 중인 것은 아니다. 세부적인 설계들까지도, 이미 어제 회의에서 컨펌이 끝난 상황이었으니까. 다만 워낙 설계 규모가 크다 보니 세부설계는 팀별로 구획을 나누어 진행되고 있었는데, 그래서 오늘은 이 모든 설계를 한데 묶어 최종적으로 검토를 하는 중이었다.

개별적으로는 우진의 컨펌을 통과했을지 몰라도, 공간과 공간이 연계되는 과정에서 생길 수 있는 불협화음들에 대해서는 아직 검토가 끝나지 않았으니까. 그래서 모두가 바쁜 가운데, 그중에서도 가장 바쁜 사람은 당연히 우진이었다. 이번 컨벤션 센터 프로젝트가 중요한 만큼, 이 방대한 분량의 설계 전부가 우진의 손을 거치고 있었던 것이다.

"팀장님."

"네, 대표님."

"문주 입면을 조금 수정해볼 수 있을까요?"

"어떻게 수정할까요?"

"기존에 수직으로 높게 솟은 디자인이 스케일감도 더 있어 보이고 괜찮았던 것 같아서요. 지금 디자인도 나쁜 건 아닌데, 시선을 사로잡는 임팩트가 좀 부족해 보인다고 해야 하나…?"

"그 디자인이 저도 괜찮기는 한데, 어두워지기 시작하면 하단부가 좀 휑해 보일까 봐서요."

"조경 위나 벽면에 일루미네이션(illumination)*을 좀 올리면 어느 정도 커버되지 않을까요?"

"아하."

"어차피 공모입찰 이후에 마감이야 얼마든지 변경 가능하니까, 일단 렌더컷에서는 일루미네이션으로 표현해주세요."

"조명 많이 들어간 야간 컷 뽑으려면 렌더가 꽤 오래 걸릴 텐데…"

"포토샵 있잖습니까, 포토샵."

"아."

"렌더 뽑을 때는 조명 일단 최소화시키고, 포샵에서 찍어주세요."

"알겠습니다, 대표님."

"지난번에 보니까 선경 대리님이 포샵 전문가시던데."

"하하, 선경이가 거의 포토샵 장인이기는 하죠."

작업을 할 수 있는 마지막 날인 만큼, 설계의 근간을 흔들 정도의 수정사항은 나올 수 없었다. 하지만 이렇게 세심한 설계조정이 도면의 완성도를 높이는 것이니, 우진은 작은 것 하나라도 놓치지 않고 살펴보았다.

"여기 뒷공간 창고를 차라리 측면으로 빼고, 매표소 부분을 공간

---

* 전구나 네온관을 이용한 조명 장식.

안쪽으로 더 밀어 넣죠."

"아, 그럼 확실히 전체적인 쉐이프(Shape)가 매끄러워지겠네요."

"그럼 전시관 통로가 좀 좁아질 텐데, 괜찮을까요?"

"수정 시 폭이 얼마까지 줄어들죠?"

"3,400(mm) 정도 될 것 같습니다."

"그 정도면 충분해요. 아예 3,200 정도까지 줄이고… 대신 층고를 위쪽으로 뚫어버리죠."

"아, 아예 상방으로요?"

"어차피 2층 평면 보니까, 그쪽 공간이 좀 죽어있더라고요."

"조금 뜨는 느낌이 있긴 하죠."

"그쪽을 뚫어서 아예 중정처럼 만들어버리면, 전반적으로 개방감도 살고 외관도 더 깔끔해질 것 같네요."

"좋은 아이디어 같습니다, 대표님. 한번, 적용해보겠습니다."

아무리 일이 즐겁고 회사가 좋다 하더라도, 야근이 좋은 사람은 없을 것이다. 그럼에도 WJ 스튜디오의 직원들이 이렇게 자발적으로 열심인 이유는, 경험으로 알고 있는 사실들 때문이었다. 매년 한두 번씩 있는 이런 고생 뒤에는, 항상 달달한 보상이 따라온다는 것을 말이다.

이미 우진은 공모 마감 이후에 설계팀과 디자인팀에 교대로 일주일간 특별휴가를 약속한 상태였고, 만약 공모에 당선이라도 된다면 고생한 것 이상의 빵빵한 인센티브가 나올 게 분명했다. 그래서 퇴근 시간이 한참 지났음에도 불구하고, 시계를 보며 일하는 직원들은 아무도 없었다. 다만 오늘 완성시켜야 할 이 프로젝트가 조금이라도 더 아름답게 완성되기를 바라는 마음뿐이었다.

"자, 그럼 방금 이야기된 수정사항만 마무리해서, 정확히 30분 뒤에 메일로 보내주세요."

"예, 대표님."

"알겠습니다!"

"그래도 이제 끝이 보입니다, 그죠?"

"하하, 여기서 끝이라고 생각 안 합니다."

"맞습니다, 아마 추가 수정 한두 번은 더 하실 걸요?"

"후… 아니라고 대답을 할 수가 없네요. 죄송합니다, 다들."

팀장급 회의를 마치고 나온 우진은 자판기에서 사이다를 한 캔 뽑아 들고 대표실로 돌아왔다.

톡-

사이다를 따서 한 모금 들이키자, 탄산으로 인한 청량감과 달콤함이 뜨겁던 머리를 조금 식혀주는 기분이었다. 지금 시간은 벌써 저녁 아홉 시. 자정 전에만 퇴근하자는 것이 오늘의 목표였지만, 아무래도 이미 글러버린 것 같았다. 우진이 대표실에 들어서자, 탁자에 앉아서 도면들을 검토하던 민선이 우진을 향해 고개를 돌렸다.

"회의는 잘 끝났어요?"

민선의 물음에, 우진이 고개를 끄덕이며 답했다.

"뭐, 일단은요?"

민선이 웃으며 다시 말했다.

"그렇게 개운한 표정은 아닌데요?"

우진도 실소를 흘리며 자리에 앉았다.

"다 끝나야 개운하죠. 메일 쏘기 전까지는 어쩔 수 없습니다, 하하."

민선은 오늘도 WJ 타워에 출근하여 하루 종일 우진을 돕고 있었다. 사실 이렇게까지 돕는 것은 계약상 민선의 의무가 아니었지만, 그녀는 자발적으로 사무실에 머물고 있었다. 그것이 미안한 우진은 먼저 퇴근하라며 몇 번이나 권유했지만, 오히려 민선을 이렇게 대답했다.

[제 역할이 프로젝트 검수라면서요, 그렇죠?]
[네, 그렇긴 한데⋯.]
[그럼 당연히 마침표 찍는 것까지 봐야죠. 맡은 일을 하는 거니까, 미안해하실 필요 없어요, 대표님.]

민선의 그 말이 떠오른 우진은 그녀에게 새삼 고마운 마음이 다시 들었다.
'공모에서 당선이라도 되면, 정말 크게 한턱 쏴야겠어.'
그리고 고마운 만큼, 더 좋은 디자인을 위해 힘을 내야겠다고 생각하였다. 그녀의 이러한 도움이 더 크게 빛을 발하기 위해서라도 말이다.

"설계사항 바뀐 거 공유 좀 부탁드려요."
"알겠습니다, 메신저로 보낼게요."
"넵."

우진은 회의 중에 나온 변경사항을 간결하게 정리하여 민선에게 보내주었고, 민선은 다시 노트북 마우스를 딸깍이기 시작하였다. 이제 수정안에 대한 피드백을 민선에게 받을 차례. 하지만 그녀가 수정안을 검토하는 동안에도 우진이 쉬는 것은 아니었다. 우진을 제외하면 그 누구도 볼 수 없는 황금빛 도면. 이렇게 설계가 한 번씩 바뀔 때면, 우진은 그것을 펼쳐봐야 했으니 말이다.

'자, 이제 어떻게 됐으려나….'

이것은 우진 본인이 아니라면, 그 누구도 대신해줄 수 없는 작업.

딸깍- 딸깍-

도면 파일에 수정사항들을 빠르게 적용한 우진은 그것을 커다란 종이에 인쇄하였다.

철컥- 지이잉-

처음처럼 전지 크기의 도면은 아니었지만, 그래도 책상 절반이 가득 찰 정도로 널찍한 종이에 인쇄되는 도면. 그것을 프린트기에서 꺼낸 우진은 자신의 책상 위에 펼쳐놓았다.

촤르륵-

그와 동시에 기다렸다는 듯, 황금빛 아지랑이가 스멀스멀 피어올랐다. 가늘고 복잡하지만, 처음보다 훨씬 더 선명하게 떠오르는 우진의 골든 프린트. 그것을 확인한 우진은 꽤나 흡족한 표정이 되었다.

'좋아. 확실히 나아졌어.'

한 시간 전만 해도 금빛 색채들이 가득했던 도면의 한쪽 부분이 말끔하게 정돈되었으니 말이다. 오늘 우진의 목표는 마곡 컨벤션센터 프로젝트의 모든 도면 위에 단 하나의 골든 프린트도 남기지 않고 전부 없애는 것이었다.

'역시, 내가 생각하는 방향성이 맞았네. 결국 골든 프린트가 의미하는 건, 공간 사이의 불필요한 간섭이었어.'

방금 전 회의를 통해 가장 많이 바뀐 설계는, 유기적인 외관의 쉐이프 일부가 매표소 구조로 인해 살짝 튀어나와 있던 부분이었다. 그것을 약간의 아이디어와 공간배치 수정을 통해 매끄럽게 개선한 것이었는데 이 작업이 끝나니 덕지덕지 묻어있던 골든 프린트가 깔끔하게 정돈된 것이다. 이미 수많은 설계변경과 고민을 통해 어렴풋이 알던 부분이었지만, 최종 작업을 통해 이번 골든 프린트의 메시지를 완전히 확신할 수 있게 된 것.

스륵-

도면 위에 떠있던 금빛 선들은 그대로 도면 안으로 빨려 들어갔고 설계 위에 남아있는 것은 외곽선을 따라 은은하게 빛나는 골든 프린트의 잔상뿐이었다. 그래서 흡족한 표정이 된 우진은 도면의 다른 곳을 향해 눈을 돌렸다.

'이제 이 부분은 해결됐으니… D 섹터를 다시 확인해볼까?'

딸깍-

우진이 마우스를 클릭하자, 다시 한번 프린터가 요란하게 작동하기 시작했다.

지이이잉-

워낙 컨벤션 센터의 면적이 넓다 보니, 한 장의 도면으로는 모든 평면을 확인할 수가 없었던 것이다. 그런 그를 보며, 노트북을 두들기던 민선이 의아한 표정으로 물었다.

"그런데 대표님."

"네?"

"전부터 궁금했던 건데, 대표님은 왜 그렇게 매번 도면을 인쇄하세요?"

"음. 그건…."

"그냥 모니터로 보고 실시간으로 작업하는 게 편하지 않아요?"

골든 프린트에 대해 말할 수 없는 우진은 멋쩍은 표정으로 얼버무렸다.

"그냥, 습관이에요."

"습관이요?"

"종이로 봐야 느낌도 좋고, 좀 더 눈에 잘 들어온다고 해야 하나…."

우진의 대답은 민선의 또 다른 오해를 낳았지만, 그것까지는 어쩔 수 없는 부분이었다.

"아하. 그냥 로봇인 줄 알았더니, 나름 아날로그적인 감성도 있는 분이셨네."

"감성…이요?"

"나도 다음에 한번 해봐야지."

"흠, 크흠."

두 사람이 대화를 나누는 사이 인쇄는 다 됐고, 우진의 시선은 다시 도면으로 향했다. 민선이 옆에서 초롱초롱한 눈빛으로 그가 하는 양을 지켜보고 있었지만, 그것은 애써 외면하는 우진이었다.

'이쪽 수정설계 부분은 골든 프린트가 어떻게 받아들였으려나….'

프린트에서 도면을 집어 든 우진은 기대에 찬 표정으로 그것을 활짝 펼쳤다.

최악-

지금 인쇄한 D 섹터 도면은, 가장 마음에 들게 변경된 도면. 지금 뽑은 도면만 깔끔하게 마무리되면 이제 추가적인 설계 수정 없이 마무리 작업에 들어가도 될 것 같았으니, 골든 프린트가 이 도면에 어떤 평가를 내릴지 더욱 기대된 것이다.

하지만 책상 위에 도면이 펼쳐진 바로 그 순간.

'…!?'

도면 위를 확인한 우진은 적잖이 당황한 표정이 될 수밖에 없었다.

'이게 뭐야. 말이 돼?'

회의를 통해 수정된 새로운 도면 위에는, 오히려 수정 전보다 더욱 복잡하고 어지러운 골든 프린트가 빼곡하게 들어차있었으니 말이다.

— * —

"왜 그러세요, 대표님?"

민선의 목소리에, 우진이 화들짝 놀라며 반문했다.

"네?"

생각지도 못한 상황에, 순간적으로 사고가 정지돼있었던 것.

"무슨 일 있어요?"

"아, 그냥 잠깐 뭐가 생각나서….."

그녀의 말에 대답하는 와중에도, 우진의 두 눈은 여전히 도면 위에 꽂혀있었다. 그런 그의 모습에 민선도 살짝 심각한 표정이 되었다. 마무리가 다 되어가야 하는 이 시점, 도면에 크리티컬한 결함이 있다면 그야말로 재앙이었으니까.

"도면에 무슨 문제라도 있는 건 아니죠?"

하지만 다시 평정을 찾은 우진이 담담한 목소리로 대답했고, 그에 민선도 안심할 수 있었다.

"네, 그런 것 아닙니다."

"휴우, 놀래라."

"제 반응이 너무 격했나 보네요."

"조금요…?"

"무튼… 문제 있는 것 아니니, 작업하던 거 다시 진행해주세요."

"네, 대표님."

민선의 시선이 다시 자신의 노트북 모니터로 옮겨가자, 우진은 아랫입술을 살짝 깨물며 두 손을 도면 위에 짚었다.

우진의 시선이 닿아있는 곳은, 도면의 일부분에 화려하다 못해 복잡하게 떠올라있는 골든 프린트.

'후우, 이번엔 또 뭘까.'

전혀 예상치 못했던 이 상황에, 우진은 마른침을 삼킬 수밖에 없었다. 기존 설계의 미진한 부분을 수정하기 위해 하루 꼬박 투자한 도면이었다. 그런데 이전에 떠올라있던 금빛 선들이 사라지기는 커녕, 그 몇 배는 될 법한 골든 프린트가 무자비하게 도면 위를 가득 채우고 있는 상황이라니.

'이 정도면, 도면 조금 뜯어고친다고 해결될 수준이 아닐 것 같은데….'

우진으로서는, 한숨이 나올 수밖에 없는 상황인 것이다.

하지만 막연히 한숨만 쉬고 있을 수는 없다. 가만히 손 놓고 한숨을 쉬고 있기엔 시간이 정말 얼마 남지 않았으니까. 우진과 WJ 스튜디오 설계팀에게 남은 시간은 이제 12시간이 채 되지 않았다.

'뭐가 문젤까? 찬찬히 뜯어보자.'

정신을 차린 우진은 차분히 자리에 앉아 도면을 살피기 시작했다. 일단 2차 수정은 둘째치고, 원인을 찾아야 했다. 수정 전의 도면도 꺼내어놓고 함께 비교했다. 어쨌든 도면의 변경 이후에 골든 프린트가 대폭 증가했으니, 이 두 가지 도면을 비교하다 보면 결정적인 원인을 찾을 수 있을 터였다.

금빛 선들이 가장 많이 뒤엉켜있는 부분부터 꼼꼼히 도면을 뜯어보기 시작하는 우진. 상황이 상황인 만큼 우진은 극도의 집중력을 발휘하기 시작했고, 그래서 조용해진 대표실에는 시곗바늘 움직이는 소리만이 울려 퍼졌다.

째깍- 째깍-

'북측 전시관 쪽은, 수정 이후에 확실히 골든 프린트도 정돈되었어. 그렇다는 말은, 수정 방향성이 잘못되지 않았다는 얘긴데….'

지금 우진이 살피고 있는 D 섹터의 도면은, 대부분의 공간이 부대시설이 아닌 전시관으로 이뤄져있는 평면이었다. 때문에 도면의 수정 방향성도 모든 구획이 비슷하게 진행되었으며, 그래서 만약 수정 방향성에 문제가 있었다면 모든 공간이 전부 다 금빛으로 빛났어야 한다.

한데 지금 우진의 책상 위에 펼쳐져있는 D 섹터의 평면도에서는, 금빛 선들이 우측 하단에 모여있었다. 심지어 가장 많은 수정이 들어갔던 서쪽의 컨벤션 홀은 한 올의 금선도 남지 않은 채 말끔하게 완성되어 있었고 말이다.

'원인이 뭘까. 어떤 부분에 결함이….'

우진은 가지고 있는 근거들을 토대로, 결함의 가능성들을 하나하나 제거해나가기 시작하였다. 빠르게 일부 수정한 도면을 다시 출력해보기도 하였으며, 문제 있어 보이는 공간을 따로 분리해보기도 하였다. 그리고 이렇게 다양한 시도를 하던 중, 우진은 문득 한 가지 생각을 떠올렸다.

'이럴 게 아니라, 모든 도면을 다 뽑아서 이어볼까? 문제가 D 섹터에만 있는 건 아닐 수도 있잖아?'

지금 이렇게 이 D 섹터의 도면만 가지고 씨름하다가 시간을 다 보냈는데, 남아있는 다른 도면에서 또 문제가 발생한다면 그때는 정말 답도 없는 상황이 올 수가 있었으니 말이다.

'그래, 일단 다 뽑아보자.'

우진은 곧바로 자신의 생각을 실행에 옮겼고, 프린터기에서는 열 장도 넘는 도면이 연이어 뽑혀 나왔다.

드르륵- 드르륵-

이어서 인쇄된 도면들을 돌돌 말아 허리춤에 낀 우진은 대표실 문을 나섰다.

"음? 대표님 갑자기 어디 가요?"

"회의실 좀 다녀올게요."

"벌써 다시 회의해요?"

"아, 그런 건 아니고, 도면을 한 자리에 펼칠 공간이 필요해서요."

후다닥 회의실에 도착한 우진은 가져온 도면을 전부 펼쳐 그 위에 깔았다. 무려 10만 제곱미터에 가까운 부지를 설계한 도면이었기에, 그리 크지 않은 축척으로 인쇄했음에도 불구하고 커다란 회의실 테이블이 가득 찼다.

'자, 그럼 이제 이어 붙여볼까….'

도면을 하나하나 잇자, 평면도의 외곽선을 따라 은은한 금빛 선이 스며든다. 이렇게 말끔한 선이 외곽으로 스며드는 도면은, 결함 없이 완벽하게 완성된 도면. 하지만 역시 D 섹터의 도면은 이어붙인 완성형 도면에서도 금빛 선들이 요동치고 있었다.

'순서가 이렇게….'

그렇게 총 열두 장의 도면을 정교하게 이어붙인 우진. 모든 작업이 끝난 뒤 우진은 의자 위로 올라섰다. 커다란 평면을 한눈에 보기 위해서는, 좀 더 와이드한 시야를 확보할 필요가 있었으니 말이다.

끼익-

하여 의자 위에 올라선 우진이 도면을 내려다본 순간.

"…!"

뭔가를 발견한 우진의 두 눈이 점점 크게 확대되기 시작하였다.

— * —

모든 공간은 관계 속에서 형성된다. 작은 방부터 시작해서 커다란 광장까지. 인접한 모든 공간은 서로에게 크고 작은 영향을 주게 되고, 그 요소들이 하나하나 모여 공간에 생명력이 생기는 것이다.

그런 맥락에서 우진은 복잡하게 뒤엉킨 골든 프린트의 원인을 찾아낼 수 있었다. 모든 공간과 공간을 전부 이어붙이고 난 뒤에야, 그 관계성 속에서 부자연스러운 연결점을 찾아낼 수 있었던 것이다. 그리고 이 원인을 발견한 순간 우진은 저도 모르게 웃을 수밖에 없었다.

"하, 하하."

그 원인이라는 것은 우진이 정말 상상조차 하지 못했던 것이었으니 말이다.

'마지막에 바꾼 광장 설계가 문제가 됐을 줄이야.'

방금 전까지의 긴장이 풀린 탓인지, 의자에 털썩 주저앉는 우진. 우진의 표정은 무척이나 미묘하였다. 원인을 찾아낸 것까지는 좋았으나, 그 해결방안에 대한 생각으로 머릿속이 다시 복잡해졌으니 말이다.

'사실 어떻게 보면, 내가 의도한 결과인데….'

결론부터 얘기하자면, 지금 골든 프린트가 지적하는 설계의 결함은 우진도 알고 있던 부분이었다. 그러니까 공간에 대한 이해가 부족하거나 설계 과정에서의 실수가 아닌, 의도적으로 만들어낸 결함이자 결과물이었던 것이다.

그렇다면 이러한 모순이 어떻게 가능할 수 있었을까? 컨벤션 센터의 전시장 정가운데 설계된 광장의 역할을 하는 중정(中庭). 이 공간의 태생 자체가 컨벤션 센터의 사용자 동선을 의도적으로 방해하는 것이었으니까. 우진은 바로 어제저녁, 민선과 나눴던 대화 내용을 떠올렸다.

[됐어요, 대표님. 정말 완벽한 것 같아요.]

[흐음. 그런가요?]

[이렇게 D 섹터와 H 섹터 사이의 중정이 사방으로 개방되면서

통로의 역할을 해주면, 모든 동선이 순환되면서 깔끔하게 동선이 맞아떨어지거든요.]

[음….]

[왜요? 대표님은 마음에 들지 않으세요?]

[그런 것은 아니지만….]

사실 D 섹터와 E 섹터의 도면은, 이미 며칠 전에 픽스됐던 구역이었다. 완벽하다는 민선의 말처럼, 골든 프린트의 인정도 가장 먼저 받았던 도면. 하지만 그 완성됐던 도면이, 우진은 오늘 오전까지도 계속해서 아쉬웠었다. 기능적으로 문제없고 디자인적으로도 세련된 공간이었지만 우진은 계속해서 한 가지가 아쉬웠던 것이다. 그래서 어제 우진은 민선에게 이런 이야기를 했었다.

[민선 씨.]

[네?]

[이곳 중정이야말로, 컨벤션 센터의 모든 전시공간을 이어주는 핵심적인 공간이잖아요. 그렇죠?]

[그렇죠. 어떤 전시장을 지나든 이 공간을 꼭 거쳐서 가야 하니… 전시 기획자의 의도에 따라 다양한 용도로 활용할 수 있는 재밌는 공간이기도 하고요.]

[그래서 저는 지금, 조금 아쉽습니다.]

[그래서 아쉽다니… 그게 무슨 말씀이세요?]

[전시장을 방문한 모두가 필연적으로 경험할 수밖에 없는 공간을, 이렇게 밋밋하게 마무리해야 된다는 게 아쉽습니다.]

[…!]

[방금 민선 씨도 전시 기획자의 입장에서 다양한 용도로 활용할 수 있는 재밌는 공간이라고 하셨죠?]

[그, 그랬죠.]

[그렇기 때문에 저도 아쉬운 겁니다.]

[그게 무슨….]

[이 공간을 설계한 디자이너로서, 이 매력적인 공간에 좀 더 메시지를 담고 싶은 거죠.]

우진이 민선에게 했던 이야기는 이런 것이었다. 이 컨벤션 센터 전반을 아우르는 건축 디자인의 철학과 정수를, 모든 사용자가 경험할 수밖에 없는 이 공간의 특성을 이용해 최대한 많은 사람들에게 전달하겠다는 것.

[이 중정을 기점으로, 좌측 건물들과 우측 건물들의 디자인 콘셉트가 상이하다는 사실은 알고 계시지요? 좌측의 건축구조가 좀 더 전투적이고 공격적인 디자인 템포를 갖고 있다면, 우측 건축구조는 안락하고 편안한 공간을 표현했다는 것…]

[당연하죠. 여러 번 설명하셨잖아요.]

[그럼 그런 디자인이 나온 이유도 혹시 알고 계세요?]

[음, 그건 모르겠네요.]

'MICE 단지'라는 공간은 업무와 휴식 두 가지 역할을 해야 하는 공간이다. 기본적으로는 비즈니스를 위한 공간이지만, 한편으로는 'Work'와 'Break'가 공존해야 하는 공간이기도 한 것이다.

우진의 이번 컨벤션 센터 디자인 콘셉트는 바로 그러한 건축의 특징적인 부분에서 시작되었고, 그런 의미에서 컨벤션 센터의 디자인 방향성은 두 가지로 나뉘게 되었다.

업무지구(Work)와 가까운 서쪽 구조물들의 디자인에 날카롭고 세련된 디자인 감성을 담았다면, 호텔건물(Break)과 가까운 동쪽 구조물들의 디자인에 부드럽고 편안한 감성을 담은 것이다.

우진은 이 컨벤션 센터가 MICE 단지의 모든 건축물들과 조화를 이루기를 바랐기에 두 가지 감성을 전부 담은 건축을 디자인하였고, 그래서 두 가지 디자인 흐름이 만나는 컨벤션 센터의 중앙에 위치한 이 중정은 완전한 무색(無色)의 공간이 되어있었다.

[아하, 그런 이유가….]

그리고 우진은 바로 오늘의 디자인 회의에서, 이 중립적인 공간에, 마지막 한 가지 메시지를 담았다.

[모든 공간과 연결되는 이 공간을, 절반으로 단절시켜버리는 것은 어떨까요?]

[네? 단절이라고요?]

[의도적으로 동쪽 공간과 서쪽 공간의 동선을 이 중정의 가운데에서 단절시켜버리는 겁니다.]

[…!]

[컨벤션 센터 전체의 공간디자인 흐름은 날카로움에서 편안함으로 점진적으로 흘러가도록 설계되어있지만, 이 중립의 공간에 의도적으로 '단절'을 표현함으로써 이 건축에 담겨있는 디자인적인 메시지를 사용자들에게 전달하는 거죠.]

이것은 어쩌면, 디자인적인 메시지의 전달을 위해 공간의 편리성을 의도적으로 제한하는 것. 하지만 우진은 디자인적 완성도와 건축의 구조적 편리성 사이에서 전자에 더 큰 비중을 두었다.

[재밌네요.]

그러한 우진의 이야기에, 민선도 고개를 끄덕이며 동의했던 것이다.

[그럼 이제 사용자 동선만 해결하면 되겠네요.]

[중정의 크기를 조금 축소시켜 외곽에 순환통로를 만들면 어떻습니까?]

[아하, 그러면 크게 불편하지 않겠어요.]

물론 기존에 뻥 뚫린 공간으로 두는 것보다 사용자의 입장에서는 조금 불편해질 수밖에 없다. 원래대로라면 그대로 가로질러 이동하면 되는 공간을 빙 둘러서 움직여야 하게 됐으니 말이다. 하지만 그 약간의 '불편' 자체에 디자인적 의도가 담겨있는 것이었고, 그래서 우진은 이 공간 때문에 골든 프린트가 뒤엉켰다고 생각지 않았었다.

건축 자체의 디자인적 완성도만큼은, 이 변경설계가 훨씬 더 좋다고 우진은 확신했으니까. 그리고 골든 프린트는 언제나 더 나은 디자인을 우진에게 제시해줬으니까. 그래서 우진은 지금 이 순간, 한 가지 고민에 빠질 수밖에 없었다.

'이 공간이 내 디자인을 완성시키는 가장 핵심적인 열쇠라고 생각했는데….'

이것은 사족(蛇足)일까, 아니면 디자인을 완성시키는 마스터 피스일까. 우진의 머릿속이 더욱 복잡해지기 시작하였다.

— ＊ —

아침이 밝았다.

촤르륵-

블라인드를 말아 올리자, 창살 사이로 아침 햇살이 한가득 쏟아져 내린다. 쏟아지는 햇살을 맞으며, 우진은 따뜻한 커피를 한 모금 홀짝였다. 여느 때와 다름없이 WJ 타워의 대표실에서 맞는 아침. 하지만 우진의 눈 밑이 어두워 보이는 것은 결코 기분 탓이 아니었다.

'후우. 커피라도 마시니까 정신이 좀 드네.'

평소 같았더라면 기분 좋게 출근하여 모닝커피를 마실 시간이었지만, 오늘은 출근한 것이 아니었다. 다만 퇴근한 적이 없을 뿐.

"휘유."

탁 트인 서울숲이 내려다보이는 창가에서 커피를 홀짝이던 우진은 슬쩍 고개를 돌려 모니터를 다시 한번 응시하였다. 그리고 바로 그 순간,

띠링-

우진의 모니터 위에 작은 메시지가 한 줄 떠올랐다.

[전송되었습니다.]

방금 우진의 컴퓨터에서 전송된 파일은, 간밤에 완성한 마곡 컨벤션 센터 M-Tec 프로젝트의 설계 공모 파일이었다. 어떤 의미에서는 그 어느 때보다 길었고, 또 어떤 의미에서는 더없이 짧게 느껴졌던 이 밤.

간밤에 정말 많은 일들이 있었지만, 결국 모든 설계를 확정 짓고 공모 마감 전에 발송한 것이었다. 메시지를 확인한 우진의 표정은 꽤나 복잡 미묘했다. 다른 때 같았더라면 공모마감을 친 순간 긴장감이 확 풀리면서 뿌듯한 마음이 들었을 텐데, 이번에는 그렇지 못했던 것이다.

'나, 잘한 거겠지?'

지금 이 순간, 이번 프로젝트에 참가했던 WJ 스튜디오 직원들 중심란한 사람은 오직 우진 한 사람뿐일 것이었다. 골든 프린트는 오직 우진만의 숙제였으니까. 물론 어떤 방향으로든 그 숙제는 마무리되었고, 이제 더 이상 우진이 할 수 있는 것은 없다. 그럼에도 불구하고 모든 결과가 나올 때까지, 고민을 완전히 털어낼 수 없는 것은 어쩔 수 없는 일일 터였다.

똑똑-

우진이 그런 생각을 하는 사이, 밤을 새고 퇴근하던 진태가 대표실 문을 두들기고 고개를 빼꼼 내밀었다.

"어이, 대표님. 퇴근 안 하시나?"

"어, 나도 슬슬 가야지. 형은 지금 퇴근하는 거야?"

"응, 졸려 죽겠네. 운전했다가는 사고 날 것 같아서, 택시 타고 갈 거야."

"그래, 조심해서 들어가."

진태가 퇴근길로 나선 뒤, 우진도 퇴근하기 위해 컴퓨터를 끄고 자리를 정리하였다. 막상 퇴근한다는 생각을 하니, 다시 눈꺼풀이 뻑뻑해지는 기분이었다.

'내일이 주말이라 다행이지….'

철컥-

"실장님, 저 퇴근합니다."
[네, 고생하셨습니다, 대표님. 주말 잘 쉬세요.]
"그럼 오늘 수고 좀 해주세요."

내선전화를 들어 비서실에 전화를 남긴 우진은 퇴근을 위해 엘리베이터에 올랐다.
띵-!
그리고 엘리베이터가 내려가는 동안 잠시 눈을 감은 그의 머릿속에는, 새벽에 민선에게서 들었던 한마디가 떠오르고 있었다.

[세상에 완벽한 디자인은 없어요, 대표님.]
[다만 최선의 디자인이 있을 뿐이죠.]

'디자인적 완성도'와 '기능적 편리' 사이에서 고민하던 우진에게 민선이 해주었던 이야기. 그것을 떠올린 우진은 한층 더 홀가분해진 마음이 될 수 있었다.

114

━━━ ✳ ━━━

또다시 시간은 빠르게 지났다. 13년 상반기 가장 커다란 프로젝트 중 하나였던 마곡 컨벤션 센터 프로젝트의 마감이 끝난 뒤, 한 달이 넘는 시간이 또 훌쩍 지난 것이다. 하지만 그 시간 동안, 달라진 것은 많지 않았다. 워낙 스케일이 컸던 공모인 만큼, 7월이 다 지나가는 지금의 시점에도 아직 공모 결과가 나오지 않았으니까.

원래 예정되어 있던 일정보다도 조금 더 지연된 상황이었지만, 우진은 조바심 내지 않기로 했다. 최선을 다했으니 그에 맞는 결과를 기다릴 뿐. 사실 공모결과를 조바심 내며 기다릴 정신이 있지도 않았다. 이제 어지간한 중견기업 수준으로 성장한 WJ 스튜디오에는 마곡 프로젝트 말고도 많은 일들이 산재해있었으니까.

7월의 셋째 주 월요일. 우진은 오늘 오랜만에 반가운 사람과 점심을 함께하기로 하였다.

끼익-

"서 대표! 여기야, 여기!"

"엇, 누나!"

오늘 우진과 점심 약속이 있던 사람은 최근 최고의 주가를 달리고 있는 여배우 임수하.

"이야, 왜 이렇게 오랜만인 것 같지?"

"그야, 진짜로 오랜만이니까."

"그런가? 우리 마지막에 본 게 언제야?"

"〈천년의 그대〉 뒤풀이 파티 때?"

"어? 진짜 그때 이후로 처음인가?"

"진짜 그때 이후로 처음임."

"흐, 내가 좀 뜸하긴 했네."

"그러니까 바쁜 척 좀 그만하라고, 누나. 아니, 척은 아니고 진짜 바쁜 건가?"

"뭐, 내가 바빠 봐야 서 대표님만 하겠어? 프흐흐."

하지만 오랜만에 만났음에도 전혀 어색하지 않을 정도로 친해진 두 사람은 만나자마자 이야기꽃을 피우기 시작하였다.

"뭐, 오랜만에 만나긴 했지만, 누나 근황은 딱히 물어보지 않아도 될 것 같아."

"응? 그건 무슨 말이야?"

"요즘 임수하 씨 근황, 모르면 간첩 아니야?"

"에이. 그 정돈 아니다."

"〈한남동 로맨스〉, 요즘 〈천년의 그대〉 이후로 제일 핫한 영상 콘텐츠던데?"

"히히, 작품이 좀 잘되긴 했지."

"직원들 중에서도 안 본 사람이 없더라고, 진짜."

우진의 전생에서도 '임수하'라는 배우를 국민배우로 만들어줬던, 천만 관객의 영화 〈한남동 로맨스〉. 그 〈한남동 로맨스〉는 우진이 한창 마곡 프로젝트로 눈코 뜰 새 없이 바쁘던 5, 6월에 개봉하였고, 7월이 된 지금 우진이 알던 대로 초대박을 터뜨린 상태였다. 물론 우진의 전생과 달라진 부분이 완전히 없는 것은 아니었다. 아니, 바뀐 미래만 놓고 보면, 꽤 크게 바뀌었다고 표현하는 게 맞았다.

'나 때문에 미래가 바뀌어서, 누나가 피해 보는 건 아닌지 걱정했을 정도였으니까.'

우진의 기억에 원래 〈한남동 로맨스〉는 2012년에 개봉했어야 하는 작품이었다. 그런데 어떤 이유에서인지 연말부터 개봉 일정이 계속해서 밀렸고, 그래서 거의 8개월이나 지난 시점에 이렇게 개봉하게 됐다.

개봉 일정만 늦어진 것이 아니다. 꽤 중요한 역할을 하던 조연 두 사람도 우진의 기억과 다른 배우가 맡게 되었고, 그래서 우진은 속으로 많이 걱정했었다. 물론 지금에 와서 그 걱정은 한낱 기우에 불과했던 것으로 판명 났지만 말이다.

'내가 무슨 나비효과를 일으켰든, 결국 될 사람은 되고 갈 작품은 가는 거지.'

어쨌든 그런 비하인드 스토리를 뒤로하고, 오늘 우진이 이렇게나 바쁜 수하를 만나러 온 이유는 단순히 사적인 이유 때문만이 아니었다. 〈한남동 로맨스〉가 터지면서 본격적으로 탑티어 배우가 되어가는 임수하.

오늘 우진은 이 임수하라는 최고의 지인 찬스를 한 번 쓰기 위해 나온 것이었으니까. 두 사람이 즐겁게 대화를 나누는 사이 음식은 전부 나왔고, 그것을 한 숟갈씩 뜨면서도 둘의 대화는 끊이지 않았다.

"그나저나, 서 대표."

"응?"

"너, 누나한테 부탁할 거 있다며?"

"아하, 있지."

"뭔데? 딴 얘기 하다가 까먹을 뻔했네."

"걱정 마. 누나가 까먹었어도 난 안 까먹었을 테니까."

지금 WJ 스튜디오는 두 가지 중요한 일정을 앞두고 있었다. 하나는 우진이 컨트롤할 수 없는 일정인 마곡 컨벤션 센터 프로젝트의 공모 발표. 또 하나는 오늘 이곳에 오기 직전까지도 우진이 준비하고 있던 프로젝트인 청담 아르코 브랜드의 모델하우스 오픈.

그리고 우진이 임수하라는 지인 찬스를 쓰려는 프로젝트는 당연히 후자였다. 조만간 론칭될 WJ 스튜디오의 첫 번째 자체 브랜드인 이 아르코 브랜드의 홍보모델을 최근 최고의 주가를 올리고 있는 임수하에게 부탁할 계획이었던 것이다.

지금 시점, 수많은 대기업들에서 노리고 있는 임수하라는 스타를 홍보모델로 데려오는 것은 우진이라도 쉽지 않은 일이었지만, 인맥이라는 게 괜히 있는 건 아니었다. 일단 당사자인 수하가 우진과 가장 가까운 지인 중 한 사람이었던 데다, 그녀의 소속사 대표까지도 우진의 최측근이었으니 말이다.

"뭔데? 무슨 어려운 부탁을 하려고 이렇게까지 뜸을 들여?"

"뜸 들이는 거 아냐. 설명하려면 먼저 보여줄 게 좀 있어서."

"응?"

"자, 여기. 일단 이것부터 한번 봐봐."

우진이 수하에게 건넨 것은, 다름 아닌 청담 아르코의 홍보 브로슈어(Brochure)였다. 지난 일 년 동안 다듬고 다듬어 완성된, '주거'라는 건축의 디자인에 대한 우진의 모든 정수가 담긴 두꺼운 브로슈어. 마치 애장품으로 판매되는 양장본 도서처럼 고급스런 가죽으로 포장된 이 브로슈어는, 무려 페이지 수만 100페이지에 달하는 두꺼운 책자였다.

"와, 이건 또 뭐야? 나 책 알레르기 있는 거 몰라?"
"아, 이 누나가 진짜. 그런 책 아냐."
"뭔데?"
"이번에 내가 새로 론칭하는 주거 브랜드 브로슈어야."
"주거… 브랜드?"
"일단 펼쳐보면 알 테니까, 조금이라도 읽고 나서 얘기하자고."

　그녀에게 브로슈어를 넘긴 우진은 기대에 찬 눈빛으로 수하의 표정을 살피기 시작하였다. 이 아르코 브랜드의 브로슈어를 보는 잠재적 소비자가 수하가 처음은 아니었지만, 그래도 워낙 최상류층을 타깃으로 하는 브랜드인 만큼 이 브로슈어를 누군가에게 보여줄 때마다 기대되고 긴장되는 것은 어쩔 수 없었다. 게다가 수하에게는 홍보모델을 제안하기까지 해야 했으니, 조금 더 긴장되는 것은 당연했다.

"청담 아르코…? 아파트야?"
"아파트라기보단 고급 타운하우스?"
　하지만 수하가 첫 페이지를 넘기는 순간, 우진의 표정에 어려있던 긴장은 금세 풀릴 수 있었다.

"응…? 청담동에 타운하우스라고? 그게 돼?"

"운이 좋아서 엄청난 지주를 만날 수 있었지, 뭐."

첫 페이지에 그려진 조감도에 시선이 꽂힌 수하는 멍한 표정으로 한참 동안 페이지를 넘기지 못하고 있었으니까.

"와… 미쳤다. 대박… 강남 한복판에 이런 집이 생긴다고?"

"흐흐, 그럼 내가 누나한테 거짓말 치겠어?"

그리고 잠시 후 수하의 입에서 나온 첫 마디에, 우진은 피식하고 실소를 흘릴 수밖에 없었다. 그녀의 그 한마디가 바로 우진이 가장 듣고 싶었던 한마디였으니 말이다.

"나한테도 한 채 분양해줘."

"생각보다 비쌀걸?"

"나도 아마 네 생각보다 돈 잘 벌걸?"

"이제부터 고객을 모집할 생각이니까, 누나한테 한 채 분양해주는 게 어렵지는 않은데…."

"얼만데?"

"평수에 따라 다르지만, 누나가 지금 보고 있는 그 평수가 대충 40억?"

"켁."

"평수는 70평대야. 어때 생각 있으십니까, 고객님?"

물론 지금의 수하에게는, 이 정도 가격대도 지불할 수 있는 능력이 있다. 하지만 지불할 수 있는 능력이 있는 것과 부담되는 것은 다른 차원의 이야기.

"지인 할인. 뭐, 그런 건 없어?"

"일단 좀 더 보고 얘기하지? 이제 한 페이지 봤어, 한 페이지."

"크흠. 알겠어. 구박하지 마."

다시 조용해진 수하는 찬찬히 페이지를 넘기기 시작하였고, 우진은 두 눈을 빛내며 그 모습을 지켜보았다.

보이지 않는 마케팅

일반적으로 '성공한 마케팅'이라 함은 최대한 많은 사람에게 상품이나 브랜드를 노출시키는 것을 의미한다. 마케팅 대상을 더 많이 알리고 더 널리 홍보할수록, 대상의 가치가 더 올라가는 것이 보통이었으니 말이다.

그래서 아르코라는 프리미엄 브랜드를 론칭하기에 앞서, 처음 WJ 스튜디오에서 짰던 마케팅 계획도 일반적인 마케팅 계획과 크게 다르지 않았다. 최대한 다양한 매체에 브랜드 홍보를 하기 위해, 다각도로 고민했던 것이다. 하지만 그 계획은 몇 달 전 마케팅 회의에서 우진의 이야기로 인해 180도 달라졌다.

"마케팅이라는 게 결국 뭐죠?"

우진의 물음에 마케팅 팀장 지용현이 떨떠름한 표정으로 답했다.

"그야, 저희 브랜드를 '알리는' 것 아닐까요?"

우진이 다시 말했다.

"조금 더 구체적으로요."

"흠…."

우진의 의도를 이해하지 못한 직원들이 고민에 빠져있을 때, 우진의 입이 다시 열렸다.

"결국 마케팅이라는 건, 상품을 잘 팔기 위한 수단인 거잖아요?"

"그렇죠."

"그럼 저희는 저희가 팔아야 하는 이 아르코라는 브랜드를 타깃으로 잡은 소비자들에게 가장 매력적으로 보이도록 만드는 게 가장 중요하지 않을까요?"

"그 말씀은….."

"최대한 많은 매체에 노출시켜야 한다고 말씀하셨는데, 역으로 그럴 필요가 없다는 겁니다."

"…!"

"결국 저희 아르코를 소비할 수 있는 소수의 고객들이 '사고 싶게'만 만들면 되는 거니까요."

다소 선문답 같았던 우진의 이 말은 마케팅팀에 많은 생각을 하게 만들었다. 어찌 보면 누구나 할 수 있는 생각을 이야기한 것이었지만, 마케팅 방향성에 대한 고정관념을 탈피할 수 있는 새로운 기준점이기도 했으니 말이다.

"우리 아르코를 소비할 고객은 어떤 사람들일까요?"

"거주에 수십억의 돈을 쓸 수 있는 사람이라면, 당연히 최상류층이겠지요."

"우리가 만약 일반적인 아파트, 주상복합의 분양 홍보처럼 이 청담 아르코를 팔기 위해 최대한 많은 사람들을 모객하고 여기저기 플랜카드를 걸고 다닌다면."

"음…."

"실제로 이 브랜드를 소비해야 하는 최상류층에게 매력적으로 어필될 수 있을까요?"

가격이 싼 기본 소비재일수록, 그것은 수요와 공급 그리고 실질적인 기능과 가치에 의해 가격이 책정된다. 하지만 반대로 가격이 비싼 사치재일수록, 그것의 가치에 가장 큰 영향을 미치는 것은 사람의 심리다. 그것이 귀해 보이고 특별해 보이도록 만드는 것. 그것은 실제적인 기능이 아닌 소비자들의 심리라는 것이다. 우진은 그렇게 생각했고, 그래서 이렇게 이야기하였다.

"제가 여러 번 이야기했지만, 부자들은 자신들이 '특별한' 사람이길 바랍니다. 정확히는 자신을 '특별한 사람'으로 대우해주기를 바라지요."

"경청하겠습니다."

"해서 저는 우리 아르코 브랜드가 마케팅 단계에서부터 그들에게 '특별하게' 다가가길 바랍니다."

"대표님께선, 생각해보신 방안이 있으신 거죠?"

"아직까진 방향성 정도지만…."

우진은 자신이 생각하는 '특별한' 마케팅에 대해 이야기했다.

"그것을 한마디로 정리하자면, '아무나 접할 수 없는 마케팅'이라고 할 수 있을 것 같군요."

"아무나 접할 수 없는… 마케팅이요?"

브랜드를 널리 알리기 위한 것이 마케팅인데, 그것을 '아무나 접할 수 없다'라는 것.

이만한 모순도 찾기 어려웠지만, 우진의 얘기는 계속됐고⋯

"누구나 접할 수 있는 것은 특별하지 못합니다. 그렇지요?"

"그렇⋯습니다."

"길거리에서 나눠주는 전단지의 대부분이 필연적으로 버려질 수밖에 없는 이유지요."

우진의 목소리를 듣던 직원들은 점점 그의 이야기에 빨려 들어가게 되었다.

"그래서 저는 이 프로젝트의 브로슈어부터가 흔하게 접할 수 있는 것이어서는 안 된다고 생각합니다."

우진이 원하는 것은 다른 것이 아니었다. 마케팅 단계에서부터 아르코라는 브랜드를 철저히 선택된 사람들에게만 노출되도록 하는 것. 그리고 그 선택된 사람들은 자신들이 선택되었다는 사실을 알 수 있고, 또 그것이 특별하게 느껴지도록 만들어야 한다는 것. 그래서 종래에는 고객들이 WJ 스튜디오로부터 아르코를 '분양받을 특권'을 얻었다고 생각하게 만드는 것.

"고객들은 아르코에 초대되었다는 사실만으로도, 본인들이 사회적으로 성공했고 특별하다는 생각이 들 수 있어야 합니다."

우진의 이야기가 전부 끝났을 때, 직원들은 침묵할 수밖에 없었다. 그 이야기 전반에 동의하고 감탄했지만, 그와 별개로 이 계획을 실현하기 위한 방법은 쉽게 떠오르지 않았으니 말이다.

그래서 지용현은 다시 물어볼 수밖에 없었다.

"그게⋯ 가능할까요?"

그 질문에, 우진은 고개를 끄덕이며 간결히 대답하였다.

"그걸 가능하도록 만들어야지요."

"…!"

우진에게는 계획이 있었으니까.

— * —

식사를 다한 수하와 우진은 조용한 카페로 자리를 옮겼다. 커피를 한 잔 시킨 수하는 그것을 홀짝이며 천천히 우진으로부터 받은 브로슈어를 정독하였고, 그렇게 삼십 분 정도 지났을 때 그녀는 브로슈어의 마지막 장을 넘길 수 있었다.

탁-

이어서 브로슈어를 덮은 그녀의 시선이, 건너편에 앉아 타르트를 오물거리고 있던 우진을 향했다. 수하의 첫 마디는 이것이었다.

"이거, 홍보 브로슈어 맞아?"

우진이 간결히 대답했다.

"맞는데?"

"무슨 홍보 브로슈어에 분양가도 없고 분양 일정도 없어?"

"분양 일정이야 개별분양이라 의미 없어서 빠진 거고….'

우진이 웃으며 한마디 덧붙였다.

"분양가가 없는 이유는 가격이 얼마나 합리적인지보다는 얼마나 좋은 집인지를 알리는 게 목적인 브로슈어니까."

우진은 싱글싱글 웃으며 수하의 표정을 살폈다. 그는 기분이 좋았다. 수하의 표정이나 목소리만 봐도 이 브로슈어에 이미 마음이 홀렸다는 사실을 알 수 있었고, 그녀야말로 우진이 생각하는 이 아르코 브랜드의 타깃 수요층에 가장 부합하는 사람들 중 한 명이었으니까. 반면 우진의 말을 이해하지 못한 수하는 브로슈어를 앞뒤로 살피며 고개를 갸웃거리고 있었다.

'그나저나… 이게 분양 홍보 브로슈어가 맞긴 한 거야?'

만약 처음 우진에게 설명을 듣지 않고 이 브로슈어를 손에 쥐었다면, 끝까지 전부 읽고 나서도 분양 홍보를 위한 책자라는 사실조차 몰랐을 것 같았다.

"아무리 봐도 이상해."

"또 뭐가?"

"이게 어딜 봐서 분양 홍보 브로슈어야? 그냥 건축 잡지지."

"오, 잡지? 그렇게 느껴져?"

"응. 다시 보니까, 아예 책자 안에 분양이라는 단어도 없는 것 같은데?"

"맞아, 대신 이런 문장이 있지."

"뭐?"

"'청담 아르코를 완성시키는 것은 바로 이 특별한 주거에 걸맞은 특별한 당신이 될 것입니다'라고."

"…."

듣고 보니 그런 말이 있었던 것도 같았다. 그리고 그 문장을 보면서, 꽤 두근거린 것 같기도 했다. 수하가 그런 생각을 하는 사이 우진의 말이 다시 이어졌다.

"누나 말 듣다 보니, 확신할 수 있겠어."

"뭘?"

"우리 디자인 팀에서, 내 의도대로 브로슈어 아주 제대로 만들었다는 걸 말이야."

"고객이 이게 브로슈어인 줄도 몰라야 하는 게 네 의도야?"

"맞아. 바로 그거야."

수하가 어떻게 생각하든, 우진은 싱글벙글이었고, 그런 그를 향해 수하가 다시 물었다.

"그럼 이 브로슈어는 대체 어떻게 고객들한테 전달되는 건데?"

우진은 탁자 위에 놓인 브로슈어를 톡톡 두들기며 천천히 입을 열었고,

"이렇게 인맥을 통해서 직접 전달되든가, 그게 아니면….."

이어서 준비했던 모든 이야기들을 하나씩 풀어놓기 시작하였다.

— * —

수하와의 미팅이 끝난 뒤, 우진은 곧바로 사무실로 돌아왔다. 그리고 복귀하자마자 우진이 한 것은 곧바로 회의를 소집한 것이었다.

"마케팅실, 지금 전부 자리에 있죠?"

[네, 대표님.]

"회의합시다. 10분 뒤에 회의실로 오세요."

[넵, 알겠습니다!]

회의를 소집한 이유는 다른 것이 아니었다. 우진의 마케팅 계획에서 마지막 퍼즐이 바로 수하였는데, 그녀의 수락을 받았으니 이

제 본격적으로 마케팅을 시작할 수 있게 된 것이다.

"임수하 배우님의 수락은 받았고, 강소정 대표님께도 긍정적인
답변 받았습니다."

"오! 다행입니다!"

"이제 플랜을 정하면 되는데, 1차 브로슈어 배포는 다음 주부터
바로 들어갈 수 있을 것 같아요."

"배우님 촬영 일정이 잡혀야 하는 것 아닌가요?"

"어차피 브로슈어에는 배우님 이미지 안 들어가니까요."

"아…!"

"내일부터 바로 인쇄 들어가야 하니까, 오늘 좀 바쁘게 움직여
봅시다."

"네, 대표님!"

회의가 끝난 뒤에는 여기저기 전화를 걸기 시작하였다. 아르코
브랜드의 마케팅을 위해 미리 섭외해두었던 우진의 인맥들에게
전화를 돌리는 시간이었다.

"네, 석중 형님. 별일 없으시죠?"

[나야 별일 없지. 어쩐 일이야?]

"지난번에 말씀드렸던, 청담동에 그 타운하우스 말입니다."

[아, 그거! 오, 드디어 분양하냐?]

"조만간 분양 시작할 건데, 그 전에 브로슈어 몇 권 보내드릴까
해서요."

[좋지.]

"전에 말씀드렸던 대로, 지인분들께도 좀 전달드리면….."

[그렇잖아도 내가 떡밥 좀 뿌려뒀는데, 다들 관심 있어 하는 눈치더라고.]

"오, 정말요?"

[브로슈어 나오는 대로 보내줘라.]

"몇 권 필요하세요?"

[한 열 권… 정도?]

"알겠습니다, 형님."

지인들에게 전화를 돌리는 데만 하더라도, 한 시간 이상이 훌쩍 지나갔다. 다들 간단히 용무만 이야기하고 끊을 수 있는 사람들도 아니었으니 말이다. 그리고 모든 통화가 끝난 뒤에는….

"대표님, 최종본으로 인쇄 발주 넣었습니다!"

"넵, 고생하셨습니다!"

브로슈어 발주를 마지막으로, 모든 준비가 완료되었다.

— * —

청담 아르코의 브로슈어는 정확히 천 부만 인쇄되었다. 그리고 그 천 권의 브로슈어는 무척이나 다양한 장소에 배포가 시작되었다. 서울 내 5성급 이상 호텔의 VIP 라운지부터 시작해서…

"음? 매니저님. 이 건축 잡지는 뭔가요? 못 보던 건데."

"아, 지배인님께서 오늘부터 VIP 고객대기실에 비치해두라고 하신 책자입니다."

"아, 그래요?"

"판매용은 아니고 소장용이라고 하셨습니다."

"청담 아르코…?"

"저도 궁금해서 봤는데, 건물 정말 멋지더라고요."

고가의 외제차들이 전시되어있는 자동차 매장과 명품 매장이 모여 있는 면세점의 VIP 라운지까지.

"제가 좀 일찍 왔죠?"

"네, 고객님. 시승은 30분부터 가능하십니다."

"흠….."

"음료라도 좀 준비해드릴까요?"

"아, 아닙니다. 그냥 앉아서 쉬고 있을게요."

"네, 고객님."

"이쪽에 있어도 되죠?"

"물론입니다."

"이 잡지는 뭐예요? 읽어도 되는 거죠?"

고부가가치의 소비가 이뤄지는 많은 장소에 WJ 스튜디오의 직원들이 직접 영업을 뛰어다닌 것이다.

"아, 물론입니다. 오늘 들어온 잡지인데, 그렇잖아도 고객님들이 한 번씩 다 읽어보시더라고요."

"아하, 그래요?"

"표지가 눈이 좀 가나 봐요."

"그러게요. 제가 건축에 딱히 관심이 있는 건 아닌데…."

"구매처를 물어보시는 분도 계시더라고요."

"음? 그 정도예요?"

"WJ 스튜디오에서 나온 잡지라서 그런가. 요즘 서우진 대표가 핫하잖아요."

"아, 거기!"

당연한 얘기겠지만, 단순히 책자를 비치한 것으로 끝난 게 아니었다. 몇 달에 걸쳐 각 매장과 모종의 프로모션을 체결하기도 하였으며, 콜라보 이벤트까지 따로 기획해놓은 것이다. 그러다 보니 자연스레 각 매장에서도 아르코 브로슈어를 적극적으로 노출시킬 수밖에 없었고, 그것은 자연스레 입소문으로 이어졌다.

— * —

사업장과 사업비에 따라 다르겠지만, 건설사에서 분양을 위해 사용하는 마케팅 비용은 천문학적인 경우가 많다. 전체 공사비가 조 단위까지 가는 경우도 있다 보니 억 단위는 기본이요, 사업장이 크다면 수십억 이상의 마케팅 비용까지 태우는 케이스도 더러 있었던 것이다.

유명 연예인을 섭외하고 고급스런 광고 소재를 제작하고 그것을 다양한 매체에 노출시키다 보면, 몇 억씩 줄줄 새는 것은 일도 아닌 것. 때문에 WJ 스튜디오와 다진건설도 미리 마케팅 비용으로 빼 뒀던 금액이 상당히 많았다.

처음 〈청담 아르코〉의 마케팅 계획은 여느 건설사들의 마케팅 전략과 다를 바 없었으니까. 하지만 마케팅 노선이 완전히 바뀐 지금, 어쩌다 보니 확 줄어들어버린 마케팅 예산 때문에 마케팅팀은 조금 다른 의미에서 걱정이 많았다.

"그나저나 대표님."
"네?"
"이 마케팅만으로… 정말 효과가 충분할까요?"
조바심 어린 마케팅 팀장의 물음에, 우진이 웃으며 대답했다.
"그야 저도 모르죠."
"네?"
"저는 될 거라고 생각해서 밀어본 건데, 결과는 나와 봐야 아는 거니까요."

모든 계획이 픽스된 상황에서 청담 아르코의 마케팅 비용은 처음 책정해뒀던 마케팅 비용의 절반도 되지 않는 수준이었다. 광고 소재를 만들거나 탑급 배우인 수하를 섭외하는 데에는 일반적인 케이스보다 훨씬 더 많은 비용이 들어갔지만, 반대로 일반적인 마케팅에서 가장 많은 비용을 필요로 하는 매체 노출에는 전혀 비용을 태우지 않았으니 말이다. 그래서 마케팅 팀장은 불안했다. 정말 이래도 되는 걸까?

"만약 성과가 생각보다 안 나올 경우에는….
담담하기 그지없는 우진과 달리, 여전히 불안한 목소리로 이야기하는 마케팅 팀장 지용현. 그런 그를 우진이 다시 한번 안심시켜 주었다.
"걱정 마세요, 팀장님."

우진이 달력을 보며 말을 이었다.

"어차피 현장 상황도 아직 여유가 좀 있거든요?"

"여유요?"

"일부 빌라들 철거하고 명도하는 데까지 앞으로 몇 개월은 더 걸릴 테니까요."

"아….."

"그동안 반응 오는 거 지켜보고, 답이 안 나온다 싶으면 그때부터 매체 돌리기 시작하면 되니까. 너무 걱정하지 마세요."

"그렇게 생각하신다면 다행입니다."

건설사에서 사전분양을 하는 이유는, 결국 시공비를 충당하기 위해서다. 보통 전체 분양가격의 10퍼센트로 책정되는 계약금을 먼저 받고 분기마다 중도금 10퍼센트씩을 충당 받는 방식으로 건물을 지어 올리는 것.

그래서 아직 철거 작업 중인 청담 아르코의 현장은 여유가 좀 있었다. 본격적으로 건물이 올라가기 시작하는 시점부터 자금 수급이 되면 되니까. 다진건설이 시공사이자 지주이기 때문에, 금융 비용에 좀 더 여유가 있는 것도 한몫하였다.

'물론 이 방법이 실패해서 매체 송출로 뒤늦게 마케팅 노선을 전환하는 일은… 없어야겠지만, 말이지.'

지용현이 마케팅과 관련된 보고를 마치고 대표실에서 나가자, 우진은 의자를 빙글 돌려 상체를 푹 뉘였다. 본격적으로 마케팅이 시작된 지 정확히 3일이 지난 오늘. 지용현만큼은 아니지만 조금은 조바심이 나기 시작한 우진도 다시 마음을 다잡았다.

'아직 입질이 오려면 좀 더 시간이 걸릴 테니… 일단 이번 달 한 달은 여유롭게 기다려봐야겠어.'

어차피 공사 중인 아르코 브랜드의 홍보관도 꼬박 한 달은 지나야 오픈이 가능하다. 그전에는 고객들이 관심을 보여봐야 간단한 상담 정도가 해줄 수 있는 전부.

'분명히 통하는 방법일 거야. 그리고 이미 인맥으로 확보한 수분양자만 해도 전체 분양물량의 1/5는 확보한 셈이니까….'

그런데 우진이 그런 생각을 하고 있던 바로 그때,

띠리리링-!

우진의 대표실 전화기가 별안간 울리기 시작하였다.

— * —

대표실에 걸려온 전화는 프로젝트 전반을 관리하는 기획팀장의 전화였다. 그리고 그의 이야기는 꽤 중요한 것이었기에 전화를 끊은 뒤 다시 대표실로 불러올렸다.

"그러니까… 브로슈어를 좀 더 보내줄 수 있느냐고 연락이 왔다는 거죠?"

"네, 대표님."

"연락이 어디서 온 겁니까?"

"한두 군데가 아니에요."

"그래요?"

"저희가 브로슈어 공급했던 거의 대부분 매장에서 연락이 왔답니다."

"오…?"

WJ 스튜디오는 WJ 타워로 사옥을 옮긴 이후, 원래 하나의 실 안에서 운영하던 CS(고객대응) 업무와 마케팅, 기획 등의 부서를 전부 개별로 나누었다. 마케팅팀장인 지용현보다 우진에게 먼저 브로슈어와 관련된 문의가 전달된 이유다.

　　"만약 요청받은 브로슈어를 전부 추가로 공급하려면… 총 몇 부가 더 필요한 거죠?"

　　"저희가 보유 중인 잔여 부수가 400부 정도니까, 추가로 500부 정도는 더 필요할 것 같습니다."

　　"여유분 남겨둬야 하는 걸 고려해서 하시는 말씀이시죠?"

　　"그렇습니다. 저희도 최소 200~300부 정도는 가지고 있어야, 모델하우스 오픈 이후에 개별적으로 상담 오실 고객님들께도 한 부씩 드릴 수 있으니까요."

　　"흠. 추가 인쇄라… 각 매장에서 2~3부씩 추가요청을 했나 보네요?"

　　"맞습니다, 대표님. 가능한 한 많이 보내달라는 곳도 있어요."

　　"왜요?"

　　"일부 고객이 꼭 소장하고 싶다고 진상 아닌 진상을… 부렸다네요."

　　"흐음…."

　　"추가 발주 넣으면 되겠죠, 대표님?"

　　기획팀장의 물음에 우진은 잠시 침묵했다.

　　지금 이 상황은 예상하지 못했던 부분이었으니 말이다.

　　'브로슈어를 보고 우리 회사에 문의를 넣을 줄 알았는데….'

브로슈어 안에 담긴 청담 아르코가 궁금하고 그것을 갖고 싶다는 생각으로 고객들의 사고가 흘러가리라 생각했다. 그런데 그 이전에 브로슈어에 대한 문의가 이렇게 먼저 들어왔다.

'어떻게 대응하는 게 가장 베스트일까.'

우진의 입가에 슬쩍 웃음이 걸렸다. 예상하진 못했지만, 그와 별개로 이 또한 좋은 일이다. 브로슈어를 갖고 싶다는 건 결국 그 안에 담긴 청담 아르코가 마음에 든다는 얘기였고, 그런 사람이 많다는 사실만으로도 이건 분양에 청신호였으니까. 그래서 우진은 짧은 시간 내에 머리를 최대한 굴려보았고, 이렇게 답을 내었다.

"요청이 온 각 매장에 딱 한 부씩만 추가로 발송하면 총 몇 부가 필요하죠?"

"아마 150부 정도면 될 겁니다, 대표님."

"그럼 추가 인쇄 없이도, 저희가 250부 정도를 여유로 보유할 수 있겠네요?"

"그렇습니다."

아르코와 관련된 모든 것들은, 전부 다 최고의 가치를 가져야만 한다. 그래서 이 브로슈어도 작품을 만든다는 생각으로 심혈을 기울여 제작하였고, 때문에 이 브로슈어 또한 희소성을 유지해야 한다.

"그럼 추가 증쇄 없이, 그렇게 제공하도록 하죠."

"엇, 어차피 증쇄해봐야 추가 인쇄 비용은 그리 크지 않을 텐데요?"

의아한 표정으로 반문하는 기획팀장을 향해, 우진이 간결히 대답하였다.

"비용 때문이 아닙니다."

"그럼….'"

"아르코의 브랜드를 달고 나오는 모든 브로슈어는 리미티드 에디션이 되길 바라기 때문입니다."

"…!"

예상치 못한 우진의 말에 잠시 말을 잃은 기획팀장. 그를 향해 우진이 다시 입을 열었다.

"매장에는 이렇게 정중히 전하세요."

"넵?"

"아르코의 브로슈어는 천 부 한정으로 인쇄된 책자라서, 이 이상은 저희도 제공이 불가능하다고요."

"아, 알겠습니다."

"그리고 만약 책자를 원하는 고객이 계시다면, 저희 CS팀으로 문의 부탁드린다고도 전해주시고요."

"네, 대표님!"

기획팀장이 대표실에서 나가자, 이번에는 우진이 대표실의 수화기를 들었다. 이어서 그가 전화한 곳은, 조금 전에 대표실을 다녀갔던 마케팅팀의 팀장실이었다.

"팀장님."

[네, 대표님!]

"우리, 작게 기사 한두 개 내볼까요?"

— * —

한창 무더위가 기승을 부리는 8월의 어느 날. 인터넷에 재밌는 기사들이 떠돌기 시작하였다.

[건축 디자인 잡지? 혹은 홍보 브로슈어? 돈 주고도 살 수 없는 프리미엄 브로슈어가 있다?]
[청담동에 지어질 프리미엄 타운하우스, 청담 아르코.]
[WJ 스튜디오의 첫 주거 브랜드의 탄생?]

베일에 싸여 있던 브랜드 아르코에 대한 기사가, 처음으로 인터넷에 올라간 것이다.
'재밌네.'
물론 대대적으로 기사가 쏟아지거나 한 것은 아니다. 우진은 이 기사로 어떤 홍보 효과를 바란 것이 아니니까. 다만 우진의 목적은 이것이었다.

[팀장님은 여기 브로슈어에 있는 청담 아르코가 궁금하면 가장 먼저 뭘 하시겠어요?]
[음, 아마 인터넷에 검색을 하겠죠?]
[바로 그겁니다.]
[네?]
[인터넷에 검색을 했을 때, 이게 뭔지 정도는 나와 줬으면 한다

는 거지요.]

　우진은 기자들과 어떤 인터뷰를 한 것도 아니었다. 다만 평소 WJ 스튜디오에 호의적이고 친분이 있는 기자 몇몇에게, 브로슈어 몇 부를 발송해줬을 뿐이었다.

　[김 기자님, 이거 어디 주거나 판매하거나 하시면 안 돼요?]
　[하하, 제가 이걸 어디다 팝니까. 그런데 중요한 대외비라도 담겨있나 봐요?]
　[그런 것은 아닙니다만, 저희도 지금 수량이 모자라는 한정판 브로슈어거든요.]
　[한정판… 브로슈어요?]
　[그러니까 기자님께서 잘 소장해주세요. 하하, 어디 주고 나면, 저도 이제 더 구할 수 없는 책이니까요.]

　그래서 기사에 담긴 내용도 제각각이었다.
　우진은 기사로 올라갈 내용을, 완전히 자율로 맡겼으니까.

　[그냥 알아서 기사를 써달라고요?]
　[네, 기자님.]
　[그러다 제가 부정적인 기사라도 올리면 어쩌시려고요.]
　[설마 김 기자님이… 그러시진 않으리라고 믿습니다. 흐흐.]

　구하고 싶어도 구할 수 없는 브로슈어. 그리고 분양받고 싶어도 분양받을 수 없는 프리미엄 타운하우스. 아마 책자를 갖고 싶어 하던 VIP 고객들 중 일부는 분명히 인터넷에 아르코를 검색해볼 것이고, 그러면 이 몇 개의 기사와 함께 WJ 스튜디오에서 미리 만들어 둔 아르코 브랜드의 홈페이지가 떠오를 것이다.

홈페이지는 심플하다. 심혈을 기울여 뽑아 놓은 청담 아르코의 렌더링 컷이, 모던하고 깔끔한 홈페이지 디자인에 맞춰 갤러리처럼 전시되어있을 뿐이었으니까. 렌더컷 외에 올라가 있는 정보는, 아르코를 디자인한 '디자이너 서우진'에 대한 이야기와 간결한 브랜드 히스토리뿐.

'그걸 보면 이제 우리 고객센터로 전화가 올 수밖에 없겠지.'

그 일련의 과정을 머릿속으로 그려본 우진은 기분 좋게 미소 지었다. 마치 깊은 바닷속에 낚싯대를 드리워 놓은 낚시꾼의 마음이 이러할까? 어떤 물고기가 입질을 할지, 벌써부터 기대되는 우진이었다.

'다음 주부터는 슬슬 연락이 왔으면 좋겠는데….'

하지만 우진의 예상은 완전히 빗나갔다. 기사가 올라간 바로 그 당일.

"네, WJ 스튜디오입니다."

[안녕하세요, 아르코라는 브랜드가 궁금해서 문의 전화 드렸는데요.]

"아, 반갑습니다, 고객님."

[그 아르코라는 타운하우스가 여기 WJ 스튜디오의 브랜드가 맞는 거죠?]

WJ 스튜디오의 CS센터에, 하나둘 문의 전화가 오기 시작했으니 말이다.

— ✳ —

규모의 경제라는 말이 있다. 생산 규모의 확대에 따라 생산비가 절약되거나, 수익률이 증대되는 현상을 의미하는 말. 그리고 이 원리는 마케팅에서도 통용된다. 더 많은 비용으로 더 규모가 큰 마케팅을 할 때, 그것이 서로 시너지를 일으키며 마케팅 효율을 향상시키는 현상이 일어나니 말이다.

그래서 2010년 즈음만 하더라도 마케팅업계의 주류였던 마케팅 방식은, 대중매체(Mass Media)를 활용한 매스 마케팅(Mass Marketing) 방식이었다. 최대한 많은 자본을 확보하여 최대한 많은 매체에 노출시키고, 불특정 다수의 최대한 많은 사람이 그 광고를 볼 수 있게 만들어 브랜드의 인지도를 올리고 시너지를 창출하는 방식으로 마케팅을 하였던 것.

하지만 우진이 경험했던 미래에는 이러한 매스 마케팅이 점차적으로 사라지는 추세였다. 마케팅 기법이 워낙 다양해진 데다, 정보화 기술의 발달로 인해 소비자들이 상품 하나를 구매할 때도 자신에게 더욱 적합한 상품을 직접 탐색할 수 있게 되었으니 말이다.

그래서 미래에는 정확한 타깃(잠재고객)에게 광고가 도달하도록 하는 핀셋 마케팅이나, 틈새시장을 공략하여 특정 소비자를 저격하는 니치 마케팅 등의 최적화 마케팅이 주류를 이루었고, 우진은 그런 마케팅들을 많이 경험했었다. 물론 우진은 마케팅 전문가가 아니었지만, 소비자로서 직접 경험했던 그러한 종류의 마케팅을 지금까지도 기억하고 있었던 것이다.

'역시 내 판단이 맞았어.'

그러한 기억들에 더해 지난 몇 년 동안 WJ 스튜디오를 키워오면서 생긴 기업가로서의 사업 감각까지 합쳐지다 보니, 이렇게 최상류층을 위한 브랜드에 맞는 최적화된 프로모션을 생각해낼 수 있었던 것. 기대했던 것보다도 훨씬 더 좋은 마케팅 성과를 확인하며, 우진은 기분 좋게 웃고 있었다.

"지금 상담 예약이 몇 건 들어와 있다고 하셨죠?"
"지금까지 총 170건입니다, 대표님."
"흠, 그럼 30명 남았군요."
"30명…이라니요?"
"저희 남은 브로슈어가 245개쯤 되잖아요, 그렇죠?"
"그렇습니다."
"그중 30개는 실제로 분양받는 고객에게 줘야 할 물량이니 빼둬야 하고, 남은 15개 정도는 저희가 갖고 있는 게 좋을 테니…."
"아…!"
"1차 예약 상담은 200건에서 컷 하는 게 어떤가 해서요."

아르코 브랜드의 홈페이지에는, 예약 상담과 관련된 다음과 같은 공지가 떠있었다.

[10월 1일, 갤러리 더 아르코(Gallery the Arco)가 드디어 오픈합니다.]
[1차로 상담을 예약하신 고객님들에 한해, 아르코의 첫 번째 작품 청담 아르코의 브로슈어를 증정해드립니다.]

해당 공지가 게시된 것은 고작 3일 전, 기사가 올라간 날 저녁이었는데 그 이후로 벌써 170명이나 상담 예약을 한 것. 그래서 인원이 더 많아지기 전에, 우진이 아이디어를 낸 것이다.

"그럼 1차 예약 상담은 200명까지만 받고, 그 이후에 상담을 원하는 인원은…."
"추가 상담도 당연히 더 받아야겠지만, 브로슈어는 증정해드릴 수 없겠지요."
"그러면 고객의 입장에서 뭔가 기분이 나쁠 수도 있지 않겠습니까?"
"왜 그렇죠?"
"실제로 계약 의사가 있어서 홍보관을 방문했던 고객님 입장에서는, 브로슈어 가지고 쪼잔하게 군다고 생각할 수도 있지 않을까요?"
마케팅 팀장의 말에 우진이 웃으며 답했다.
"대신 다른 증정품을 제공하면 됩니다."
"아하?"
"2차 예약 상담도 200명을 정원으로 하고, 저희 아르코 브랜드와 관련된 굿즈를 제작하여 2차 상담고객 한정으로 드리는 건 어떨까요."
"좋은 생각이신 것 같습니다."
"물론 브로슈어만큼 매력적인 굿즈를 만들라는 건 아닙니다. 소장가치가 있는 어떤 것이면 되겠군요."
10월 1일부터 진행될 예약 상담은, 하루에 최대 10명씩 프라이빗하게 진행될 예정이었다. 청담 아르코 70평대 타입의 인테리어와 구조를 그대로 재현하여 공사 중인 홍보관 전체를, 각 타임당 한 팀만 입장할 수 있도록 하여 한 시간씩 상담을 진행하는 것이다.

우진은 매체 노출에 들어갈 예정이었던 거액의 비용을 전부 이 프로그램에 투입하였고, 그래서 이 일련의 모든 과정들은 최대한 고급스럽게 계획되어있었다. 타운하우스 분양을 받기 위한 이 상담 자체만으로도 고객들이 특별한 느낌을 받을 수 있도록 하는 것.

그래서 이 상담을 받는 것조차 아무나 받을 수 있는 것이 아닌, 특별한 '자신'이기에 받을 수 있었던 것으로 느끼도록 만드는 것. 이게 우진의 의도이자 이 프로모션의 궁극적인 목적이었다.

한참을 마케팅 팀장과 함께 세부 계획에 대해 논의하고 픽스하던 우진은 문득 궁금해진 것이 있는지 그에게 물어보았다.

"그나저나, 팀장님."

"네, 대표님."

"혹시 저희 1차 상담 예약을 주신 고객분들 인적사항은 한번 쭉 검토해보셨나요?"

우진의 질문에 마케팅 팀장이 빙긋 웃으며 대답했다.

"물론입니다."

"그래요? 뭐 전부 다 기억하실 수는 없겠지만… 대체로 어떤 분들이시던가요?"

그는 잠시 생각한 뒤 다시 말을 이었다.

"정말 다양합니다. 대기업 임원분도 계시고, 의사나 판검사 같은 전문직 종사자도 계시고요."

"오호."

"아, 그리고… 연예인도 몇 분 계시더라고요."

우진은 재밌는 표정이 되었다.

연예인들 중 그의 지인들은 상담을 받더라도 우진을 통해 따로 받기로 하였으니, 그들을 제외하고도 이 청담 아르코에 대한 정보를 접해 상담을 원하는 연예인이 있다는 말이었으니까.

'뭐 1차 상담이 다 끝나봐야 알겠지만… 이 정도면 완판은 문제없을지도 모르겠군.'

잘 풀려가는 프로젝트 경과를 보면서, 우진은 문득 실소를 머금었다. 다진건설의 임중우 사장과 우스갯소리로 나눴던 대화가 문득 떠오른 것이다.

[허허, 디자인 정말 잘 나왔군요.]

[사장님 마음에 드신다니 다행입니다.]

[만약 미분양이 돼서 몇 채 남으면, 한 채는 제가 들어가 살아야겠습니다.]

[하하, 저도 한 손 보태겠습니다. 성수에서 청담으로 이사하죠, 뭐.]

고급 주택의 경우 아무리 잘 지어놓더라도 수요가 워낙 한정적이다 보니, 두 사람 모두 마음 한편에는 미분양의 가능성도 생각했던 것. 하지만 지금 굴러가는 상황을 보니, 우진의 몫이 남을 확률은 별로 없어 보였다.

"그런데 말입니다, 대표님."

"네, 팀장님."

"이건 정말… 정말 만약에 말인데요."

뜸을 들이는 그를 보며 우진은 고개를 갸웃했고, 그런 우진을 향해 마케팅 팀장이 멋쩍은 표정으로 말을 이었다.

"1차 예약 상담을 걸어놓으신 200분의 고객님들이 전부 다녀가시기 전에, 물량이 전부 계약되어버리면 어떻게 하죠?"

"아하…?"

"이미 상담을 예약해놓으신 고객님께 완판되었으니 오지 마시라고 전화를 하기도 민망하고…."

그 이야기에 우진은 웃음이 절로 새어 나왔다. 듣기만 해도 기분 좋은, 최상의 시나리오였으니 말이다.

"하하, 그럴 일은 없을 것 같지만, 그래도 어떻게 대응할지 생각해두긴 해야겠네요."

"그렇지요?"

"흠…."

잠시 턱을 괴고 고민하던 우진이 다시 입을 열었다.

"이렇게 하는 게 좋겠네요."

"어떻게… 말입니까?"

"예약확인 전화를 드릴 때 완판 여부를 먼저 정중히 말씀드린 뒤, 완판과 별개로 상담은 여전히 가능하며, 계약취소물량이 나올 시 예비 순번에 따라 차례가 올 수도 있다고 얘기하면 될 것 같아요."

"아하, 그럼 일단 도중에 완판이 되더라도, 1차 상담 예약 고객님들은 전부 상담을 받아야 한다는 말씀이시군요."

"그렇죠."

우진의 설명에 공감한 팀장이 고개를 주억거리며 다시 입을 열었다.

"말씀하신 대로 CS팀에 지침 내려놓겠습니다."

"감사합니다, 팀장님."

"제발 이 지침이 필요한 상황이 왔으면 좋겠네요."

진심이 담긴 그의 말에, 우진도 씨익 웃으며 고개를 끄덕였다.

"동감입니다. 제발, 그랬으면…."

기사가 나가고 본격적으로 아르코에 대한 문의가 들어오기 시작한 뒤 9월이 전부 지나기 전까지, 무려 몇백 명이 넘는 추가 상담 인원이 청담 아르코의 예약 상담을 신청했다. 해서 9월 마지막 주가 되었을 때, WJ 스튜디오의 고객지원팀에서는 아직 1차 예약 상담이 시작되지도 않은 시점에 무려 3차 예약 상담 일정까지 전부 정리해둬야 했다.

"대체 어디서 알고 이렇게 문의가 들어오는 걸까?"

"그러니까. 마케팅 부서 얘기 들어보면, 어디 따로 광고 송출한 적도 없다던데…."

"부자들 사이에서 입소문이라도 퍼졌나 보지, 뭐."

하지만 9월이 지나고 청담 아르코의 홍보관인 'Gallery the Arco'가 오픈된 뒤,

"그게… 정말입니까?"

[그렇다니까요, 대표님. 방금 재무팀에서 데이터 받았는데, 이미 스물다섯 채가 계약됐다고 합니다.]

"하… 하하. 이렇게 빨리….'

[오늘 마케팅팀 회식이라도 해야 하는 것 아닙니까? 하하하.]

"마케팅팀이 아니라, 전 직원 회식을 해도 되겠는데요?"

[좋습니다!]

"2차, 3차 마케팅에 털어 넣으려 했던 돈 전부 굳었는데, 그 돈으로 회식이나 거하게 하죠."

[알겠습니다, 대표님!]

1차 예약 상담 인원이 전부 상담을 마치고 간 셋째 주 금요일. 청담 아르코의 서른 채 중 스물다섯 채의 계약금이, 전부 시행사의 법인계좌로 들어온 것이다. 마케팅팀장과 농담처럼 얘기했듯 1차 예약 상담이 끝나기도 전에 완판이 나버린 것은 아니었지만, 그래도 거의 그에 준하는 성과가 만들어져버린 것.

"사장님, 소식 들었습니까?"

[허허허, 이미 재무팀 통해서 얘기 들었습니다.]

"축하드립니다!"

[대표님도 축하드립니다. 아니, 감사합니다.]

"별말씀을요."

[대표님 아니었으면 이런 꿈같은 결과가 나왔겠습니까?]

"다진에서 절 믿고 기다려주셨기에 가능했던 성괍니다, 하하."

임중우 사장과 기분 좋은 통화까지 마친 우진은 두 주먹을 불끈 쥐었다.

'됐어…!'

사실 이번 청담 아르코에서 우진과 WJ 스튜디오가 남겨가는 마진은 들인 노력에 비해 그리 크지는 않았다. 통상적인 설계·디자인 비용에, 공사 이익금의 1할 정도가 전부였으니 말이다. 하지만 우진은 돈보다 더 큰 것을 얻었는데, 그것은 바로 브랜드였다. 공사로 인한 이익은 다진건설에서 대부분 가져가는 대신, WJ 스튜디오에서는 아르코라는 브랜드에 대한 독점적인 권리를 갖기로 했으니까.

물론 산술적으로 계산하는 것은 불가능에 가깝겠지만… 조기 완판에 성공한 이상 청담 아르코가 무사히 완공되기만 한다면, 이 아르코라는 브랜드의 가치는 당장 수백억 이상의 값어치를 해낼 수 있을 터였다. 그리고 아르코는 WJ 스튜디오가 더 크게 성장할 수 있는 발판이 되어줄 것이었다.

"그럼 오늘은… 오랜만에 홀가분한 마음으로 일찍 퇴근해볼까?"

오랜만에 칼같이 퇴근 시간에 맞춰 사무실을 나온 우진은 흥얼거리며 집으로 향했다. 머리로는 자신 있었지만, 마음속 깊은 곳에 항상 가지고 있던 부담감 하나를 홀쩍 털어내었으니, 기분이 좋지 않을 수 없었다.

그런데 좋은 일은 항상 몰려서 찾아온다고 했던가?

지이잉-

가벼운 걸음으로 퇴근하던 우진의 주머니 속에 있던 스마트폰이 짧게 울리며 기쁜 소식을 한 가지 더 알려주었다.

[Web 발신]

[귀사의 무궁한 발전을 기원합니다.]

[귀사의 설계가 마곡 M-Tec 설계공모의 최종 공모작 중 하나로 선정되었음을 알려드립니다.]

[자세한 사항은 첨부된 파일을 통해….]

…후략…

그것은 바로 마곡 MICE 단지의 사업 주체인 'LTK금융그룹'으로
부터 온 메일이었다.

경연

블랙테일즈(BlackTales)의 설계팀장 제이콥은 이른 아침 눈을 뜨자마자 기분이 뒤숭숭했다.

"그게 무슨 말입니까, 실장님."

[무슨 말이기는요. 말 그대롭니다, 제이콥. 우리의 설계가 최종 공모작 중 하나로 선정되었다는 메일이 아침 일찍 왔다니까요?]

"…!"

[아, 한국 시간으로 치면 어제저녁이겠군요.]

"으음…."

[그러고 보니 지금 한국은 아침인가요? 아니면 새벽? 음… 제가 제이콥의 단잠을 깨운 건 아닌지 모르겠군요. 죄송합니다.]

최종 공모작 중 하나로 선정되었다는 말은, 1차 심사를 통과했다는 말이다. 그러니까 해당 공모의 설계를 총괄했던 제이콥으로서는 기뻐해야 할 소식이 맞는 것이다. 그런데 이 기쁜 소식을 전화를 통해 받은 제이콥은 어째서 기분 좋은 표정이 아닌 것일까?

그 이유는 바로 이것이었다.

"그러니까… 당선이 아니라 최종 후보들 중 하나가 됐다는 얘기인 거잖습니까?"

[그렇지요.]

"크흠… 이런 결과는 생각지 못했는데….."

[하하, 천하의 제이콥이 지금 설마 걱정을 하는 겁니까?]

제이콥이 기다리고 있던 것은, 1차 심사통과 결과 같은 것이 아니었다. 일반적으로 이런 비공개 설계 공모의 경우, 내부 심사에서 아예 최종결과까지 정해버리는 경우가 많았으니 말이다. 공모 요강에는 2차 심사까지 명시되어있다 하더라도, 편의상 모든 과정을 원스텝으로 진행해버리는 게 보통이었던 것.

애초에 공모 참가 사 자체가 LTK금융그룹에서 컨택한 10개사 이내의 회사들이었으니 굳이 1, 2차 나눌 필요 없이 내부적으로 가장 적합하고 뛰어나다 판단되는 설계를 선정하여 그대로 결정되는 경우가 많았던 것이다.

그럼 이렇게 2차 심사가 들어가게 되는 경우는 어떤 경우일까? 그것은 1차 심사에서 도저히 우열을 가리기 힘든 상황일 때 어쩔 수 없이 선택하는 방식이었다. 그 말인즉, 블랙테일즈의 설계와 우열을 가리기 힘들 정도의 뛰어난 공모작이 존재한다는 말과 일맥상통하였다.

"걱정은 아닙니다, 실장님. 저희 팀의 설계는 완벽했으니까요."

[하핫, 그런가요?]

"단지 예상 못 했던 상황에 조금 당황했을 뿐입니다. 뭐, 그렇다고 해도 결과가 달라질 일은 없겠지만 말이지요."

물론 그것과 별개로, 제이콥의 이런 생각은 오만한 것이 맞았다. LTK금융그룹은 세계적인 회사였고, 그런 회사에서 선정한 공모사들은 전부 실력 있는 디자인 회사들일 게 분명했는데 제이콥은 그중에서도 당연 자신이 지휘하는 블랙테일즈 팀의 설계가 압도적으로 뛰어났을 것이라고 예상했다는 이야기였으니 말이다.

하지만 이 자신감이 근거 없는 자신감은 아니었다. 지금까지 블랙테일즈 설계팀은 이보다 더 큰 설계도 공모에 여러 번 참가했었고, 그때마다 번번이 단독입찰에 성공했었으니까. 게다가 이번 공모에, 제이콥이 아는 메이저급 디자인 설계사무소들은 한 군데도 입찰하지 않았다. 그래서 지금 제이콥의 자존심에는 조금 금이 간 상태였다.

'어쩐지 결과 발표가 생각보다 늦어진다 싶더라니….'

만약 다른 설계들이 고만고만했고 블랙테일즈의 설계가 압도적이었다면, 공모 결과는 금세 발표됐을 것이다. 하지만 결과는 발표 예정일보다 한 달도 더 지난 오늘에서야 나왔고, 이것은 그만큼 LTK에서 고민을 오래했다는 뜻.

'아니, LTK에서 고민한 건 아니겠지. 디자인 설계 감리를 대행해 줄 외주업체를 분명 섭외했을 테니까.'

속으로 이런 생각을 하던 제이콥은 갑자기 생긴 궁금증에 전화통에 대고 물어보았다.

"혹시, 실장님."

[네, 팀장님.]

"이번 공모, 디렉팅 외주를 맡은 회사가 어딘지 알고 계십니까?"

[왜요, 로비라도 하시려고요?]

"아니, 실장님. 대체 이 제이콥을 뭐로 보시고…."

[하하. 농담입니다, 제이콥. 제이콥이 그럴 리 없다는 사실은 제가 가장 잘 알지요. 어디 보자… 이번 공모를 주관한 회사는 ALuna라고 명시되어 있군요.]

"…!"

실장의 이야기를 들은 제이콥은 두 눈이 조금 확대되었다.

'역시 금융회사라 그런지… 돈을 정말 아낌없이 발랐군.'

ALuna는 블랙테일즈와 비교하더라도 전혀 꿀릴 것 없는, 제이콥이 인정하는 몇 안 되는 디자인 회사였으니 말이다. 그리고 수화기 너머에서 얘기 중인 블랙테일즈의 실장 또한 흥미로운 목소리였다. 공모 과정에서의 부정행위 방지를 위해 공모 심사를 대행하는 회사에 대한 정보는 극비로 취급되었고, 때문에 실장 또한 방금 온 메일 안에서 ALuna라는 이름을 처음 확인했으니까.

그렇다면 극비로 취급됐던 담당사의 상호가 이번 메일에서는 왜 공개되었을까? 그 이유는 간단했다. 비록 1차 공모 결과이긴 하지만 대부분의 참가사는 탈락 통보를 받아야 했는데, 이때 공모를 심사한 회사가 어떤 회사인지 정도는 알려야 참가사에서도 충분히 수긍할 수 있을 테니 말이다. ALuna라는 회사의 이름은 업계에서 그만큼 공신력이 있었다.

"다행이군요."

제이콥의 나지막한 대답에, 전화 너머에서 웃음소리가 새어 나왔다.

[하하, 뭐가 다행입니까?]

"적어도 실력 없는 놈들에게 평가당할 일은 없을 테니 말입니다."

[확실히 ALuna라면 인정할 만한 회사지요.]

"어쨌든 전화 주셔서 감사합니다, 실장님."

[별말씀을요.]

"2차 심사 일정은 메일에 있을까요?"

[제가 mms로 보내드렸습니다.]

"감사합니다."

실장과의 전화를 끊은 제이콥은 곧바로 스마트폰을 열어 실장의 메시지를 확인하였다.

'10월 마지막 주라….'

의외의 결과에 처음은 당황했지만, 지금 제이콥의 눈은 빛나고 있었다. ALuna에서 심사를 진행했다면 블랙테일즈와 함께 최종 공모작으로 선출된 설계는 그만한 자격이 있는 설계일 확률이 높았고, 상황이 이렇게 되다 보니 오히려 승부욕으로 불타기 시작한 것이다.

'진행 방식은 최종 프레젠테이션 이후 현장 발표. 장소는 LTK금융그룹 서울 신사옥… 프레젠테이션은 최대 한 시간….'

공고 내용을 찬찬히 정독한 제이콥은 꿀꿀했던 기분을 털어내고 침대에서 일어났다. 이제 씻고 강남에 있는 블랙테일즈의 임시사무실로 출근해, 이 결과를 팀원들과 공유해야 할 차례였다.

— * —

우진은 오늘 꽤 오랜만에 민선을 만났다. 공모 마감 날 이후로 식사를 한 번 함께하긴 했지만, 그 뒤로는 서로 바빠서 만날 시간이 없었던 것이다. 하지만 이렇게 공모 결과가 나왔고 최종 경연을 준비해야 할 시점이 되니, 이번 프로젝트에 가장 큰 기여를 한 사람들 중 한 명인 민선을 만나지 않을 수 없었다.

최종 경연과 관련하여 조언을 들을 생각도 있었지만, 그보다는 1차 심사통과를 축하하고 고생해준 민선에게 다시 한번 고마움을 표하는 의미가 더 컸다.

"소식은 들었어요, 대표님."
"하하, 빠르시네요."
"저 개인적으로도 애정이 많이 가는 프로젝트니까요. 결과도 마음에 들고…."
"그렇게 생각해주신다니 고맙네요. 일단 밥부터 들죠."
"좋아요. 그렇잖아도 뱃가죽이 등에 붙어있어요, 지금."

처음 민선을 만났던 중식 레스토랑에 온 두 사람은, 일상에 대한 이야기를 먼저 나누며 기분 좋게 식사를 하였다. 하지만 식사를 다하고 후식이 나올 때가 되자, 주제는 다시 마곡 컨벤션 센터 프로젝트로 돌아올 수밖에 없었다. 일 얘기이기 때문이라기보단 디자인과 관련된 주제로 대화를 나누다 보니 자연스레 이야기가 흘러

온 것이다.

"최종 심사가 프레젠테이션이라고 했죠?"

"네, 공고 보니까 그렇게 되어있더라고요."

"당선은 문제없겠네."

"왜요?"

"제가 업계에서 이제 10년이 넘었는데, 대표님만큼 말 잘하는 사람 별로 못 봤거든요."

"…과찬이십니다."

우진이 멋쩍은 표정을 짓자, 민선은 장난스런 표정으로 이야기를 이어갔다.

"아뇨, 진짜예요."

"제가 민선 씨 앞에서 그렇게 막 혀에 기름칠한 적은 없는 것 같은데…."

민선이 피식 웃으며 다시 입을 열었다.

"아, 그런 의미가 아니고… 예전에 대표님 피티하시는 영상을 봤거든요."

"아…?"

"제가 처음 서 대표님 팬이 된 게, 프레젠테이션 영상 때문이었는걸요?"

"갑자기 얼굴이 좀 뜨거워지네요. 기분 탓이겠죠…?"

"아뇨, 얼굴이 빨갛게 익으신 게, 따끈따끈해 보이시네요."

"…."

깜빡이 없이 훅 들어오는 민선의 이야기에 우진은 얼굴이 화끈

거렸지만, 그런 그를 보며 민선은 마냥 재밌을 뿐이었다. 이럴 때를 제외하면, 우진의 순수한 모습을 보기도 쉽지 않았으니 말이다.

"그나저나 그 공고 뜬 것 좀 보여줘봐요, 대표님."
"2차 심사 공고요?"
"네, 디자인 팀장님께 대충 듣긴 했는데, 요강이 좀 특이한 것 같더라고요. 궁금해서."
"아, 잠시만요. 문자로 보내드릴게요."

민선의 이야기대로, LTK로부터 날아온 2차 심사의 공고요강은 꽤 특이했다. 1차 심사 때 제안했던 설계를 변경할 수 있거나 한 것은 아니었지만, 그 위에 한 가지 소스가 더 첨가돼있었으니 말이다. 그것은 바로 모터쇼. 이 마곡 컨벤션 센터에서 가장 처음 열릴 1호 전시인 '서울 모터쇼'라는 소스가 공모 위에 얹힌 것이다.

[마곡 컨벤션 센터의 첫 번째 전시는 서울 모터쇼가 될 것입니다.]
[해당 전시를 상정한 전시기획을 설계 위에 가미하여, 최종 발표를 준비해주시길 바랍니다.]

사실 건축설계 공모에서 이런 식의 주제가 나오는 일은 잘 없다. 이것은 마치 지어질 건물에 입점하게 될 업종을 공모 주체에서 가상으로 정해주고, 공모 참가사들에게 해당 업종의 인테리어 디자인까지 뽑아오라는 말이나 다름없는 것이었으니 말이다. 물론 이 설계에 대한 디자인 피까지 LTK에서 지급한다고 명시돼있으니,

참가사 입장인 우진도 불만스러운 것은 아니었다. 다만 조금 의아할 뿐이었다.

'주제가 있으면 프레젠테이션하기 좀 더 편하긴 하겠네.'

이번 공모 심사를 맡았던 ALuna가 어떤 고민 끝에 이런 주제를 내어놓았는지는 우진으로서 알 리 없는 게 당연하였다.

[도저히 하나의 설계를 채택할 수가 없습니다, 마스터.]

[그 정돕니까?]

[워낙 장단점이 뚜렷하고, 훌륭한 설계들입니다.]

[크흐음….]

[아무래도 2차 심사를 해야겠네요.]

[2차 심사 때는 결론이 나겠지요?]

[이대로 프레젠테이션만 시킨다면, 장담할 수 없습니다.]

[그럼 어떻게 해야겠습니까?]

[조금 더 주제를 심화해보도록 하죠.]

[심화라….]

대외적으로 아직 알려지지는 않았지만, 최종 심사에 채택된 회사는 블랙테일즈와 WJ 스튜디오 두 곳뿐이었다. 그리고 ALuna가 2차 심사에서 보고자 하는 것은, 두 설계사가 '전시 디자인'에 대해 얼마나 깊은 이해도를 가지고 있냐는 것이었다.

사실 이것은 어쩌면, 블랙테일즈보다는 WJ 스튜디오에 대한 최종검증인지도 몰랐다. 이미 전시 디자인을 주력으로 하고 있는 블랙테일즈와 달리 WJ 스튜디오는 대외적으로 전시 포트폴리오가 없는 상황이었고, 그럼에도 우진의 설계를 쉽게 포기할 수 없었던

ALuna에서 전시 디자인에 대한 WJ 스튜디오의 역량을 검증해보고 싶었던 것이다.

우진은 이러한 의도를 캐치하지 못했지만, 공모 요강을 찬찬히 읽어 내려가던 민선은 어느 정도 그 의중을 느낄 수 있었다. 그래서 우진으로부터 받은 메시지를 전부 다 읽은 그녀는, 테이블 위에 스마트폰을 내려놓으며 빙긋 웃었다.

"어쩌면 이번 심사에서는… 제가 조금 더 도움이 될지도 모르겠네요."

우진이 디자인하고 민선이 검수했던 마곡 컨벤션 센터의 최종 설계. 그 위에 가상의 전시를 기획한다고 생각하니, 벌써부터 신이 나는 민선이었다.

— * —

마곡 컨벤션 센터의 1차 공모 마감일로부터, 벌써 3개월이라는 시간이 지나갔다. 그럼에도 제이콥을 비롯한 블랙테일즈의 설계 팀은 아직 한국에서 파견 근무 중이었는데, 그 이유는 컨벤션 센터 건 말고도 추가적인 일이 잡혔기 때문이었다. 그리고 바로 그 일 때문에, 제이콥은 오늘 강남에서 누군가를 만나고 있었다.

"처음 뵙겠습니다, 제이콥 페레즈(Jacob Perez)라고 합니다."
"반갑습니다, 제이콥. 난 콜튼 테일러입니다."

제이콥도 훤칠한 키에 호리호리한 인상을 가진 호남(好男)이었지만, 그와 마주 서 악수를 나눈 인물은 일반적인 미남을 넘어 마치 모델 같은 외모를 가진 인물이었다. 쉰의 나이에도 불구하고 삼십 대 후반 정도로 보일 만큼 깔끔하고 잘생긴 얼굴에, 까만 슈트가 마치 몸의 일부처럼 느껴질 정도로 늘씬하게 어울리는 남자.

콜튼은 환하게 웃으며 제이콥과 인사를 나누었고, 두 사람은 조용한 호텔 라운지에 마주 앉았다. 먼저 입을 연 것은 제이콥이었다.

"이렇게 뵙게 되어 정말 반갑습니다, 콜튼. 꼭 한번 만나고 싶던 디자이너를 뜻밖에 뵙게 돼서 무척 기쁘군요."

콜튼은 자동차 디자이너고, 제이콥은 전시·건축 디자이너다. 그래서 두 사람은 완전히 다른 업종에서 일하는 디자이너라 할 수 있었지만, 그와 동시에 밀접한 연관성을 가진 업종에서 일하는 디자이너이기도 하였다.

제이콥은 건축 중에서도 전시 디자인에 특화된 디자이너였고, 그중에서도 상당히 많은 모터쇼와 자동차 전시장을 디자인한 경력이 있는 사람이었으니 말이다. 하여 두 사람은 오늘 처음 만난 것임에도 불구하고, 서로에 대해 꽤 잘 알고 있었다. 콜튼과 제이콥은, 각각의 업계에서 손에 꼽을 만큼 유명한 디자이너였으니까.

"저 또한 제이콥과 이렇게 만날 기회가 생겨 기분이 좋습니다. 지난 킨텍스 전시에서 분명히 뵐 기회가 있었던 것 같은데, 못 뵙고 지나가서 아쉬웠거든요. 하핫."

"아, 그때. 정말 너무 바빴었지요. 저도 저지만 제운 쪽 디자인 팀도 상당히 고생했던 전시로 기억합니다."

"맞습니다. 커뮤니케이션이 꼬이는 바람에….."

"여튼 제가 킨텍스 전시를 총괄했던 걸 기억해주신다니, 정말 영광입니다."

사실 '디자이너'라는 직종 안에서의 인지도만 놓고 봤을 때 굳이 따지자면 콜튼의 인지도가 제이콥보다는 높다고 할 수 있었다. 업력으로 따져도 콜튼이 10년은 더 디자인업계에서 일했던 데다, '자동차'라는 카테고리가 아무래도 '전시'보다는 더 대중적으로 인지도가 생기기 좋은 분야였으니 말이다.

하지만 콜튼은 그런 업계 인지도 같은 것을 따지는 스타일이 아니었다. 제이콥은 그가 아는 디자이너들 중 배울 점이 있는 몇 안 되는 훌륭한 젊은 디자이너들 중 한 사람이었고, 때문에 오늘의 만남이 순수하게 기쁠 뿐이었다.

'실력 있는 디자이너와 대화를 나누는 것은, 언제나 즐거운 일이지.'

그것이 오늘의 만남이 계약을 정리해야 하는 단순한 비즈니스 미팅 자리임에도 불구하고, 부사장인 콜튼이 직접 자리에 나온 이유였다.

"저희 쪽에서 발송 드린 제안서는 좀 검토해보셨습니까?"
"물론입니다."
"대부분 업계 표준이라 특이점은 없을 테고….."
"깔끔한 계약서였습니다."
"결국 조율해야 할 부분은 디자인 피와 관련된 부분일 텐데, 혹시 저희 쪽의 제안을 어떻게 생각하시는지요?"
"아, 그렇지 않아도 그 부분에 대해서 말씀드릴 것이 조금 있습니다."

"경청하겠습니다."

"오해는 말아주세요. 전반적인 계약조건에 저희 블랙테일즈는 상당히 만족하고 있고, 다만 부분적으로 조율했으면 하는 조항이 있을 뿐이니 말입니다."

각각 서류를 탁자 위에 펼쳐 올린 두 사람은, 무척이나 능숙하게 협상을 하였다. 두 사람 모두 디자이너임과 동시에 어떤 집단을 이끌어본 디렉터였고, 이런 종류의 계약을 수없이 치러봤기에 서로의 이해관계를 명확하게 인지하고 있었으니 말이다.

양쪽 모두 사내에서 직급과 권한이 높은 것도 계약을 진행하는 데에 큰 도움이 되었다. 콜튼과 제이콥은 거의 대부분의 결정권을 가지고 있는 사람들이었으니, 즉석에서 계약 수정변경도 충분히 가능했던 것이다. 그래서 이렇게 일사천리로 비즈니스 용무를 마쳤을 때, 시간은 고작 한 시간밖에 지나있지 않았다.

"깔끔하군요."

"좋습니다. 이대로 진행하시죠."

그래서 충분한 시간이 생긴 두 사람은, 좀 더 여유로운 얼굴이 될 수 있었다. 두 사람 모두 다음 일정까지는 제법 많은 시간이 남아 있었으니 말이다. 그래서 비즈니스와 별개로, 둘은 사적인 이야기들을 나누기 시작했다.

"한국에 들어오신 지는 얼마나 되신 겁니까?"

"흐음, 이제 거의 반년이 다 되어가는군요."

"사무실은 서울에 있다고 하셨지요?"

"이 근첩니다."

"오호, 강남이군요."

"그나저나 콜튼 씨는 한국을 되게 잘 아시나 봅니다?"

"한국 기업인 제운자동차에서 벌써 십 년은 일했으니까요."

제이콥은 콜튼이라는 디자이너를 예전부터 동경했었고, 콜튼은 원래 말이 많은 사람이다.

"그나저나 이번 프랑크푸르트에서 제운자동차의 신형 모델이 공개된다는 소식은 들었습니다."

"오, 아직까지 나름 대외비인데, 어디서 들으신 겁니까?"

"대외비… 맞습니까? 제 부하직원이 알고 있던데요?"

"이런, 저희 회사 보안이 엉망이로군요."

"기대하고 있겠습니다."

그래서 둘은 디저트를 탁자에 올려놓은 채 끝없이 대화를 나누었고…

"저희 회사 자동차를 좋아하시나 봐요?"

"제운의 자동차는 항상 중후한 멋을 가지고 있지요."

"타보신 겁니까?"

"물론입니다. 제 친구가 제운자동차의 크로노스 오너거든요."

"와우."

"중형 세단의 내부공간이 그렇게 넓을 수 있다는 걸, 그 차를 타보고 처음 알았습니다."

당연히 그 안에는 업계 이야기들도 담겨있었다.

"아, 그러고 보니 저도 제이콥을 만나면 물어보고 싶었던 게 하나 있습니다."

"그게 뭘까요?"

"그… 혹시 데미안을 아십니까?"

"디자이너 데미안 군터(Demian Gunth)를 말씀하시는 거라면, 당연히 알고 있습니다."

"오, 맞아요. 그 친구가 그래도 제법 유명한 편이죠."

"…"

"어쨌든 얼마 전에 데미안에게서 들은 이야긴데, 블랙테일즈에서 IAA의 입찰을 포기했다고 하더라고요."

"정확히 알고 계십니다."

"그 이유가 이번에 진행하시는 '마곡 컨벤션 센터' 설계 입찰 때문이었다고 들었는데…"

조심스럽게 이야기하는 콜튼을 보며, 제이콥이 고개를 끄덕였다.

"그 말씀은 절반 정도 맞습니다. 마곡 컨벤션 센터 설계 건이 워낙 커서, 저희로서는 두 프로젝트를 전부 감당할 여력이 없었으니까요."

"절반이라면 다른 이유가 있기는 하다는 거군요?"

"그렇죠. 하지만 이 부분은 저희 회사 내부적인 이유 때문이라, 말씀드리기가 곤란합니다."

"아, 그것까지 여쭈려는 것은 아니었습니다. 다만 마곡에 지어진다는 새 컨벤션 센터에 제가 관심이 좀 많아서… 그와 관련해서 몇 가지 여쭤보고 싶은 게 있었거든요."

"아하, 그렇군요."

다 식어버린 아메리카노를 짧게 홀짝인 콜튼이 별생각 없이 물어보았다.

"7월에 공모했다고 들었으니, 이제 공모 결과는 나왔겠네요?"

"뭐, 그렇죠?"

"당연히 블랙테일즈에서 입찰했겠지요?"

하지만 콜튼의 말이 끝나자 물 흐르듯 이어지던 대화에 순간 정적이 찾아왔고.

"…."

눈치 빠른 콜튼은 뭔가 실수했음을 깨달을 수 있었다.

"이런, 제가 혹시 말실수를…."

하지만 다행히 제이콥은 조금 당황했을 뿐, 그리 기분 나쁜 표정은 아니었다.

"뭐, 저도 당연히 그렇게 될 것이라 생각했는데, 사람 일이라는 게 항상 생각대로 흘러가지는 않더군요."

"설마, 다른 회사의 설계가 채택된 겁니까?"

제이콥이 고개를 저으며 대답했다.

"아뇨, 그런 것은 아닙니다."

"그럼…?"

"조만간 2차 심사 일정이 잡혔을 뿐이지요."

"…!"

콜튼은 자동차 디자이너라는 직종의 특성상 어떤 설계 공모에 참가할 일은 거의 없다. 하지만 반대로 이런 방식의 공모를 주최해본 적은 여러 번 있었고, 때문에 제이콥의 말이 뭘 의미하는지 잘 알고 있었다.

'2차 심사라… 어지간해서는 잘 선택하지 않는 방법인데.'

이런 종류의 프로젝트는 시간이 돈이다. 그런데 그 귀중한 시간을 지연시켜가면서 굳이 2차 심사까지 공시했다는 말은, 정말 우열을 가리기 힘든 설계가 나왔다는 얘기. 그래서 콜튼의 입에서는 저도 모르게 탄성이 새어 나왔다.

"대단하군요."

"뭐가 말입니까?"

"어떤 회사인지는 모르겠지만, 무려 블랙테일즈와 2차 경연을 붙게 될 정도로 뛰어난 설계를 한 회사가 있다는 것 아닙니까?"

"그렇지요."

콜튼의 말에 대답하는 제이콥은 기분 좋은 표정이었다. 그의 이야기의 베이스가 블랙테일즈와 제이콥의 실력을 인정하는 것이었으니, 기분이 좋을 수밖에 없는 것이다.

"어떤 회사인지 정말 궁금하군요."

"저희도 그랬습니다."

제이콥의 대답에, 콜튼의 두 눈이 날카롭게 빛났다.

"그 말씀은…."

그에 제이콥이 피식 웃으며 말을 이었다.

"저도 너무 궁금해서 따로 알아봤지요. 어떤 업체들이 입찰에 들어왔는지 대부분 알고 있는데, 그중 어떤 설계가 저희 설계에 비견될 수준이었는지 너무 궁금했거든요."

콜튼은 흥미진진한 표정으로 제이콥의 이야기를 듣고 있었고, 제이콥은 천천히 다시 입을 열었다.

"그런데 이걸 알아본 뒤에, 저희는 더 놀랄 수밖에 없었습니다."

"어째서요?"

"일주일 뒤에 저희와 경연을 붙게 될 회사가, 완전히 이름을 처음 들어보는 회사더군요."

"오…! 그게 정말입니까?"

전시와 관련된 건축 분야에서, 블랙테일즈의 인지도는 세계적으로 손에 꼽을 수준이다. 그리고 당연한 얘기겠지만, 이러한 인지도는 고스톱으로 딸 수 있는 것이 아니다. 십수 년 이상 업계에서 구르며 쌓인 노하우와 경험. 그런 과정 속에서 모인 수많은 실력 있는 인재들.

그들 하나하나가 모여 지금의 블랙테일즈라는 회사를 만들어낸 것. 그렇기에 콜튼은 진심으로 놀랐다. 대체 이름조차 알려지지 않은 어떤 회사가, 블랙테일즈의 설계와 비견될 정도의 작품을 공모에 내놓았단 말인가?

"WJ 스튜디오…라고 하더군요."

"음…?"

"그 이상은 저희도 알 수 없었습니다. 회사 상호도 겨우 알아냈을 뿐이니까요."

제이콥의 말을 들은 콜튼은 고개를 갸웃하였다.

'이상하다… 분명히 처음 듣는 회사일 텐데….'

아무리 고민해도 WJ 스튜디오라는 이름이 잘 떠오르지 않았는데, 왠지 모르게 낯익다는 생각이 계속 들었으니 말이다.

"아무튼 건승을 바랍니다, 제이콥."

"감사합니다, 콜튼."

"제이콥의 실력이라면, 결국 설계권은 블랙테일즈의 것이 되겠지요."

"하하, 최선을 다해봐야지요."

제이콥과의 만남이 끝난 뒤, 콜튼은 차에 시동을 걸었다.

부릉-

그가 공항에서부터 타고 온 이 차는, 제운자동차에서 그를 위해 특별히 내어준 전용 세단. 원래대로라면 운전기사도 한 사람 딸려와야 했지만, 직접 운전하는 것을 좋아하는 콜튼은 그것을 사양하였다.

"흠, 이제 우리 귀염둥이를 보러 가볼까…?"

자신이 직접 디자인을 총괄한 제운자동차의 신형 모델을 운전하며, 콜튼은 콧노래를 흥얼거렸다. 아직 퇴근 시간이 되기 전이었기 때문에 길이 크게 밀리지는 않았고, 콜튼은 능숙하게 한남동 골목으로 들어가 몇 년 전만 해도 자신이 살던 집의 주차장에 차를 대었다.

삑-

이어서 엘리베이터를 타고 올라가자, 그를 반겨주는 아주 반가운 얼굴.

"Bloody Hell! Daddy!!"

"오우, 제이든! 집에 있었던 거야?"

"아니, Daddy! 미리 말도 안 하고 이렇게 오는 게 어딨어요?"

"말을 안 하다니. 아빠는 분명 얘기했는걸?"

"뭐라고요?"

"조만간 한국에 들어갈 거라고."

"Holy! 그 얘긴 오늘 아침에 했잖아요!"

"혀 그만 내고 냉수나 한 잔 가져와, 제이든."

"냉장고는 Daddy가 더 가까워요."

"젠장, 합리적인 거부로군."

집에 도착하자마자 아들과 요란하게 회포를 푼 콜튼은 겉옷을 대충 벗어놓고는 소파에 몸을 묻었다. 이제 별다른 일정도 남지 않았으니, TV를 틀어 놓고 맥주나 한 캔 마시면서 치킨을 시켜 먹는다면 완벽한 하루. 그런데 그런 생각을 하고 있던 콜튼은, 문득 제이든을 향해 물어보았다.

"그런데, 제이든."

"왜요 Daddy?"

"혹시 너…."

뒷머리를 긁적인 콜튼이 다시 말을 이었다.

"WJ 스튜디오라는 디자인 회사를 알아? 한국 회사라던데."

그리고 콜튼의 그 질문을 들은 제이든은 다시 날뛰기 시작하였다.

"Bloody Hell! Daddy!!"

— * —

LTK금융그룹의 한국지사는, 오늘 아침부터 무척이나 분주하였다. 언제나 같은 일상만이 반복되던 회사에, 오랜만에 특별한 이벤트가 있는 날이었으니 말이다. 물론 특별한 이벤트라고 해서 사원 모두가 설레거나 기분 좋은 것은 아니다. 회사에 새로운 일이 있다는 건 결국, 직원들 중 누군가에게 일거리가 생겼음을 의미하니까.

"하, 이제 진짜 끝이 보이네."

"그러게요, 팀장님."

"여기 세팅만 다 하면 더 할 거 없는 거죠?"

"아으, 허리야."

기획부서 팀장들끼리 한 내기에서 진 3팀장 손유정은 한숨을 푹푹 쉬며 의자를 정리하고 있었다. 그녀가 팀원들과 땀을 뻘뻘 흘리고 있는 곳은 바로 사옥에서 가장 큰 대회의실. 평소에는 잘 사용하지 않는 이 회의실에서 오늘 아주 중요한 행사가 있을 예정이었고. 그래서 먼지가 쌓여있던 회의실을 정돈하고 세팅하느라 기획 3팀의 직원들이 벌써 한 시간이 넘도록 땀을 뻘뻘 흘려야 했던 것이다.

"근데 팀장님, 진짜 이렇게까지 해야 해요? 그냥 청소만 대충 했어도 되는 거 아닌가."

"내 말이. 갑자기 탁자에 프로젝터까지 싹 다 새 거로 바꾸는 이유가 뭐에요?"

팀원들의 투덜거림에, 손유정이 한숨을 푹 쉬며 말했다.

"높으신 분 온다잖아."

"높으신… 분이요?"

"본사에서 임원급도 두 분 온다고 들었어."

"커헉."

"그러니까 다들 잔말 말고 해… 괜히 트집 잡히면 아주 지옥을 맛보게 될 걸?"

손유정의 한마디에, 팀원들의 표정은 전부 창백해졌다. 본사 임원급이라면 한국지사로 따졌을 때 거의 사장급 이상의 파워를 가진 사람인데, 그런 사람이 하나도 아니고 둘이나 온다는 얘기는 말단사원의 입장에서 아주 소름 돋는 이야기였으니 말이다.

"음… 이렇게 할 만했네요."

"그러게. 요란 떨 만했네…."

"자, 이제 한 시간밖에 안 남았다고. 빨리 마무리하고 정리합니다!"

"네, 팀장님."

덕분에 강제로 의욕을 주입당한 팀원들은 열심히 회의실을 세팅하기 시작했고, 그 결과 30분 뒤에 모든 일을 마무리할 수 있었다.

"후우, 됐다!"

"정리하고 나갑시다!"

그런데 회의실 세팅을 마무리하고 나가려던 그때, 팀원들 몇몇이 회의실 가장 뒷자리에 털썩 주저앉았다.

"팀장님, 시간도 얼마 안 남았는데 저희는 그냥 여기 앉아있을게요."

유정은 고개를 갸웃하며 반문하였다.

"응? 진호 씨. 앉아… 있는다고?"

"어차피 10분 뒤에 다시 와야 할 텐데, 그냥 앉아서 쉬고 있으려고요."

"다시 와야 한다니, 그게 무슨 말이야?"

팀원 진호의 이야기에 유정은 고개를 갸웃하였고, 그런 그녀를 향해 진호의 말이 다시 이어졌다.

"팀장님 다시 안 오려고 했어요?"

그 물음에, 어이없는 표정으로 다시 반문하는 유정.

"당연하지. 그렇잖아도 오전부터 여기 때문에 시간 다 날려 먹었는데⋯ 굳이 행사를 다시 보러 왜 와? 할 일도 많은데."

"음⋯."

"자기 혹시 착각하는 거 아냐? 오늘 행사 참석은 필수 아니야."

하지만 그런 그녀의 이야기에도 불구하고, 진호는 오히려 어깨를 으쓱하며 대답하였다.

"뭐, 야근이야 좀 해야겠지만 그래도 전 서우진 보고 갈래요."

옆에 있던 여직원 하나도 한마디 덧붙였다.

"저도요. 팀장님. 서우진 피티를 눈앞에서 볼 수 있는 기횐데 야근 좀 하죠, 뭐."

두 사람의 말이 끝나자, 유정은 어벙한 표정이 되었다.

"응? 그게 무슨 말이야? 서우진? 그 디자이너 서우진 말하는 거야?"

유정의 물음에, 진호가 당황한 표정으로 다시 물었다.

"헐, 설마 팀장님 모르셨어요?"

"뭘?"

"오늘 마곡 컨벤션 센터 최종심사 대상 중에 WJ 스튜디오 있잖아요."

"응?"

"물론 발표자가 누군지는 저도 모르지만, 아마 서우진이 직접 하지 않겠어요?"

"⋯!"

유정은 〈우리 집에 왜 왔니〉가 방영될 때부터 서우진의 열렬한 팬이었다.

그래서 팀원 진호의 말에, 적잖이 당황할 수밖에 없었다.

"그걸 어떻게 알았어, 진호?"

"팀장님이 공문 정독 안 하신 것 같은데… 거기 쓰여있어요."

"…!"

"아마 다른 부서 사람들도 지금 벼르고 있을 걸요?"

"맞아, 김 주임도 나한테 한 자리 맡아달라고 하던데…."

팀원들의 이야기를 듣던 유정은, 다급히 스마트폰을 열어 공문을 다시 확인해보았다. 이어서 참가사 명단에 떡 하니 박혀있는 WJ 스튜디오의 이름을 확인한 그녀는, 저도 모르게 헉 소리를 낼 수밖에 없었다.

"아니, 이런 중요한 일이 있으면 보고들을 해줘야죠!"

— * —

지난 일주일 동안, 우진은 모든 업무를 미뤄두고 다시 마곡 M-Tec 프로젝트에 집중하였다. 아직 청담 아르코가 완판된 것은 아니었지만 분양물량이 이제 한두 채 정도밖에 남지 않았으니 여유가 많이 생기기도 했으며, 러프 스케치와 러프 디자인이라 하더라도 어쨌든 '서울 모터쇼'를 상정하여 전시 디자인까지 새로 해야 했으니 다른 업무를 볼 시간이 전혀 없었던 것이다.

그리고 이 기간 동안, 우진에게 가장 많은 도움을 준 사람은 당연히 민선. 그녀는 디자인을 뽑아내는 일주일 동안, WJ 타워에서 거의 살다시피 하였다. 아마 그녀의 도움이 없었더라면, 이번 프로젝트는 결코 쉽지 않았을 터였다.

'후유. 그리고 보면, 이 프로젝트에 거의 반년을 쏟아부었네.'

우진이 처음 마곡 컨벤션 센터 프로젝트의 이야기를 들었던 날은 입학식 날이었다. 그로부터 7개월이 넘게 지난 오늘에서야 이렇게 최종 발표를 하게 되었으니, 실시설계도 아니고 설계 공모만으로 반년이 넘는 시간이 걸린 것이다. 물론 그 이상의 시간을 투자해도 아깝지 않을 만큼 가치 있고 거대한 규모의 프로젝트였지만, 그래도 진이 빠지는 건 어쩔 수 없었다.

"대표님, 검수 다 했고, 문제없는 것 같아요."

민선의 말에, 우진이 고개를 끄덕이며 고마움을 표했다.

"정말 고생 많으셨어요, 민선 씨. 덕분에 여기까지 왔네요."

"정말 제 덕이라 생각하시면, 보답하는 방법은 하나뿐이에요."

민선이 무슨 의도로 한 말인지 파악하지 못한 우진은 고개를 갸웃하였다.

"음…?"

그에 민선은 싱긋 웃으며 우진에게 프로젝트 문서가 담긴 USB를 건네었다.

"오늘 피티에서, 무조건 프로젝트 따오시는 거요."

여러모로 진심이 담긴 민선의 말에, 우진은 뒷머리를 긁적였다. 누구보다 이번 프로젝트를 따내고 싶은 사람이 우진이었지만, 그것과 별개로 경연에서 떨어진다면 지금까지 함께 고생한 많은 사람들을 볼 면목이 없을 것 같았으니까.

"하, 하하. 너무 부담 팍팍 주시는 거 아닙니까?"

그리고 민선은 대부분의 대화에서, 우진이 생각지 못한 방향으로 얘기할 줄 아는 사람이었다.

"대표님은 부담 드릴수록 잘하시는 것 같아서요."

"…"

"할 수 있죠?"

뭔가 단단한 뼈가 느껴지는 민선의 마지막 물음에, 우진은 피식하며 고개를 끄덕일 수밖에 없었다.

"네. 해내야죠."

아침 일찍 출근하여 설계팀과 함께 모든 마무리 작업을 마친 우진은 파일을 꼼꼼히 정리하여 가방에 담고 출발 준비를 하였다. 이제 우진이 향할 곳은 강남. LTK금융그룹의 한국지사는 강남 테헤란로에 위치해있었고, 오늘 프레젠테이션은 바로 그 사옥의 대회의실에서 진행될 예정이었다.

띵-

우진과 함께 엘리베이터에 탑승한 사람은 진태와 민선. 우진은 고개를 갸웃하며 민선에게 물어보았다.

"민선 씨 1층 안 눌러요?"

"1층을 왜요?"

"퇴근하시는 거 아니었어요?"

우진의 물음에, 민선이 손가락을 까딱하며 대답하였다.

"그럴 리가요. 발표장 따라가야죠."

"…?"

"이럴 때 아니면 대표님 피티를 언제 라이브로 구경해요?"

"꼭 구경하셔야 됩니까…?"

"저 열심히 일했는데, 그 정도 자격은 있지 않나요?"

"자격이야 물론…."

"얼른 가요. 대표님 피티, 현장에서 보는 게 제 버킷리스트 중 하나였어요."

"그, 그렇게까지요?"

결국 민선까지 차에 태운 우진은 그대로 강남 LTK사옥으로 향했다. 그리고 우진의 차가 LTK사옥에 도착할 즈음, 먼저 도착한 제이콥은 팀원들과 함께 회의장에 들어서고 있었다.

— * —

ALuna의 수석 디자이너 루카스(Lucas)는 한국이라는 나라를 이번에 처음 와봤다. 글로벌 사업장에서 수많은 프로젝트를 경험해본 그의 지인들 중에는 한국인 디자이너도 몇몇 있었지만 어쩌다 보니 한국의 프로젝트에는 참여해볼 기회가 아직 없었던 것이다.

그래서 사실 이번 마곡 M-tec 프로젝트에 대한 제안이 ALuna에 들어왔을 때, 누구보다 프로젝트를 맡아보고 싶었던 사람이 바로 루카스였다. 그는 자신의 영감이 성장하기 위해서 다양한 경험을 지속적으로 해야 한다고 생각하는 사람이었고, 때문에 한국이라는 경험해보지 못한 국가의 MICE 단지라는 대형 프로젝트는 그에게 무척이나 매력적으로 느껴졌던 것이다.

하지만 당시 진행 중인 프로젝트가 이미 너무 포화상태였던 ALuna는 결국 직접 메인 설계사로 참여할 수 없게 되었고 그래서 이번 프로젝트의 디렉팅이자 검수 외주를 총괄하게 된 사람이 바로 루카스라고 할 수 있었다.

"이렇게 직접 와주시다니, 정말 감사합니다, 루카스 경."

"하하, 별말씀을요. 당연히 프로젝트 총괄을 맡은 제가 직접 와서 심사해야지요."

루카스는 영국 출신의 디자이너로, 뛰어난 건축가이기도 했다. 건축이라는 분야에서의 국위 선양을 인정받아, 영국 왕실로부터 기사 작위를 수여 받았을 정도. 그래서 LTK본사의 임원들도 그가 직접 한국으로 날아온 것에 대해 무척이나 고맙게 생각하였다. 그것은 ALuna에서 그만큼 이번 프로젝트를 신경 쓰고 있다는 반증이었으니까. 사실 루카스가 한국에 직접 온 데에는, 다른 이유도 있었지만 말이다.

'오늘 정말 기대되는군. 어떤 프레젠테이션을 볼 수 있을지….'

루카스가 바쁜 일들을 제쳐두고 직접 한국까지 날아온 가장 큰 이유. 그것은 사실 순수한 디자인 프레젠테이션에 대한 기대였던 것이다.

지금으로부터 몇 달 전, 이 마곡 컨벤션 센터 공모에 들어온 설계들을 검토하던 루카스는 적잖은 충격에 빠졌었다. 워낙 거대한 프로젝트이다 보니 공모에 들어온 설계들이 하나같이 뛰어난 퀄리티를 갖고 있었는데, 그중에서도 단연 돋보이는 작품을 발견했으니 말이다. 컨벤션 센터라는 건축에 대한 완벽한 이해를 바탕으로한, 파격적이고 아름다운 디자인과 설계.

[크으, 역시 블랙테일즈의 설계였군. 블랙테일즈라면 이 정도 작

품이 나와도 이상하지 않지.]

그것을 검토한 루카스는 사실상 공모 결과가 이미 정해진 것이라고 생각했었다.

[뭐 그래도 남은 설계들을 전부 검토하기는 해야겠지. 이보다 멋진 작품이 나와주긴 힘들겠지만 말이야.]

하지만 루카스가 가장 충격을 받은 것은 마지막 설계를 펼쳐봤을 때였다. 그것은 공모에 입찰한 설계사무소 중, 유일하게 한국 회사였던 WJ 스튜디오의 작품.

[흠, 사업장이 한국이라더니… 자국 회사를 한 곳 정도는 넣어준 건가?]

큰 기대 없이 검토를 시작한 그 설계는, 금세 루카스의 두 눈을 휘둥그레지도록 만들었고….

[미쳤군. 한국에 이런 건축 디자인 회사가 있었다고?]

모든 검토를 마쳤을 땐, 그야말로 패닉 상태에 빠질 수밖에 없었다. 완벽에 가깝다고 생각했던 블랙테일즈의 설계와 비교해도, WJ 스튜디오의 설계는 충분히 매력적이고 훌륭했으니 말이다.

[대체 이걸 어떻게 선택하지?]

그래서 루카스를 비롯한 ALuna의 프로젝트 팀은 며칠 동안 머리를 맞대고 고민했다. 과연 지금까지 디자인이 확정된 MICE 단지의 다른 건축물들과 비교했을 때, 어떤 작품을 채택하는 게 더 아름다운 건축을 완성시킬 수 있을지에 대해 말이다.

하지만 오랜 시간 동안의 고민에도 결론은 나지 않았고, 그래서 선택한 것이 바로 오늘의 최종 프레젠테이션 경연. 그래서 루카스는 기대가 되지 않을 수 없었다. 과연 이렇게 아름다운 설계를 보여준 블랙테일즈와 WJ 스튜디오에서, 이 이상 어떤 것을 그에게 보여줄 수 있을지 말이다.

'상상조차 쉽지 않군. 내가 오늘 어떤 경험을 할 수 있을지 말이야.'

프레젠테이션이 열릴 대회의실. 그 가장 앞자리에 앉은 루카스는 설레는 마음으로 프레젠테이션을 기다리기 시작하였다. 그가 생각했던 것보다도 더 규모 있고 멋지게 세팅돼있는 프레젠테이션 장소는 그의 기대감을 더욱 고조시키고 있었다.하여 잠시 후, 갈증을 느낀 루카스는 탁자 위에 올려있던 캔 커피를 한 캔 따서 집어 들었다.

톡-

그리고 그 순간.

저벅- 저벅-

오늘 경연에 참가한 첫 번째 발표자가 단상 위로 올라오기 시작하였다.

Exhibition Design

 우진은 단상에 올라온 인물을 응시하였다. 까만 수트를 차려입은, 포마드 헤어스타일의 세련된 남자. 현장에 도착한 우진은 오늘 자신의 경연 상대가 누군지 확인할 수 있었고, 그 상대가 바로 이 남자라는 사실도 알 수 있었다. 오늘 최종경연의 참가사는 단 두 곳뿐이었으니까.

 '제이콥 페레즈라….'

 디자인 그룹 '블랙테일즈'의 수석디자이너이자, 최고의 전시 디자이너 중 한 사람으로 알려져 있는 제이콥 페레즈(Jacob Perez). 그의 진지한 얼굴을 본 우진은 더욱 긴장하였다. 프로젝트 규모가 규모인 만큼 어쭙잖은 상대를 만날 것이라는 기대는 하지 않았지만, 생각했던 것보다도 더 어려운 상대를 만났음을 직감했으니 말이다.

 '내 기억이 맞다면, 라스베이거스에 코드리트 브릿지를 설계했던 인물이었지.'

 제이콥 페레즈는 분명 2013년인 지금 시점에도 유명한 전시 디자이너가 맞다. 하지만 우진의 전생에 그는 앞으로 더욱 유명해질 인물이었고, 그래서 우진은 그를 잘 알고 있었다. 2025년쯤 지어질, 제이콥 페레즈의 작품. 라스베이거스의 코드리트 브릿지는 세계적으로 손에 꼽힐 만한 랜드마크가 됐었으니까.

물론 그것은 아직 일어나지 않은 미래의 일이고, 분명 2025년의 제이콥보다 지금의 제이콥은 경험이 부족할 것이다. 하지만 그것과 별개로, 쉽지 않은 상대일 것만은 분명해 보였다. 물론 그렇다고 해서, 우진이 주눅이 들거나 한 것은 아니었지만 말이다.

'어떤 피티를 보여줄지 기대되네.'

제이콥을 보는 우진의 두 눈이 반짝인다.

그의 눈빛에 담겨있는 것은 호기심과 기대감, 그리고 승부욕이었다.

"반갑습니다, LTK금융그룹 여러분. 그리고 M-Tec 프로젝트 관계자 여러분. 블랙테일즈의 수석 디자이너 제이콥 페레즈입니다."

제이콥의 단단하고 명료한 목소리가 울려 퍼지기 시작했고, 그것은 LTK에서 미리 준비해 둔 통역사를 통해 한국어로 동시에 통역되었다.

본사의 임원들이나 ALuna 관계자들은 당연히 전부 영어에 능했지만, 그래도 이곳은 한국이었으니까.

"발표에 앞서 이 중요한 프로젝트의 최종 공모작으로 저희 블랙테일즈의 설계를 선정해주신 것에 대해 깊은 감사를 표합니다."

제이콥의 목소리에는 점점 더 힘이 실리기 시작하였다.

"그 기대를 저버리지 않기 위해 저희 블랙테일즈는 전력을 다해 이 최종 프레젠테이션을 준비해왔습니다."

제이콥이 레이저 포인트를 움직이자, 스크린에 빛이 들어왔으며,

지이잉-

"마곡 MICE 단지의 마지막 한 조각을 완성할 컨벤션 센터."

그 스크린 위에는, 모두의 입을 떡 벌어지게 할 만큼 아름다운 조감도가 떠올라 있었다.

"저희 블랙테일즈가 이 설계에 담고자 했던 모든 아름다움과 가치를, 지금부터 보여드리도록 하겠습니다."

유창하게 말을 이어가는 제이콥을 한 차례 응시한 우진의 시선은, 곧이어 스크린 위에 떠오른 블랙테일즈의 설계 조감도에 고정되었다.

이어서 다른 어떤 미사여구보다도, 가장 먼저 우진의 머릿속에 떠오른 한마디.

'멋지네.'

같은 장소, 같은 환경을 놓고 수백 가지가 넘는 설계와 디자인을 고민했던 우진이었기에 제이콥의 건축에 담겨있는 노고를 그대로 느낄 수 있었다.

'과연⋯.'

우진은 제이콥의 디자인을 보며 진심으로 감탄하였다. 하지만 아름다운 외관보다 더욱 중요한 것은 그 아름다운 그릇 안에 담겨있는 내실. 우진은 이 멋진 건물이 담고 있을 철학과 가치가 진심으로 궁금해지기 시작하였다. 그리고 우진의 그 궁금증에 부응하기라도 하듯, 제이콥은 자신의 건축에 담은 가치에 대해 이야기하기 시작하였다.

"창의성은 실수를 허락합니다. 하지만 그 안에서 실수가 아닌 부분들을 선택하는 것이 디자인의 과정이라 하였습니다."

만화가이자 공학자, 그리고 예술가였던 스캇 에덤스. 그의 명언을 인용하는 것을 시작으로, 제이콥의 본격적인 피티가 시작되었다.

— * —

첫 번째 발표를 지켜보던 루카스는 이런 생각을 하였다.

'본질… 그것에 더없이 충실한 설계이자 건축이로군.'

제이콥이 프레젠테이션에서 보여준 것은, 더없이 이성주의(理性主義)적인 건축이었다. 철저한 경험과 분석 그리고 기능과 용도에 입각하여, 모든 설계를 시작하고 마무리한 이성주의적 건축.

제이콥은 전시 디자인이라는 장르에 대해 누구보다 많은 경험이 있는 사람이었으니 그가 가진 경험을 토대로, 자신이 전시기획을 하고 싶은 최고의 컨벤션 센터를 디자인한 것이다.

'군더더기 같은 것은 찾아볼 수가 없을 정도야.'

조닝(Zoning)을 비롯한 공간구성을 넘어 외관디자인에까지도 파생된 것이, 제이콥의 가진 이성적인 디자인에 대한 가치관이었다. 이미 디자인된 MICE 단지 내 다른 건축물들과의 조형적 조화. 그리고 MICE 단지 건축물들 간의 긴밀한 연관성과 기능적 간섭.

이런 것들을 고려하는 과정에서 공간구조가 완성되기 시작하였고, 그 공간구조들을 다듬는 것으로 디자인과 조형적 아름다움을 완성시켰다. 이것은 확실히 제이콥만의 개성 있는 건축 프로세스였다.

"무에서 유를 창조하는 것도 건축이지만, 이미 존재하는 소스

(Source)를 바탕으로 그 재료를 가장 아름다운 결과물이 될 수 있도록 하는 것 또한 건축입니다."

　많은 사람들은 그런 제이콥의 발표를 무척이나 집중하여 듣고 있었고, 우진과 같은 현역 디자이너들은 더욱 흥미롭게 그 내용을 곱씹고 있었다.

"그리고 이 마곡 MICE 단지라는 사업장에는, 제 손이 닿기 전에 이미 완성된 재료들이 아주 풍부하게 담겨있었습니다."

　정해진 제약 안에서 필연적으로 고민을 거듭할 수밖에 없는 것은 건축가들의 숙명.

"이 재료들이 이미 가지고 있는 조형성과 기능성. 그리고 관계성."

　제이콥은 이미 설계와 디자인이 확정된 MICE 단지의 다른 건축물들을, 자신의 디자인에 가미될 '재료'라고 표현하고 있었다.

"저는 이번 컨벤션 센터의 프로젝트가, 이미 절반 정도 완성된 요리를 더욱 아름답고 완벽한 진미(珍味)로 만들어내는 작업이라고 생각했습니다."

　디자이너들은 대부분 자의식을 가지고 있다. 그리고 그 자의식이 단단하고 견고할수록, 자신만의 색깔이 담긴 디자인을 확고하게 가질 수 있다.

"그리고 저희 블랙테일즈는 그에 가장 충실한 디자인을 했다고 생각합니다."

하지만 단단한 자의식을 가지는 것보다 더 어려운 것이, 바로 그 자의식을 다시 내려놓을 줄 아는 디자인이다. 루카스는 그렇게 생각했고, 그래서 제이콥의 디자인에 진심으로 감탄하였다. 루카스의 눈에 비친 제이콥의 디자인은, 더없이 이성적이면서도 충분히 조화롭고, 디자이너가 가진 작가적 욕심마저 기분 좋게 내려놓은 희생적인 아름다움을 가지고 있었으니까.

'흐음, 이걸 어떻게 표현해야 하려나… 성숙한 디자인이라고 해야 할까?'

그리고 루카스가 그런 생각을 하고 있을 때,

"이것으로 저희 블랙테일즈의 디자인 프레젠테이션을 마치겠습니다. 감사합니다."

거의 한 시간에 걸친 제이콥의 프레젠테이션이 마무리되었고, 그를 향해 우레와 같은 박수가 쏟아졌다.

짝- 짝짝짝!

하여 루카스는 그 박수갈채 위에, 자신의 진심이 담긴 박수를 더하였다.

— * —

제이콥을 향해 진심 어린 박수를 보낸 것은, 우진 또한 마찬가지였다.

짝- 짝- 짝-

제이콥은 이번 경연의 경쟁자이기에 앞서 우진과 같은 건축 디자이너였고, 그의 프레젠테이션을 통해 우진 또한 얻은 것이 있었으니, 진심을 담은 박수 정도는 아깝지 않은 것이다.

'디자인 프로세스를 구성해가는 참신하고 새로운 방식을 배웠군.'

그리고 재밌는 것은, 제이콥의 이 훌륭한 프레젠테이션을 보면서 우진의 긴장이 오히려 풀렸다는 점이었다. 이번 최종 프레젠테이션에서 무조건 이겨야 한다고 생각했던 그 강박관념이, 오히려 뛰어난 발표를 듣자 사라진 것이다.

'이런 경연을 경험할 수 있었다는 사실만으로도, 이 프로젝트를 준비했던 시간이 아깝지 않겠어.'

만약 제이콥이 실망스러운 발표를 보여줬다면, 오히려 우진은 지금 힘을 더 바짝 주고 있을 것이다. 그러한 상황에서 만약 경연에 패배한다면, 그것은 제이콥이 뛰어나서가 아니라 우진의 실수 때문일 테니, 그런 상황은 용납할 수 없었으니 말이다. 하지만 제이콥의 발표는 우진의 상상보다도 더 훌륭했고, 그래서 우진은 진심으로 홀가분했다. 이 경연에서 어떤 결과가 나오든, 그것을 기꺼이 인정할 준비가 된 것이다.

'물론 그게 이 경연에서 져도 된단 얘긴 아니지만….'

인정할 만한 뛰어난 상대일수록, 패배했을 때의 아픔은 적고 승리했을 때의 성취감은 더욱 높은 법. 그래서 훌륭한 발표를 들은 우진의 의욕은 더욱 불타올랐고, 발표 내용을 정리해둔 그의 머릿속은 더욱 맑아졌다.

"자, 지금까지 블랙테일즈의 '제이콥' 디자이너의 프레젠테이션을 들었습니다. 이에 곧바로 이어서…."

사회자의 목소리가 들려오자, 우진은 천천히 자리에서 일어섰다. 그런 우진과 눈이 마주친 사회자가 손을 뻗어 그를 가리키며 힘찬 목소리로 말을 이었다.

"WJ 스튜디오의 서우진 대표님의 디자인 프레젠테이션이 있겠습니다!"

사회자의 말이 떨어지는 순간, 우레와 같은 박수 소리가 장내에 가득 울려 퍼진다. 이것은 제이콥이 처음 단상 위에 오를 때보다 훨씬 더 요란한 것이었지만, 이곳 발표장을 채운 대부분의 사람이 한국인이기 때문에 너무 당연한 일이었다.

'조금 민망하네.'

저벅- 저벅-

천천히 걸음을 옮겨 단상 위로 올라간 우진이 마이크를 잡아 앞에 놓았다.

"반갑습니다. LTK의 임직원 여러분, 그리고 심사위원 여러분."

이번에는 제이콥의 발표 때와 반대로 우진의 입에서 한국어가 흘러나왔고, 통역가는 영어로 우진의 이야기를 통역하였다.

"이 멋진 프로젝트에 저희 WJ 스튜디오를 초대해주시고, 또 이렇게 마지막까지 기회를 허락해주셔서 정말 감사드립니다."

좌중을 둘러보던 우진의 시선이, 심사위원 자리에 앉아있는 루카스와 마주쳤다. 우진은 그가 누군지 정확히 몰랐지만, 한 가지는 확실히 알 수 있었다. 그가 자신의 이 발표를, 무척이나 기대하고 있다는 사실 말이다.

"그럼, 지금부터… 저와 WJ 스튜디오 디자인팀이 준비한 디자인 프레젠테이션을 시작하도록 하겠습니다."

우진은 군더더기 없는 예의 그 담담한 목소리로 프레젠테이션을 시작하였고, 그 순간 스크린에 다시 불이 들어왔다.

지이잉-

우진과 WJ 스튜디오. 그리고 이번 프로젝트에서 최고의 조력자였던 민선의 지난 반년이 담긴 마곡 컨벤션 센터의 디자인 조감도.

"와…!"

"크으…!"

여기저기서 탄성이 새어 나왔지만, 이 정도는 제이콥의 조감도가 공개되었을 때와 비슷한 수준이었고, 우진은 결코 들뜨지 않았다.

'좋아.'

마른침을 한 차례 집어삼킨 우진이 좌중을 향해 천천히 다시 입을 열었고, 그의 입에서 나온 첫 마디는 바로 이것이었다.

"여기 계신 여러분들은, 혹시 마곡의 옛 이름에 대해 알고 계십니까?"

그리고 우진의 이 첫 마디가 울려 퍼진 순간, 조금은 소란스럽던 좌중이 순식간에 고요해졌다.

— * —

마곡, 정확히는 현재 강서지역의 옛 지명은 가양동(加陽洞)의 한강 변에 있는 암굴에서 유래한 재차파의(齊次巴衣: 구멍바위)라는 이름이었다. 지금은 남서쪽의 양천구와 강서구가 분리돼있지만, 과거에는 이 서울 서방 지역을 하나의 지역으로 통칭했던 것이다. 이러한 이름은 신라 시대에 공암(孔巖)이라 개칭되었는데, 그 이름이 다시 바뀐 것은 고려 때였다.

양천현(陽川縣). 즉, 밝은 태양과 냇물이 흐르는 고장이라는 아름다운 의미의 지명을 얻은 것이다. 이렇게 이야기하면 아주 단순한 이름인 것 같지만, 이러한 지명이 지어진 데에는 당연히 지리적 요인이 작용하였다. 동남쪽의 관악(冠岳)부터 시작하여 서쪽의 계양(桂陽)까지 이어진 산지에 둘러싸여있으며, 동남쪽에서 북서쪽으로 흘러나가는 한강을 사선으로 끼고 있는 양지바른 땅. 그것이 바로 마곡의 입지였으니까.

"마곡은 양천이라는 이름을 가졌던 지역 안에서도, 그 이름에 가장 부합하는 입지조건을 지닌 곳입니다."

스크린에는 서울의 지형지도가 떠올라있었고, 우진은 그것을 가리키며 설명을 계속했다.

"오히려 한강에 거의 인접하지 못한 지금의 양천구보다, 그 양천이라는 이름에 더 어울리는 지역이 바로 마곡인 것이지요."

우진은 마곡과 관련된 이미지들을 하나둘 스크린을 통해 보여주면서, 수려한 자연경관에 대한 이야기를 이어갔다.

그렇다면 우진이 이러한 이야기로 프레젠테이션을 시작한 이유는 뭘까?

"스페인의 건축가 안토니오 가우디는 이런 말을 했습니다."

잠시 뜸을 들인 우진이 담백한 어조로 한마디를 덧붙였다.

"자연은 신이 빚은 건축이며, 인간의 건축은 그것을 배워야 한다."

건축을 전공한 이라면 한 번쯤은 들어봤을 그 이야기에 장내의 몇몇 사람들은 고개를 주억거렸고 우진의 프레젠테이션이 다시 이어졌다.

"저는 그러한 측면에서 마곡 MICE 단지의 디자인을 바라보았고…."

우진이 손을 뻗자, 스크린의 화면이 바뀌었다.

"이 양천이라는 이름이 가진 자연 속의 아름다운 조형적 가치를, 마곡 컨벤션 센터의 디자인에 담아보기 위해 노력했습니다."

스크린에 떠오른 이미지는, 처음 프레젠테이션 시작 때 보여줬던 마곡 컨벤션 센터의 외관 디자인과 같은 것이었다.

"…!"

"오…!"

하지만 같은 '조감도'임에도 불구하고 관객들에게 전혀 다른 느낌을 주었는데, 그 이유는 렌더링 컷이 단순한 쿼터뷰(Quarter View)*가 아니기 때문이었다.

분명 같은 모델링과 같은 렌더링 기법을 활용해 촬영한 조감도였지만, 카메라 앵글이 변하면서 완전히 다른 분위기와 이미지를 연출한 것. 우진은 잠시 관객들이 준비한 이미지를 감상할 수 있도록 기다려주었고, 단상 위에 놓여있던 물을 한 모금 마신 뒤 다시 입을 뗐다.

---

* 위에서 아래로 비스듬히 보는 시점.

"어떻습니까. 마곡을 둘러싼 수려한 산세가 느껴지십니까?"

투박하고 웅장한 조형성이 강조된 서남쪽의 외관을 보여줬던 우진이 이번에는 반대로 잔잔하고 부드러운 분위기를 연출하는 동북 측의 외관을 가리켰다.

"이번엔 어떻습니까. 아름다운 햇살이 부서져 내리는… 잔잔한 강(川)과 볕(陽)의 조화가 느껴지십니까?"

우진이 보여준 두 장의 이미지를 차례로 확인한 좌중은, 그 질문에 대한 대답 대신 침묵에 빠졌다. 그의 말대로 두 장의 이미지는 그렇게 완전히 상반된 아름다움과 조형성을 보여주고 있었고, 그러면서도 분명 하나의 건축물이기도 했던 것이다.

같은 건축물이 다른 시점과 다른 각도에서 촬영한 것만으로, 전혀 다른 두 가지 아름다움을 보여준 우진. 좌중의 반응을 확인한 우진은 가벼운 미소를 머금으며 다음 이야기를 시작하였다.

"단단하고 거친 산의 기백과 부드럽고 따뜻한 강이 가진 안락함을 하나의 디자인 안에 담았습니다."

우진이 레이저포인트를 다시 스크린을 향해 들었고,

딸깍-

이번에는 마곡 컨벤션 센터뿐 아니라, MICE 단지 전경을 담은 가상의 이미지가 스크린 위에 송출되었다.

우진이 다시 말했다.

"그리고 이 상반된 두 가지의 조형성은, MICE 단지가 가진 목적성과도 긴밀한 조화를 이루게 됩니다."

우진의 이야기를 듣던 좌중은, 이번엔 어리둥절한 표정이 되었다. 자연이 가진 조형적 아름다움과 MICE 단지의 목적성 사이에서, 쉽사리 공통점을 발견할 수 없었으니 말이다. 반대로 우진은 웃었다. 이러한 의문은 곧 궁금증과 호기심으로 바뀔 것이고, 그것은 프레젠테이션에 대한 집중력으로 치환될 테니까. 이제 '서론'을 끝낸 우진이, 본격적인 프레젠테이션을 시작하였다.

— * —

제이콥은 저도 모르게 침음성을 흘렸다.

"크흠."

우진의 프레젠테이션을 듣던 중, 저도 모르게 몰입해있는 자신을 발견할 수 있었던 것이다.

'과연 ALuna에서 최종 선정한 디자인이라는 건가….'

처음 마곡의 옛 이름에 대한 이야기로 프레젠테이션을 시작하여 가우디의 명언을 인용할 때까지만 하더라도, 조금은 고리타분한 방식의 프레젠테이션이라고 생각했었다. 분명 디자인된 컨벤션 센터 건물의 외관은 수려하고 훌륭했지만, 자연이 가진 조형성에서 모티브를 따오는 것은 건축 디자인에서 꽤 흔한 방식이었으니 말이다.

어쩌면 경쟁작을 보는 디자이너의 자기방어 기제가 조금은 포함된 평가였을지도 모르겠지만… 어쨌든 처음 제이콥은, 그런 생각을 하며 우진의 발표를 듣고 있었다. 하지만 그러한 제이콥의 생각은 우진이 다양한 뷰포인트에서 촬영한 렌더컷을 보여주기 시작하면서 조금씩 반전될 수밖에 없었다.

'이게 정말, 같은 건물의 렌더컷이라고…?'

마치 화면을 뚫고 나올 듯한 웅장함과 기백을 보여주던 건축의 이면에는, 더없이 부드러운 포용력이 담겨있었다. 뾰족하고 날카롭던 건축의 선(線)은 어느 순간 부드럽고 유려한 곡선으로 변해 있었으며 보던 이를 금방이라도 집어삼킬 듯 사납게 꿈틀거리던 매스(Mass)는, 그 이면에서 잔잔하게 가라앉아 있었다. 우진은 그 것을 산과 강이라 표현하였고, 대자연이 가진 조형성이라 이야기 하였다. 그리고 제이콥은 그 이야기에 동의하지 않을 수 없었다.

'어떻게 저런 상반된 조형성을 건축의 양 측면에 담을 수 있었던 거지? 카메라 연출로 부자연스러운 이음새를 일부러 화면에 담지 않은 것인가?'

제이콥의 머리는 복잡해졌다. 다양한 조감도와 렌더컷을 전부 보고 우진의 설명까지 들었음에도 불구하고, 머릿속에 전체 건축의 구조가 쉽사리 그려지지 않았으니 말이다. 그리고 그것은 너무 당연했다.

기하학적인 삼차원 설계를 활용한 우진의 디자인은 아무리 공간 지각능력이 좋은 사람이라도 쉽사리 그려내기 힘든 구조체였으니 까. 직접 도면을 그린 우진조차도 알고리즘의 도움을 받지 못하면 다시 그려내기 힘든 구조였으니, 제이콥이라고 가능할 리 없었던 것이다.

'평면, 입면을 보면 알 수 있겠지. 어떤 식으로 매스를 연결했는 지….'

그래서 제이콥은 더욱 우진의 프레젠테이션에 집중하기 시작하

였다. 하여 잠시 후, MICE 단지 전체 조감도 위에 얹어놓은 컨벤션 센터의 외관을 확인하였을 때,

"…!"

제이콥의 입은 쩍 하고 벌어질 수밖에 없었다.

— * —

루카스는 감탄했다. 이것은 단순히 투고된 설계와 디자인을 문서로 봤을 때와는 또 다른 감동이고 놀라움이었다. 그의 주름진 두 눈은, 우진에게로 단단히 고정돼있었다.

"MICE 단지는 비즈니스맨들을 위한 모든 시스템을 갖춘 시설입니다."

"대규모 B2B의 업무가 진행되는 과정에서, 비즈니스맨들에게는 치열하게 경쟁할 공간도 필요하고 때로는 안락하게 쉴 수 있는 공간도 필요하지요."

일견 전혀 관련이 없어 보이는 자연의 조형성과, MICE 단지가 가지고 있는 본질적인 특징.

'자연에서 따온 조형성과 MICE 단지에 이미 담겨있던 건축구조를 이런 식으로 연결 지어 해석하다니….'

우진은 그것을 자연스레 연결 지어 디자인으로 풀어내고 있었고, 이것은 투고됐던 설계와 PPT에서는 또 볼 수 없던 내용이었으니 말이다.

"그리고 이러한 이유 때문인지, 이미 디자인된 MICE 단지의 다

른 시설물들은 각각의 역할에 맞는 디자인적 이미지를 가지고 있었습니다."

우진의 프레젠테이션을 들으며, 루카스는 이미 확정 난 호텔 건물의 디자인과 업무시설의 디자인을 떠올리고 있었다. 이 건축물들의 공모와 디자인 또한 ALuna에서 결정하고 진행하였기 때문에, 우진이 무슨 말을 하고 있는지는 여기 있는 누구보다도 루카스가 정확히 이해하고 있었던 것이다.

"저는 이러한 상반된 디자인 이미지를 가진 MICE 단지의 건축물들이, 마곡을 담은 자연의 조형성과도 자연스레 이어진다고 생각하였습니다."

사납게 솟아있는 산세와, 부드럽고 잔잔하게 흘러가는 강물.

그것이 가진 조형적 언어는 우진의 말처럼 MICE 단지 전체의 조형성과 무척이나 닮아있었다.

"그래서 저희 WJ 스튜디오는 컨벤션 센터를 디자인할 때, 그렇게 서로 상반된 조형성을 가진 MICE 단지 전체를 하나의 흐름으로 묶어주는 디자인을 추구하였습니다."

우진의 이야기 속에서, 전혀 연관성 없어 보이던 두 가지 주제 사이에 단단한 연결고리가 생겨났다.

"그것은 어쩌면 '조화'를 추구하는 자연의 가치와도, 같은 방향성을 가지고 있다고 말씀드릴 수 있겠습니다."

그 연결고리는 우진의 디자인에 생명력을 불어넣었으며, 청자들로 하여금 공감을 불러일으켰다.

"그래서 저희 WJ 스튜디오에서 디자인한 M-Tec 컨벤션 센터는, MICE 단지 전체와 조화를 이룸과 동시에 마곡이라는 입지 안에 자연스레 녹아들 것입니다."

루카스는 반짝이는 우진의 눈빛을 발견했다. 그 눈빛 안에는 건축 디자이너의 열정이 담겨있었고, 그 열정 안에는 확신과 자신감이 담겨 있었다.

"마치 인류가 알지 못하는 그 오래전부터 자연이 항상 그 자리에 존재해왔던 것처럼."

우진이 좌중을 둘러보았고, 루카스는 그와 눈이 마주쳤다.

"저희 WJ 스튜디오가 설계한 마곡 컨벤션 센터는, 그 자리에 '그렇게' 지어질 겁니다."

우진의 프레젠테이션이 또 한 번 일단락되었다. 지난 반년의 시간 동안, 수없이 많은 고민과 노력을 통해 만들어진 컨벤션 센터의 디자인. 우진은 그 안에 담긴 가치를 청중들에게 공감받는 것에 성공했고, 분위기로 그것을 느끼고 있었다. 그래서 우진은 흡족한 미소를 머금고 있었다. 물론 여기서 끝은 아니었지만 말이다.

루카스가 작은 목소리로 중얼거렸다.
"이제 남은 건… 마지막 검증뿐이로군."
그는 더욱 기대에 찬 표정이 되었다.
지금까지 우진의 프레젠테이션이 투고됐던 설계와 디자인에 생명을 불어넣은 것이라면, 이제부터 우진이 발표해야 할 컨벤션 센터의 내부공간 디자인과 전시 디자인은 오늘 이 자리에서 처음 발표되는 것이었으니까. 만약 여기서 우진이 전시에 대해 제이콥 못지않은 이해도와 실력을 보여준다면 그것으로 공모 결과는 깔끔하게 결정 날 터였다.

그래서 루카스는 양손에 깍지를 낀 채, 우진의 목소리에 더욱 집중하기 시작하였다.

— * —

전시 디자인은 공간디자인이라는 커다란 카테고리 안에 있는 하나의 디자인 영역이다. 하지만 다른 공간디자인의 영역들과 확실히 차별되는 부분이 있는데, 그중 하나가 바로 디자인의 범위라고 할 수 있었다.

디자인의 범위란 무엇일까? 말 그대로의 물리적인 범위? 당연히 그런 의미에서의 범위를 말함은 아니었다. 다만 그 '범위'라는 것은, 전시 디자이너가 '디자인해야 할 것들'을 의미했다.

"일반적으로 공간을 디자인할 때, 우리는 해당 공간에 들어설 어떤 기능이나 콘텐츠를 위한 고민을 시작합니다."

"하지만 전시 디자이너는, 일부 콘텐츠까지도 직접 고민하고 기획해야 하지요."

예를 들어 어떤 화장품매장의 인테리어 디자인을 의뢰받았다고 생각해보자. 디자이너는 이 매장의 공간을 디자인할 때, 클라이언트가 '가지고 있는 콘텐츠'를 돋보일 수 있도록 하는 디자인을 하게 된다. 어떻게 하면 이 매장에서 판매하는 화장품이 소비자들의 시선을 더욱 사로잡을 수 있을지, 어떻게 하면 매장에 처음 방문하는 소비자들이 공간에서 좋은 느낌을 받을 수 있을지, 그리고 이 공간을 의뢰한 클라이언트를 만족시키려면 어떻게 해야 할지. 일반적으로 이런 것들에 대해 고민한다는 것이다. 그에 반해 전시 디자이너에게는 좀 더 넓은 범위의 고민이 허락된다. 전시 주제에 부합하고 이 전시를 즐길 수 있도록 하는 것이라면 무엇이든 전부 전시 디자인의 영역 안에 포함되어버리니 말이다.

방문자들이 전시장 내에서 간단하게 즐길 수 있는 미니게임부터 시작해서, SNS 인증 이벤트나 각종 체험이벤트 등. 그 모든 콘텐츠의 기획이 공간디자인과 결부되면서, 전부 전시 디자인 안에 포함된다고 할 수 있었다.

"그래서 저희 WJ 스튜디오가 전시장이라는 공간을 디자인하면서, 가장 먼저 생각했던 가치가 바로 '공간의 자유도'였습니다."

우진의 말에, 전시 디자인 관계자 몇몇이 고개를 주억거렸다.

"적어도 전시 부스 안쪽에서만큼은, 제가 임의로 공간의 용도를 정의 내리지 않기 위해 노력했지요."

전시공간을 설계하면서 우진이 떠올렸던 수많은 고민들. 그 고민들은 전부 우진에게 자양분이 되었고, 덕분에 우진의 프레젠테이션은 막힘이 없었다.

"하지만 공간의 용도를 정의 내리지 않는다고 해서, 그것이 그저 텅 빈 공간으로 남겨둔다는 이야기는 아닙니다."

우진의 프레젠테이션은 프로젝트를 준비한 지난 시간 동안 우진이 했던 고민과 사고의 흐름을 그대로 따라가며 이어지고 있었다.

"완전한 백지를 남겨놓는다면, 그것은 디자인이라고 할 수 없겠지요."

우진은 자신이 고민했던 부분들을 간접적으로 공유하면서, 그 고민으로 인해 도출된 결론들에 대한 공감을 얻어내는 방식으로 프레젠테이션을 풀어갔다.

"그래서 저는 공간 일부에 제 디자인과 의도를 담는 대신, 이곳에서 전시 디자인을 진행할 디자이너를 위한 다양한 선택지를 만들어보기로 결심했습니다."

다양한 선택지.

"그것은 바로, 다양한 구도로 연출된 공간이라고 할 수 있겠지요."

딸깍-

우진이 레이저 포인트를 누르자, 그가 디자인한 전시공간들이 A섹터부터 차례대로 이어지기 시작하였다. 그중에는 마치 거대한 콜로세움처럼 사방으로 뻗어 나가는 거대한 공간이 있는가 하면…

딸깍-

마치 고딕 양식의 예배당처럼 십 미터가 넘는 층고를 가진 상방으로 뻥 뚫린 공간도 있었으며,

딸깍-

지그재그로 이어진 복잡하고 기다란 터널 같은 공간도 존재하였다.

"자, 이쪽 존(Zone)에서 C섹터 전시관을 통해 반대편으로 가로

지르면….”

우진은 공간의 흐름에 따라 그 구조를 설명했으며, 그래서 우진
의 프레젠테이션을 감상 중인 관객들은 마치 본인들이 전시의 방
문객이 된 것처럼 우진이 디자인한 공간을 천천히 거니는 기분이
되었다. 그런데 이렇게 전시장 내부공간에 대한 설명이 십여 분 정
도 이어졌을까?

“해서 이 모든 전시 부스의 흐름을 따라 이동했을 때, 사용자들
이 마지막으로 만나게 되는 공간은….”

딸깍-

스크린에 마지막 화면이 떠오른 순간.

“음…?”

지금까지 흥미진진하게 그것을 지켜보던 루카스의 입에서 짧은
침음성이 새어 나왔다.

— * —

루카스는 심사위원석에 앉아, 우진의 프레젠테이션을 지그시 음
미하고 있었다. 디자인 Motivation부터 시작하여 조형적 아름다움
그리고 공간에 대한 이해도와 사용자에 대한 배려까지.

공간 디자인과 건축에 필요한 모든 요소들이 아름답게 어우러진
우진의 프레젠테이션은, 같은 디자이너인 루카스의 기분까지도
들뜨게 만들 정도였던 것이다.

디자이너로서 우진이 가졌던 그 모든 사고의 흐름을 프레젠테이
션을 통해 간접적으로 경험하면서, 어떤 면에서는 디자이너로서

의 대리만족을 우진을 통해 느끼고 있었던 루카스. 그는 오늘 무척이나 즐거웠다. 제이콥과 우진의 발표 모두, 그가 기대했던 수준을 훨씬 상회하는 것이었으니 말이다.

'적어도 올해 봤던 디자인프레젠테이션 중에서는 오늘을 최고로 꼽을 수 있겠군.'

하지만 그렇게 즐거운 기분으로 우진의 피티를 지켜보던 루카스는, 어느 순간 갑자기 당황해야 했다.

'이 공간은 용도가 뭐지? 광장인가?'

우진이 설계한 공간의 흐름을 따라가던 중, 이해할 수 없는 구조의 공간을 마주하게 되었으니 말이다. 그것은 우진이 설계한 평면구조상, 모든 전시 섹터를 돌다 보면 결국 도달하게 되는 컨벤션센터 정중앙의 커다란 광장.

위치상 팔방(八方) 어디로든 통할 수 있지만, 그럼에도 투명한 유리벽에 의해 통행을 완전히 막아버린 공간. 우진이 스크린 위에 띄워놓은 렌더컷을 통해 이 공간을 마주한 루카스는 이해할 수 없는 평면설계에 당황하지 않을 수 없었던 것이다. 그래서 그는 저도 모르게, WJ 스튜디오로부터 전달받았던 평면도를 확인하였다. 그리고 다음 순간,

'이걸 왜 못 봤지?'

렌더컷에 떠올라 있는 이미지와 마찬가지로, 완전히 단절되어 막혀있는 공간을 확인할 수 있었다.

'굳이 동선의 핵심이 돼야 할 이 공간을, 이렇게 단절시킨 이유가 있었을까?'

루카스는 혼란스러웠다. 워낙 뜬금없이 등장한 공간구조이기도

했지만, 그와 동시에 무척이나 아름다운 공간이기도 했으니 말이다. 섹터와 섹터 사이의 통로를 차단한 이 특이한 유리 구조물은, 공간의 흐름에 따라 둥그렇게 휘감기며 기하학적인 조형을 연출하고 있었고, 뻥 뚫린 천정을 통해 중정(中庭)에 떨어져내리는 햇살은 그 투명한 조형물을 타고 광장 위에 부서지고 있었다.

이런 공간설계를 할 수 있는 사람이 동선의 흐름을 읽지 못해서 이곳을 단절된 공간으로 만들었다? 그건 말도 안 되는 이야기다. 그랬기에 루카스는 우진의 다음 발표를 기다릴 수밖에 없었으며, 우진은 그러한 기색들을 이미 읽고 있었다.

"제가 오늘 프레젠테이션을 진행하면서 여러 번 언급했습니다만."

우진은 레이저 포인트로 스크린을 가리키며 말을 이었다.

"결국 제가 디자인한 컨벤션 센터를 가장 미니멀한 한 문장으로 표현하자면… 그것은 바로 부드러움(柔)과 강함(强). 극과 극의 조화일 것입니다."

우진은 이번 컨벤션 센터 디자인을 관통하는 이 하나의 콘셉트를 다시 한번 이야기하였고, 그와 동시에 루카스를 비롯한 심사위원들이 궁금해할 그 '이유'에 대해 설명하기 시작하였다.

"그래서 어쩌면 이 중정은 디자이너로서 제 욕심이었을지도 모르겠습니다."

의미를 단번에 이해하기 힘든 그 말에 심사위원들의 눈이 살짝 확대되었고, 우진의 말은 계속해서 이어졌다.

"극과 극이 통하는 연결점. 그러니까 그 어떤 공간보다도 디자인적으로 중도(中道)를 지켜야 했던 이 공간에서, 역설적이게도 저는 부드러움과 강함이라는 상반된 두 가지 조형적 언어를 더 확실하게 보여주고 싶었습니다."

"제 공간을 경험하는 모든 방문객들의 뇌리에, 이 공간에 담긴 두 가지 조형성을 확실하게 심어주고 싶었던 겁니다."

목이 타는지, 우진은 한 차례 마른침을 집어삼켰다. 그리고 그 짧은 시간 동안, 장내는 그야말로 쥐 죽은 듯 조용하였다. 모두가 우진의 다음 이야기를 기다리고 있던 것이다.

"저는 오늘 이 자리에 오신 여러분들께 제 디자인에 대해 설명할 기회를 갖게 되었습니다. 하지만 미래에 지어지게 될 이 컨벤션 센터의 방문객들 대부분에게는, 이렇게 프레젠테이션을 할 수 있는 기회가 없을 겁니다."

우진의 이야기를 듣던 심사위원들의 시선은, 어느새 우진이 아닌 스크린 위에 고정돼있었다. 그들 중에는 당연히 루카스도 포함되어 있었고…

"그래서 저는 이 컨벤션 센터를 방문할 미래의 사용자들에게, '메시지'를 전하고 싶었습니다."

루카스는 비로소 우진의 의도가 이해되기 시작하였다.

'모든 사용자가 경험할 수밖에 없는 하나의 공간에 부조화를 보여줌으로써… 역설적으로 나머지 공간들의 조화로움을 강조한다는 건가.'

그러한 우진의 의도를 이해한 뒤에 다시 공간을 살펴보자, 루카스는 온몸에 전율이 일기 시작하였다. 무의식 속에서 봤을 때에는 잘 보이지 않았던 공간의 조형성들이, 이 단절된 광장과 대비되면서 확연히 살아난 것을 발견할 수 있었던 것이다.

'허허… 이걸 이기적인 디자인이라고 표현해야 할지, 아니면 천재적인 공간의 언어라고 표현해야 할지….'

우진의 컨벤션 센터는 양극에서 가장 뚜렷한 디자인적 특징을 보이지만, 그 두 가지 디자인 색깔이 만나는 중간지점에서 필연적으로 중화될 수밖에 없었다. 조화라는 이름 아래 중화된 디자인 색깔은 조형적으로 심심해질 수밖에 없었고, 그래서 우진은 그가 그린 이 컨벤션 센터라는 그림의 정중앙에, 포인트 컬러를 한 점 찍어 올렸다. 이 그림을 보는 사람이라면, 누구나 한 번 이상 시선을 둘 수밖에 없는 그러한 자리에 말이다.

"건축은 기본적으로 인간의 편리를 추구해야 하며, 수행해야 하는 기능에 충실해야 한다는 생각에 동의합니다."

우진의 목소리가 울려 퍼지기 시작하자, 모두의 시선이 다시 우진의 입으로 모이기 시작하였다.

"하지만 의도적인 괴리를 통해 공간의 아름다움을 더 확실하게 전달할 수 있다면, 이것 또한 공간의 목적에 충실한 디자인이라고 말하고 싶습니다."

하여 그렇게 모두의 시선이 모였을 때, 우진은 오늘 가장 하고 싶었던 한마디를 얘기하였다.

"컨벤션 센터를 찾는 사용자들의 목적 안에는, '아름다움을 경험하는 것' 또한 포함될 테니까요."

이 마지막 공간을 끝으로, 모든 전시 부스들을 이미지로 보여준 우진. 하고 싶었던 모든 이야기를 다해서인지 후련한 표정이 된 우진은 다시 프레젠테이션 화면을 넘기기 시작하였다. 그리고 그 화면들을 지켜보던 관객들은 전부 눈이 휘둥그레질 수밖에 없었다.

스크린에 보이는 화면들은 지금까지 우진이 보여준 전시공간들을 다시 리바이벌하는 것이었는데, 처음 보여줄 때에는 없었던 모터쇼의 전시 부스들이 그 안에 디자인되어 담겨있었던 것이다.

"오오…!"

"저 공간들을 이런 식으로 활용하다니…."

"진짜 모터쇼가 저런 느낌으로 열린다면, 엄청 멋지겠는데요?"

천천히 그 화면들을 넘기는 동안 우진은 한마디도 하지 않았지만, 그것이 불만인 사람은 장내에 아무도 없었다. 이미 한 차례 디자인 의도가 설명된 공간이어서이기도 했지만, 그저 넘겨지는 이미지를 보는 것만으로도 충분히 만족스러웠으니까. 그래서 모든 화면이 지나가고 프레젠테이션의 마지막 페이지가 나타났을 때,

"오늘 제 프레젠테이션은 여기까집니다. 긴 시간 함께해주셔서 대단히 감사합니다."

LTK한국지사의 대회의실은 우레와 같은 박수갈채로 가득 차기 시작하였다.

또 한 해가 지나

2013년 가을. WJ 스튜디오는 다시 한번 새로운 도약에 성공하였다.

[마곡 MICE 단지 컨벤션 센터 설계 공모, 서우진의 WJ 스튜디오에서 최종 입찰!]

최종 프레젠테이션이 있던 그날 곧바로 심사위원의 투표가 있었고, 총 열 명의 심사위원 중 여섯 명이 WJ 스튜디오의 손을 들어준 것이다.

[디자인 그룹 ALuna, "최고의 디자인과 최고의 설계가 선정되었다."]

["마곡 컨벤션 센터는 세계에서 가장 아름다운 컨벤션 센터 중 한 곳이 될 것."]

해외 자본이 주관하는 이런 초대형 사업장에서 국내 설계사무소의 작품이 입찰에 성공한 예는 극히 드물다. 그래서 이는 업계에서 큰 이슈가 되어 번져나갔으며, 대중에게도 꽤 알려지기 시작하였다.

워낙 프로젝트가 큰 건이었던 것도 이유였지만 그 때문만은 아닐 것이었다. WJ 스튜디오의 대표가 '우진'이라는 인지도 있는 인물이었다는 사실이, 더 큰 시너지를 낼 수 있었던 이유였으니까.

[LTK 금융그룹 이사진, "마곡 MICE 단지를, 세계적으로 손에 꼽히는 최고의 업무지구로 성장시킬 것."]

그래서 WJ 스튜디오의 마케팅팀은 이슈가 번지기 시작한 순간 발 빠르게 사방으로 뛰어다녔다. LTK그룹으로부터 허용받은 범위 내에서, 일부 디자인 렌더컷까지 기사에 실어 올리며 퍼다 나른 것이다.

[WJ 스튜디오, 세계 최고의 공간디자인 그룹 '블랙테일즈' 누르고, 마곡 컨벤션 센터 설계자로 선정.]
[WJ 스튜디오 대표이사 서우진, 사업 영역을 점차 글로벌로 확장해갈 것 암시.]

사실 마케팅팀에서 이슈를 퍼다 나르는 것은, 그리 어려운 일도 아니었다. 서우진과 WJ 스튜디오는 근 몇 년 동안 한 번도 식었던 적 없는 뜨거운 감자였고, 그러다 보니 대충 땔감만 던져 놓으면 불이 활활 타올랐던 것이다. 우진과 관련된 기사 자체가 트래픽이 일정 수준 이상 보장되는 이슈였으니, 기자들 입장에서도 눈에 불을 켜고 달려드는 게 당연했다.

[사업비 최소 1조. 설계비용만 최소 수백억? 마곡 컨벤션 센터의 설계권을 따낸 WJ 스튜디오는 어떤 회사?]

출근해서 그런 기사들을 확인하던 우진이, 고개를 절레절레 저으며 인터넷을 종료했다.

"설계비용이 수백억이라고…? 그랬으면 좋겠네, 진짜."

기분 좋은 기사들 사이에서 말도 안 되는 과장 기사를 발견하니 헛웃음이 새어 나온 것이다.

툭-

컵에 조금 남아있던 모닝커피까지 입 안에 털어 넣은 우진은 자리에서 일어나 수화기를 들었다.

"실장님, 준비되셨죠?"

[예, 대표님. 지금 출발하십니까?]

"네. 이제 슬슬 출발하면, 시간 맞춰서 도착할 수 있을 것 같아서요."

[알겠습니다. 바로 나가겠습니다.]

제법 쌀쌀해진 날씨에 외투를 걸쳐 입은 우진은 스마트 패드가 담긴 작은 클러치 백을 들고 대표실을 나섰다. 그가 지금 향하는 곳은 청담동. 우진은 오늘 청담동에서 하루 종일 일정이 있었다.

땅-

우진이 엘리베이터에서 내리자, 기다렸던 비서실장이 차를 가지고 1층 정문으로 나왔다.

부우웅-

대로를 따라 금세 성수동을 빠져나온 우진의 차는 곧 영동대교 위를 달리기 시작했다.

─── * ───

소정은 오늘 오랜만에 출근을 하지 않았다. 최근까지도 〈천년의 그대〉와 관련된 각종 비즈니스에 눈코 뜰 새 없이 바빴지만, 오늘 은 꽤 특별한 행사에 초대받았으니 말이다. 단순히 행사라기보단 파티에 가까운 일정이었지만, 회사에는 이렇게 알려놓았다.

"오늘 임수하 배우님 광고주 미팅 있어서 회사 못 들어가니까, 그렇게 알고 계세요, 실장님."
[광고주⋯ 미팅이요?]
"청담 아르코 있잖아요."
[아⋯!]
"오늘 관련 행사 있어서 수하 씨랑 같이 청담동 가니까, 결재받 으실 거 있으면 책상 위에 올려주세요."
[네, 알겠습니다, 대표님.]

'뭐, 틀린 얘기도 아니고 말이지.'
오늘 소정이 초대받은 행사는 말 그대로 VVIP 행사였다. WJ 스 튜디오에서 이번에 론칭한 청담 아르코를 계약한 고객들을 포함 하여, 각 분야에서 저명한 위치에 있는 다양한 VIP들을 초청한 행 사였으니 말이다.
행사 장소는 청담에 있는 WJ 스튜디오의 아르코 갤러리. 청담 아르코의 인테리어를 그대로 재현해놓은 모델하우스부터 시작해서 모든 내부 공간이 최고의 자재들로 세팅된 이 아르코 갤러리가 오늘 VIP 행사의 장소였던 것이다.

우진의 말에 의하면 초대 인원은 정확히 100명이었고, 초대장을 보낸 사람들 중 80퍼센트 이상이 참석 의사를 밝혔다고 하였다. 그 래서 소정은 오늘 행사를 여러모로 기대하고 있었다. 사업가인 그 녀에게, 이 정도로 많은 VIP를 만날 수 있는 행사는 인맥을 넓힐 수 있는 좋은 기회였으니까.

끼익-

사옥 앞에 커다란 SUV 한 대가 멈춰 서자, 소정은 곧바로 조수석 문을 열었다. 그런데 운전석에 앉은 얼굴이 뜻밖의 인물이었는지, 그녀는 순간 멈칫하였다.

"대표님, 어서 타. 안 타고 뭐해?"
"뭐야, 네가 직접 운전해서 온 거야?"
"매니저 오빠 그냥 쉬라고 했어."
"대배우님이 너무 프리하게 움직이는 거 아냐?"
"어차피 소속사 대표님도 같이 가시는데, 뭐. 흐흐."

운전대를 잡고 있는 수하를 향해, 소정은 고개를 절레절레 저었 다. 사실 매니저가 소정을 태우고 수하의 집 앞으로 가서, 그녀까 지 합류해서 청담동으로 이동하는 게 정해진 일정이었으니까. 몇 배는 비싸진 본인 몸값은 생각 않고 아직도 어디로 튈지 모르는 수 하를 보며, 소속사 대표님은 한숨지을 수밖에 없었다.

"그래. 뭐 오늘 이거 말고 다른 일정 있는 것도 아니니까."

"끝나고 우진이네 놀러 가기로 된 거 아냐?"

"뭐야, 난 몰랐던 일정인데…?"

"앗, 내가 말실수한 건가?"

"…서 대표, 너무하네."

절친한 친구이자 비즈니스 파트너인 두 사람은 기분 좋게 농담을 주고받으며 청담동에 도착하였다. 그리고 출발한 지 삼십 분 정도가 지났을 즈음,

텅-!

청담동 아르코 갤러리에 도착한 두 사람이 가장 먼저 만난 사람은 다름 아닌 재엽이었다.

"어, 수하! 안녕하세요, 강 대표님!"

"재엽 씨, 오랜만이네요. 잘 지내셨죠?"

"하하, 저야 별일 없죠."

소정과 반갑게 인사를 주고받는 재엽을 향해, 수하가 장난기 어린 표정으로 물어보았다.

"오, 뭐야. 재엽 오빠! 오빠도 오늘 오는 거였어?"

그에 재엽이 수하를 째려보며 다시 입을 열었다.

"왜, 난 여기 초대받으면 안 되는 사람이야?"

"오빠, 계약 안 했다며."

"야, 난 청담 클리오도 아직 입주 못 해봤는데, 집을 왜 또 사."

"그거 팔고 사면 되지. 나도 이번에 클리오 팔고 계약한 거야."

"우리 집은 펜트잖아… 나도 펜트 한번 살아보자."

"음… 펜트하우스는 인정."

실없는 대화를 나누는 두 사람을 잠시 어이없다는 듯한 표정으로 쳐다보던 소정은, 먼저 갤러리 입구를 향해 걸음을 옮기기 시작했다.

또각- 또각-

외관부터 시작해서 싹 다 최고급 자재와 디자인으로 리모델링했다는 우진의 얘기가 빈말이 아니었다는 것은 갤러리에 시선이 닿는 순간 바로 알 수 있었다.

'와, 진짜 고급스럽네.'

소위 말하는 재벌가에서 나고 자란 소정의 눈에도 작은 디테일 하나하나 아쉬운 부분이 없을 만큼, 깔끔하지만 럭셔리한 마감재로 덮여있는 갤러리의 내부 인테리어. 소정이 안쪽으로 들어서자 내부에서 대기하고 있던 직원이 나와 작은 팸플릿을 건네었다.

"오늘 행사 일정이 담긴 팸플릿입니다."

"고마워요."

"내부 공간은 자유롭게 이용이 가능하시며, 세미나는 20분 뒤에 시작될 예정입니다."

"세미나는 몇 층이죠?"

"3층 라운지에서 진행될 예정입니다."

"감사합니다."

팸플릿을 쭉 훑던 소정의 두 눈이 살짝 빛났다. 이 아르코 갤러리의 행사는, 그녀가 봤던 어떤 행사보다도 특이한 면이 많았으니 말이다.

'건축 디자인 세미나에 투자 세미나, 거기에 브랜드 소개에 디너

파티까지….'

뭔가 언밸런스한 주제들이 모여있는 듯하면서도, 묘하게 그것들이 어우러지는 특이한 행사가 바로 오늘 아르코 갤러리의 행사였던 것이다.

로비 중앙을 따라 원형으로 이어진 계단을 걸어 올라가며, 소정은 갤러리의 내부 공간들을 감상하였다. 분명 모던하고 미니멀한 디자인이 베이스가 되어있는 인테리어 디자인이었건만, 그 어떤 호화로운 보석과 장식들을 발라놓은 인테리어보다 훨씬 더 고급스럽고 우아한 느낌의 인테리어였다.

'이것도 다 서 대표가 디자인한 거겠지…?'

디자인 하나하나를 훑어보는 소정의 두 눈은, 어느새 반짝반짝 빛나고 있었다. 그녀는 VIP로서 이 행사에 초대된 사람 중 한 명이기도 했지만, 그와 동시에 이 청담 아르코를 계약한 고객이기도 했으니까. 본인이 2년 뒤에 입주하게 될 이 주거공간을 이렇게 미리 경험할 수 있다는 것은, 무척이나 설레고 즐거운 일이 아닐 수 없었다.

그녀가 내부 공간을 한 바퀴 돌고 3층에 도착할 즈음, 타이밍 맞게 세미나가 시작되고 있었다. 단상에 선 사람은 당연히 우진.

"안녕하십니까, 서우진입니다. 오늘 저희 아르코 갤러리 행사에 와주신 여러분께 진심으로 감사드립니다."

우진과 눈이 마주친 소정은 한쪽 눈을 찡긋하였고, 그에 우진도 웃으며 가볍게 눈인사를 하였다. 이어서 자리에 앉기 위해 걸어 들어가던 소정은, 또 한 번 놀랄 수밖에 없었다. 세미나에 앉아있는 사람들의 면면이, 대부분 낯설지 않았으니 말이다.

'…!'

소정과 친분이 있는 인물들이라는 얘기가 아니었다.

물론 친분이 있는 사람도 있기는 했지만…

"엇, 강 대표님!"

"진명 씨도 여기… 초대받았어요?"

"하하, 전 계약했죠."

"정말요?"

"설마 강 대표님 이웃 된 건가요?"

대부분은 실제로 소정과 친분이 있어서 낯익은 것이 아닌, 매체에 얼굴이 알려진 사람들이었던 것이다. 개중에는 기업인도 있었고 정치인도 있었으며, 이렇게 연예인도 있었다.

"사실 호기심에 상담받았었는데, 그냥 그날 바로 도장 찍었어요."

"후훗, 저도 그랬죠. 그 마음 이해해요."

"강남, 그것도 청담에… 이런 퀄리티의 타운하우스가 언제 들어오겠어요?"

"맞아요. 저도 처음 본 순간, 살고 싶다는 생각밖에 안 들더라고요."

"그리고 저기 저 서우진 대표님이… 말을 어찌나 잘하시던지…."

윤진명은 수하만큼 인지도가 있는 것은 아니었지만, 그래도 이름만 말하면 대부분의 사람들이 얼굴을 떠올릴 수 있을 정도로 유명한 중견 배우였다. 그리고 오늘 이 아르코 갤러리 행사에 초대받은 사람들은 대부분 그 이상으로 인지도 있는 VIP들. 그런 이들의 면면을 본 소정은 새삼 우진의 인지도에 놀랐다.

정확히는 WJ 스튜디오라는 기업과 서우진이라는 사람의 인지도가, 이만한 VIP들을 움직이게 할 만큼 대단해졌다는 의미였으니까. 여느 때와 마찬가지로 청산유수처럼 세미나를 진행하는 우진을 보며, 소정의 입에서 피식 웃음이 새어 나왔다.

'진짜… 대단하단 말이지.'

WJ 스튜디오 기획실의 노력과 준비 덕분인지, 아르코 갤러리의 행사는 물 흐르듯 진행되었다. 세미나가 이어지면서 초대받은 거의 모든 인원이 아르코 갤러리에 도착하였고, 철저히 프라이빗한 환경 속에서 모든 행사는 깔끔히 마무리되었다. 하지만 아무리 프라이빗하게 진행된 VVIP 행사라 하여도, 이와 관련된 소스가 완전히 차단될 수는 없는 노릇.

행사가 끝난 다음 날 아침, 아르코 브랜드와 관련된 기사들이 하나둘 수면 위로 떠오르기 시작하였다.

— * —

우진은 VVIP들의 관리를 위해 지출하는 금액을 제외하면, 아르코 브랜드의 마케팅 비용을 일절 투입하지 않았다. 오죽하면 일주일 전 즈음, 동업자인 다진건설의 임중우 사장이 걱정스럽게 물어봤을 정도였다.

"서 대표님."

"네, 사장님."

"아르코 브랜드의 마케팅에 정말 이 이상 금액을 태우지 않아도 괜찮겠습니까?"

"하하, 이미 완판인데 뭘 걱정하시는지요."

청담 아르코는 이미 완판이다. 하지만 이것은 시작일 뿐, 우진이 이 아르코 브랜드를 얼마나 크게 키우려 하는지 잘 알고 있는 임중우였다.

"당연히 이번 청담 아르코를 걱정하는 건 아닙니다."

"그럼요?"

"앞으로 아르코 브랜드를 더욱 성장시키려면, 이번처럼 좋은 기회도 없는 것 같아서 말입니다."

다진건설이 청담 아르코 프로젝트의 동업자이긴 하나, 아르코라는 브랜드는 오롯이 우진과 WJ 스튜디오의 것이다. 하지만 첫 번째 스타트를 함께 끊은 회사가 다진건설인 만큼 앞으로 진행될 아르코 사업장에 다진건설이 또 함께 참여할 확률은 높다. 그렇기에 아르코가 잘되면 임중우에게도 좋은 것이고, 그래서 이런 이야기를 꺼낸 것이라고 할 수 있었다.

"좋은 기회라면, 이번 아르코 갤러리 행사를 말씀하시는 거죠?"

"그렇지요."

"하하, 확실히 갤러리 행사에 참석해주신 VVIP들 면면만 생각해도, 이슈화시키기 너무 좋은 소스긴 하죠."

"바로 그거지요."

"조금만 기다려보시죠, 사장님. 계획은 가지고 있으니까요."

"허허, 서 대표님께서 그렇게 말씀하신다면야… 제가 괜한 걱정을 했군요."

청담 아르코의 갤러리 행사에 참가한 VVIP들은 하나같이 쟁쟁한 이슈를 만들어낼 만한 사람들이다. 그런 이들을 거의 백 명 가까이 모은 행사라면? 다른 내용 없이 그 사실 하나만으로도, 수없이 많은 기사들이 쏟아져 나올 수 있을 터다. 우진이 마음먹고 언론을 활용했다면 말이다. 하지만 우진은 느긋하게 지켜봤고, 그 이유는 세 가지였다.

첫째, 이미 청담 사업장의 모든 분양이 끝났으니, 급할 것이 없다.

둘째, VVIP들의 인지도를 마케팅 수단으로 활용한다면, 브랜드에 대한 신뢰도가 떨어질 수도 있다.

마지막으로…

'주머니 속에 넣어 둔 송곳은, 결국 삐져나올 수밖에 없는 법이지.'

그리고 결과적으로, 이러한 우진의 선택은 옳다는 것이 증명되었다. 아르코 갤러리의 행사가 끝난 바로 다음 날부터, 갑자기 몇 개월 전의 기사들이 수면 위로 떠오르기 시작했으니 말이다.

└ (사진)

┗ 여기 아는 사람?

┗ 어, 이거 청담에 있는 건물 아냐?

┗ 맞아.

┗ 저기 아르코 갤러리라고 쓰여있네.

WJ 스튜디오가 가지고 있는 청담의 아르코 갤러리 건물은 청담 명품거리 바로 인근인 대로변에 자리 잡고 있다. 그래서 행사를 진행하는 것만으로도 많은 사람들의 눈에 띌 수밖에 없었고, 그런 사람들은 이 행사에 대해 궁금증을 가지지 않을 수 없었다.

┗ 그러니까 이름이 궁금한 게 아니고, 뭐 하는 곳인지가 궁금해서.

┗ 왜? 무슨 일 있어?

┗ (사진)

┗ 무슨 행사라도 있는 건지, 연예인 엄청 많더라고.

┗ 오…?

궁금해진 사람들은 당연히 인터넷에 검색해보게 된다. 2013년은 이미 대부분의 것들을 검색으로 알 수 있는 시대였고, 유명인들과 연관돼있는 행사라면 더욱 검색되지 않을 리 없었으니까. 하여 이렇게, 포털 사이트에서 아르코 갤러리라는 이름의 검색어로 검색한다면?

사람들이 찾아낼 수 있는 것은 바로, 아르코 브랜드의 공식 홈페이지를 비롯한 몇몇 기사들이었다. 아르코라는 브랜드에 대한 히스토리와 디자이너 우진의 이야기. 그리고 청담 아르코의 디자인을 그대로 재현해놓은 갤러리의 사진들이 담긴 아르코의 공식 홈페이지. 여기에 몇 개월 전 '특별한 브로슈어'와 관련되어 올라왔던 기사들이 포털 사이트에 검색되니, 이것이 대중들의 입장에서 흥미롭지 않을 수 없었다.

└ 아르코? 서우진이 만든 브랜드인가 본데?
└ 대박이네. 이런 집에는 대체 누가 살까?
└ 분양은 언제래요?
└ 궁금해서 전화해봤는데, 이미 완판이래요.

우진이 한 것은 단지, 아르코 브랜드의 지난 발자취를 흥미로운 소스로 포장한 뒤 연결해놓은 정도였다. 언제든 계기만 생긴다면 불이 지펴질 수 있도록, 마른 장작을 잘 세팅해둔 뒤 시기를 기다린 것이다. 이것은 일반적인 마케팅 순서와 완전히 반대되는 전략이었다.

보통 마케팅이 최대한 노출시켜 고객을 확보하는 방식이라면, 우진은 확실한 타깃에게 먼저 노출시켜 상품을 판매한 뒤, 그 타깃들의 인지도와 화제성을 역이용하여 반대로 퍼져나갈 구도를 그려둔 것이었으니 말이다. 그리고 이렇게 브랜드에 맞는 특별한 마케팅 전략을 활용한 결과, 우진은 최소한의 비용으로 최대치의 효과를 얻어낼 수 있었다.

"그나저나, 우진아."
"응?"
"이번 행사에, 돈 너무 많이 쓴 것 아냐?"

"갑자기 그건 무슨 말이야, 누나?"

처음 예상했던 마케팅 비용의 절반도 채 사용하지 않았건만 청담 아르코의 고객이자 홍보모델인 수하로부터 지출에 대한 걱정까지 들었으니까.

"그렇잖아. 케이터링이야 그렇다 쳐도, 사은품이랑 콜라보 굿즈까지… 행사에서만 인당 몇백 이상은 태운 것 같던데?"
"흐흐, 뭐야. 우리 회사 걱정도 해주는 거야?"
"뭐 나야 고객으로선 만족스럽지만, 너무 퍼주는 것 아닌가 해서."

우진이 행사에서 고객들에게 제공한 굿즈는 명품 브랜드들과의 콜라보 일환으로 특별 제작된 리미티드 에디션이었다. 작은 클러치 백이나 탁상시계 같은 종류의 물건에, 아르코와 해당 브랜드의 콜라보 로고가 박혀있는 제품. 이것들은 만약 시중에 판매됐다면 몇백만 원 이상은 충분히 호가했을 물건들이었으니, 수하로서는 놀랄 만했던 것이다.
'돈을 많이 쓴 거야 맞지만… 그래도 마케팅 비용 아낀 거에 비하면 새 발의 피지 뭐.'

그리고 이렇게 모든 계획들이 차곡차곡 맞아떨어진 결과, 우진의 브랜드 아르코는 점점 대중들의 인식 속에 우진이 원하고 의도했던 이미지대로 자리 잡기 시작하였다.

['서우진'이 만든 주거 브랜드 아르코. "유명인들이 더 갖고 싶어
하는 집"]

[청담 아르코 완판! 분양은 오로지 '초청' 방식으로 진행….]

[아르코 갤러리 관계자, "초청받지 못했다면, 돈이 있어도 분양
받을 수 없어."]

10월, 11월이 지나가면서, 우진이나 WJ 스튜디오에서 딱히 손쓰
지 않았음에도 불구하고 수많은 기사들이 쏟아져 나오기 시작한
것이다.

[윤진명·오윤석도, '겨우' 분양받을 수 있었던 프리미엄 하우스
아르코.]

[청담동에 타운하우스? 국내 최고의 프리미엄 주거단지, 아르코
는 어디?]

[홍보모델 '임수하'도 분양받았다? "이보다 더 확실한 마케팅은
없다"]

어차피 아무나 접근하기 힘든 VVIP를 위한 브랜드지만, 대중의
관심은 도무지 식을 줄을 몰랐다. 원래 사람의 심리라는 것이, 가
질 수 없는 떡이 더 먹음직스러워 보이는 법.

그리고 우진은 이런 쏟아지는 관심 속에서 또 하나의 새로운 마
케팅 방식을 도입하였다. 청담의 다음 타자가 될 아르코 하우스에
입주할 고객을 미리 '초대'하기로 한 것이다.

[서우진의 프리미엄 브랜드 아르코. 두 번째 아르코 하우스의 주

인이 될 VVIP들은 누구?]

정해진 것은 아무것도 없었다. 어디에 지어질지, 어떤 콘셉트로 지어질지, 몇 세대로 지어질지, 분양가는 얼마로 책정될지. 아무것도 정해진 바 없는 상품을 예약 판매하는 말 그대로 '미친 마케팅'을 시도한 것이다. 하지만 놀랍게도, 이러한 우진의 시도는 무척이나 성공적이었다.

계약금으로 3천만 원을 미리 지불해야 하는 이 '두 번째 아르코 하우스'로의 초대에 무려 백 명의 VVIP가 묻지도 따지지도 않고 응한 것이다. 우진이 이 계약자들에게 약속한 것은 하나. '계약 취소 시 조건 없는 전액 환불'뿐이었다.

"진짜, 이해할 수가 없네."
"뭐가, 형."
"아니 그렇잖아. 실체도 없는 집 계약금으로, 3천만 원을 그냥 쏜다고?"

마케팅 회의가 끝나고 난 뒤, 대표실에 오랜만에 마주 앉은 우진과 진태. 차를 마시던 진태가 고개를 절레절레 젓자, 우진이 웃으며 대꾸하였다.

"그 사람들의 3천만 원이, 평범한 사람의 3천 원일 수도 있는 거야, 형. 아, 3천 원은 너무했나? 3만 원? 아니면 30만 원…?"
"음….."
"세상엔, 생각보다 돈 많은 사람이 많더라고."
"하긴, 네가 그렇게 얘기하니까 그럴 수도 있겠단 생각이 드네."

아르코의 마케팅에 대한 이야기를 좀 더 나눈 두 사람은 그 뒤로 브랜드의 다음 플랜에 대한 구체적인 이야기들도 이어갔다. 외부에는 '두 번째 아르코 하우스'에 대한 공식적인 발표를 전혀 하지 않았지만, 내부적으로는 이미 후보지 몇 군데를 선정해두고 있었던 것이다.

"평창동이라… 확실히 부촌 느낌은 물씬 나네, 그렇지?"

"맞아, 하지만 청담 아르코랑은 완전히 다른 느낌의 디자인이 될 거야."

"아하."

"이번에도 도심의 타운하우스라는 주제로 시작하긴 할 텐데, 아무래도 리버 뷰와 북한산 숲세권은 다가오는 이미지가 많이 다르니까."

"그렇겠네."

"아마 다음 달까지 평창동 사업장 쪽은 디자인 시안 전부 나올 테니까, 1월 말쯤 해서 시공 파트 실무팀 회의 잡아줘."

"오케이. 알겠다."

"청담 아르코는 준공 예정 언제로 잡혀있지?"

"내후년 봄…?"

"좋아, 그전에 사업장 두 곳 정도 삽 뜨는 걸 목표로 해보자고."

"크, 이렇게 올해도 다 지나가는구나…!"

여느 때처럼 바쁜 와중에, 2013년도 끝을 향해 달려가고 있었다. 매년 그래 왔지만 2013년에도 WJ 스튜디오는 성장세를 더욱 가파르게 끌어올리는 데 성공하였고, 그 덕에 중소기업 브랜드 혁신 부문 국무총리상을 받기도 하였다.

'매년, 조금이라도 더 성장하는 것만 목표로 생각했었는데….'

2013년의 결산표를 전부 검토한 우진은 기분 좋은 미소를 머금은 채 창밖을 응시하였다. 새하얀 눈이 쌓여 있는 서울숲. 강변북로를 따라 쭉 늘어서있는 차들과 한강 남쪽으로 멀찍이 보이는 아름다운 서울의 풍경들. 그 멋진 풍경을 내려다보며, 우진은 문득 이런 생각을 하였다.

'이제 거의 다 온 것 같지?'

누군가로부터 항상 '왜 이렇게 열심히 사느냐'는 이야기를 들을 때면….

[야, 우진아. 근데 넌 왜 이렇게 열심히 사냐?]

[응?]

[아니, 솔직히 너 정도면 이미 성공한 거잖아. 돈도 이제 벌 만큼 벌었고.]

[그렇지…?]

[이제 좀 쉬엄쉬엄 일하면서, 놀고먹어도 되지 않아?]

반쯤 농담처럼 대답으로 돌려주었던 이야기.

[석구, 내 꿈이 뭔 줄 아냐?]

[뭔데?]

[세계에서 가장 높고 아름다운 건물을, 내 이름을 걸고 서울에 짓는 거야.]

[뭐라고…?]

[그러려면 아직도 멀었다, 그치?]

[야, 요즘은 초딩들도 얼마나 현실적인데. 초등학교 설문 조사에서도 그런 대답은 잘 안 나와요, 이 사람아.]

그 농담 같던 이야기를 실현시킬 수 있을 날이, 이제 머지않은 것 같다는 생각 말이었다.

— * —

새해가 밝았다. 그리고 우진은 새해 첫 주부터, 학기 중에는 잘 가지도 않던 학교에 찾아갔다. 수업은 당연히 아니다. 계절학기가 아니라면, 1월에 수업이 있는 대학교는 어디에도 없으니까. 우진이 오늘 학교에 온 이유는 조운찬 교수와의 약속 때문이었다.

"교수님, 오랜만에 뵙습니다."

"우진이 왔구나. 이쪽으로 앉거라."

우진이 조운찬 교수를 찾아온 이유는 사죄를 하기 위함이었다. 그것은 다름 아닌 졸업 전시 불참에 대한 사죄. 우진은 2013년에 졸업반이었고 졸업 전공 수업으로 조운찬 교수의 수업을 들었는데, 졸업 전시 기간이 마곡 컨벤션 센터 프로젝트 준비 기간과 겹치는 바람에 제대로 참가하지 못했던 것이다.

사실 워낙에 특수 케이스였고, 때문에 졸업 동기들 사이에서 불만이 나온 것도 아니었다. 오히려 우진의 졸업 동기들 대부분은 다행이라고 생각했을 정도였으니까.

[우진 오빠 졸전 못한대.]

[왜?]

[이번 마곡 프로젝트 때문에 너무 바쁜가 봐.]

[그럼 유급인가?]

[뭐, 어떻게 대체해서라도 졸업은 하지 않겠어? 그 오빠가 학교 일 년 더 다녀서 뭐해.]

[하긴… 그나저나 진짜 다행이다.]

[다행? 뭐가?]

[우진 오빠 졸작 옆에 우리 작품 세워야 한다고 생각해봐.]

[음… 다행이 맞네.]

하지만 그런 여론과 별개로, 졸업 전시조차 출품하지 않고 어물쩡 졸업하는 것을 지도교수 입장에서 언급 한번 없이 넘어갈 수는 없는 일이었다. 그래서 운찬은 우진과 약속을 잡은 것이다. 2학기의 최종 성적이 나가기 전에 말이다.

"요즘 일은 어때. 잘되고 있냐?"

"저야 뭐, 열심히 하고 있습니다."

"올해, 졸업해야지?"

"그, 그렇죠….."

"하하, 졸작 없이 졸업한 우리 학과 첫 번째 학생이 되려나."

"죄송…합니다."

"아니, 뭐. 죄송할 거야 없지. 네가 마곡 프로젝트 딴 덕에, 작년에 우리 지도교수들 어깨에 힘 좀 들어갔으니까."

학과 출신 졸업생이 사회에서 뛰어난 성과를 내도, 학과의 인지도는 크게 올라간다. 하물며 재학생인 우진이 만들어낸 성과가 국내의 어지간한 스타 건축가도 해내기 어려운 성과임에야. 교수들의 어깨에 힘이 들어가는 것은 당연한 이치라고 할 수 있었다.

운찬이 씨익 웃으며 물었다.

"그래, 성적은 어떻게 매겨줄까."

"네?"

"어찌 됐든 성적을 줘야 졸업할 거 아냐."

"아, 제가 염치없이 어떻게 좋은 성적을 달라고 말씀드립니까."

우진의 말에 운찬은 실소를 흘리며 답했다.

"웃기는 놈일세. 선택지는 애초에 두 개뿐이야. D 아니면 F. 둘 중에 하나 골라."

"하, 하하."

운찬의 장난에 멋쩍은 표정이 된 우진은 대답 대신 뒷머리를 긁적여야 했다. 운찬은 선택지가 두 개라고 했지만, 사실 하나인 것이나 다름없었으니까. 운찬이 다시 말했다.

"D를 받아도, 올해 졸업은 하고 싶은 거지?"

"물론이죠, 교수님."

"일 년 더 다니면 안 돼?"

"살려주세요…."

"하하하."

우진의 너스레에 웃음을 터뜨린 운찬은 고개를 끄덕이며 다시 말을 이었다.

"그래, 좋다. 그럼 내 재량으로, F는 면하게 해줄게."

그에 재빨리 고개를 꾸벅 숙이는 우진.

"감사합니다."

하지만 운찬의 말은 여기서 끝이 아니었다.

"대신, 조건이 하나 있다."

예상치 못했던 운찬의 말에, 우진은 조금 당황한 목소리가 되었고…

"네? 조건이요?"

그에 운찬은 장난기 어린 표정으로, 우진을 향해 파일을 하나 건네었다.

"이거, 읽어봐."

툭-

"음…."

파일의 표지에는 다음과 같은 문구가 쓰여있었다.

〈조형관 B동, 리모델링 사업 계획안〉

"이게… 뭡니까?"

우진의 질문에, 운찬이 대수롭지 않다는 듯한 목소리로 설명을 시작하였다.

"뭐긴 뭐냐. 보이는 그대로지."

"음, 조형관 B동이면…."

"매년 졸전 열리는 전시관 있잖아."

"아, 거기를 리모델링해요?"

"그래. 건물이 좀 오래되긴 했으니까. 이번에 이사장님이 돈 좀 쓰시려는 모양이더라고."

뭔가 불길한 낌새를 느낀 우진이 조심스레 운찬에게 다시 물었다.

"그런데 이 사업계획안을 왜 제게…?"

이어서 우진과 눈이 마주친 운찬이 능글맞은 웃음을 지으며 손가락으로 파일을 톡톡 두들겼다.

"졸작도 안 했으면… 학교에 뭐라도 남기고 떠나야지, 서 대표?"

"설마…."

"졸업식 전까지 디자인 제안서 만들어오도록."

그리고 조운찬의 그 말에, 우진은 기겁할 수밖에 없었다. 이런 전개는 정말 상상도 못 했던 것이었으니 말이다.

"으아니, 교수님! 이건 스케일이 다르잖아요! 졸작을 어떻게 전시장 리모델링으로 대체를…."

"뭐가 달라? 학교 1년 더 다닐래?"

"아니, 그건 아니지만… 그래도…."

"너희 회사에 시공까지 줄게."

"크흑…."

"그러니까 해와. 매출 올려준다니까?"

"…."

결국 혹을 떼기 위해 연초부터 학교에 온 우진은 더 큰 혹을 붙여 돌아가게 되었다.

'으… 그래. 뭐, 학교에 내 디자인 하나 남겨놓고 졸업하는 것도 의미가 있긴 하니… 기분 좋게 생각해야지.'

하여 예상치 못하게 일이 늘었지만, 그래도 오랜만에 만난 운찬과 기분 좋게 점심을 함께한 우진.

"조만간 다시 찾아뵙겠습니다, 교수님!"

"뭐, 네가 자주 올 거라고는 기대도 안 한다. 졸업식 때나 보겠지."

"…."

"제안서, 잊지 말고. 알겠지?"

"네, 알겠습니다."

"서우진이 설계로 진행한다고 하면, 이사장님께서 좋아하실 거야."

"네엡….'

학교 주차장에서 차를 몰고 나온 우진은 다시 도로를 달리기 시작했다. 오늘 하루는 전부 외근으로 잡아두었기에, 회사로 돌아갈 필요는 없었다.

'바쁘구먼, 바빠.'

지금 우진이 향하는 곳은 최종 점검이 필요한 몇몇 현장들. 그리고 현장을 다 돌고 나면 저녁 약속까지 잡혀있었는데, 그 위치는 바로 천웅건설의 사옥이 있는 종각역이었다.

— * —

퇴근 시간이 다가왔다. 그리고 시계를 보는 경완의 표정은 평소보다도 한결 더 밝았다.

'이제 슬슬 정리해볼까?'

사실 요즘 경완은 기분이 좋을 수밖에 없었다. 얼마 전 내부 인사명령으로 인해, 실적압박으로 인한 스트레스에서 한동안 벗어날 수 있게 되었으니 말이다. 천웅건설 최연소 상무를 달았던 그가 실적과 공로를 인정받아 이번에 전무로 승진하게 된 것. 승진이 아니면 보통 실직을 하게 되는 치열한 임원들의 인사경쟁 속에서, 경완은 이번에도 승리하게 된 것이다.

"웃차."

물론 오피셜한 인사명령이 뜨는 것은 3월이다. 하지만 임원진의 경우 보통 그전에 이미 내정이 되어있었고, 그래서 3월이면 경완은 '전무 보'가 될 예정이었다. 그리고 이런 이유로, 경완은 오늘 누군가에게 한턱낼 예정이었다.

"저 먼저 가보겠습니다. 다들 수고하세요!"
"네, 상무님. 오늘도 고생 많으셨습니다!"
"예, 상무님! 내일 뵙겠습니다!"

엘리베이터를 탄 경완은 콧노래까지 흥얼거리며 1층에 내렸다. 차는 가져오지 않았다. 아내에게 며칠 전부터 미리 허락도 구해뒀으니, 오늘은 오랜만에 코가 삐뚤어질 때까지 술도 마실 생각이었다. 오늘 약속은 경완이 누굴 만나 술 마시는 것을 별로 좋아하지 않는 아내가 유일하게 호의적인 딱 한 사람과의 약속이었다.

[오늘, 좀 늦는 거 알지?]
[그, 서우진 대표님 만난다면서?]
[맞아.]
[너무 많이 마시진 말고. 해뜨기 전에만 들어오세요. 안부도 좀 전해주고.]

[자기 너무 사람 차별하는 거 아냐? 지난번에 경식이랑 술 마신다고 할 때는, 12시 넘으면 숨질 각오하라더니….]

[당연하지.]

[응?]

[서 대표님 덕에 산 청담 클리오가 지금 얼만데.]

[….]

[가서 대표님 극진히 모시고, 또 괜찮은 투자처는 없는지 꼭 물어보고.]

[….]

[알겠죠? 왜 대답이 없어?]

[알겠어. 아주 극진하게 모시고 올게.]

아침에 와이프와의 대화를 떠올린 경완은 고개를 절레절레 저으며 피식 웃었다. 반쯤은 농담이었지만, 그래도 우진을 거의 은인으로 생각하는 아내의 말은 기분이 묘했으니 말이다.

'쳇, 편하게 한잔할 수 있어서 좋긴 한데… 뭔가 지는 느낌이란 말이지.'

어쨌든 아내의 명령을 수행하기 위해, 경완은 오늘 인근에서 가장 맛있고 비싼 소고기집을 예약해뒀다. 남자 둘이서 마음 놓고 먹으면 수십만 원 이상 깨질 테지만, 우진에게 승진 턱으로 그 정도가 아까울 리는 없었다.

딸랑-

"어서 오세요. 예약하셨나요?"

"네, 박경완 이름으로 예약했습니다."

"두 분이시네요. 이쪽으로 오세요."

넥타이를 살짝 느슨하게 풀어 내린 경완은 예약된 자리에 앉아 우진을 기다렸다.
그리고 잠시 후,
"상무님!"
반가운 얼굴이 경완의 두 눈에 들어왔다.

— * —

경완은 오늘 아주 마음 편히 우진을 만나러 왔지만, 우진은 좀 달랐다.
'흠… 경완 아재가 벌써 전무라니… 내 기억으로 이 아저씨, 전무 못 달고 퇴직했던 것 같은데….'
어쩌다 보니 오늘 경완의 승진 턱이 되었지만, 사실 우진은 그것 외에 다른 할 이야기가 있어 약속을 잡았던 것이었으니 말이다.

"이야, 상무님 진짜 오랜만입니다. 벌써 또 승진이라니. 축하드려요."
"벌써라니, 짜샤. 우리 회사 임원 승진 못 하면 잘리는 거 몰라?"
"뭐, 어디에나 예외 케이스는 있는 법이죠."
"깐족거리긴… 오랜만에 봐도 여전하네, 서 대표."
"원래 사람은 잘 안 바뀝니다. 갑자기 사람이 바뀌면 죽을 때가 된 거라잖아요."
"쓸데없는 소리 말고, 일단 앉아. 고기부터 시키자."

"넵."

"뭐 시킬까?"

"일단 꽃등심부터 시작하시죠."

"좋지."

그리고 우진이 경완에게 하려 했던 그 이야기는 꽤나 중요한 이야기였다. 이 이야기를 꺼내기로 마음먹을 때까지, 우진도 꽤 오랜 시간 고민했을 정도였으니 말이다.

치이익-

해서 불판 위에서 노릇노릇 고기를 뒤집으면서도, 그 앞에 마주 앉아 경완과 실없는 잡담을 떨어대면서도, 우진은 속으로 계속 고민했다. 오늘 하려던 이 이야기를 어떤 식으로 시작해야 가장 좋을지 말이다.

"야, 고기 앞에 두고 지금 뭐 하는 거야? 빨리 집어 먹어, 짜샤."

"먹고 있습니다. 소고기는 천천히 음미해야죠."

"그런 놈이 지난번엔 나 화장실 다녀올 동안 한 판을 싹 다 비웠냐?"

"음… 제가 그랬던가요?"

"요놈 봐라. 못 본 새 더 능글맞아졌어."

어느 정도 고기를 집어 먹고 배가 좀 차기 시작했을 때, 우진은 경완에게 슬슬 운을 떼기 시작하였다.

"그런데, 상무님."

"응?"

"요즘 회사 일은 좀 어때요. 할 만해요?"

"나야 만날 똑같지, 뭐. 그런데 갑자기 그건 왜?"

그리고 지금까지의 고민이 무색할 정도로 경완을 향해 마치 별것 아니라는 듯, 툭 하고 한마디를 던졌다.

"혹시 상무님, 이직하실 생각 없나 해서요."

"뭐…? 뭐라고?"

"저희 회사 어때요. 연봉은 맞춰드릴게요."

"…."

"후우, 승진 못 하셨어야 싸게 주워오는 거였는데. 천웅에선 이 아저씨를 왜 이번에도 승진시킨 거람…."

우진의 말을 듣던 경완은 그대로 꿀 먹은 벙어리가 될 수밖에 없었다.

영입

잠시 동안 정적이 흘렀다. 경완과 잠시 눈이 마주쳤던 우진은 말없이 다시 불판 위의 고기를 한 점씩 집어 먹었다.

딸깍- 딸깍-

우진은 덤덤한 표정이었지만, 경완은 결코 그렇지 못했다. 이 시점에서 우진의 영입 제안은 결코 생각지 못했던 일이었으니까.

'언젠가 이런 날이 올 수도 있다고 생각했지. 하지만….'

경완은 지난 몇 년 동안 우진과 함께 일하고 싶다는 생각을 종종 했다. 하지만 함께 일하는 것은 천웅 안에서 협업하는 것으로도 충분히 가능했고, 그에 더해 계속 임원으로서 승승장구 중이었으니 언젠가 WJ 스튜디오에서 일하게 될 날이 온다 하더라도 거의 10년은 지난 뒤의 일일 것이라 생각한 것이다. 그런데 막 전무 승진을 앞둔 이 시점, 우진이 이런 제안을 직접적으로 해올 줄은 몰랐다. 그래서 경완은 혼란에 빠진 것이었다.

딸깍-

말없이 계속 고기를 집어 먹는 우진을 보며, 경완이 천천히 입을 열었다.

"방금, 이직이라고 한 거지?"

"네, 상무님."

"이직하면 난 거기서 뭘 하는데?"

경완의 물음에, 우진은 조금의 고민도 없이 대답했다.

"저랑 같이 경영하셔야죠."

"경영?"

"저희, 올해 목표 매출액이 천억이 넘거든요?"

"그런데?"

"이제 상장 준비도 해야 하고…."

"…."

"설계 디자인 쪽이야 제가 시스템 다 만들어뒀지만, 솔직히 시공 파트는 아직 많이 부족하거든요."

"음…."

"상무님이 저희 시공 파트 좀 키워주셨으면 좋겠어요. 권한은 충분히 드릴 겁니다."

연봉에 대한 이야기는 두 사람 모두 굳이 꺼내지도 않았다. 어차 피 연봉은 천웅의 전무급 연봉 이상으로 맞춰줄 터였고, 현시점 경 완에게 WJ 스튜디오의 매력은 월급이 아니었으니까. 경완의 입장 에서 WJ 스튜디오의 가장 큰 매력은 업계의 그 어떤 회사와도 비 교되지 않는 성장 가능성.

당장에 덩치만 놓고 본다면 천웅건설의 2할도 채 되지 않는 게 WJ 스튜디오의 규모였지만, 천웅은 이제 성장이 끝난 회사였다. 이 이상 성장을 하려면 더 큰 혁신과 도전이 필요한데, 그런 수준 의 격변은 쉽지 않은 상황이라는 것이다. 우진은 그런 점을 잘 알고 있었고, 그래서 경완의 귀에 가장 매력적으로 들릴 만한 이야기를 하였다. 권한을 충분히 주겠다. 천웅에서는 불가능한 일이다.

고민에 빠져있는 경완을 향해, 우진이 계속해서 말을 이었다.

"상무님도 아시다시피, 천웅은 결국 천 씨 집안의 회삽니다. 그러니까… 천 씨 핏줄이 아니라면, 이 이상은 상당히 힘드실 겁니다."

우진의 얘기에 경완이 순순히 고개를 끄덕였다.

"그렇겠지."

천종걸이 연배에 비해 깨어있는 경영자라고는 해도, 결국 경완이 전무이사 이상으로 승진하는 것은 불가능에 가까울 터였으니까. 조만간 천종걸이 회장 자리로 올라가면 그의 사촌동생이 천웅건설의 사장 자리에 내정돼있었고, 이어서 수년 내에 종걸의 친아들이 부사장 자리를 꿰찰 테니 말이다. 천종걸이 30대의 나이에 천웅건설의 부사장이 됐던 것처럼 말이다.

'사장님 아드님이 모난 인물도 아니고 말이지.'

경완이 부사장 자리까지 올라갈 방법은 딱 하나. 2년 뒤에 또다시 곧바로 승진하는 것뿐이었다. 그게 아니라면 종걸의 아들이 사장 자리에 올라간 뒤에나 부사장이 될 수 있을 텐데, 그것은 최소 10년 아니, 15년은 뒤의 일이니까. 그리고 그때까지도 경완이 천웅에서 버티고 있을 확률은 거의 없는 수준이었다. 경완은 쓴웃음을 지었고, 그런 그를 향해 우진이 다시 말했다.

"하지만 여기서 만족하시기엔, 상무님 나이가 너무 젊지 않습니까?"

이 한마디가 사실 우진이 하고 싶었던 가장 핵심적인 이야기였다.

"야, 너한테 젊단 얘기 들으니까 뭔가 기분이 묘하다."

"뭐, 저에 비교하면 아재지만…."

"짜식이…!"

"어쨌든 저도 꽤 생각 많이 하고 드리는 제안이에요."

"알아, 인마. 네가 생각 없이 이런 얘길 할 놈은 아니지."

"ㅎㅎ, 잘 아시네요."

경완은 맥주잔을 단숨에 비웠다. 전혀 생각지 못했던 제안을 들었음에도, 벌써 절반은 마음이 동해버린 것 같아 자존심이 상했다.

"젠장."

대화하는 동안 불판 위에서 반쯤 타버린 고기를 집어 먹은 경완이 우진을 다시 응시하였다. 우진을 누구보다 잘 알고 WJ 스튜디오의 성장 과정을 전부 지켜본 경완의 입장에서 결코 거절하기 어려운 매력적인 제안. 그렇다고 이대로 넙죽 수락할 수는 없는 건, 천웅건설의 전무라는 타이틀도 못지않게 매력적이기 때문이리라. 그래서 경완은 다시 입을 열었다.

"그런데, 서 대표."

"네?"

"왜 하필 지금이야?"

"그게 무슨 말씀이신지…."

"딱 2년만 기다려주면 안 되냐?"

"왜요?"

"모르는 척할래? 전무 임기 2년 말하는 거잖아."

"흠."

"2년 뒤에 깔끔하게 퇴사하고 넘어오면 그림이 예쁘잖아."

"그림이라는 게 원래 보는 시점에 따라 다르게 느껴지는 법이죠."

"뭐?"

"그건 상무님 시점에서 예쁜 그림이잖아요."

"…."

"너무 다 가지려고 하시는 것 아닙니까? 하하."

경완의 입술이 삐죽 튀어나왔다. 그의 입장에서는 충분히 합리적인 제안이라 생각했는데, 우진이 단칼에 거절한 것이나 마찬가지였으니까. 튀어나온 그 입술을 본 것인지, 우진이 다시 말했다.

"생각해보세요, 상무님."

"뭘?"

"지금 저희 회사, 창립한 지 몇 년 됐습니까?"

"음…?"

조금 맥락에서 벗어나는 듯 보이는 우진의 질문에 경완은 고개를 갸웃했지만, 그가 어떤 생각으로 이런 얘기를 꺼낸 것인지 깨닫는 데에는 그리 오랜 시간이 걸리지 않았다.

"네가 2010년 여름? 그쯤에 창업했으니까…."

"올해가 2014년이죠?"

"4년 됐네."

"4년 차죠. 만으로는 이제 3년 좀 넘은 거나 다름없고요."

이제 4년 된 회사다. 그 4년 만에 디자인·설계 방면에서는 업계 최고의 회사로 성장한 곳이 바로 WJ 스튜디오다. 우진은 그 얘기를 하고 있는 것이었고, 나아가 경완이 언급한 2년이라는 시간의 가치에 대해 묻는 것이었다. 이제 전무발령이 난 경완의 시점이 아닌, 고작 4년 만에 이렇게 성장한 WJ 스튜디오라는 회사의 시점에서 말이다.

"그러면 2년 뒤에, 저희 회사가 어떻게 되어있을 것 같습니까?"
"…."
"2년 후까지 WJ 스튜디오를 저 혼자서 경영할 수 있다고 보십니까?"

한층 진지해진 우진의 어조에 경완은 침묵할 수밖에 없었다. 우진의 말에 반박할 만한 이야기가 도저히 떠오르지 않은 탓이다.
'원래도 알고는 있었지만… 생각보다 더 미친 회사였군.'
지금 WJ 스튜디오에도 물론 이사진은 있다. 석현이 이사였고 진태가 이사였으며, 재무이사(CFO)와 행정이사(CAO)도 따로 있었으니까. 이 네 사람 모두 천웅건설로 치자면 전무이사와 같은 직급을 가진 사람들.
하지만 경영에서 가장 중요한 대표이사(CEO)의 역할과 운영이사(COO)의 역할은 전부 우진의 손에서 이뤄지고 있었다. 매출 규모가 수백억 단위를 넘어가는 회사에서 지금까지 우진이 이만한 업무를 소화해내고 있었던 것이다. 그래서 우진은 경완에게 이렇게 물어본 것이나 다름없었다. 2년 뒤까지 WJ 스튜디오라는 회사에 경완의 자리가 남아있을 수 있겠냐고 말이다.

경완은 우진의 질문에 대한 답을 이미 머릿속에 떠올렸지만, 말
없이 다시 술잔을 들었다. 이번에는 소주잔이었다.

"술이나 채워봐."
"그러죠, 뭐."

또로로록-
서로의 술잔을 채워 넣은 두 사람은 가볍게 잔을 부딪친 뒤 동시
에 술잔을 비웠다.
"크으…."
"후우!"
아직 경완이 결론을 얘기하진 않았지만, 굳이 더 말하고 싶지는
않은 우진이었다. 이 정도 이야기했으면 그가 하고 싶었던 말은 전
부 전달했다고 생각했으며, 이런 중요한 결정을 당장 내어놓으라
고 하는 것도 말이 안 되는 얘기였으니까. 물론 이미 우진은 속으
로 확신하고 있었지만 말이다.
'어차피 오실 거면서 튕기시기는….'
금세 벌겋게 달아오른 경완의 얼굴을 본 우진은 피식 웃었다. 그
러자 경완이 심통 맞은 얼굴로 물었다.

"왜 웃냐?"
"재밌잖아요."
"뭐가?"
"수서역 공사판에서 상무님한테 일당 받던 때가 엊그제 같은
데… 이제 제가 상무님 월급 드리게 생겼으니…."

우진의 대답에 경완이 버럭 하였다.

"야, 나 아직 결정 안 했다?"

"누가 뭐래요?"

"으… 이 자식은 갈수록 더 능구렁이가 되는 것 같냐, 어째."

"호호, 원래 끼리끼리 노는 법이죠."

"뭐?"

"제가 상무님이랑 왜 친하겠습니까."

"어후, 이놈은 진짜…."

두 사람의 술잔이 다시 부딪쳤다. 그리고 언제 경완의 이직에 대한 이야기를 했냐는 듯, 두 사람은 평소처럼 신나게 웃고 떠들었다. 오늘 우진의 제안에 대한 경완의 대답이 어떻게 돌아오든 두 사람의 관계는 앞으로도 변함이 없을 테니까.

"야, 근데 오늘 내가 계산해야 해?"

"쪼잔하게 왜 이러십니까."

"헤드헌팅 하러 왔으면, 밥은 네가 사야 하는 것 아냐?"

"제가 사면 이직은 확정인 거죠?"

"젠장. 됐다, 됐어. 내가 산다, 사."

고깃집에서 나온 두 사람은, 2차로 포차에 가서 밤늦게까지 대작을 하였다. 하여 그들이 술집에서 나온 시간은 거의 새벽 두 시가 넘었을 즈음.

"상무님, 괜찮아요? 택시 불러 드릴까요?"

"야, 뭐 얼마나 마셨다고. 괜찮아. 괜찮아."

비틀거리며 집으로 향하는 택시를 잡던 경완이 문득 우진을 향해 입을 열었다.

"야, 서우진."

"예?"

"근데, 너. 이건 알고 있지?"

"뭐요?"

장난기 어린 표정이 된 경완이 우진을 향해 씨익 웃었다.

"나 만약 이직하면, 대표님께는 니가 가서 쇼당 쳐야 한다?"

텅 -

대답은 기다리지도 않고 택시에 올라타는 경완을 보며, 우진은 어이없는 표정이 될 수밖에 없었다.

"무슨 말을 하려나 했더니….'

그리고 다음 순간, 우진의 입에서는 피식 웃음이 새어 나왔다. 경완이 지금, 한참 잘못 생각하고 있는 부분이 있었으니 말이다.

'내가 천 대표님께 양해도 안 구하고 얘기 꺼낸 줄 아나.'

사실 우진은 작년 연말부터 종걸과 이에 대한 이야기를 나눈 적이 있었다. 그리고 모종의 딜과 함께 이미 경완을 데려가는 것에 대한 허락을 받아둔 상태였다. 경완은 천웅에서도 분명 아쉬운 인재였지만 대체가 불가능할 정도의 포지션은 아니었고, 양사의 장기적인 협력관계를 생각하면 천웅의 입장에서도 경완의 이직이 나쁘지만은 않은 그림이었던 것.

'그리고 보니 천 대표님… 올해 일부러 아재 승진시킨 거 아냐?'

잠시 천종걸에 대해 합리적인 의심을 떠올리던 우진은 고개를 절레절레 저으며 택시를 잡았다.

끼익-

"성수동으로 가주세요."

택시 의자에 몸을 기댄 우진은 옅은 미소를 띤 채 밤 풍경을 감
상하였다. 오랜만에 술이 꽤 많이 들어가서인지 몸은 피곤했지만,
그래도 오랫동안 생각만 하던 이야기를 꺼내놓아서 마음만은 편
한 우진이었다.

—— * ——

많은 사람들이 그러하겠지만, 우진 또한 매년 한 해가 지날 때면
새로운 한 해의 목표 하나쯤은 생각하며 새해를 맞이한다.

2010년을 시작하던 우진의 목표가 학교에 적응하고 그토록 갈
망하던 '건축 디자인'이라는 공부를 원 없이 해보는 것이었다면,
2011년의 목표는 WJ 스튜디오라는 회사를 반석 위에 올려놓는 것
이었다.

2012년의 목표는 한 사람의 건축 디자이너로서 그 자신만의 디
자인을 해내는 것이었으며, 2013년의 목표는 WJ 스튜디오의 건축
브랜드를 성공적으로 론칭하는 것이었다.

하지만 그렇다고 해서 우진이 이러한 목표를 거창하게 정해놓은
채, 그것을 어떻게든 이루기 위해 달렸다는 이야기는 아니다. 우진
의 목표는 언제나 목표를 세우던 그 시점에 하고 있던 일들의 연장

선이었으며 다만 더 나은 길을 찾기 위한 나침반의 역할을 하던 것 뿐이었으니 말이다.

그렇다면 2014년을 시작하는 지금 이 순간, 우진은 어떤 목표를 가지고 한 해를 시작했을까? 어떤 포괄적인 한 단어로 정리하자면, 그것은 '되돌아보는 것'이었다. 지금까지 앞만 보고 달려온 덕에 믿기 힘들 만큼 많은 것들을 이뤄낸 우진이었지만, 이제는 지금까지 이뤄낸 것들을 돌아보면서 더욱 내실을 다져야겠다는 생각을 하게 된 것이다.

이런 생각을 하게 된 가장 큰 계기는, WJ 스튜디오라는 회사와 디자이너 서우진이라는 브랜드의 덩치가 너무 커졌기 때문이었다. 아무리 우진이라 해도 이제 회사에서 일어나는 모든 일들을 직접 컨트롤하는 것에 대해 버거움을 느낄 수밖에 없는 상황이 되었고, 이대로 계속 앞만 보고 달리다가는 더 이상 버틸 수 없는 시점에 도달하리라는 생각이 든 것.

이것은 잠시 숨을 고르는 일임과 동시에, 오히려 WJ 스튜디오라는 회사를 더 크게 성장시키기 위한 발판을 다지는 목표라고 생각했다. 그래서 우진이 가장 많이 고민한 부분은 바로 이것이었다. 더 멀리, 더 높이 날아가기 위해서, 어깨 위에 지고 있는 것들을 최대한 많이 내려놓는 것 말이다.

'내가 하고 있는 일들 중 대체가 불가능한 일들은 어떤 것이 있을까?'

그동안 생각만 하고 있었던 박경완의 영입을 새해가 밝자마자 추진했던 것도 이와 같은 맥락이었다. 건설이라는 카테고리 안에서 우진 이상으로 현장에 대한 이해도를 가지고 있으면서 그와 동시에 믿을 수 있고 그릇이 좁지 않은 사람.

[대표님이랑 방금 면담 끝났다.]

"하하, 그럼 결정하신 겁니까?"

[그래, 인마. 후우….]

"왜요? 뭔가 불만 가득한 목소리신데…."

[불만? 그런 건 아니고.]

"그럼 뭔가 있긴 있단 소리네요?"

[지금 기분이 애매해서 그래.]

"애매하다고요?"

[짜고 치는 고스톱 안에 끼어서 당한 기분이라고 해야 하나.]

"짜다뇨, 누가요? 제가요?"

[말을 말자, 말을 마.]

경완은 우진이 하던 역할 중 많은 부분을 대체해줄 수 있는, 우진의 입장에서는 확실히 검증된 인재였던 것이다.

"그럼 언제부터 나오실 수 있는 건데요?"

[이직이야 대표님 허락까지 떨어졌으니 당장 해도 상관없는데, 그래도 인수인계 깔끔하게 다 하려면 시간 좀 걸리겠지?]

"어차피 저희, 올해 인사이동 5월이에요."

[오, 그래?]

"그전에만 오시면 됩니다."

[오냐. 그전엔 충분하지.]

"인수인계 빨리 끝내고, 한두 달 정돈 좀 푹 쉬다 오세요."

[뭐냐, 불안하게 왜 이렇게 친절해?]

"오시면 이제 저희 회사에서, 아주 '특별한' 프로젝트를 하셔야 하니까요."

[젠장, 내가 지금 뭔가 실수하고 있는 것 같은데….]

우진이 직접 영입한 사람은 경완뿐만이 아니었다. 최근 마곡 컨벤션 센터 프로젝트를 함께했던 민선 또한 우진의 우선적인 영입 대상이었던 것이다. 경완만큼 우진이 하던 일들의 많은 부분을 대체해줄 수 있는 사람은 아니었지만, 우진에게 부족한 부분을 어느 정도 채워줄 수 있는 사람. 그리고 앞으로 더 성장할 수 있는 여지가 충분히 무궁무진한 사람이었으니까.

"그나저나 오늘, 갑자기 저녁 약속은 왜 잡은 거예요?"

"음, 그러니까… 용건이 있으니까요?"

"데이트 신청. 뭐, 그런 건가요?"

"그, 그런 건 아니고…."

"에이, 좋다 말았네. 그럼 용건이 뭔데요?"

"민선 씨 언제까지 프리랜서 하실 생각이세요?"

"음…?"

"이번에 저희 전시 디자인 사업부 하나 신설할 생각인데, 그쪽 디자인 실장이 필요해서요."

"좋아요."

"네? 뭐가요?"

"저, 영입 제안하신 것 아녜요?"

"맞죠."

"그러니까, 좋다고요. 고용계약서는 들고 오셨어요?"

"그야…."

"계약서 갖고 와요. 사인할게요."

"아니, 조건도 안 들어보고 사인해요?"

"서 대표님이 알아서 잘 맞춰주셨겠죠."

"…."

"전시 디자인 실장이라면서요?"

"네. 그쵸."

"WJ 스튜디오 연봉 어느 정돈지는 이미 알고 있어요. 실장급이면 꽤 받겠네."

"그건 어떻게 알아요?"

"이미 예전에 입사 지원하려고 찾아봤으니까요."

"…."

"언제 부르나 기다리고 있었는데, 생각보단 조금 오래 걸렸네요."

"…."

그리고 우진이 직접 영입제안을 한 마지막 한 명의 인재. 그는 다름 아닌 조만간 우진과 같은 날 학사모를 쓰게 될, 미래의 스타 디자이너 제이든 테일러였다. 영입이라기에는 다소 특이한 상황이긴 했지만 말이다.

"제이든."

"와썹, 브로?"

"너 솔직히 말해봐. 영국인 아니지? 한국인이지?"

"그게 무슨 말이야, 우진."

"이제 한국식 영어를 더 잘하는 것 같아서 하는 말이야."

"오, 한국씩 영어라니. Holy… 우진. 설마 지금 내 영어를 우진의 그 저급한 영어 발음과 비교한 거야?"

사실 우진은 이 부분에 대해 꽤 많은 고민을 했었다. 제이든이 갖고 있는 디자인적 감각이나 잠재력은 신입생 때부터 대단했지만, 그 반대급부로 상당한 리스크를 가진 사람이 제이든이기도 했으니 말이다.

아마 제이든을 평범한 신입사원처럼 채용해서 천천히 회사에 적응시키려 한다면, 두 달도 채 되지 않아서 회사를 뛰쳐나갈 게 분명하다고 생각했다. 우진이 아는 제이든이란 인물은, 조직의 어떤 틀이나 규칙 안에 자신을 맞출 수 없도록 생겨 먹은 사람이었으니까.

'브루노의 스튜디오에서 인턴을 하던 때만 봐도….'

하지만 그렇다고 해도 우진은 제이든이라는 인재를 놓치고 싶지 않았다. 결국 우진이 갖지 못한 창의적인 사고방식과 그를 스타 디자이너로 만들어줄 뛰어난 디자인 포텐셜은 그러한 제이든의 자유분방함에서 나오는 것이라고 생각했으니 말이다.

"제이든, 넌 그럼 졸업하고 뭘 할 거야?"

"졸업하고? 당연히 디자인을 해야지."

"영국으로 돌아갈 거야?"

"무슨 소리야, Boss. 이 제이든 님은 우진을 배신하지 않아."

"뭐?"

"WJ 스튜디오의 창립 멤버가 영국으로 돌아가 버릴 순 없지."

"…."

"그럼 Boss가 너무 슬퍼할 테니까."

그래서 우진은 고민을 거듭한 끝에 제이든에게 이런 제안을 했다. 제이든의 자유분방함을 해치지 않으면서도 WJ 스튜디오라는 그릇에 담을 수 있도록 그에 맞는 자리를 만들어보기로 결정한 것이다.

"그럼 제이든."

"Yes, sir."

"내일부터 설계팀에 출근해서 도면부터 치기 시작하는 건 어때?"

"What? 도면?"

"건축 디자인의 시작은 도면이라며."

"무슨 소리야, 제이든은 그런 말한 적 없어."

"네 졸업 작품 패널에 그렇게 쓰여있던데?"

"…."

"어디 보자… 졸전 도록에 찾아보면 있을 텐데…."

"젠장, 우진. 날 괴롭히는 이유가 뭐야?"

WJ 스튜디오라는 회사, 그 조직이 가지고 있는 규칙과 형평성을 깨뜨리지 않으면서도 제이든이라는 디자이너를 품을 수 있는 방법.

"그럼 네가 하고 싶은 디자인은 뭔데?"

"도면이 싫은 게 아니야, 우진."

"그럼?"

"남이 디자인한 도면을 그대로 베끼는 게 싫을 뿐이야."

"그 말은, Director가 되고 싶다는 거야?"

그건 바로 제이든을 고용하는 것이 아닌 그에게 '투자'하는 것이라고 할 수 있었다.

"나도 너무 비현실적인 얘기라는 것 알아."

"그래?"

"한국이 아니라 세계 어딜 가도 학부 졸업생이 Director가 되는 경우는 없겠지."

"잘 아네."

"그래서 사실 졸업하고 나면, 프리랜서로 좀 일해볼 생각이었어."

"프리랜서?"

"그동안 작업해둔 포트폴리오를 가지고, 교수님께 부탁해서 일거리를 좀 받아볼까 했지."

"오, 조운찬 교수님 프로젝트지?"

"맞아, 우진."

정말 오랜만에 진지한 표정으로 이야기하는 제이든을 보며 우진은 웃을 수 있었다. 제이든이 생각했던 것만큼 현실감각이 없진 않다는 걸 알게 되었으니 말이다.

'하긴, 그랬으니까 성공했겠지.'

그래서 우진은 좀 더 마음 편히 얘기를 꺼낼 수 있었다.

"그럼, 제이든."

"말해, 우진."

"프로젝트 몇 개 진행한 다음에, 내 투자를 한번 받아보는 건 어때?"

"음…? 투자?"

"프리랜서로 일하더라도 점점 더 큰일을 받으려면, 너 혼자가 아니라 팀이 있어야 하잖아?"

"디자인 팀을 말하는 거지?"

"그렇지."

"조운찬 교수님 프로젝트 끝나면, 내가 너한테 투자해볼게."

"…!"

"그 돈으로 사람을 모으고 팀을 꾸려봐."

"그게 정말이야, 우진?"

"팀 잘 꾸리면, WJ 스튜디오에 들어온 일들을 조금씩 넘겨줄 수도 있겠지."

WJ 스튜디오는 이제 국내 어떤 설계사무소보다도 인지도가 높고 덩치가 큰 회사가 됐다. 그런 만큼 수많은 프로젝트들이 쉴 없이 의뢰가 들어오는데, 아무리 WJ 스튜디오라 해도 그 모든 프로젝트들을 전부 진행할 수는 없다.

특히 회사 규모가 규모인 만큼 자잘한 프로젝트는 맡기 어려운 상황이 나오는 경우가 많았던 것. 제이든이 디자인 팀을 꾸려서 어느 정도 경험이 쌓인다면, 그런 일거리들을 던져주며 제이든을 키워줄 생각이었던 것이다.

"Bloody Hell!"

"뭐야, 싫어?"

"그럴 리가! 우진은 미쳤어! 미쳤다고!"

"징그럽게 왜 이래?"

"아무래도 우진은 우리 아빠보다 날 더 잘 아는 것 같아."

"…?"

"사실 어제 아빠랑 싸웠어."

"왜?"

"내가 스튜디오를 차리면 안 되냐고 했더니, 아빠가 그랬거든."

"뭐라고?"

"헛소리하지 말고 WJ 스튜디오 인턴으로 들어가서, 우진에게 열심히 일이나 배우라던데?"

"…."

우진은 제이든에게 무조건적인 호의를 베푼 게 아니다. 제이든이 조운찬 교수의 프로젝트에 프리랜서로 참여하는 것을 보면서 충분한 경험과 역량이 생겼다고 판단돼야 투자할 생각이었으니까. 조운찬 교수의 프로젝트도 최소 2년 이상은 걸릴 프로젝트였으니 그 정도 지나면 제이든이 디자인 팀을 꾸릴 만한 역량이 생길 것이라 여긴 것이다.

그러니까 다짜고짜 제이든이 스튜디오를 지금 차리겠다고 한다면 욕부터 튀어나올 것은 우진이라고 해도 콜튼과 다를 바 없단 소리. 하지만 그런 것과 별개로 제이든은 신났고, 그런 그를 보며 우진은 피식 웃을 수밖에 없었다.

'제이든이 빨리 성장했으면 좋겠네. 그래야 스타 디자이너 제이든이라는 말 앞에, WJ 스튜디오의 수석디자이너라는 수식어를 붙여줄 수 있을 텐데 말이지.'

시간은 또 빠르게 흘러갔다. 제이든에게 영입, 혹은 투자 제안을 한 다음 주가 바로 2월이었고, 2월은 우진의 졸업식이 있는 날이었다. 졸업이라는 행사에 별다른 의미 부여를 하진 않았다. 사실 졸업을 한다고 해도 다른 학부생들처럼, 크게 일상이 바뀔 일은 없는 우진이었으니 말이다.

졸업식이 끝난 뒤에는 민선이 드디어 WJ 스튜디오에 합류했다. WJ 스튜디오의 인사이동은 5월이었지만, 어차피 WJ 스튜디오 내에 전시 디자인 파트는 새로 신설하는 부서였으니 그 시기에 민선이 꼭 맞춰서 입사할 필요는 없었던 것이다.

대대적인 조직구조의 개편. 그리고 새로운 실력자들의 영입과 체질 개선. 연초부터 부지런히 움직인 우진은 계획했던 일들을 착착 진행해나갔다. 그리고 이렇게 바삐 시간을 보내다 보니, 새해도 어느새 5월이 훌쩍 다가왔다.

안식년 安息年

안식년이란 본래 7년으로 이루어진 주기의 일곱째 해를 의미한다. 농경사회에서 오랜 기간 경작으로 피로해진 땅을 1년 동안 쉬게 해주기 위해 시작된 것으로, '땅을 사용하는 모든 행위'가 금지되는 해를 안식년이라고 불렀던 것이다.

하지만 현대에는 그 의미가 다양하게 파생되었다. 대학이나 기관의 교수들, 혹은 고위관료들이 7년에 한 번 완전히 쉬는 해를 안식년이라고 칭하기도 하였으며 스포츠 업계에서는 팀을 리빌딩하기 위해 해당 시즌의 성적을 내려놓는 것을 안식년이라고 부르기도 하였으니까.

그러니까 오랫동안 열심히 일한 어떤 집단이나 사람이 갑자기 모든 업무를 내려놓고 1년 동안 푹 쉬는 해를 안식년이라고 관용적으로 지칭하게 된 것이다. 그래서 지금 우진의 이야기하는 '안식년'이라는 단어 또한, 같은 맥락이었다.

"안식년? 안식년을 갖겠다고?"

WJ 타워의 최상층.

우진의 부름으로 대표실에 모인 진태와 석현은 두 눈을 동그랗게 뜨고 똑같은 표정을 짓고 있었다.

　"말 그대로야, 형. 딱 1년. 아니 1년까지는 안 걸릴지도 모르겠네."

　우진의 대답에 이번에는 석현이 물었다.

　"갑자기 안식년이라니 대체 이유가 뭐야?"

　우진이 대답하려는 찰나, 진태가 대신 말했다.

　"이유야 당연히 쉬고 싶은 거겠지."

　"음….

　"솔직히 우진이, 지난 몇 년 동안 쉬어본 적이 없잖아?"

　"그렇기는 한데….

　말을 흐리는 석현을 잠시 응시한 진태가 다시 우진을 보며 말했다.

　"그래서 네가 쉬겠다는 부분에 대해서 난 찬성이야. 사람이 쉴 때도 있어야 또 일도 하니까."

　"그래?"

　우진이 웃으며 반문하자, 진태의 말이 다시 이어졌다.

　"하지만 안식년은 너무 극단적이지 않아?"

　"음….

　"일단 일이 주 아니, 한 달 정도만 쉬고 돌아오는 건 어때? 지금 당장 네가 너무 오래 자리를 비우면 사이드 이펙트가 분명히 여기저기 생길 거야."

　진태가 말하는 사이드 이펙트란, 예상하지 못했던 어떤 문제들을 포괄적으로 의미하는 것이었다. 지난 5개월 동안 WJ 스튜디오는 체질 개선을 했고, 그 덕에 우진이 맡고 있던 일들 중 많은 부분이 다른 경영진들에게 분배되었지만 그래도 이제까지 우진의 역할이 워낙 컸던 회사인 만큼 우진이 아예 1년이라는 시간을 비운다고 생각하면 무슨 문제가 생길지 모르는 것이다.

"혹시… 번아웃이라도 온 건 아니지?"

걱정스런 표정으로 묻는 석현을 향해 우진은 고개를 절레절레 저으며 대답했다.

"그런 거 아니야."

이어서 진태를 응시한 우진이 다시 천천히 입을 열었다.

"그리고 형도, 좀 잘못 생각한 부분이 있어."

우진의 말이 의외였는지, 진태가 의아한 표정으로 반문하였다.

"내가 잘못… 생각한 부분?"

"그래."

"그게 뭔데?"

"난 단순히 쉬고 싶어서 안식년을 갖겠다는 게 아니거든."

"음…?"

"물론 쉬어야 한다는 생각도 있어. 하지만 나 알잖아. 그냥 쉬기만 해서는, 아마 한 달이면 좀이 쑤셔서 회사로 뛰어나올걸?"

우진의 이야기에, 뭔가 이야기를 꺼내려던 진태가 다시 입을 다물었다. 1년이나 되는 긴 시간 동안 우진이 자리를 비우는 것에 대해서는 여전히 부정적이었지만, 그가 어떤 생각을 하고 있는 건지 일단 들어보고 싶었던 것이다.

'그래. 우진이만큼 생각이 깊은 사람도 없지.'

그것은 석현도 마찬가지였고, 그래서 장내에는 다시 침묵이 흘렸다. 하여 잠시 후, 우진이 다시 입을 열었다.

"회사는 계속 성장하고 있고 대부분의 일들이 전부 잘 풀리고 있어. 그렇지?"
"그런데?"
"하지만 언제부턴지 난 제자리걸음을 하는 기분이었어."

우진의 이야기가 이어지면 이어질수록, 진태와 석현의 표정은 시시각각 변할 수밖에 없었다. 오늘 우진은 두 사람이 전혀 생각조차 해보지 못한 이야기를 계속 꺼내고 있었으니 말이다.

"그래서 좀 다양한 경험을 해보고 싶어. 넉넉하게 1년 잡고, 여행을 다녀볼 생각이야."

진태와 석현은 '갑자기'라는 표현을 썼지만, 우진의 이러한 결정은 결코 갑작스레 이뤄진 것이 아니었다. 단순히 쉬고 싶다거나 여행을 가고 싶다는 생각에서부터 시작된, 즉흥적인 결정이 아니었던 것이다. 우진이 이런 생각을 처음 떠올렸던 계기는 바로 우진의 꿈, 서울에 가장 높고 가장 아름다운 건축을 하겠다는 그의 오래된 꿈에서부터 시작된 것이었으니 말이다.

'지금 내 손에서 만들어진 디자인이, 건축이… 정말 그렇게 아름다운 건축이 될 수 있을까?'
처음 우진이 이러한 꿈을 갖게 되었을 때, 그것은 막연히 가장 아름다운 건축을 해내야겠다는 꿈일 뿐이었다. 꿈을 구체화시킬 수 있는 경험도 역량도 전혀 갖지 못했을 때였으니 당연했다. 하지만 우진은 성장했고, 그 꿈에 조금씩 가까워지기 시작했다. 하여 꿈에 가까워지면 가까워질수록, 우진은 자연스레 이러한 의문을 가질 수밖에 없었다.

정말 그런 건축을 시도할 수 있는 기회가 왔을 때, 나는 과연 꿈을 이뤘다는 말을 할 수 있을 정도로 아름다운 건물을 지어낼 수 있을 것인가?

그 의문은 한동안 우진의 머릿속을 맴돌았고, 우진은 그에 대한 답을 찾아내지 못했다. 이것이 우진이 안식년을 가져야겠다고 마음먹게 된, 가장 결정적인 계기였다. 매일 회사 일에 묻혀 하루하루를 보내다가는 이 의문에 대한 답을 결코 찾을 수 없을 것 같았으니 말이다.

'더 넓은 세상을 보고 와야겠어. 세상의 모든 건축과 공간들을 경험하다 보면, 어느 정도 해답을 찾을 수 있지 않을까?'

물론 우진이 정말 세계에서 가장 아름다운 건축을 지어내겠다고 생각하는 것은 아니다. 그것은 그 어떤 건축 디자이너도 입에 담을 수 없는, 오만에 가까운 이야기라고 생각했으니까. 다만 우진이 말하는 그 '가장 아름다운 건축'이라는 말은, '우진 본인이 해낼 수 있는 가장 아름다운'을 의미하는 것이었다. 그러니까 우진은 지금 본인이 가지고 있는 디자인 역량에, 아직 더 성장시킬 수 있는 여지가 남아있다고 생각한 것이다.

"그렇다고 당장 내일 떠나겠단 얘긴 당연히 아니야."

우진의 말에, 석현과 진태가 동시에 되물었다.

"그럼?"

"그럼 언젠데?"

피식 웃은 우진이 잠시 생각에 잠겼다.

"일단 이번 달 인사이동 다 끝나야 하고 부서별 인수인계도 전부 마무리돼야 하고….''

이어서 탁자 위의 달력을 몇 장 넘겨본 우진이 다시 입을 열었다.

"넉넉잡고 한 가을쯤 되지 않을까? 그쯤이면 충분히 정리될 것 같은데."

우진의 이야기가 끝나자, 잠시 침묵이 이어졌다. 우진의 결심이 생각보다 더 확고했기 때문에, 진태나 석현도 더 이상 반대할 수 없었던 것이다.

먼저 입을 연 것은 석현이었다.

"그럼, 다른 직원들에게도 전부 얘기할 거야?"

우진이 고개를 저었다.

"그건 아냐. 일단 한동안은 비밀."

"하긴, 괜히 얘기 다 해두면 인사이동 중에 회사 분위기만 어수선해지겠네."

"맞아, 그러니까 꼭 두 사람만 알고 있어야 돼."

진태가 대답했고,

"그래, 알겠다."

우진은 다시 한번 강조했다.

"특히 오늘부터 출근하실 박 상무님 아니, 박경완 이사님께는 절대 비밀이야."

우진의 당부에, 석현이 의아한 표정으로 물었다.

"왜? 그분은 너랑도 엄청 가깝지 않아? 이사진 정도는 알고 있어도 된다고 생각했는데…."

그리고 그 질문에, 우진은 아주 명료한 답을 내놓았다.

"기껏 꼬셔서 데려온 사람, 바로 도망가게 할 일 있어?"

"…?"

"내가 하던 일, 제일 많이 가져갈 사람이 아마 박경완 이사님일 텐데…."

"아…!"

"그러니까 인계 다 끝나고 업무 정리될 때까지는 절대로 비밀이야. 알겠지?"

우진의 당부에, 두 사람이 다시 한번 고개를 끄덕였다.

"알겠다."

"그렇게 할게."

———— * ————

5월의 인사이동은 무사히 마무리되었고, 금세 6월, 7월도 지나 무더운 여름이 되었다. 그리고 이 3개월 동안, 우진은 최대한 많은 일들을 하려고 노력하였다. 회사의 구조개편으로 인해 많은 부분을 내려놓을 수 있게 된 우진이었지만, 그래도 직접 진행 중이던 몇몇 프로젝트는 깔끔하게 봉합할 필요가 있었으니 말이다.

특히 우진이 가장 많이 신경 써야 했던 사업장은 아르코가 처음 지어질 청담동 사업장과 마곡 컨벤션 센터 사업장이었다. 두 사업장 모두 이제 시작단계였기 때문에, 디자인을 총괄했던 우진의 손이 가장 많이 필요했으니까.

"실장님, 이번 주 내로 설계 변경안 픽스 좀 해주세요."

"기존 디자인이랑 꽤 많이 달라지게 될 텐데, 요구사항을 다 들어줄 수는 없지 않겠어요?"

"LTK 사업부에서 양해를 구해왔어요. 업무시설 입주 예정기업의 요청이라고…."

"으음…."

"들어보니 어느 정도 일리 있긴 하더라고요. 최대한 그쪽 요구에 맞춰서 변경안 뽑아주세요."

"알겠습니다, 대표님."

"대신 D섹터 외에 다른 파트는 절대로 건드시면 안 됩니다."

"그럴게요."

특히 이번에 새로 영입하게 된 민선과 경완이 각 사업장의 헤드를 맡았기 때문에 더 신경이 많이 간 것도 있었다.

"이사님, 공사 일정 잘 맞춰지고 있죠?"

"예, 대표님. 사실 청담 아르코가 그렇게 큰 사업장은 아니라, 변수가 많지는 않습니다."

"둘이 있을 때는 말 편하게 해요, 이사님."

"호호, 회사 안에선 그럴 수 없습니다, 대표님. 다른 직원들 보기에 별로 좋은 그림이 아니잖습니까?"

"쩝, 이사님 존대는 어떻게 아직도 어색하네."

경완과 민선은 우진이 기대했던 것 이상으로 훌륭히 회사에 적응하고 있었다. 둘 모두 털털한 성격에 커리어나 능력이나 확실한 사람들이었으니, 기존 직원들과 큰 트러블 없이 금세 WJ 스튜디오에 동화된 것이다. 일도 당연히 잘했다.

민선의 경우는 맡은 일 자체가 처음 시작부터 본인이 참여했던 프로젝트였기에 업무 위화감조차 전혀 없었으며, 경완도 천웅에서 항상 해왔던 현장 관리부터 업무를 시작하였으니 못할 리가 없었다. 그래서 8월의 어느 날, 우진은 드디어 경완에게 폭탄선언을 하였다.

"대표님, 평창 아르코 부지 매입 끝났답니다. 내일 제가 실사 다녀올 거고… 다음 달 초쯤에 미팅 잡을까 하는데, 괜찮겠지요?"

"다음 달은 안 돼요, 이사님."

"예? 이번 달은 이제 다음 주밖에 안 남았는데…."

"저, 다음 달부터 일 년 쉬어요."

"일 년 쉬시면… 잠깐, 뭐…라고요?"

"저 일 년 동안 쉬고 올 거라고요."

"그게 무슨…."

"안식년 아시죠, 이사님?"

"…."

"저 없는 동안, 잘 좀 부탁드립니다."

별것 아니라는 듯 툭 던지는 우진의 말에 경완은 잠시 패닉 상태에 빠졌다. 그리고 잠시 후 그의 입에서 터져 나온 건 우진이 오랜만에 듣는 걸쭉한 목소리였다.

266

"야 이 씨, 대체 그게 무슨 개 뻑다구 같은 소리야?"

— * —

배신감으로 가득한 경완의 분노를 달래는 건 결코 쉬운 일이 아니었다.

"아니, 서우진."
"네, 이사님."
"분명히 네가 그랬지?"
"뭐라고요?"
"아주 '특별한' 프로젝트를 해야 한다며?"
"…."
"젠장."
"그 특별한 프로젝트를 위한, 준비 기간이라고 생각해주심 안 되겠습니까?"
"후…."

걸으로 티 내진 않았지만, 경완은 사실 WJ 스튜디오에 적응하는 데 꽤 시간이 걸렸다. 천웅과 WJ 스튜디오는 분명 같은 업계의 기업이었지만 사내문화나 업무 방식은 완전히 천차만별이었으니 말이다. 다소 경직되어 있던 천웅에 비해 훨씬 자유분방하고 유연한 WJ 스튜디오의 방식은 천웅에서 십 년이 넘게 일한 경완에게 어색할 수밖에 없었고, 그래서 지난 몇 달간 일 자체는 잘해냈을지 몰라도 업무 프로세스에 적응한다고 애를 좀 먹었던 것. 그래서 경완이 WJ 스튜디오의 업무에 완벽히 적응한 것은 정말 최근의 일이었다. 그러니까 이제야 슬슬 일에 재미를 붙여가고 있었던 것이다. 한데 이런 상황에서 갑자기 우진이 안식년을 갖겠다고 하니, 맥이 빠지는 건 너무 당연한 수순이라고 할 수 있었다.

"아마도… 저도 처음부터 이러려던 건 아니었을 겁니다."
"개소리."
"맞아요, 사실 그래서 이사님이 필요했어요."
"…."
"딱 1년만 좀 부탁드릴게요. 저 좀 도와줘요…."

그리고 그런 경완의 마음을 충분히 이해하는 우진은 최대한 열심히 그를 설득하였다. 그 설득의 요지는 하나였다. 지금 우진이 일 년 동안 세상을 돌아보고 오는 것이, WJ 스튜디오의 미래를 위해 얼마나 필요하고 중요한 일인지에 대해 설명한 것이다. 하여 우진의 이야기를 전부 다 들은 경완은 이렇게 얘기하였다.

"서우진, 내가 지금 가장 걱정되는 게 뭔지 알아?"
"음…."
"네가 없는 1년 동안의 일이 걱정되는 게 아냐."
"그럼 뭔데요?"
"내가 걱정되는 건, 1년 뒤야."
"네?"
"사람은 참 간사해서, 한번 나태해지면 다시 예전으로 돌아오기가 쉽지 않거든."

"음…."

"지금이야 1년 재충전하면 더 열심히 달릴 수 있을 거라고 생각하겠지만, 그게 참, 쉽지 않아."

그리고 경완의 이야기를 듣던 우진은 웃을 수밖에 없었다.

"제가 은퇴해버릴까 봐 걱정하시는 거예요, 지금?"

"뭐, 비슷하지. 사실 넌, 지금부터 일 안 하고 놀고먹어도 평생 먹고살 만큼 벌어 뒀잖아?"

"그래서요?"

"지금 상황에서 1년쯤 쉬다 보면, 다시 돌아오고 싶다는 생각이 사라질지도 모른다는 거야."

경완은 진심으로 걱정된다는 표정이었지만, 우진은 웃음을 터뜨리고 말았다.

"하하하."

"왜 웃냐?"

어찌 보면 충분히 일리 있는 걱정이긴 했지만, 우진의 입장에선 말도 안 되는 걱정이었으니까.

"아니, 이사님. 너무하신 것 아닙니까?"

"너무하긴 네가 너무하지, 내가 뭘 너무해."

"이사님은 제 나이가 몇 살로 보이십니까?"

"뭐? 갑자기 그게 무슨…."

예상 못 했던 우진의 질문에 경완은 움찔하였고, 우진의 말이 다시 이어졌다.

"저 이제 스물여섯이에요. 89년생한테 은퇴라니요."

"음…."

"일 년 쉬고 와봐야 스물일곱이고요."

"…."

"이사님은 스물일곱에, 은퇴 생각하는 사람 보셨어요?"

"흠, 크흠."

오랜 시간 우진과 함께 일하면서, 워낙 하는 행동이나 사고방식이 경완의 동년배 같았으니, 자연스레 자신의 관점에 맞춰 우진의 상황에 대한 생각을 했던 것이다.

'생각해보니 그러네. 서우진이… 아직도 20대였지.'

그러면서 새삼 드는 생각은, 지금 눈앞에 있는 이 이십 대의 위대함이었다. 대체 어떤 재능을 타고나야 이십 대에 이만큼을 이룰 수 있는 건지, 원래도 알고 있던 사실이 새삼 더 피부에 와닿은 것이다.

'난 스물일곱에 뭘 했더라… 신입사원이었던가.'

그런 생각을 하던 경완은 피식 실소를 흘렸다. 이어서 결국 고개를 끄덕일 수밖에 없었다.

"젠장. 그래, 알겠다. 하고 싶은 대로 해봐."

"흐흐, 이해해줘서 고마워요, 이사님."

"대신, 일 년 지날 때까지 안 오면 나도 사표 낸다. 알지?"

"걱정 마시죠. 1년 넘는 일은 절대 없을 겁니다."

경완에게 안식년에 대한 이야기를 한 이후로, 우진은 하나둘 다른 직원들에게도 통보하였다. 다른 직원들 또한 다들 당황했지만,

당연히 경완만큼 격한 반응을 보이는 사람은 없었다.

"그래, 대표님 좀 쉬실 때도 되셨지. 진짜 고생 많이 하셨는데."

"그러니까요. 이번 기회에 푹 쉬고 오셨으면 좋겠네요."

"와, 대표님 부럽네요. 1년 안식년이라니. 1년 동안 아예 쉬시는 거죠?"

"너도 1년 쉴래?"

"넵?"

"사표 내면 1년이 아니라 몇 년 더 쉴 수 있는데."

"헤헤, 팀장님. 그건 아니고요…."

경완은 9월 초로 잡겠다던 평창동 아르코의 시행사 미팅을 결국 8월 마지막 주로 당겨 잡았다. 우진은 최선을 다해 미팅을 준비했고 결국 평창동 아르코의 사업 시행을 확정 지을 수 있었다. 아르코의 운영팀은 두 번째 아르코 하우스의 확정을 고객들에게 알렸고, 반응은 폭발적이었다.

총 100세대 정도로 구성된 규모의 숲세권 프리미엄 타운하우스는 청담 아르코 못지않은 매력을 VVIP들에게 어필할 수 있었던 것이다. 그리고 평창동 아르코 프로젝트 세팅을 마지막으로, 우진은 2014년 모든 업무를 마무리 지었다.

— * —

8월이 지나고 9월이 왔다. 그리고 더위도 제대로 가시지 않은 9월 초의 어느 날, 우진은 집을 나서 인천공항으로 향했다.

"아들, 늦은 거 아니야?"

"안 늦었어요, 걱정 마세요."

"몇 시 비행긴데?"

"가면 대충 맞을 시간이에요, 걱정 마시라니까요?"

"그래도 넉넉히 다녀야지, 넉넉히. 비행기가 버스도 아니고, 한 번 놓치면 끝 아니야?"

"알겠어요, 빨리 준비할게요."

"짐은 다 싼 거 맞아?"

"네, 맞는데요?"

"세계여행 한다면서, 이렇게 작은 배낭 하나로 돼?"

"필요한 건 사서 쓰죠, 뭐."

"우진이 너… 여행 가는 건 맞지?"

"그렇다니까요."

어머니의 잔소리를 뒤로한 채 운전대를 잡은 우진은 곧바로 인천국제공항으로 향했다. 오랜만에 들은 어머니의 잔소리에 오전 내내 귀가 따가웠지만, 우진의 표정은 밝기 그지없었다.

'역시 이번 안식년은 정말 잘한 선택이었어.'

사실 조금 급한 감도 있었다. 우진이 쥐고 있던 모든 업무를 반년 만에 분배하고 인계하는 것은, 결코 쉬운 일이 아니었으니까. 그럼에도 우진이 결심을 밀어붙인 이유는 이번이 아니면 다시는 이런 기회가 오지 않을 것 같아서였다. 굵직굵직한 프로젝트가 마무리되고 회사가 전반적으로 개편되는 이런 시점은, 회사가 커질수록 다시 오긴 힘들 터였다.

부우웅-!

고속도로를 탄 우진이 가속페달을 밟자 차가 시원하게 달리기 시작했다. 평일 업무시간이라 그런지 도로는 한적하기 그지없었고, 더위가 살짝 가신 날씨는 무척이나 화창하였다. 한두 시간 운전 끝에 인천국제공항에 도착한 우진은 차를 대고 곧바로 게이트로 향했다. 우진의 걸음에는 망설임이 없었다. 지금이 몇 신지, 비행기가 뜨기까지 몇 분이 남았는지, 그런 것은 확인할 필요도 없었다.

"안녕하세요."

"엇…! 혹시, 서우진 씨…?"

"아, 하하. 맞습니다."

"우왓! 팬이에요!"

"감사합니다."

"혹시, 사인 한 장 부탁드려도…."

"그야 뭐, 어렵지 않죠."

우진은 아직 항공권 발권조차 하지 않은 상태였으니까.

"혹시, 지금 발권 가능한 국제선 중에 가장 빠른 시간대에 어떤 비행기가 있을까요?"

"네…? 그게 무슨 말씀이신지…?"

"말 그대로예요. 가장 빠르게 출국할 수 있는 비행기를 찾고 있거든요."

"잠…시만요. 검색 한번 해볼게요."

세계여행을 나선 우진에게는 단 한 가지 계획만이 있을 뿐이었다. 가보지 못한 나라에 도착해서 가보지 못한 건축과 공간을 경험해보겠다는 것. 그곳이 어디든 상관없었다. 아니, 조금은 상관이 있는 것 같기도 했다.

　"가장 빠른 건 3시 13분 비행기네요."
　"어디로 가는 비행기죠?"
　"볼레 국제공항이요."
　"볼레…요?"
　"에티오피아 아디스아바바에 있는 국제공항이에요. 지금 인천에서 아프리카로 갈 수 있는 하나뿐인 직항 티켓이죠."
　"으, 으흠…."

　어디든 괜찮다고 생각했지만, 아프리카는 아직 마음의 준비가 조금 필요했던 우진.
　"그럼 그다음으로 빠른 티켓은요?"
　"홍콩 국제공항이네요."
　"오…!"
　"시간은 3시 42분…."
　"그 비행기로 할게요."
　그렇게 우진의 첫 번째 행선지는 홍콩으로 정해졌다.
　"퍼스트 클래스밖에 자리가 없는데, 괜찮아요?"
　"상관없어요."
　"그럼 지금 바로 발권을 진행하시려면…."

274

홍콩행 항공권을 발권받은 우진은 콧노래를 흥얼거리며 스마트폰을 열었다.

'홍콩이라면 첫 번째 여행지로 아주 괜찮지. 아프리카는… 그래, 내년 즈음해서 가봐야겠어.'

행선지가 정해지자 공항에서 가장 가까운 숙소를 예약하였고, 그제야 행선지에 대한 조사를 시작하였다. 그리고 우진이 스마트폰을 두들기는 사이, 출국 게이트가 오픈되었다.

'이거, 은근히 떨리는데?'

설레는 마음을 안고 걸음을 옮긴 우진은 승무원의 안내에 따라 비행기에 올랐다. 난생처음 타보는 퍼스트 클래스의 전경은 우진의 설레는 마음을 더욱 들뜨게 만들었다.

'보니까 비행시간 네 시간도 채 안 되는 것 같던데… 퍼스트 클래스 좀 아쉽긴 하네.'

좌석에 몸을 누이고 주변을 둘러보던 우진은 우측에 꽂혀있는 잡지들을 발견하였다. 홍콩 항공사의 비행기여서인지, 현지 문화나 관광 상품과 관련된 잡지들이 꽤 많이 꽂혀있었다. 곧 도착할 도시에서 경험하게 될 것들이라고 생각하니 시답잖은 부분들까지도 무척이나 흥미롭게 느껴졌고, 그사이 비행기는 천천히 이륙하기 시작하였다.

부우우웅-!

이어서 커다란 엔진소리와 함께, 이륙을 알리는 안내음이 스피커를 통해 흘러나오기 시작하였다.

[Ladies, and Gentlemen.]

[The captain has turned off the seatbelt sign···]

[··· you must keep your belt fastened while seated. Thank you.]

기장의 목소리에 이제 실감이 나는 것인지, 우진의 심장박동은 더욱 빨라지기 시작하였다. 지금 우진이 느끼는 설렘은 처음 K대학교의 오리엔테이션으로 향하던 지하철에서 느꼈던 감정과 비슷할 정도였다. 창밖으로 점점 멀어지는 인천국제공항의 전경을 내려다보며, 우진은 한 가지 다짐을 하였다.

'최대한 많이 보고, 많이 듣고··· 많은 것들을 경험하고 돌아와야지.'

정확히 얼마가 걸릴지 모르는 이 여행의 끝에서는 서우진이라는 사람이 할 수 있는 최선의 건축을 그려내리라고 말이다.

— * —

세상에는 수많은 건축이 있다. 그 건축을 디자인한 수많은 건축가가 있으며, 그 건물들이 지어진 다양한 공간들이 있다. 그리고 우진이 경험하고 싶은 것은 그 모든 것이었다. 꼭 멋진 건축과 아름다운 공간이 아니어도 괜찮았다.

공간을 설계한 사람의 생각과 의도, 혹은 그 공간이 만들어질 수 있었던 사회·문화적 환경. 그런 것들이 녹아있는 공간이라면 어디든 경험하고 공감하고 싶었으니까. 그래서 우진이 가장 먼저 도착한 곳은 홍콩의 구룡성채(Kowloon Walled City)였다.

20세기의 마지막 무법지대라고 불렸던 구룡성채. 정확히는 그 구룡성채가 과거에 자리했던 구룡성채공원(까우룽짜이씽공원, Kowloon Walled City Park)이 우진의 첫 번째 행선지가 된 것이다.

'여기 이 자리에, 그 낡고 빼곡한 건물의 숲이 존재했었다는 거지.'

구룡성채는 수많은 대중문화에 영향을 줬을 정도로 특이하고 기형적인 시대상과 문화를 반영한 건축공간이었다. 본래 청나라가 홍콩의 영국군을 감시하고 막기 위해 사용하던 요새였지만, 2차 아편전쟁 이후 구룡반도까지 영국의 소유로 넘어가면서 유일하게 중국의 소유로 고립돼버렸던 지역.

고립된 탓에 청나라에서도 결국 관리를 포기했던 지역이 구룡성채였고, 덕분에 치안권이 붕 떠버린 이곳은 치외법권이 됐었다. 법과 공권력의 힘이 닿지 않는 무법지대가 된 것이다. 과거 구룡성채의 이미지가 떠올라있는 스마트폰을 보며, 우진은 현재의 아름다운 조경이 꾸며져있는 구룡성채공원에 들어섰다. 이어서 우진의 입에서, 자연스레 탄성이 새어 나왔다.

'여기가 한때 홍콩의 마굴이라고 불렸던 곳이라니.'

구룡성채 공원은 마치 중화권의 호화 저택 정원을 연상케 하는 장소였다. 지저귀는 새소리를 듣고 있노라면, 마음이 평온해질 정도로 평화롭고 아름다운 공원이었던 것이다. 우진은 이 녹빛의 공간도 마음에 들었지만 이보다는 과거 구룡성채의 흔적에 더 관심이 많았고, 그래서 공원 안쪽에 있는 박물관에 들어섰다. 그리고 그곳에서, 과거 구룡성채라는 특이한 공간을 간접적으로 경험하기 시작하였다.

'이런 곳에 사람이 살았다니….'

　20세기 중국은 혼란했다. 중일전쟁부터 시작하여 세계 2차대전, 마오쩌둥의 대약진운동 등 혼란스런 사회 정세로 인해, 수많은 난민들이 양산되는 시기였던 것이다. 갈 곳 잃은 수많은 난민들은 치외법권인 이 구룡성채로 몰려들기 시작했고, 고작 잠실야구장 정도 넓이밖에 되지 않는 이 공간에는 거의 5만여 명의 주민이 생활했다고 한다.

　공간은 좁은데 사람은 많아지고 법이라는 것이 존재하지 않다 보니, 무분별한 증축과 개축이 끝없이 이뤄졌다. 일조권 같은 개념은 당연히 누구도 고려하지 않았으며, 건물이 무너져도 책임질 필요가 없었다. 그러니까 어떤 제약이나 규율도 없이, 오로지 '필요'에 의해서만 지어졌던 기형적인 건축공간이 바로 구룡성채였던 것이다.

　우진이 이곳을 간접적으로라도 꼭 경험해보고 싶었던 이유가 여기에 있었다. 과거 수십 년에 걸쳐 마치 생물처럼 진화했던 이 기형적이고 특이한 공간은 이곳 홍콩에서만 경험할 수 있는 공간이었으니 말이다. 말 그대로 완전한 무계획도시.

　우진은 어쩌면 구룡성채야말로 자연의 건축에 가장 가깝지 않나 하는 생각도 하였다. 박물관 안에 재현돼있는 과거 구룡성채의 축소 모형을 살피며, 우진은 가방에서 작은 노트를 꺼내었다. 그리고 하얀 백지 위에, 펜대를 놀리기 시작하였다.

　'이 완전한 불규칙 안에도 분명히 어떤 조형성이 담겨있어. 정해진 규칙은 없었겠지만, 이곳에 몰려든 사람들에게는 전부 공통점

이 있었고… 때문에 그들에게는 공통적인 필요와 공통적인 제약
이 존재했을 테니까.'

　모형 앞에 선 우진은 시간 가는 줄 모르고 펜대를 놀렸다. 그리고
잠시 후 그의 스케치에 윤곽이 잡히기 시작했을 때,
　우우웅-
　우진도 모르는 사이 펜대를 따라 희미한 금빛 아지랑이가 피어
오르고 있었다.

— * —

　사람의 역량은 능력과 경험에 비례하여 확장된다. 같은 경험을
해도 능력치에 따라 얻어낼 수 있는 것들의 범위는 천차만별이며,
반대로 같은 능력이 있는 사람이라도 경험의 크기에 따라 비교 불
가능할 정도의 역량 차이가 나기도 하니 말이다.
　그런 의미에서 회귀 후 우진의 역량은 전생의 우진과 비교도 할
수 없을 정도로 뛰어난 게 당연했다. 분명 전생의 우진과 지금의
우진은 같은 능력치를 가진 사람이었지만, 경험의 깊이와 폭이 달
랐기에 이만큼 성장을 이뤄낼 수 있었으니까.
　가진바 경험에 전생의 세월이 녹아있는 깊이가 있었기에 같은
상황에서 더 많은 것들을 얻어나갈 수 있었고, 그렇게 우진은 지난
4년 동안 성장하고 성장하여 지금 이 자리에 서게 되었다. 지금 국
내에서 '서우진'이라는 이름 앞에는, 다음과 같은 수식어가 당연하
게 붙을 정도였으니까.

[국내 최고의 스타 디자이너]

[21세기 가장 성공한 20대 청년 사업가]

하지만 우진이 빠르게 성장하는 만큼, 그가 전생을 통해 쌓은 경험이라는 소스는 빠르게 소진될 수밖에 없었다. 그래서 우진의 이 안식년은 다 떨어져가는 경험이라는 소스를 다시 가득 채워내기 위한 과정이었다. 특히 사업적인 측면보다는, 디자인적인 측면에서 말이다.

"여기가 바로 HSBC 홍콩 본점 건물입니다, 서우진 대표님."

"와우. 그러니까 이게, 70년대에 디자인된 건축물이라는 거네요."

"그렇습니다. 아마 저보다 훨씬 잘 아시겠지만… 영국 최고의 건축가 노먼 포스터의 작품이지요."

"내부가 완전히 뻥 뚫려있군요?"

"하하, 저는 건축 전문가는 아니라서, 공간이 멋있다는 표현밖에는 하지 못하겠네요."

"내부에 하중 지지를 위해 설치된 구조물이 거의 없네요. 조명도 거의 자연채광을 이용했고…."

"이거, 제가 가이드 비용을 받는 게 민망해지는군요."

"아트리움 바닥을 거대한 거울로 만들어서, 건물 전체에 자연채광이 가능하도록 했군요."

가이드를 비롯해 현지에서 만나게 된 한국인들은 대부분 우진의 얼굴을 알고 있었고 친절했다. 그래서 여행은 우진이 생각했던 것보다도 훨씬 더 편했다.

"오…! 이 건물은 외관이 진짜 특이하군요?"
"리포센터(Lippo Center)라는 건물입니다. 외관이 마치 코알라가 매달려있는 것 같다고 해서 코알라 건물로 불리기도 하죠."
"말씀 듣고 보니, 정말 코알라가 다닥다닥 매달려있는 느낌이 들기도 하네요."
"예일대 건축학과장까지 지내신 건축가 폴 마빈 루돌프(Paul Marvin Rudolph)의 디자인이라고 합니다."

홍콩에서 시작된 우진의 여행은, 정말 세계 각지로 뻗어 나가며 이어졌다. 홍콩 다음의 행선지는 중국. 중국은 영토 자체가 세계적으로도 가장 광활한 나라 중에 한 곳이었으며, 그만큼 다양한 건축과 공간이 존재하는 나라였다. 번쩍거리는 마천루가 즐비한 상하이 같은 도시도 있었으며, 자금성처럼 과거의 아름다운 유산이 보존돼있는 북경 같은 도시도 존재했으니까.

'크…! 여긴 그야말로 별천지네. 서울은 비교도 되지 않을 정도로 많은 마천루가 솟아있군.'
중국에 거의 한 달 넘게 머물었던 우진은 이번엔 대륙을 훌쩍 건너 유럽으로 향했다. 다양한 민족과 문화가 공존하는 대륙, 유럽. 우진은 수많은 나라들을 방문하며 그곳의 민족과 문화를 경험하였고, 그 나라의 감성과 시대상에 맞는 건축과 공간을 이해하기 위해 노력하였다.
건축이라는 것은 결국 인간의 삶과 그 어떤 요소보다 밀접한 관계를 가지고 있는 것이었기에 공간을 경험하고 건축을 공부하면서, 우진은 자연스레 많은 지식들을 쌓을 수 있게 되었다.

'고대 로마에서는 대체 어떻게 이런 규모의 건축을 할 수 있었던 걸까? 당시 기술력으로 이런 수준의 건축이 가능했다니…'

물론 그렇다고 해서, 우진이 건축물만 보러 다닌 것은 또 아니었다. 유럽에는 우진도 인맥이 제법 있었으니 말이다. 브루노와 마테오 등의 스페인 건축가 인맥들을 비롯하여, 건축 컨퍼런스에서 알게 됐던 다양한 유럽의 건축가들까지.

"오, 우진! 스페인에서 우진을 다시 보게 될 줄이야."
"하하, 마테오. 잘 지내셨지요?"
"나야 잘 지냈지. 무척이나 바쁘다고 들었는데, 스페인에는 어쩐 일로 온 거야?"
"하던 일들 일부 좀 정리하고, 1년 안식년을 갖게 됐어요."
"와우, 안식년이라니. 멋지군."

그런 인맥들과의 만남은, 우진의 경험을 더욱 깊이 있게 가득 채워줄 수 있었다.
"그나저나 마테오, 혹시 오늘은 올라스 페로시스(Olas feroces)를 제가 볼 수 있을까요?"
"물론일세. 그렇지 않아도 내가 먼저 이야기하려 했어."
"하하, 감사합니다."
"사실 올라스 페로시스가 완공되면, 누구보다도 자네를 가장 먼저 부르고 싶었다네."

"영광입니다."

"영광이라니. 자네가 아니었다면 탄생할 수 없던 건축물 아니겠는가."

　

스페인에서는 2011년 말, 우진이 디자인에 참여했던 신축 산 마메스 구장 '올라스 페로시스'의 현장에도 가볼 수 있었다. 아직 완공상태는 아니었지만, 윤곽이 거의 완성되어 아름다운 자태를 뽐내는 멋들어진 경기장의 모습. 현장을 둘러보며 우진은 벅찬 감정을 또 느낄 수 있었다.

물론 올라스 페로시스를 대부분 디자인한 것은 마테오였지만, 우진의 지분이 적지 않은 건축물이 지구 반대편 스페인 땅에 이렇게 멋지게 들어서게 된 것이었으니 말이다.

'이렇게 멋지게 지어지고 있다니. 역시 마테오는 대단해.'

　

영국에 갔을 때는, 컨퍼런스 장소였던 AA스쿨에도 들렀다. 무려 2011년 당시에는 우진과 날을 세웠던 건축가 에단의 초대를 받아서 말이다. 에단의 요청으로 세계 최고의 건축학교 AA스쿨의 학생들 앞에서 짧게 강연도 하였다. 강연이라기보단 건축에 대한 이야기를 함께 나누는 시간이었지만, 그래서 더욱 즐겁고 보람찬 시간이 되었다.

'벌써 유럽에 온 지도 몇 달이 지났네.'

　

이렇게 다양한 경험들을 하며 우진이 즐거운 나날을 보내는 사이, 시간은 훌쩍훌쩍 지나갔고 해는 또다시 바뀌었다. 2014년을 맞이한 게 엊그제 같았건만 어느새 2015년이 되었고, 우진의 안식년도 절반이 순식간에 지나가버린 것이다.

봄에는 어머니를 모셔 와서 한 달 정도 함께 여행을 하기도 하였다. 최대한 많은 건축과 공간을 경험하기 위해 하루에도 몇 번씩 이동하던 여행 초기와 달리, 이제는 우진에게도 여유가 좀 더 생겼으니 말이다.

"아들 덕에 이렇게 유럽도 다 와보고… 고맙다, 내 아들."

"별말씀을요, 진즉에 이렇게 했어야 했는데…."

"한국에는 언제 다시 돌아올 거니?"

"이제 금방 돌아갈게요, 엄마."

"그래, 항상 조심하고…!"

어머니께서 한국으로 다시 돌아가신 뒤에는, 남쪽으로 건너가 아프리카에도 가보았다. 이제 어떤 건축을 꼭 봐야겠다는 강박 같은 것은 없었다. 하루하루 새로운 경험을 하는 것만으로도, 행복한 나날을 보내고 있는 우진이었으니까.

치안이 위험하다는 남미에도 이삼 주 정도를 머물렀다. 우유니 사막과 같은 경이로운 자연경관들은, 인간에 의해 만들어진 건축이 아니었음에도 우진에게 새로운 영감을 선사해주었다. 그리고 이렇게 시간이 지나, 우진의 마지막 행선지는 미국. 우진은 2015년의 초여름, 미국에 도착하였다.

'어쩌다 보니 미국을 마지막에 왔네. 남은 시간은 여기서 여유롭게 보내다 돌아가야겠어.'

2015년 8월의 어느 날, 뉴욕의 존 F. 케네디국제공항에 도착한 우진은 게이트에서 1년 전과 같은 질문을 하였다.

"안녕하세요!"

"반갑습니다."

"혹시 지금 발권 가능한 국제선 중에 가장 빠른 시간대에 어떤 비행기가 있을까요?"

　그리고 그곳에서, 처음 그랬던 것처럼…

"가장 빠른 비행은, 5시 25분 비행이네요."

"어디로 가는 비행기죠?"

"한국의 인천국제공항이요."

　우진은 한국행 비행기 표를 끊을 수 있었다.

"그 비행기로 할게요."

돌아오다

따뜻한 햇볕이 내리쬐는 어느 가을의 오후. 육안으로 끝이 쉬이 보이지 않을 정도의 널찍한 공사장에서는 오늘도 쇳소리가 끊임 없이 울려 퍼지고 있었다. 하지만 공사장이라 해서 앙상한 뼈대들이 우뚝 솟아있으며 포클레인이 땅을 파고 있는 그런 건설현장은 아니었다.

이곳은 이미 완공 직전인 멋들어진 고층 건물들이, 그 아름다운 자태를 뽐내고 있는 준공 직전의 공사장이었으니까. 현장의 풍경은 그야말로 장관이었다. 한강변을 따라 시원하게 이어진 녹빛 풍경. 그와 자연스레 이어진 아름다운 공원의 전경. 그 뒤에 우뚝 솟아있는 멋진 커튼월 마감의 건축물들은, 그 예쁜 풍경들과 어우러지며 감탄스런 광경을 연출해내고 있었으니 말이다.

2015년 9월 1일 화요일. 강변북로 지하화 공사와 더불어 멋지게 건축된 성수 전략정비구역은 준공까지 이제 정확히 일주일을 남겨두고 있었다.

"아니, 지금 날짜가 며칠인데 아직도 문주 마감 공사가 안 끝났어?"

"거기! 빨리빨리 안 움직여? 일정 못 맞추면 니들이 나 대신 옷 벗을 거야?!"

그래서 현장은 더욱 분주하였다. 워낙 거대한 건설현장이다 보니 마감 공사에 신경 쓸 것은 한두 가지가 아니었고, 일주일밖에 남지 않은 준공기한을 맞추려면 조금이라도 더 부지런히 움직여야 했으니 말이다.

"소장님, 손님 오셨습니다."

"응? 누구?"

"WJ 스튜디오에 박경완 이사님이라고…."

"아, 박 이사님! 들어오시라고 해."

그리고 이 거대한 현장에서, WJ 스튜디오는 꽤 중요한 일을 맡고 있었다. 이 모든 건축설계를 담당한 설계사무소가 WJ 스튜디오였던 데다, 일부 내장공사까지도 WJ 스튜디오의 건설 파트에서 맡고 있었으니까.

게다가 성수 사업장은 워낙 사업 규모가 큰 탓에 여러 건설사가 동시에 들어와있는 컨소시엄 사업장이었고, 그래서 건설사 간의 조율 또한 WJ 스튜디오에서 전담하고 있었다. 상황이 이러하니 완공이 코앞으로 다가온 지금 WJ 스튜디오의 인력들은 바쁘게 뛰어다닐 수밖에 없는 것이다.

"오셨습니까, 이사님."

"하하, 소장님. 작업은 잘돼가십니까?"

"허허, 물론이지요. 조금 빠듯하기는 한데, 오늘까지 마감 작업은 다 끝낼 예정입니다."

"하자 없게 잘 좀 부탁드립니다."

"뭐, 일부 하자야 어쩔 수 없겠지만… 최대한 빡시게 작업해보겠습니다."

그것이 이사씩이나 되는 경완이 현장에 직접 나와 있는 이유였다.

"이사님! 스케줄 점검 끝났습니다!"

"고생했다, 형욱이."

"헤헤, 별말씀을요."

"특별한 문제는 없는 것 같지?"

"그런 것 같습니다."

"크, 여기 삽 뜬 게 엊그제 같은데…."

"그러고 보면 사업장 크기에 비해서 진짜 빨리 지었네요."

"그러게 말이다. 컨소라서 가능했겠지."

지하주차장에 가설된 현장사무소에서 나온 경완은, 직속 부하직원인 형욱과 함께 단지를 둘러보며 걷기 시작하였다. 그에게 이 성수 사업장은 꽤 의미 있는 곳이었다.

처음 공사가 시작됐을 때는 시공사 중 하나인 천웅건설의 상무로서 착공 날을 함께했던 사업장이었는데, 이렇게 준공이 다가오는 이 시점에는 전체 사업을 총괄하는 디자인·설계사인 WJ 스튜디오의 이사로 함께하게 됐으니 말이다. 이것은 업계에서 수십 년구른다 하여도, 결코 흔히 경험할 수 있는 일은 아니었다.

'진짜 멋지게 지어졌네. 서우진이가 말했던 것처럼 진짜 서울의 랜드마크가 되겠어.'

서울시의 아파트는 시의 도시계획 조례에 따라 최고층수가 35층으로 제한된다. 하지만 이 성수 전략정비구역은 '한강 르네상스 사업'의 일환으로 특례법에 따라 층수 제한이 50층까지 완화됐는데, 그 덕에 최고 49층으로 지어질 수 있었다.

게다가 2015년의 성수동은 고층 건물이 많지 않았기 때문에 더욱 돋보이는 건물이 될 수 있었던 것. 물론 외관 커튼월 룩 디자인에 우진의 패러매트릭 디자인기법이 적용되어, 서울 어디에도 없는 미래지향적인 비주얼을 가진 것도 크게 한몫했지만 말이다.

"크, 이사님."

"왜?"

"여기 조합원들은 정말 좋겠습니다."

"누구? 우리 대표님?"

"헉, 대표님 여기도 지분 있으세요?"

"그냥 있는 정도가 아닐걸? 펜트 한 채 받으시는 거로 아는데."

"네…? 펜트하우스요?"

"그래, 그 펜트하우스."

"와 씨, 저기 50층 펜트에 살면 어떤 기분일까…."

"나도 안 살아봐서 모른다."

형욱과 실없는 이야기를 하며 걸음을 옮기던 경완은 문득 한 사람의 얼굴을 떠올렸다. 경완을 업무 지옥으로 몰아 넣어두고는 홀연히 사라져버린 괘씸한 한 사람.

'그나저나 서우진이 이놈. 이제 올 때도 된 것 같은데….'

지나고 보니 순식간에 지나간 1년이었지만, 그래도 우진이 괘씸

한 건 마찬가지였다. 지난 1년 동안 정말 많은 일이 있었지만, 그중에서도 특히 우진 없이 연말정산을 하면서 받았던 고통은 상상 이상이었다.

'진짜 어떻게 하면 일 년 동안 돈을 이만큼이나 벌 수 있는 건지… 정산하다 보니 신기할 정도였지.'

장점도 있었다. 우진 없이 한 해를 보내다 보니, 경완은 강제로 WJ 스튜디오라는 회사의 모든 일들을 빠삭하게 체득할 수 있었으니까. 그 과정은 천웅건설의 상무로 있을 때와는 또 다른 경험이었고, 그래서 성장할 수 있었으니까. 물론 그렇다고 해도 다시는 하고 싶지 않은 경험이었다.

'이제 한 보름 정도 남은 건가? 서우진 이 자식, 늦기만 해봐.'

오랜만에 속으로 우진이 오길 벼른 경완은 툴툴거리며 차에 올라탔다. 하지만 그와 별개로 경완의 표정은 밝았다. 오전 내내 땀을 뻘뻘 흘리며 돌아다닌 덕에 성수 사업장의 점검을 마칠 수 있었고, 해서 중요한 오후 일정까지 조금 여유를 가질 수 있게 되었으니까.

"야, 김형욱이."

"옙, 이사님."

"JK증권 미팅, 너도 따라오냐?"

"헤헤, 당연하죠. 제가 이사님 옆이 아니면 어디에 있겠습니까."

"그럼 밥이나 먹고 움직이자."

"예썰!"

성수 사업장은 WJ 타워에서 차로 5분 거리였고, 그래서 일단 본사로 돌아온 두 사람은 수제비 칼국수 집에 들어와 앉았다. WJ 타워에 입점한 음식점들 중, 경완이 가장 좋아하는 가게. 경완은 이곳이 우진의 어머니가 영업하는 곳이라는 사실을 알았지만, 딱히 그 때문에 좋아하는 것은 아니었다. 그냥 경완의 아재 취향을 수제비 칼국수가 완벽히 저격했을 뿐이었다.

"크으…! 이 맛이지."

얼큰한 국물까지 싹싹 긁어먹자 경완은 한층 만족스런 표정이 되었다. 미팅은 네 시였고 아직 두 시간이나 남아있었으니, 천천히 프로젝트나 점검하며 카페에서 커피 한잔하면 딱이라고 생각했다.

'크음. 그나저나 오늘 미팅은 중요한데… 이런 큰 건 하나 따놔야 서우진이 왔을 때 생색 크게 내지.'

오늘 미팅 건은, 국제 금융회사인 JK증권의 한국지사 사옥 건설 건이었다. 사업장 규모가 엄청 크지는 않지만, 여의도 증권가의 금싸라기 부지였고, 그래서 남는 것도 많은 알짜배기 프로젝트.

'금융권 놈들, 겁나 까다롭게 굴 텐데….'

남은 깍두기 하나를 집어 먹으며 이런 생각을 하던 경완은 문득 스마트폰을 꺼내 들었다. 미팅에 가기 전에 기획팀으로부터 확인 받아야 할 부분이 하나 있었으니 말이다. 하지만 스마트폰을 집어 든 경완은 순간 당황한 표정이 될 수밖에 없었다.

지이잉-!

그가 집어 든 순간 스마트폰이 요란하게 진동하기 시작했고…

"뭐야? 기가 막히는 타이밍이네."

마침 전화를 걸어온 사람은 그가 전화하려 했던 기획실 실장이 었으니 말이다.

"어, 영준 씨. 그렇잖아도 전화하려 했는데."

[아, 무슨 일 있으십니까?]

"아니, 이따가 JK증권 미팅이잖아."

[네, 이사님.]

"그래서 요청할 자료가 좀 있어가지고, 준비해놓으라고 하려 했지. 나 형욱이랑 지금 올라가거든."

하지만 더욱 기가 막히는 일은, 다음 순간 벌어졌다.

[아, 이사님. JK미팅 관련 자료라면, 그러실 필요 없습니다.]

"응? 그게 무슨 말이야."

수화기 너머에서, 전혀 예상치 못했던 이야기가 흘러나오기 시작했으니 말이다.

[사실 제가 전화 드린 이유가, JK증권 미팅 취소된 것 때문이었거든요.]

"뭐? 그게 무슨 말이야? 취소라니?"

[방금 전에 담당자한테 연락이 왔어요.]

"뭐라고?"

[본사에서 업체 선정 이미 끝났다고, 프로젝트 미팅 전부 철회하라고 했다던데요?]

그리고 경완은 격분하기 시작하였다.

"뭐? 이런 십팔 색… 크레파스 같은 놈들이 다 있어?!"

[아니, 이사님. 잠깐 진정 좀 하시고….]

"아니, 진정하게 생겼어? 그거 프로젝트 때문에, 어? 설계팀 어제까지 야근하고, 어?"

[그러니까 이게….]

"아오, 오랜만에 열불 나네. 이럴 거였으면 최소 미팅 일주일 전에는 알려주든가!"

기획실장은 뭔가 얘기하려 했지만, 흥분한 경완의 목소리가 가라앉을 때까지 기다려야 했다.

그리고 잠시 후,

[다 화내신 거죠…?]

"아니, 담당자 번호 좀 줘봐. 내가 전화해서 따지기라도 해야겠으니까."

[….]

"걱정하지 마. 내가 설마 욕을 하겠냐?"

[그럼 뭐라고 따지실 건데요?]

"준비한 거 억울하잖아. 디자인 설계 피라도 받아내야지."

[음….]

"이 양아치 쉐키들, 국제 증권사라는 놈들이, 고 푼돈 쓰기 싫어서 미팅 직전에 프로젝트를 파토 내?"

드디어 흥분이 좀 가라앉은 경완을 향해 기획실장의 차분한 목소리가 이어졌다.

[일단, 그러실 필요 없습니다.]

"왜?"

[디자인 피는 어차피 받을 테니까요.]

"뭐? 그놈들이 그렇게 양심적인 놈들이라고?"

[아니, 양심적인 건 모르겠고, 당연히 줘야 하는 겁니다.]

"그치, 당연히 줘야 하는 거긴 한데…."

[그 본사에서 선정했다는 업체가 저희니까요.]

"뭐…라고?"

기획실장의 이야기에, 경완은 순간 말문이 막힐 수밖에 없었다. 일단 이 상황 전개 자체가 한 치 앞이 예측 불가능한 반전에 반전이었으며, 그와 동시에 경완의 상식으로는 이해할 수 없는 상황이었으니까.

'아니, 이건 또 무슨 시추에이션이야?'

JK금융그룹의 본사는 미국에 있다. 게다가 한국에 지사를 내는 것은 이번이 처음. 그러니까 WJ 스튜디오와는 전혀 연고가 없는 회사라는 말이다.

'본사에서 우릴 선정했다고? 대체 왜?'

의문점은 또 있다. 분명히 기획실장은 '선정됐다'고 말했으며, 그렇다는 말은 이미 확정됐다는 소린데, 정작 선정된 WJ 스튜디오는 전화를 받고 그걸 안다는 게 선후 관계가 절대로 성립할 수 없는 상황이었으니까.

"내가 잘못 들은 건 아니지?"

그래서 경완은 다시 물을 수밖에 없었고, 그에 기획실장이 웃으며 대답했다.

[네, 물론입니다. 제가 이런 중요한 얘길 가지고 이사님께 장난

치겠습니까?]

"그럼 그게 어떻게 가능한 거지?"

[예?]

"내가 승인을 아직 안 했는데, 어떻게 업체 선정이 끝났다고 연락이 올 수 있냐는 말이야."

우진이 없는 지금, 프로젝트 진행에 대한 대부분의 결정권은 경완이 갖고 있었다. 물론 다른 이사진과의 협의가 있어야 하지만, 도장을 찍는 건 결국 경완이라는 말이다. 그래서 경완의 의문은 당연한 것이었지만, 이에 대한 답은 생각보다 간단한 것이었다.

[어, 그래서 저도 담당자한테 물어봤는데….]

"그런데?"

[대표님이 직접 사인하셨대요.]

"뭐…라고?"

[저도 대체 어떻게 된 건지 모르겠는데, 대표님 도장 찍혀있더라고요.]

"…?"

[도급계약서 사본 팩스로 받았거든요.]

"아니 그게 무슨…."

[심지어 뉴욕 본사에 가서 직접 사인하셨다고 하던데요?]

스마트폰을 귀에 대고 있던 경완은, 이제 아예 멍한 표정이 되어버렸다. 그리고 그런 그의 귓전으로, 계산대에 서 있던 직원의 조심스런 목소리가 흘러들어왔다.

"손님, 혹시 계산은…."

— * —

1년이라는 시간은 생각보다 길었다. 세계 곳곳을 다 돌아본 뒤에도, 충분한 시간 여유가 남아있을 정도였으니까. 그래서 우진은 마지막 행선지였던 미국에 꽤 오래 머물게 되었다. 물론 미국이라는 나라는 넓고 그만큼 우진이 보고 싶었던 유명한 건축물이 많기도 했지만, 그것을 감안하더라도 가장 오래 머물게 된 나라가 미국인 것이다.

그래서 우진은 고민했다. 미국 각 주에 있는 멋진 마천루들을 구경하러 다니는 것도 충분히 의미 있었지만, 그 외에 또 할 수 있는 일은 없을지에 대해서 말이다.

'한국에서 할 수 없는 것. 지금 이 순간에만 할 수 있는 것을 하면 좋겠지. 음… 가능하면 미국에서 할 수 있는 거면 더 좋을 테고.'

그리고 이에 대한 답은 의외로 간단했다. 우진은 미국에 별다른 연고가 없었고, 그래서 선택지도 심플했으니까.

'LTK 본사는… 당연히 맨해튼에 있겠지?'

만약 우진의 최종 방문지역이 유럽이었다면, 선택지는 훨씬 더 많았을 터였다. 스페인에는 브루노나 마테오 같은 최고의 인맥들이 있었으며, 그게 아니더라도 컨퍼런스 때 얻게 된 다양한 인맥과 연결고리가 있었으니까.

하지만 미국과 우진의 연결고리는 단 하나. 마곡 MICE 프로젝트의 시행사 LTK 금융그룹뿐이었다. 그래서 우진은 망설임 없이 LTK 한국지사에 먼저 전화를 걸었다. 당연히 외부에 알려진 번호로 전화한 것은 아니었다.

"여보세요."

[아, 서 대표님! 하하, 어쩐 일이십니까. 잘 지내시지요?]

우진은 출국 직전까지도 마곡 MICE 프로젝트를 직접 디렉팅하고 있었고, 때문에 몇몇 직원들과 꽤 친분이 있었다. 그들 중에는 MICE 단지 프로젝트 총괄 디렉터인 윤상진 상무도 있었는데, 우진이 전화를 건 곳이 바로 그의 개인번호였다.

"저야 당연히 잘 지내지요. 벌써 일 년 가까이 탱자탱자 놀고 있는걸요."

[하하, 정말 부럽습니다. 저도 대표님처럼 안식년 한번 가져보고 싶네요.]

우진이 윤 상무에게 전화한 것은 우진과 친분이 있는 LTK 임직원 중 가장 직급이 높은 사람이 그이기도 했지만, 다른 이유도 한 가지 더 있었다.

"그나저나 상무님, 지금은 한국이신가 보네요?"

[아, 그렇습니다. 조만간 출국 예정이기는 한데, 무슨 일이라도….]

마곡 MICE 프로젝트는 LTK그룹 안에서도 세 손가락 안에 꼽을 정도로 초대형 프로젝트였고, 그렇기 때문에 이 프로젝트를 한국에서 총괄하는 윤상진 상무는 미국에 있는 LTK본사에도 자주 들락거리는 인물이었다. 게다가 우진이 알기로 윤상진은 LTK 본사에서도 십 년 이상 근무했던 엘리트 금융인이었다.

MICE 프로젝트를 잘 마무리하고 돌아간다면, 본사에서도

Director 직급을 달게 될 것이라는 말이 있을 정도. 그런 상진이라면 미국에도 인맥이 많을 수밖에 없을 것이었고 그래서 미국에 머물던 우진이 가장 먼저 연락해볼 만한 사람이었다.

"아, 별일은 아니고… 지금 제가 미국에 있거든요."

[오…! 미국에는 어쩐 일이십니까? 혹시 어느 주에 계시나요?]

상진에게 전화를 걸던 당시 우진이 머물던 곳은 캘리포니아주였지만, 일부러 조금 거짓말을 하였다.

"맨해튼에 있습니다."

[오오! 정말이십니까? 언제까지 머무시죠?]

"최소 보름 정돈 여기 있을 겁니다. 상무님께서 혹시 본사에 와 계실까 해서 연락드렸던 건데… 국제전화로 연결되더군요. 하하."

윤상진 상무는 최소 한 달에 두 번 이상 미국행 비행기를 탄다. 그렇기에 보름이면 충분히 그가 한 번 정도는 미국에 올 시간. 그리고 우진의 예상은 맞았다.

[저, 내일모레 출국입니다, 대표님. 한 일주일 출장입니다.]

"오! 정말입니까?"

[대표님만 시간 괜찮으시다면, 그쯤 해서 커피 한잔하시겠습니까?]

"좋지요. 미국은 연고가 없어서, 꽤 쓸쓸하던 참이었거든요."

[하하하, 오랜만에 대표님 뵙겠군요.]

한국에 있을 때 사적으로 친분이 있던 사이는 아니었지만, 본래 해외에서 자국민을 만날 기회가 생기면 더 반갑고 친근감이 느껴지는 법. 게다가 두 사람 모두 친화력이 좋은 편이었으니, 어렵지 않게 약속은 성사되었다.

[저희 본사는 월 스트리트 22번가에 있습니다.]

"오, 그렇군요."

[인근에 괜찮은 커피숍이 있으니, 제가 구글 맵으로 찍어드리도록 하겠습니다.]

"감사합니다, 상무님. 그럼 차주에 뵙겠습니다."

[예, 대표님!]

능력 있는 인물인 윤상진과의 친분이 두터워지는 것도 어떻게든 우진에게 도움이 될 만한 것이었지만, 우진의 목표는 그뿐만이 아니었다.

'윤 상무님 통해서 ALuna 쪽과 연결이 가능하다면, 미국 디자인 업계 인맥을 터볼 수 있을지도….'

세계적으로 최고의 디자인 그룹 중 하나인 ALuna 쪽 인맥들, 우진은 그게 가장 탐이 났던 것이다.

"자, 그럼 비행기 표부터 예약해볼까…."

하여 윤상진과의 전화를 끊은 우진은 곧바로 맨해튼행 비행기 표를 끊고 숙소도 잡았다.

"잘하면 남은 시간을 정말 알차게 보낼 수 있을지도…."

하지만 이때만 해도 우진은 알 수 없었다. 갑작스런 이 맨해튼행 결정이 어떤 결과들을 불러오게 될지 말이다. 맨해튼에 도착한 우진은 처음부터 예상외의 상황에 마주하게 되었으니까.

"대표님! 여깁니다."

"하하, 상무님! 진짜 오랜만에 뵙네요. 거의 일 년 만이군요!"

월 스트리트에서 윤상진과 만난 바로 그날,

"그런데 혹시 여기 이분은….'

"반갑습니다, 서우진 대표님. 저는 JK금융그룹에 근무하는 조진철이라고 합니다."

"하하, 당황하셨지요? 이 친구가 하도 조르는 바람에….'

ALuna 쪽 인맥을 노리고 맨해튼에 왔던 우진은 전혀 생각지 못했던 다른 인맥을 얻게 되었던 것이다.

"이 근처에서 일하는 친군데, 저랑 상당히 오래된 친굽니다. 서우진 대표님 팬이라며 따라오면 안 되겠냐고 하도 조르는 바람에….'

그리고 이렇게 시작된 만남이, 바로 또 다른 나비효과들의 시발점이었다.

— * —

유유상종이라는 말이 있듯, 윤상무의 친구라던 조진철 또한 JK금융그룹의 임원급 인사였다. 나이는 둘이 동갑인 듯 보였고, 그렇다면 조진철 또한 40대 중후반 정도라는 이야기.

'이 나이에 국제 금융기업의 임원이라니… 정말 대단한 사람들이야.'

우진은 금융권에 대해 잘 모르지만, 금융업계가 그 어떤 업계 이상으로 경쟁이 치열하다는 정도는 들어 알고 있다. 하물며 월스트리트의 국제금융기업임에야. 경쟁상대가 전 세계의 수많은 엘리트들이라는 말이다.

"제 딸래미가 사실 디자인 꿈나뭅니다."

"따님 나이가…?"

"올해 고등학교 입학했죠."

"하하, 디자인 공부 시작하기 딱 좋은 시기네요."

"이미 중학생 때부터 미술학원은 다니고 있었습니다. 하핫."

조진철은 사실 서우진이라는 사람을 알게 된 지 얼마 안 됐다고 했다. 한국에 더 오래 머무는 윤상진과 달리 조진철은 거의 십 년 이상 미국에 살고 있었고, 그러다 보니 우진이 한국에서 유명하다 해도 그에게는 딴 세상 얘기였던 것이다.

하지만 그의 딸은 아니었다. 디자이너가 되고 싶었던 그의 딸은 언제부턴가 우진과 같은 디자이너가 되고 싶다며 노래를 불렀고, 그에 궁금해진 진철이 최근 우진에 대해 찾아보게 된 것이다. 그리고 서우진이라는 사람을 알게 되면 알게 될수록 진철은 더욱 놀람을 금치 못했다.

디자인에 대해 문외한인 진철이었지만, 그것과 별개로 우진이 대학생 때 설립했다는 WJ 스튜디오라는 회사가 얼마나 대단한지는 알 수 있었으니까. 그래서 진철은 업계를 불문하고 우진이라는 사람의 팬이 되었다. 상진이 우진과 함께 일한다는 사실을 들었을 땐, 꼭 소개받고 싶다고 생각했었다.

지금은 맨해튼에 있지만, 조만간 JK금융이 한국에 진출하게 되면 보금자리도 서울로 옮길 예정이었으니, 그때가 되면 충분히 실현 가능한 일이었다. 그러던 차에 이렇게 기회가 왔다.

"이렇게 얼굴에 금칠을 해주시니까, 좀 부끄럽고 그러네요. 하하.”

“금칠이라니요. 다 사실 아닙니까.”

상진의 추임새에 진철이 고개를 끄덕이며 덧붙였다.

“맞습니다. 저희는 대표님 나이에 취준생이었습니다, 하하하.”

그래서 가벼운 마음으로 상진과의 약속을 잡았던 우진은 두 사람
과 저녁에 이어 술자리까지 함께 하게 되었다. 커피만 한잔하려던
기존의 계획과는 상당히 달라졌지만, 세 사람 모두 무척이나 즐거
운 시간이었다. 분야는 다를지언정 그들 모두 자신의 분야에서 최
고라는 말을 들을 수 있을 만큼 깊이 있는 사람들이었고, 그런 깊이
있는 이야기들을 나누는 것을 다들 좋아하는 사람들이었으니까.

“그럼 조 이사님은 조만간 한국으로 들어오시는 겁니까?”

“아마도 그렇지 않을까요. 조만간이라기엔 아직 1년은 더 걸릴
테시만… 제가 귀국을 원하기도 하고, 한국지사가 새로 생기면 임
원진 한 명은 가야 할 테니까요.”

“아하, JK 임원진 중에 이사님 말고는 한국인이 없나 보군요.”

“그렇습니다. 한인 선배가 한 분 계시기는 한데, 미국에서 나고
자라신 그분은 사실상 미국인이시지요.”

조진철의 설명에, 윤상진이 한마디 거들었다.

“그래서 이 친구는 잘하면, 한국지사 지사장으로 들어올 수도 있
을 겁니다. 방금 말씀 들었듯, JK 안에 이 친구 말고 딱히 할 만한
사람이 없거든요.”

“와…! 지사장이면 한국 기업으로 치면 사장급 아닙니까?”

“그렇지요.”

"하하, 사장급이라기엔 좀 민망합니다. 이제 처음 만들어지는 지사에 지사장이라 해봐야, 규모가 그리 크지 않거든요."

그래서 밤늦게까지 다양한 이야기가 나오던 술자리에서는, 이런 얘기도 나왔다.

"그나저나 서 대표님."

"네, 조 이사님."

"최근에는 회사 일에서 아예 손을 떼고 계신 겁니까?"

"뭐, 그렇죠. 그 덕에 누군가 무진장 고생하고 있겠지만… 하하. 이제 이런 생활도 한 달밖에 남지 않았습니다."

"그럼 9월 즈음에는 다시 회사로 복귀하시겠군요."

"네, 그렇죠. 그런데 그건 왜…?"

우진의 사람됨과 건축 디자인이라는 분야에 가지고 있는 깊이에 매료된 조진철이 전혀 예상치 못했던 제안을 꺼낸 것이다.

"사실 지금 저희 본사에서, 여의도 금융가에 부지를 하나 매입해 뒀습니다."

"사옥부지요?"

"그렇죠. 처음에는 임대를 생각했는데, 괜찮은 부지가 적당한 가격에 나와서 매입했거든요."

"오, 그거 잘하셨네요. 여의도라면, 투자 가치도 충분히 있을 겁니다."

그리고 여기까지 들은 우진은 눈이 반짝이지 않을 수 없었다. 눈치 없는 사람이라도 이쯤 됐으면 어떤 이야기가 나올지 알 만했으니, 우진이 모를 리 없는 것이다.

"혹시 차주에 시간 되신다면, 저희 본사에 한번 와주실 수 있겠습니까?"

하지만 다음 순간, 우진은 꽤 놀랄 수밖에 없었다.

"본사예요?"

조진철은 우진이 생각했던 것보다 더 적극적이고 직접적으로 얘기했으니 말이다.

"가능하다면 저희 한국지사 사옥을, 서 대표님께서 설계해주셨으면 좋겠어서 말이지요."

— * —

"그러니까 이게… 그렇게 된 겁니다."

우진의 설명을 쭉 들은 경완은 어이없는 표정이 되어 고개를 절레절레 저었나.

"아니… 재수가 좋은 놈은 걷다가 자빠져도 금덩이를 줍는다더니…."

"그거, 있는 속담입니까? 처음 들어보는데요."

"내가 방금 만들었다."

"그리고 재수가 좋다니요. 이게 다 제가 안식년 동안에도 항상 회사 생각밖에 없었다는 방증 아니겠습니까."

"얼어 죽을."

우진은 아직 회사에 출근한 게 아니었다. 다만 집에서 쉬고 있던 우진에게 경완이 들이닥친 것뿐. 기획실장으로부터 기가 막힌 전화를 받은 뒤 경완은 곧바로 우진에게 전화를 걸었고, 우진이 한국에 들어와있다는 사실을 알게 된 경완이 다짜고짜 집으로 찾아온 것이었다. 정확히는 우진이 사는 주상복합 아파트, 2층에 있는 맥주집이었다.

"그나저나, 이런 일이 있었으면 미리 귀띔을 줬어야지."

"안 그래도 말씀드리려 했습니다. 연락이 이렇게 빨리 갈 줄 몰랐어요."

"네가 조금만 더 빨리 알려줬어도, 우리 애들 개고생 안 했잖아."

"무슨 개고생이요?"

"제안서 준비한다고 얼마나 피똥 싼 줄 알아?"

"그건 좀 죄송합니다⋯ 회사에서 준비 중인 줄 몰랐어요."

"뭐?"

"그냥 그날 본사 찾아가서 조 이사님께 제 포트폴리오 보여드렸고, 그러다가 얼떨결에 일이 급진전돼서 도장까지 찍게 된 거였거든요."

"⋯."

"그러니까 너무 뭐라 하지 마시죠, 이사님."

너무 당황한 탓인지, 순간 말문이 막힌 경완. 결국 두 사람은 서로 마주 보며, 웃음을 터뜨릴 수밖에 없었다. 우진과 다시 눈이 마주친 경완은, 고개를 절레절레 저으며 너스레를 떨었다.

"후우⋯ 제가 대표님께 어찌 뭐라 하겠습니까."

"다, 좋은 게 좋은 것 아니겠습니까. 하하하."

"⋯."

오랜만에 만난 두 사람은, 맥주가 들어가자 신나게 떠들기 시작하였다.

'서우진이 이놈은, 복귀도 참 유별나게 한단 말이지.'

갑작스런 방문이었지만 우진이 한국에 들어온 뒤 처음 보는 것이었고, 오랜만에 만난 만큼 회포를 푸는 자리가 된 것이다. JK금융그룹의 사옥에 대한 이야기가 끝나자, 소재는 다시 우진의 여행 이야기로 넘어갔다. 처음 홍콩으로 가게 됐던 이야기부터 무척이나 흥미진진한 우진의 여행 이야기. 하지만 우진의 여행 이야기를 듣던 경완은 점점 더 경악할 수밖에 없었다.

"너… 여행 다닌 거 맞냐?"

JK그룹 본사에 갔던 이야기만큼이나, 어이없는 이야기들이 한두 가지가 아니었으니 말이다.

제2막

　지난 일 년 동안의 여행은, 우진의 인생에 있어 정말 다양한 자양 분이 되어주었다. 세상을 보는 시야를 넓혀주었으며, 그와 동시에 기업가로서 한 단계 성장할 수 있는 발판이 되었으니 말이다.

　물론 가장 큰 목적이었던 전 세계의 다양한 공간과 건축에 대한 경험은 더더욱 말할 필요도 없었다. 일 년 동안 우진의 노트에 그려진 건축 스케치는 백 장이 훨씬 넘을 정도였다. 그리고 그중 가장 마음에 드는 열 장의 스케치는 살아생전에 꼭 실제 프로젝트에 적용시켜보고 싶을 수준이었다.

　'꿈을 위해 떠났던 여행이었는데 새로운 꿈만 더 늘려서 돌아온 느낌이네, 하하.'

　여행 동안 이렇게 넘치는 에너지를 채워 돌아온 만큼, 우진이 출근한 날부터 WJ 스튜디오는 더욱 활기를 띠기 시작했다. 우진이 없는 동안에도 물론 각종 프로젝트들 때문에 정신없이 회사가 굴러갔지만, 일 년 만에 대표실에 불이 켜지자 또 다른 국면으로 접어든 것이다. 회사에 돌아온 우진이 가장 먼저 한 것은, 설계팀 인원을 대폭 충원하는 것이었다.

"팀장님, 올해 공채에서 설계팀은 몇 명 충원했었죠?"

"총 일곱 명 충원했습니다, 대표님."

"음… 10월에 공고 한 번 더 내도록 하죠."

"수시채용입니까?"

"그렇습니다."

"인원은 몇 명 정도…."

"팀을 두 개 정도 더 만들 생각입니다."

"네…?"

"기존 설계팀 인원 분배하고 충원하는 방식으로 두 팀 정도 더 세팅할 생각이니, 인사계획 좀 뽑아서 올려주세요."

"그, 그러려면 최소 스무 명은 더 있어야 합니다, 대표님. 아무리 타 팀에서 차출한다 해도, 팀이 두 개나 더 생기려면…."

"기존 팀의 인원을 차출하는 건, 신규 팀의 인원 부족 때문이 아닙니다."

"네? 그 말씀은…."

"기존 팀에서 실력 있는 인원 중 선별하여, 팀장급 둘에 디렉팅 가능한 Principal Designer 넷 정도를 세팅해주시면 됩니다."

"나머지는 전부 새로 뽑으신단 말씀이군요."

"신입도 좋고 경력직도 좋습니다. 이번에 최소 서른 명은 뽑을 생각하셔야 할 겁니다."

"그렇게 계획안 올려보겠습니다, 대표님."

회사에서 인원을 충원한다는 말은, 더 큰 성장을 위해 투자한다는 말이다. 한번 인원이 늘어나면 그것은 곧 회사의 유지비가 증가하는 것이니, 그만큼 회사의 생산성을 높일 자신이 없다면 채용이라는 결정은 쉽지 않은 것이다.

때문에 서른 명이라는 인원을 일시에 충원하는 것은, 꽤 덩치가 커진 WJ 스튜디오에게도 커다란 부담이었다. 물론 우진은 이 부담을 감수할 만큼 충분한 자신이 있었지만 말이다.

"대체 안식년 동안 무슨 프로젝트를 준비하셨기에, 설계팀을 두 팀이나 더 세팅하신다는 거지?"

"그러게. 대표님 돌아오시면 대격변 있을 거라더니, 그 말이 진짜였네."

"으…! 기대돼!"

"뭐가?"

"나 내년에 승진 차례잖아."

"응?"

"이번 프로젝트에서 어필 잘하면, 신규로 세팅되는 팀에 팀장으로 갈 수도 있지 않을까?"

"어, 그러게요. 은 과장님 충분히 가능성 있겠는데요?"

"이럴 때가 아니네요. 저 일하러 갑니다!"

"은수현이 신났네."

"하하, 은 과장, 팀장님 밑에서 그만 일하고 싶은가 본데요?"

"내가 너무 빡시게 굴리긴 했지, 하하하."

신규 채용에 대한 소문이 사내에 쫙 퍼져나간 것만으로도 회사에 활력이 돌기에는 충분했다. 새로운 얼굴들이 수혈되는 것은 어떤 집단을 막론하고 생기를 불어넣는 것이었으니 말이다. 하지만 대규모 채용은 그저 시작일 뿐이었다. 그것을 시작으로, 우진은 더욱 커다란 폭탄들을 투여하기 시작했으니까.

[여의도 'JK금융그룹 한국지사' 신사옥 프로젝트 공람(供覽).]
[스페인 마드리드, 'AT 복합몰' 프로젝트 공람(供覽).]
[부산 영도구 '제운 오리엔트 레지던스(가칭)' 프로젝트 공람(供覽).]
…후략…

WJ 스튜디오의 사내에 구축돼있는 인트라넷에는 새로운 프로젝트가 뜰 때마다 전 직원이 확인할 수 있도록 공람이 올라온다. 부서 간 소통과 협업을 위해서라도 정보공유는 필수였으며, 경우에 따라서 융통성 있게 프로젝트를 진행하기 위해 인사이동을 하기도 해야 했으니 말이다.

하지만 이렇게 많은 프로젝트가 동시에 인트라넷에 올라온 것은, 회사 설립 이후 단 한 번도 없던 일이었다. 아주 많아 봐야 두 개 정도의 프로젝트였고, 그마저도 하나가 대형 프로젝트였으면 나머지 하나는 작고 심플한 프로젝트인 경우였던 것.

그런데 2015년 10월 WJ 스튜디오의 인트라넷에는 설계비만 백억 단위에 가까운 대형 프로젝트만 동시에 세 개가 올라와 있었다. 이만한 프로젝트를 대체 어디서 이렇게 주워왔는지 알다가도 모를 일이었다.

"대표님 여행 다녀오신 것 맞아요?"

"일 년 동안 영업만 뛰다 오신 것 아냐?"

"공람 뜬 것 중에, 해외 사업장만 두 곳이에요."

"와, 마드리드 사업장은 뭔데. 이거 왜 이렇게 커?"

"와 씨, 인사팀에서 30명 뽑는다기에 너무 많이 뽑는 거 아닌가 했는데… 지금 보니까 그것도 부족하겠어요."

"설계팀 두 팀 충원으로 안 될지도 모르겠는데 이거…."

덕분에 WJ 타워는 조용할 날이 없었지만, 그래도 직원들의 표정은 전부 밝았다. 그렇지 않아도 다른 기업들보다 애사심이 큰 WJ 스튜디오의 직원들이었지만, 이렇게 회사가 또 한 단계 성장하려는 것을 보니 더욱 의욕이 넘치게 된 것이다. 그리고 이렇게 바쁜 직원들 중, 당장 가장 바쁜 것은 사업부의 직원들이었다.

"부장님."

"네, 대표님."

"문정동 쪽에 매입해뒀던 필지 전부 다 매각할 준비해주세요."

"음… 조금 이르지 않겠습니까?"

"왜요?"

"최근 법조 단지 들어선다는 소문 돌기 시작하면서, 시세가 계속 오르고 있거든요."

머릿속에 모든 계획을 정리한 우진이 목표를 향해 달리기 시작하자, 그만큼 많은 돈도 필요했으니 말이다.

"괜찮습니다. 어차피 이미 매입가 대비 다섯 배는 오르지 않았습니까?"

"그야 그런데….'

"발바닥에 사서 허리춤 정도에서 판다고 생각하죠."

"자금 투입해야 할 곳이 있으신 거군요."

"당장이야 필요한 돈이 크지 않지만, 내년쯤 꽤 크게 필요할 일이 생길 겁니다."

"그럼 언제든 처분할 수 있도록 매각 준비만 해두고, 조금 더 추이 지켜보겠습니다, 대표님."

"그렇게 하세요."

"넵!"

"아, 그리고… 이천시 부동산도 전부 매각 준비 부탁드리겠습니다."

"네, 대표님. 그렇게 하겠습니다."

그리고 이런 우진을 보며, 경완은 혀를 내두를 수밖에 없었다.

'이런 놈을 내가 걱정했었다니….'

복귀하자마자 물 만난 고기처럼 움직이는 우진을 보고 있자니, 일 년 동안의 휴식 후에 매너리즘에 빠지는 건 아닐지 진심으로 걱정했던 과거의 자신이 어이없게 느껴진 것이다. 그래서 직원들이 대부분 퇴근한 늦은 저녁, 대표실에 남아 일 얘기를 하던 경완은 자신도 모르게 이렇게 물어보았다.

"너, 솔직히 말해봐."

"뭘요?"

"일 년 내내 사업구상만 하다가 온 거지? 세계여행은 핑계고?"

"무슨 말입니까? 제가 얼마나 열과 성을 다해서 놀다 왔는데."

"젠장. 그런데 어떻게 프로젝트를 이렇게 많이 들고 돌아와?"

"운이 좋았나 보죠, 뭐."

"운? 우리 영업팀 일 년 내내 일해도 이만큼 프로젝트 못 딴다."

"흐흐, 이제 드디어 대표님의 유능함을 깨달으신 겁니까?"

"얼어 죽을…."

"아직 겨울도 아닌데 왜 무슨 말만 하면 얼어 죽습니까?"

"시끄러."

동시다발적으로 다양한 프로젝트를 진행해야 할 때는, 스케줄링과 구체적인 사업계획이 가장 중요하다. 욕심만 크게 부리다가 일이 꼬여버리면, 가만히 있느니만 못한 상황이 되어버릴 수도 있으니 말이다. 그래서 우진이 이렇게 무더기로 투하한 폭탄을 수습하는 것은 전체 프로젝트를 관리하는 경완의 몫이었다. 모두 퇴근한 시간까지 경완이 대표실에 남아있는 이유가 바로 이것이었고 말이다.

"이번 프로젝트 중에, 기간 제일 길게 잡아야 하는 게 어떤 프로젝트일까요, 이사님?"

"아무래도 제운이랑 협업하는 레지던스 아닐까?"

"흠, 역시 그러려나요?"

"그거 사업계획서 보고 진짜 기겁했어."

"기겁이요? 왜요?"

"보수적인 제운그룹에서 그런 별난 건축물을 지을 거라곤 생각도 못 했거든."

"하하."

"차량용 엘리베이터가 있고 실내에 주차까지 가능한 프리미엄 주거시설이라니… 공사 규모는 JK사옥보다 조금 작을지 몰라도, 설계 난이도는 훨씬 더 어려울 거야."

"그거, 원래 2013년에 짓기로 했던 건데 늦어진 겁니다."

"뭐?"

"흐흐흐, 그런 게 있어요."

경완과 대화를 나누던 우진은 잠시 몇 년 전의 일을 떠올렸다. 정확히는 2011년 영국에서 콜튼 테일러를 처음 만났던 그때, 그와 나눴던 이야기가 문득 머릿속에 떠오른 것이다.

[자동차를 좋아하는 사람들의 아파트를 짓는 겁니다.]

[예를 들자면, 멋들어진 리버 뷰나 오션 뷰와 함께, 거실에 슈퍼카를 전시해놓을 수 있는 그런 아파트 말인가요?]

[빙고. 바로 그겁니다. 내가 돈을 더 많이 번다면, 한강 앞에 그런 아파트를 하나 짓고 싶군요. 어쩌면 WJ 스튜디오에 의뢰하게 될지도 모르겠습니다, 하하.]

비록 한강뷰는 아니었지만, 부산의 멋들어진 오션뷰에, 그때 이야기했던 그 꿈의 건물을 지어볼 수 있게 된 것.

'2년이 아니라 4년이 걸렸네. 그래도 반쯤 농담처럼 이야기했던 건축을 진짜 할 수 있게 될 줄은 몰랐지.'

자신의 드림 하우스를 얘기하던 콜튼 테일러의 초롱초롱한 눈망울을 떠올린 우진의 입에서, 또 한 번 실소가 새어 나왔다. 콜튼은 이 레지던스를 꼭 한 채 분양받을 거라고, 어제 신이 나서 우진에게 전화를 했었다. 아마 차에 환장하는 석현 또한, 미래의 노동력을 저당 잡혀서라도 한 채 분양받고 싶어 하리라.

'석현이는 프로젝트 아직 못 봤으려나? 하긴, 봤으면 바로 나한테 전화부터 했을 녀석이지.'

좋은 사람들을 떠올리자, 우진의 입가에 절로 미소가 걸렸다. 하지만 그렇다고 해도 그의 상념은 여기까지였다. 기분 좋은 상념에 빠져있기에는, 당장 경완과 결정해야 할 일들이 너무 많았으니 말이다.

"갑자기 왜 멍 때리고 그래?"

"아, 별거 아닙니다. 다시 얘기하시죠."

그래서 다시 프로젝트에 대한 이야기를 나눈 두 사람은, 밤 11시가 넘어서야 업무정리를 마칠 수 있었다. 두 사람이 자리에서 일어났을 때, 대표실을 제외한 모든 사무실은 전부 소등돼있었다.

"전, 이사님만 믿겠습니다."

"후… 그래. 한번 해보자."

결국 가장 늦게 회사에서 나온 둘은, 함께 엘리베이터를 타고 1층으로 내려왔다. WJ 타워에서 도보 5분 거리에 사는 우진과 달리 경완은 보통 자가 운전하여 출퇴근했지만, 오늘은 차를 가지고 오지 않은 날이었다.

"이사님."

"왜?"

"지금 세팅된 프로젝트, 내년까진 전부 마무리할 수 있겠죠?"

"야 씨, 그걸 말이라고…."

"인원도 충원하잖습니까. 어떻게든 내년 하반기까진 끝내야 해요."

우진과 나란히 건물 밖으로 걸어 나오던 경완은 우진의 의미심장한 이야기에 게슴츠레 미간을 좁혀 보였다.

"내년 하반기? 그건 또 무슨 말이야."

"무, 무슨 말이긴요. 프로젝트 빨리 쳐내야 여유가 생긴다는…."

"요놈, 요거 뭔가 또 있는 것 같은데…."

그리고 그런 경완을 향해, 우진은 피식 웃어 보일 수밖에 없었다.

"하, 우리 이사님. 진짜 눈치 백단이라니까."

"뭔데? 또 무슨 수작을 벌이는 중인 건데?"

WJ 타워 후문 방향으로 걸어 나오자, 서울숲을 따라 이어진 산책로가 모습을 드러내었다. 편의점에서 캔맥주를 한 캔씩 사서 벤치에 앉은 우진은 경완을 향해 천천히 입을 열었다.

"원래 픽스 되고 나면 말씀드리려고 했는데, 또 배신이니 뭐니 하실 테니까 미리 말씀드릴게요."

"야, 무섭잖아. 또 무슨 일이야."

배신이라는 무시무시한 단어의 언급에 경완은 마른침을 꿀꺽 삼켰고, 잠시 뜸을 들인 우진이 다시 입을 열었다.

"이사님, 혹시 이런 기사 본 적 있으세요?"

"어떤 기사?"

"SH물산에서 삼성동 알짜 부지에, 서울 최고 규모로 글로벌 업무지구 지어 올린다는 기사 말입니다."

"음? 그건 당연히 알지. 그거 때문에 작년에 SH물산 휘청했는데."

"거기 사업 한번 엎어졌잖아요?"

"그렇지?"

"아마 조만간 소송 끝나면, SH물산에서 손 뗄 확률이 높아요."

"그럴 수밖에 없지. 거기 상무 하나 내가 아는데, 아주 학을 떼더라고."

이어서 우진은 별것 아니라는 양, 폭탄 같은 말을 이어 붙였다.

"거기 설계권, 내년에 제가 한번 가져와보려고요."

"뭐…?"

"시행사에서 내놓는 지분 일부 인수하는 조건으로 설계권 달라고 하면, 아마 어렵지 않게 따올 수 있을걸요? 우리가 이제 구멍가게는 아니잖아요?"

"야, 거기 공사비만 1조가 넘는 사업장이야. 그걸 우리가 건드린다고?"

"공사비야 성수 전략정비도 1조 넘는 사업장이었잖아요?"

"그, 그렇긴 한데…."

"일단 그림 좀 더 그려지면 다시 말씀드릴게요."

놀랄 일이 아직도 또 남아있었다는 사실에 경완은 앉은 자세 그대로 얼어붙었고, 우진의 시선은 어느새 까만 밤하늘에 떠있는 달을 향해있었다.

'서울에서 가장 높고 멋진 건물… 그에 여기보다 더 적합한 프로젝트는 없지.'

우진의 머릿속에는 오랜만에 과거의 기억이 떠올라있었다.

2020년이 넘어서야 완공됐던, 무려 500미터가 넘는 높이의 초고층 빌딩. 전생에서는 말도 많고 탈도 많았으며 서울의 흉물이라고까지 불렸던 삼성동의 마천루는 우진의 손에서 다시 태어날 것이었다. 우진은 기필코 그렇게 만들어 보일 생각이었다.

— * —

2015년 겨울, 한동안 잠잠하던 WJ 스튜디오의 기사가 툭 하고 수면 위에 올라왔다.

[돌아온 서우진. 2016년, WJ 스튜디오의 행보는?]

우진이나 WJ 스튜디오가 따로 움직이지 않았음에도 불구하고, 1년간의 안식년을 마치고 복귀한 우진에 대한 기사를 쓰기 위해 기자가 찾아온 것이다. 심지어 해당 기사는 순식간에 헤드라인까지 치고 올라왔다.

[…지난 1년 동안 세계 각지의 건축과 공간을 경험한 서우진 대표는 더욱 의욕적인 모습으로 WJ 타워에 돌아왔다.]
["앞으로 더 나은 모습 보여드리겠다. 기대해도 좋다"며 환하게 웃어 보인 서우진 대표는 이전보다 더욱 자신감 넘치는 모습이었다.]
…중략…
[한편, 최근 성수 전략정비구역과 강변북로 지하화 사업(성수지구)의 완공으로, WJ 스튜디오와 서우진 대표의 역량이 다시 한번

업계에서 높이 평가받고 있다.]

[디자이너 서우진과 WJ 스튜디오의 2016년 행보, 그 귀추(歸趨) 가 주목되는 이유다.]

국내에서 우진은 수많은 대중의 관심을 받는 셀럽이다. 그러다 보니 예전처럼 일부러 움직이지 않더라도, 우진의 행보는 자연스 레 조명될 수밖에 없었다. 한창 우진이 활발히 매체에 모습을 드러 내던 때만큼 기사에 반응이 뜨겁진 않았지만, 그래도 많은 사람들 이 우진을 기억하고 있었다.

└ 서우진 기사 떴네.
└ 얘 어디 갔다 왔음?
└ 작년에 일 년 쉬었다더라고. 안식년이라던가?
└ 기사 띄우는 것 보니 뭔가 준비라도 하고 있는 듯.
└ 아, 나도 WJ 스튜디오 입사하고 싶다.
└ 이번에 채용공고 났잖아. 내 친구 이번에 입사함.
└ 구라 ㄴㄴ 아직 면접 날짜도 안 잡힘.
└ 꿈속에서 입사했나 보지, 뭐 ㅋㅋ

하지만 이 기사는 시작일 뿐이었다. 우진이 본격적으로 움직이 기 시작하자 폭탄 같은 이슈가 계속해서 생산되었고, 그에 따라 WJ 스튜디오와 관련된 수많은 기사들이 양산되기 시작한 것이다.

['JK금융그룹' 드디어 여의도에 진출!]
[JK한국지사의 신사옥을 디자인하게 될 건축가는 서우진?]

[여의도 국제 금융로에, 건축가 서우진의 작품 들어서나?]

이번에는 우진의 지시를 받은 WJ 스튜디오 마케팅 팀에서도, 화력을 최대한 지원하였다.

[스페인의 수도 마드리드에 역대 최대 규모의 복합 쇼핑센터, 'AT 복합몰' 유치.]

[AT그룹 회장 하비에르, 건축가 서우진에게 설계를 직접 의뢰하다!]

[아틀레틱 클루브의 팬 하비에르, 신축된 산 마메스 구장의 위용에 마음을 뺏겨….]

[스페인의 건축가 마테오 비야(MateoVilla)와 한국의 건축가 서우진, AT 마드리드 복합몰 공동 설계자로 선정!]

아직 공식화되지 않은 내부 자료까지 기자들에게 뿌리면서, 이슈를 더 크게 증폭시킨 것이다.

[제운자동차와 WJ 스튜디오의 콜라보?]

[시행사는 제운자동차, 시공사는 제운건설. 제운그룹의 스페셜 프로젝트 제운 오리엔트 레지던스를 디자인하는 건축가는 누구?]

[자동차 마니아들을 위한 최고의 프리미엄 주거공간. 제운 오리엔트 레지던스를 말하다.]

[제운자동차의 스타 디자이너 콜튼 테일러. "최고의 건축 디자이너 서우진과 함께 일하게 되어 영광"]

[제운자동차 사장, "제운 오리엔트 레지던스는 부산을 상징하는

또 하나의 랜드마크가 될 것."]

그리고 그 결과….

ㄴ와, 미친…! 서우진 진짜 월클이네?
ㄴ그걸 이제 알음?

WJ 스튜디오에 대한 대중들의 관심은 또다시 활활 불타오르기
시작했다.

ㄴ아니, 무슨 컨퍼런스 어쩌고 하는 건 별로 안 와닿잖아, 솔직히.
ㄴ인정.
ㄴ그런데 마드리드 한복판에 초대형 복합몰은 대박이지.

하지만 이렇게 WJ 스튜디오에서 폭발적으로 화력을 태우는 것
이 단순히 브랜드 가치를 올리기 위한 마케팅의 일환은 아니었다.
2016년 상반기, WJ 스튜디오 경영진은 명확한 목표를 가지고 있
었으니 말이다.

"그러니까, 자기자본이 300억이 넘는 상황이네요?"
"그렇지요. 잉여금까지 합하면 훨씬 더 될 겁니다."
"매출액 대비 영업이익률이나, 자본 건전성이나… 믿기 힘들 정
도로 오버스펙이군요."
"하하, 감사합니다."
"이 정도면 요건이야 차고 넘치네요. 재무제표 깔끔하고."

"그렇습니까?"

"딱히 걸릴 것 없을 것 같습니다, 이사님. 내년 상반기 중으로 추진하시죠."

그것은 바로 WJ 스튜디오의 주식시장 상장. 글로벌 기업으로 더 크게 성장하기 위한, 큰 한걸음이라고 할 수 있었다.

[연간 최고 매출액 2,350억, 영업이익 379억. 국내 최대 규모의 종합 건축사무소 WJ 스튜디오, 상장 초읽기?]

[상장 앞둔 WJ 스튜디오. 뉴욕 맨해튼에서 해외 투자 설명회 개최.]

[서우진의 WJ 스튜디오 연초 상장 예정… IPO 시장 '들썩']

그리고 이 모든 일들은 우진이 계획했던 대로 착착 진행되어갔다. 프로젝트는 말할 것도 없었으며, 주식시장 상장이라는 큰 산을 넘는 것도 무리 없이 진행된 것이다. 회사가 어느 정도 커지기 시작한 시점부터 항상 상장을 염두해뒀던 덕에, 모든 준비가 일사천리로 진행된 것.

"진태 형."

"응?"

"새로 세팅된 설계팀들은 분위기 좀 어때?"

"분위기라면…?"

"프로젝트 진행 잘되고 있냐는 거지, 뭐. 내가 이제 예전처럼 신경 못 쓰잖아."

상황이 이러다 보니, 사내 분위기도 여느 때보다 밝고 활달하였다.

"하하. 뭐, 다들 의욕적이지."

"그래?"

"프로젝트가 흥할수록, 다 같이 잘되는 길이니까."

"뭐, 그야 너무 원론적인 얘기 아냐?"

"스톡옵션 말이야."

"아하."

"다들 요즘 출근하면 기사부터 확인하던데?"

상장만큼 회사의 성장을 임직원이 직접적으로 체감할 수 있는 기회도 많지 않다 보니, 모두가 의욕이 넘치는 것이다. 이렇게 연말이 지나 2016년이 되었고, 우진은 회귀 후 여섯 번째 새해를 맞았다. 그리고 차가운 겨울이 지나 따뜻한 봄바람이 불어오기 시작할 즈음…

[WJ 스튜디오, 증권 신고서 제출. 늦어도 3월 이내 상장 예정]

[WJ 스튜디오 공모주, 수요예측 경쟁률 수백 대 1 이상으로 업계 최고 수준!]

업계를 넘어 수많은 대중들의 관심 속에서, WJ 스튜디오는 상장에 성공하였다.

[WJ 스튜디오 주가, 상장 이후 일주일째 고공 행진!]

[디자이너? 사업가? WJ 스튜디오의 상장으로, 순식간에 주식 부

자 반열에 오른 20대 청년 서우진.]

[LTK 투자 벤처스, "WJ 스튜디오는 업계에서 가장 유망한 기업."]

— * —

연초부터 상장으로 정신없던 WJ 스튜디오는 2016년을 그야말로 최고의 한 해로 보내고 있었다. 15년부터 벌여놨던 사업들은 전부 아무 탈 없이 진행되었으며, 그렇게 순항한 탓인지 기업 가치도 지속적으로 수직상승했던 것이다. 특히나 마곡 MICE 단지의 시행사인 LTK 그룹의 투자사는, WJ 스튜디오의 지분 일부를 비싼 값에 매수하기도 했다.

WJ 스튜디오 전체 주식의 10퍼센트에 달하는 지분을, 천억이 넘는 금액으로 매수한 것이다. 업계는 파격적인 금액 자체보다, LTK 라는 세계적인 사모펀드가 WJ 스튜디오에 거액을 투자했다는 사실에 주목하였다. 세계적으로 손가락에 꼽을 정도로 실력 있고 규모 있는 금융회사에서 이만한 거액을 투자했다는 건, WJ 스튜디오가 이제 명실공히 글로벌 기업이 되었다는 방증이었으니 말이다.

이미 몇 년 전부터 그래 왔지만, 건축 디자인을 전공한 수많은 실력자들이 WJ 스튜디오의 문을 두들겼다. WJ 스튜디오의 유일한 주거 브랜드인 아르코는 어느새 최상류층의 상징과도 같은 브랜드로 자리 잡았으며, WJ 스튜디오 사업팀에서는 이 브랜드를 해외까지 진출시키기 위해 다양한 사업전략을 구상하였다.

우진과 WJ 스튜디오의 승승장구 덕분인지, 우진의 디자인으로 알려진 카페 프레스코와 같은 브랜드들도 덩달아 흥행하였다. 카페 프레스코의 창업자인 강석중은 아버지로부터 인정받을 정도로 뛰어난 기업가가 돼있었으며, 그 모습을 옆에서 지켜보던 석호는 틈만 나면 투덜거렸다.

'서우진'이라는 브랜드가 성장하기 전, WJ 스튜디오가 스타트업 단계일 때, 운 좋게 우진을 만난 친구가 부러웠던 것이다. 심지어 석중은 WJ 스튜디오의 지분도 제법 가지고 있었다. WJ 스튜디오가 성장하던 단계일 때, 석중이 꽤 많은 돈을 투자했던 것이다.

"으, 내가 진짜 한국에 일 년만 빨리 들어왔었어도….'"

"일 년 빨리 들어왔으면, 뭐? 네가 우진이를 만날 수 있었을 것 같아?"

"크크, 석호 형님은 빨리 갤러리 부지나 결정하세요.'"

"그렇잖아도 조만간 연락할 생각이었다.'"

"오, 결정된 거예요?'"

"결정은 예전에 됐지. 부지 매입이 안 끝나서 시간을 질질 끌었던 거고.'"

"그럼 디자인 의뢰는 언제 주십니까?'"

"이번 달 내로 의뢰서 보낼게.'"

"네, 형님.'"

"너무… 세게 부르진 마라.'"

"네?'"

"디자인 피 말이야.'"

"하하하.'"

"이거 네가 3년 전에 약속한 건이잖아?'"

"그야 그렇죠."

"그러니까 우리 지난 정을 봐서라도….""

"헛소리하네. 이 자슥이 어디서 날로 먹으려고?"

"하하하하핫."

우진의 덕을 크게 본 것은 비단 카페 프레스코뿐만이 아니었다. 그의 두 번째 인생을 기준으로 가장 오래된 지인들인 수하나 재엽, 그리고 리아 또한, 우진 덕에 꽤나 큰돈을 벌게 되었으니까.

특히 WJ 스튜디오가 상장하기 전, 가지고 있던 건물까지 팔아 가며 막무가내로 수십억을 투자했던 재엽은 요즘 매일같이 싱글벙글이었다. 그가 투자했던 돈은 정확히 반년이 지난 지금, 거의 다섯 배가 넘는 액수가 되어있었으니 말이다.

"진짜 그땐, 이 오빠가 미쳤나 싶었는데….""

"그러게. 우리가 바보였어. 그치, 수하 언니."

"으흐흐흐. 그러니까, 인생 한 방이라는 말이 있는 거다. 이 우매한 중생들아."

"아니, 재엽 오빠."

"왜?"

"대체 어떻게 그만큼 올인할 생각을 한 거야?"

"야, 임수하. 잘 생각해봐."

"뭘?"

"지금까지 우진이가 하는 거, 뭐 하나 삐끗한 거 있냐?"

"음… 없는 것 같은데…?"

"내가 사실 그 청담 선영 니들이 매수하던 때, 좀 깨달은 게 있었거든."

"응?"

"일단 서우진이 하는 건 묻지도 따지지도 않고 따라 들어가야 된다."

"…."

"나는 이 단순한 진리를 깨우쳤을 뿐이란 말이지."

"우진이가 사기라도 치면, 전 재산 홀라당 날려 먹을 오빠네."

"음… 그건 아마도 불가항력이 아닐까?"

"…."

"뭐야, 설마 너흰 아닌 척하는 거야?"

"사실 맞아."

"나도…."

5월이 지나고 여름이 되었을 즈음, 우진은 미국에서 열린 국제 디자인 컨퍼런스에도 초대받았다. LTK에서 거액을 투자한 뒤, WJ 스튜디오라는 이름은 해외에도 알려지기 시작했으며, 슬슬 국제 건축업계에서도 서우진이라는 건축가를 인정하기 시작한 것이다.

우진의 특별한 이력과 젊은 나이는, 외신들에게도 아주 좋은 기삿거리였다. 비록 한국에서만큼 이슈화되기는 힘들었지만, 이런 특별한 길을 걸어온 젊은 디자이너가 있다는 사실만으로도 업계의 관심을 받기는 충분했던 것이다.

물론 그렇다고 해서 우진이 브루노나 마테오만큼 세계적인 건축가로 인정받았다는 것은 아니었다. 그러기에 아직 WJ 스튜디오는 포트폴리오가 조금 부족했으니 말이다.

그래서 2016년 가을, 우진은 벼르고 벼르던 출사표를 던졌다. 서울에서 가장 높고 아름다운 건물. 그것을 디자인하여, 전 세계인들의 앞에 보이기 위해서 말이다.

SGBC

어떤 나라, 그 안에서도 어떤 지역을 얘기할 때 가장 먼저 머릿속에 떠오르는 건축물. 보통 우리는 그것을 랜드마크(Landmark)라고 부른다.

[자하 하디드의 걸작 DDP(동대문 디자인 플라자). "동대문의 랜드마크로 자리매김."]

[DIA건설, 세계적 디자인 그룹 ALuna와 손잡고, 랜드마크 건설 '포부'.]

[디지털 패브리케이션의 정수? 서우진이 설계한 마곡 컨벤션 센터. "강서구의 랜드마크가 될 것."]

랜드마크의 사전적 의미는, '멀리서 보고 위치 파악에 도움이 되는 대형 건물 등의 지형지물'이다. 즉, 그 건축물만 봐도 이곳이 어딘지 바로 알 수 있게 해주는, 그런 상징적인 건축물이 바로 랜드마크인 것이다.

에펠 탑을 보면 프랑스 파리가 떠오르는 것처럼, 엠파이어스테이트 빌딩 하면 미국의 뉴욕이 생각나는 것처럼, 버킹엄궁전이나 빅벤을 떠올리면, 곧바로 영국의 런던이 생각나는 것처럼, 그리고 남산타워의 실루엣을 떠올리는 것만으로도, 서울이라는 도시가 생각나는 것처럼 말이다.

그렇기에 랜드마크라는 것은 건축가에게 있어서 로망과도 같은 것이었다. 자신의 이름을 걸고 설계한 건축물이 해당 지역의 상징이 된다는 것은, 건축가의 인생에서 영광스럽지 않은 일일 수 없었으니까.

'내 이름을 걸고 지은 건축물이 서울의 상징이 된다면… 그것만큼 행복하고 가슴 벅찬 일도 없을 거야.'

당연한 얘기겠지만, 그것은 우진에게 또한 마찬가지로 해당되는 것이었다. 서울에 가장 높고 아름다운 건축물을 짓고 싶다는 우진의 어린 시절 막연한 꿈에도, 그러한 부분이 고스란히 반영돼있는 것이었으니까. 그래서 우진은 출사표를 던졌다. 이제는 모든 준비가 끝났다고 생각했다.

원래대로라면 앞으로 십 년은 지나야 삽을 뜨고 착공을 시작할 수 있는 삼성동 글로벌 비즈니스 센터. 조 단위가 넘는 자본이 복잡하게 얽힌 이 사업장에 직접 총대를 메고 뛰어든 것이다.

— * —

KCA 인베스트먼트는 글로벌 투자 그룹이다. 전 세계적으로 큰

돈을 굴리는 대형 금융회사 중, 모기업이 한국에 있는 몇 안 되는 금융그룹. 그런데 이 KCA 인베스트먼트는 2015년 초부터 꽤 큰 난관에 봉착해있었다.

SH물산과 협업하여 야심차게 준비했던 국내 프로젝트인 삼성동 글로벌 비즈니스센터가 전복될 위기에 놓였기 때문이었다. SH그룹의 집안싸움이라는, 생각지도 못했던 변수는 그룹 내 자본싸움으로 확대되었고, 그 과정에서 SH물산이 삼성동 사업장을 포기하는 바람에 시행사를 자처했던 KCA 인베스트먼트는 낙동강 오리알 신세가 되어버린 것이다.

만약 사업장의 모든 지분을 시행사인 KCA가 가지고 있었다면, 문제가 이렇게 심각해지지는 않았을 것이다. 하지만 삼성동 사업장의 땅값은 글로벌 투자사인 KCA 인베스트먼트에게도 부담되는 수준의 거액이었고 그래서 일부 지분을 SH그룹에서 가지고 있었던 게 문제가 되었다.

SH그룹에서 가진 지분은 총사업비의 1/3 수준인 5천억 원이라는 거액. SH물산은 이 지분을 최대한 빠르게 털고 사업장에서 나가길 원했고, 그래서 작년부터 지분 매각을 추진하였다. KCA는 어떻게든 이 지분을 전부 사고 싶었지만, 돈이 부족했다.

SH물산에서 도의적으로 조금 싼값에 매도하겠다 하였지만, 이미 몇 년이 지나면서 땅값이 비싸진 탓에 KCA에서도 감당 가능한 수준이 아니었던 것이다. SH물산에서는 일 년 정도의 시간을 KCA에 주었지만 결국 KCA는 자금을 마련하는 데 실패하였다.

그래서 최근 SH물산의 주식 일부가 '동진 투자증권'이라는 회사로 넘어갈 상황이 되었다. 워낙 금액이 크다 보니 금융비용도 무시할 만한 수준이 아니었고, 그래서 SH물산이 일방적으로 통보를 한 것이다.

"금년 내로 지분 매입이 전부 끝나지 않는다면, 저희는 가진 지분을 분할 매도해서라도 전부 정리할 수밖에 없습니다, 이사님."
"그, 그게 무슨 말씀이십니까! 그렇게 되면 사업장은…."
"정말 죄송합니다. 하지만 저희도 어쩔 수 있는 상황이 아니라는 건, 이사님께서도 잘 아시지 않습니까."

만약 여러 회사에 SH물산이 지분을 쪼개서 매도하게 된다면, 글로벌 비즈니스 센터 사업은 물 건너가게 된다. 사공이 여럿인 프로젝트가, 정상적으로 진행될 수 있을 리 만무한 것이다. 시간을 두고 그들 지분을 차례로 매입한다?
그것도 말이 되지 않는 것이었다. 그동안 KCA의 자본이 조 단위로 묶여있는 자체가 천문학적인 손실이었으며, SH로부터 지분을 매입한 투자사에선 산값보다 훨씬 비싸게 팔려고 할 게 분명했으니 말이다.
그래서 SH물산이 통보한 기한이 반년도 채 남지 않은 지금. 프로젝트 총괄 이사인 송주빈은 머리가 터질 것 같은 상황이었다. 이 남아있는 시간 내로 어떤 수를 내지 못한다면, 그가 옷을 벗는 것을 떠나 회사가 망할 수도 있었으니 말이다.
'후우….'
그가 만약 단순한 전문 경영인이었다면, 회사가 망하고 옷을 벗게 되더라도 이렇게까지 절박하진 않았을 것이다. 하지만 그는 이회사에 꽤 큰 지분과 책임을 가지고 있는 오너이기도 하였다.

앞이 캄캄할 정도로 방법이 보이지 않았지만, 송주빈 이사는 발에 땀이 나도록 뛰어다녔다. 길이 보이지 않는다고 하여 집행일을 기다리는 사형수처럼 가만히 앉아있을 수는 없었으니 말이다.

전 세계를 돌아다니며 관계사 대표들도 만나보았고, 연고 없는 글로벌 투자사에도 무턱대고 들이대보았다. 하지만 결국 아무런 방법을 찾지 못한 주빈은, 어깨에 힘이 쭉 빠진 채 한국으로 돌아왔다. 그런데 어느 날 이렇게 힘없이 이사실에 앉아있던 그에게 한 남자가 찾아왔다.

[이사님, 손님 오셨습니다.]
"손님? 오늘 잡혀있는 일정이 있던가?"
그는 다름 아닌, 최근 가장 핫한 청년 사업가이자 디자이너.

[서우진 대표님과 오찬 약속이 있으셨습니다.]
"아…! 그랬지. 내 정신 좀 보게."
WJ 스튜디오의 대표, 서우진이었다.

— * —

송주빈은 WJ 스튜디오의 대표 서우진을 오래전에 한번 본 적이 있었다. 서우진의 디자인으로 지금 짓고 있는 마곡 컨벤션 센터의 착공식에, 주빈 또한 참석했으니 말이다. LTK금융그룹은 KCA 인베스트먼트의 관계사이기도 했고, 그래서 형식적으로 참여했던 그 착공식에서 우진과 명함 교환을 했던 적이 있는 것이다.

그때만 해도 주빈은 우진과 다시 만날 일이 있을 것이라 생각지 못했다. 어린 나이에 자수성가했음에도 예의 바르던 우진은 첫인상이 무척이나 좋게 남아있었지만 업계가 워낙 다르다 보니 엮일 일이 또 있을 것이라곤 생각지 못한 것이다. 그런 의미에서 오늘의 약속은 좀 생뚱맞은 것이었다. 일단 미팅을 나서는 지금 이 순간에도, 대체 서우진이 왜 자신을 찾아온 건지 짐작조차 되지 않을 정도였으니까.

'서우진이 대체 날 왜 보자고 한 걸까?'

하지만 그 의문이 경악으로 바뀌는 데에는, 고작 30분도 채 걸리지 않았다. 커피를 한 모금씩 홀짝이며 일상적인 이야기를 잠시 나누던 우진이 폭탄 같은 이야기들을 꺼내기 시작했으니 말이다. 송주빈을 얼어붙게 만든 첫 마디는 바로 이것이었다.

"저는 오늘 이사님께 삼성동 글로벌 비즈니스 센터의 설계권에 대한 이야기를 하고 싶어 왔습니다."

삼성동 글로벌 비즈니스 센터. 줄여서 SGBC라고 불리는 이 사업장에 설계자가 아직 선정되지 않은 것은 사실이다. 그렇기에 서우진 정도 되는 실력자가 설계권을 원한다는 건, 시행자의 입장에서 환영할 만한 일이었다. 단, 사업장의 진행 상황이 정상적인 상황일 때의 이야기지만 말이다.

"그건….."

처음 이 말을 들었을 때 송주빈은 그대로 말문이 막히고 말았다. 우진이 어디까지 알고 온 것인지, 정말 사업장에 대해 아무것도 모르는 채로 이렇게 와서 설계권에 대한 이야기를 하는 것인지, 그렇다면 이 청년에게 어디부터 어떻게 설명해줘야 할지 머릿속이 순식간에 복잡해지면서 할 말을 잃어버린 것이다.

하지만 우진쯤 되는 인물이 가볍게 이런 자리에 왔을 리 없다는 건 당연한 사실이었고, 송주빈의 눈에 비친 우진은 무척이나 진지한 표정이었다. 그래서 주빈은 차분히 설명하였다. 그로서도 SGBC가 우진의 디자인·설계하에 멋지게 지어진다면 더할 나위 없이 행복하겠지만, 지금은 그럴 수 있는 상황이 아니었으니까.

"혹시 서 대표님께선, 어디까지 알고 계십니까?"
"어디까지냐는 말씀은…."
"프로젝트 상황에 대해서 말입니다."

우진은 주빈의 예상대로 꽤 많은 것들을 알고 있었다. 그래서 주빈은 대화가 이어질수록, 더욱 의아할 수밖에 없었다. 이렇게까지나 많은 부분에 대해 알고 있으면서, 어째서 이 자리에 나왔는지 도무지 이해할 수 없었으니 말이다. 상황에 대해 잘 알면 알수록 지금 설계권을 논한다는 게 얼마나 의미 없는 일인지 잘 이해해야 정상이었으니까.

"서 대표님, 다시 말씀드리지만 지금 사업권 자체도 표류 중입니다."
"알고 있습니다."
"제가 서 대표님 정말 좋아해서 드리는 말씀이에요."
"…."

"설계권을 WJ 스튜디오에 드리려면 일단 뭔가 계획이 확실해져야 하는데, 시행사도 갈가리 쪼개진 이 상황에서는 아무것도 진행될 수 없는 상황입니다. 괜히 서 대표님까지 엮이시면, WJ 스튜디오에도 정말 골치 아픈 상황이 될 수 있다는 말입니다."

하지만 주빈의 그 의아함은 우진이라는 사람에 대해 잘 모르기 때문에 생긴 것이었다. 우진이 얼마나 철저하고 치밀한 사람인지 그가 미리 알았더라면 반대로 이렇게 복잡하고 어려운 상황에서도 방법이 있기 때문에 움직였으리라고 짐작할 수 있었을 테니 말이다. 그래서 차분한 목소리로 우진의 이야기가 다시 이어지기 시작했을 때,

"당장 삽을 뜰 수 있는 방법이 하나 있지 않습니까?"

"그 말씀은…."

"동진 투자증권에서 헐값에 매입하려 하는 그 지분, 저희 WJ 스튜디오에서 대신 매입하겠습니다."

"네…?"

주빈의 동공이 격렬히 흔들리기 시작하였다.

"결국 문제가 SH물산이 사업장에서 손 떼면서 생긴 것 아닙니까. SH그룹에서 지분을 팔아버리면, 시행사가 여러 곳으로 쪼개지고… 그 많은 사업자들이 원하는 사업 방향성이 같은 방향일 수는 없을 테니까요."

"그…렇지요."

"SH그룹에서 매각 중인 지분 절반을 제가 사겠습니다. 나머지 절반 정도는 KCA 인베스트에서 매수해주십시오."

송주빈 이사의 머리가 빠르게 굴러가기 시작했다. SH그룹 지분의 절반이라 함은 2,400억 정도다. 이 또한 어마어마한 거액임은 분명했지만, 4,800억이라는 액수와 비교하면 얘기는 완전히 달라진다.

'그 정도라면 해외 사업장 몇 군데 매각하더라도….'

지금까지는 절반 정도의 지분을 매입하더라도 방법이 없었다. 무리해서 그 정도를 매입해봐야 나머지가 다른 투자사에 넘어간다면 사공이 많은 것은 마찬가지였으니 말이다. 하지만 우진이 나머지 지분을 가져가고 SGBC 사업에 힘을 더 실어준다면? 주빈은 이 절망적이던 상황에 한 줄기 빛이 비치는 느낌이었다.

— * —

"SH 쪽에서 매각하려는 지분이 시가로 총 얼마인지는 아시는 거지요?"

송주빈의 질문에, 우진이 간결하게 대답하였다.

"물론입니다."

"그렇다면 WJ 스튜디오에서 부담 가능한 액수가….'

두 사람의 시선이 허공에서 마주쳤다.

이어서 우진은 조금도 망설임 없이 또박또박 얘기하였다.

"2,437억. 정확히 절반 부담할 의향이 있습니다."

우진의 입에서 구체적인 액수까지 흘러나오자, 장내에 잠시 침묵이 내려앉았다.

2,437억.

이건 우진의 말마따나 정확히 절반의 지분을 매입할 수 있는 액수였고, 그래서 주빈의 머릿속이 더욱 복잡해진 것이다.

"으음… 이런 중요한 얘기를 허투루 하실 분은 아니실 테고…."

"당연합니다."

한번 떠보는 수준의 이야기를 하러 오늘 온 것이었다면, 이렇게 구체적인 금액을 먼저 얘기할 리는 없었으니까.

"잠시만, 잠시만 생각할 시간을 좀 주시겠습니까?"

"얼마든지요."

주빈에게 지금 우진의 이 이야기는 믿지 않을 수도 없는 상황이었지만 그와 동시에 믿기 어려운 말이기도 했다.

'WJ 스튜디오가 2,400억을 부담할 수 있을 만한 자금력이 된다고?'

기업가이기에 앞서 전문 투자자인 주빈은 WJ 스튜디오라는 회사에 대해 모를 수가 없다. 주식시장에 첫 상장 이후부터 바로 얼마 전까지, 미친 듯이 상한가를 치며 기업 가치를 수 배 증가시킨 회사가 바로 WJ 스튜디오였으니 말이다.

특히나 주가의 등락 폭이나 기업의 성장 폭이 큰 편이 아닌 건설업계에서는, 전무후무하다고 이야기할 수 있는 수준. 하지만 아무리 WJ 스튜디오라는 기업이 그렇게 폭발적으로 성장했다고 할지라도 이제 갓 상장한 건축·설계사무소가 2천억이라는 거액을 동원할 수 있다는 사실은, 상식적으로 믿기 힘들 수밖에 없었다.

'어디 공사하다가 유전이라도 발견하지 않는 이상… 어떻게 이럴 수가 있는 거지?'

아마 우진 말고도 움켜쥘 수 있는 다른 동아줄이 있었더라면, 송주빈은 우진을 정중히 돌려보냈을지도 모른다. 그의 상식으로는 도무지 납득되지 않는 제안이었으니까. 우진도 그러한 부분에 대해 충분히 이해하였고, 그래서 조용히 커피를 홀짝이며 주빈의 생각이 정리되기까지 기다렸다. 우진이 지금까지 어떤 식으로 사업을 키워왔는지 모르는 이상, 아니 우진이 회귀자라는 사실을 알지 못하는 이상 주빈의 반응은 너무도 당연한 것이었다.

한참 생각을 정리한 주빈이 잠시 후 다시 입을 열었다.
"금액을 동원하시는 데 기한은 얼마 정도 필요하십니까?"
"그 절반 정도는 이미 준비해뒀고⋯."
"⋯!"
"11월 정도까지만 시간 주신다면, 스케줄링 충분히 가능합니다."
이번에도 역시나 칼같이 명료하고 정확한 답변. 그래서 당장 지푸라기라도 잡아야 하는 주빈은 우진에게 이렇게 말할 수밖에 없었다.
"당장 내일이라도 바로 이사회 열어보겠습니다."
"빠르면 빠를수록 좋겠지요. 감사합니다."
"그리고 내일 조금 늦게라도 곧장 전화를 드리고 싶은데⋯ 괜찮겠습니까?"
"열두 시 전에만 전화 주시죠, 하하."
"그렇게까지 늦진 않을 겁니다."

— * —

2016년 현재, 국내 건설사의 시가총액은 다음과 같은 수준이었다.

SH물산 - 16조 8,250억
제운건설 - 13조 1,179억
명성건설 - 7조 9,912억
태진건설 - 7조 3,549억
칠성건설 - 6조 6,788억
천웅건설 - 6조 5,592억
…중략…
GA엔지니어링 3조 2,915억
WJ 스튜디오 2조 9,811억

하지만 도급순위표를 보면, 시가총액을 기준으로 나열한 순위
표와 꼭 일치하지는 않는다. 같은 건설업계라 하더라도, 사업적
으로 다양한 분야에 걸쳐 자본이 분산돼있는 경우가 많았으니 말
이다.

다른 순위권 건설사들의 배 이상인 압도적인 시가총액을 보여주
는 SH물산이나 제운건설만 봐도 시공능력평가액으로 따지면 하
위 건설사들과 그렇게 많은 차이가 나지는 않는 것.

그리고 이 차트에서 가장 기형적인 순위를 보여주고 있는 것이
바로 WJ 스튜디오였다. 시가총액으로는 이미 천웅건설의 절반 수
준까지 따라온 WJ 스튜디오였지만, 시공능력평가액은 10배 가까
이 차이 나니까.

이렇게 WJ 스튜디오의 순위가 기형적인 이유는 간단했다. 박경
완을 영입한 이후 WJ 스튜디오는 분명 건설 쪽에서도 큰 성장을

이뤘지만, 이렇게 가파르게 성장할 수 있었던 것은 다른 부분의 영향이 더 컸으니 말이다.

"아니⋯ 어떻게 건설업종 업체의 영업이익률이 이렇게 높을 수 있는 거죠?"

"그게 무슨 말이야, 김 상무?"

"이거, 데이터가 말도 안 됩니다."

"왜?"

"재무제표 뜯어보는 중인데, 여긴 건설회사라고 부르면 안 될 것 같아요."

일반적으로 건설회사는 매출 규모에 비해 영업이익률이 낮을 수밖에 없는 구조다. 건설이라는 업종 자체가 원가 비율이 워낙 큰 분야였으니, 너무도 당연한 것이다. 하지만 WJ 스튜디오는 달랐다. WJ 스튜디오의 주 수입원은 건설이 아니라 디자인 설계와 부동산 투자·임대수익이었으니까.

지난 몇 년 동안 우진은 사내 유보금이 쌓일 때마다 쉬지 않고 부동산에 투자했고, 그 결과는 두 눈으로 보고도 믿기 힘든 수준이었다. 전문 투자사인 KCA 인베스트먼트 임원들이 보기에도 불가능에 가까운 수익률을 보여주고 있었으니 말이다.

"저, 0 하나 잘못 센 줄 알았어요."

"⋯."

"서우진 대표, 디자이너가 아니라 부동산 전문 투자자 아닐까요?"

"글쎄, 전문 투자자라고 해도 이 정도 수익을 낼 수 있을까?"

"음…."

"김 상무, 넌 할 수 있어?"

"아뇨, 못합니다. 이 정도면 그냥 기적의 투자네요."

그래서 우진에게 전화를 넣기 전 WJ 스튜디오라는 기업을 분석해본 KCA 인베스트먼트의 이사진은 만장일치로 동의할 수밖에 없었다. 애초에 이사회를 열었던 것 자체가 WJ 스튜디오에서 2천억이라는 거액을 감당할 수 있는 회사인지가 의문이 들었기 때문이었는데 데이터로 확인하니 충분히 가능하다는 결론이 나온 것이다. 심지어 대부분의 이사진들은 재무제표 대비 WJ 스튜디오의 기업 가치가 아직도 한참 저평가라고 생각할 정도였다.

"정말, 쥐구멍에도 볕 들 날이 온다더니…."

"서우진 대표 덕에 기사회생 가능하겠습니다."

"조건은 뭐라고 합니까? 서 대표도 자선 사업가는 아닐 테니, 분명 단서조항을 이야기할 텐데요."

"우리 쪽 데이터 정리되는 대로, 제가 미팅을 다시 한번 잡겠습니다."

"좋습니다."

"아마 WJ 스튜디오에 설계권과 시공권을 넘겨주는 조건일 확률이 높겠지요."

"설계는 몰라도 시공을 WJ 스튜디오에서 감당하긴 힘들 겁니다. 시공능력은 한참 미달이더라고요."

"그럼 일부 시공권이라도 요구하겠죠."

이사회가 끝난 뒤, KCA 인베스트먼트에서 한 것은 자신들의 자금동원력 검증이었다. WJ 스튜디오에서 2,500억 상당의 지분을 감당할 시, 나머지 금액을 확실하게 감당할 수 있을 것인지 내부 재무상황을 검증해야 했으니 말이다. 그리고 그 결과,

"좋습니다, 서우진 대표님."

"그럼 이제 전부 정리된 겁니까?"

"물론입니다. 11월 내로 사업계약서 픽스 내고, 도장 찍으시지요."

우진은 처음 계획했던 대로, SGBC 사업장이라는 대형 사업장에 발을 디딜 수 있게 되었다. 단순히 설계사무소의 포지션에서 입찰에 성공한 것이 아닌 시행사나 건설사와 동등한 입장에서 프로젝트를 주도할 수 있는 위치에 서게 된 것이다. 그리고 이것의 의미는 엄청난 것이었다.

단일 건축부지로서 사업 규모는 국내에서 세 손가락에 들 정도의 초대형 사업장인 삼성 글로벌 비즈니스센터 프로젝트. 우진의 손으로 직접, 이런 거대한 사업장을 핸들링할 수 있게 된 것이었으니 말이다.

'이쯤 되면, 디자인과 설계만큼은 오롯이 내가 원하는 대로 할 수 있겠지. 눈치 볼 필요 없이 말이야.'

그와 동시에, 천웅건설에 선물도 하나 줄 수 있게 되었다.

"천 회장님, 전 약속 지켰습니다."

"으하하핫. 약속이라… 설마 그 약속을 지켜낼 수 있으리라고는 상상도 못 했었는데 말이지."

KCA 인베스트먼트와 계약 과정에서, SGBC의 시공사로 천웅건설을 선정할 수 있게 되었으니 말이다.

"섭섭한 말씀이십니다. 전 진심으로 약속했던 거였는데요."

"후후. 박경완이 하나 넘겨주고 이 정도 시공권을 받았으면, 아무래도 내 쪽에서 남는 장사였던 것 같구먼, 그래."

"전 그렇게 생각 안 합니다."

"오호."

"박경완 이사가 아니었다면, 저희 WJ 스튜디오는 여기까지 오지 못했을 테니까요."

"하하하, 박경완이가 아주 새 주인을 제대로 잘 만났구먼. 이 얘기 들었으면 눈물이라도 한 바가지 쏟았겠어."

그리고 이것은 박경완을 천웅건설에서 데려오면서 천종걸과 했던 약속.

[대신 제가 수년 내로, 조 단위 공사 하나 물어다가 천웅에 드리겠습니다.]

그 약속을 지킨 것이기도 하였다.

"계약서 전부 문제없습니다."

"그럼 진행해도 되겠지요?"

그리하여 2016년 11월 어느 날,

"잘 부탁드립니다, 송주빈 이사님."

"저야말로 잘 부탁드립니다, 서 대표님."

우진은 결국 SGBC 프로젝트의 지분 양도 양수와 더불어, 계약서에 도장을 찍게 되었다.

"기본설계는 내년 초까지 마무리해서 검수받겠습니다."

"하하, 조항에야 '모든 사업주체의 동의하에 설계권을 양도한다' 라고 되어있지만, 사실상 이미 정해진 것 아니겠습니까?"

"그래도 일은 확실히 해야지요."

"후후, 물론입니다."

"서울에 가장 아름다운 랜드마크를 지어 보이겠습니다."

"저희도 서 대표님의 작품, 진심으로 기대 중입니다. 하하핫."

WJ 스튜디오와 KCA 인베스트먼트의 이 계약 내용은 순식간에 업계에 알려졌다. 워낙 SGBC 사업 자체가 초대형 프로젝트였다 보니, 조용히 진행하려야 그럴 수가 없었던 것이다.

항상 뜨거운 감자였던 WJ 스튜디오의 관련 기사들은 일파만파 퍼져나가며 인터넷을 또다시 달구었고, 초대형 프로젝트에 대한 기대감 덕분인지 WJ 스튜디오의 주가도 다시 가파른 상승곡선을 그리기 시작하였다.

그리하여 2017년 새해가 왔을 때, WJ 스튜디오의 관련 기사 중 가장 이슈가 됐던 것은 다름 아닌 서우진의 인터뷰였다.

— * —

[Question — 최근 SGBC 사업장의 지분을 일부 인수하셨습니다.]

[Answer — 네, 그랬지요.]

[Question — 이 부분에 대해 마지막으로 한 가지만 여쭤봐도 되겠습니까?]

[Answer - 물론입니다. 어떤 게 궁금하실까요?]

[Question - 사실 수천억의 비용을 태우는 것은, WJ 스튜디오의 회사 규모를 봤을 때 초강수였습니다. 그렇지요?]

[Answer - 인정합니다. 무리를 좀 했지요.]

[Question - 대표님께서는 SGBC에 참여하신 이유를 이전 인터뷰에서 건축가·디자이너로서의 꿈을 이루고 싶었기 때문이라고 하셨는데… 사실 그 꿈을 이루시는 것은 설계 입찰만으로도 충분하지 않았나 하는 의문이 들었거든요.]

[Answer - 하하, 충분히 그렇게 생각하실 수도 있겠네요.]

[Question - 그래서 만약 실례가 되지 않는다면, 이렇게까지 무리하신 이유에 대해 조금 자세히 들어보고 싶습니다.]

[Answer - 어떤 특별한 이유가 있을 것이라고 생각하시는군요.]

[Question - 음… 비슷합니다.]

[Answer - 하지만 애석하게도, 그 이상의 어떤 특별한 이유는 없습니다.]

[Question - 그…런가요?]

[Answer - 다만 더 온전히 저만의 디자인. '저만의 건축'을 하고 싶었을 뿐입니다.]

[Question - 그 말씀은…?]

[Answer - 제 모든 것을 쏟아 만들 디자인과 설계에, 최소한의 간섭을 받고 싶었을 뿐이라는 이야깁니다.]

[Question - 정말, 대단하시군요.]

[Answer - 제 모든 의사결정에 최우선시하는 것은, 항상 디자인과 건축에 대한 끝없는 갈망이었습니다.]

우진의 인터뷰는 특히 디자인 업계에서 크게 이슈화되었다. 미래를 알고 있는 우진이야 확신을 가지고 뛰어든 사업이 SGBC였지만, 외부에서 보기에는 우진이 '건축과 디자인'에 대한 자아실현을 위해, 회사의 사활을 걸어야 할 정도로 리스키한 사업에 뛰어든 모양새였으니 말이다.

여론은 둘로 나뉘었다. 하나는 디자인에 대한 우진의 신념과 배포에 대해 감탄하고 찬양하는 여론. 또 하나는 자신의 신념을 위해 기업 전체의 사활을 건 책임감 없는 대표라는 여론.

물론 이 중, 지배적인 여론은 긍정여론이었다. 지금까지 우진이 해낸 것들과 걸어온 길을 보았을 때, 이러한 우진의 선택이 책임감 없다고 말하기는 힘들었으니 말이다. 해당 기사가 뜬 증권 관련 사이트에는 갑론을박하는 사람들로 가득하였다.

ㄴ와, 지분 2,400억이라고? 미친… WJ 스튜디오 대기업 다 됐네.

ㄴ내가 볼 때 오버임 이건.

ㄴ뭐가?

ㄴ작년 초만 해도 시총 1조가 안 되던 회사가, 현금으로 2,400억을 동원한다고? 대표 욕심 때문에 조만간 파산할 듯.

ㄴ언제는 서우진 하는 일이 말이 됐냐?

ㄴ인정. 대학교 1학년 때 법인 세운 놈인데, 이 정도 가지고, 뭐.

ㄴ윗 놈은 재무제표도 볼 줄 모르는 놈인가? 내가 볼 땐 WJ 스튜디오, 아직도 저평가임.

ㄴ이유는?

└ 동종업계 다른 업체들이랑 지표 비교해봐라. 영업이익만 따지면 상위권 건설사들도 다 씹어 먹는 수준임.

└ 형님, 지금 사도 됩니까?

└ 뭘 사? 주식?

└ ㅇㅇ

└ 난 월급 들어올 때마다 사서 모으는 중.

└ SGBC 대박 나면, 그땐 진짜 지붕 뚫고 날아갈 듯.

└ 지금 사러 갑니다.

└ 난 어제 다 팔았음. 지금이 꼭대기임.

└ 1년 뒤에 보자. 누가 맞는지.

물론 이런 여론들에, 우진은 전혀 신경조차 쓰지 않았다. SGBC 사업계약서에 도장을 찍은 그 순간부터, 우진의 관심사는 오로지 설계와 디자인뿐이었으니까. 아무리 우진이 국내 최고의 건축 디자이너가 됐다고 해도, 이 정도 수준의 사업장을 직접 핸들링할 수 있는 기회는 다시 오기 힘들다. 그렇기에 우진은 어떻게든, 능력이 허락하는 한 최선의 디자인을 해내리라 다짐하고 또 다짐하였다.

"SGBC가 지어질 삼성동은 수많은 국제 기업들이 입주해있는 업무지역입니다."

"지금도 이미 다양한 업종, 다양한 문화를 가진 글로벌 기업들이 상부상조하며, 시너지 효과를 만들어내고 있는 첨단 업무지구이지요."

"게다가 영동대로 복합개발부터 시작해서 수많은 종합도시계획이 줄줄이 계획돼있는 삼성동은 시간이 갈수록 강남 안에서도 핵심적인 글로벌 허브가 될 입지입니다."

"이곳 가장 높은 곳에, 저희 WJ 스튜디오의 디자인이 들어서는 겁니다."

"그 어떤 실수도 조금의 타협도 용납지 않겠습니다."

"우린 오늘부터 세계에서 가장 아름답고 멋진 마천루를 설계하는 겁니다."

WJ 스튜디오의 설계팀 절반 이상이 SGBC 프로젝트에 투입되었다. 그리고 프로젝트를 진행하는 모든 직원들 또한, 우진만큼이나 비장하고 열정적이었다. 우진이 지금껏 이렇게까지 말했던 프로젝트가 없기도 했지만, 그것과 별개로 다들 욕심이 생긴 것이다.

"두바이에 있는 브루즈 할리파(Burj Khalifa)처럼, 첨탑 같은 디자인은 지양하는 게 좋겠지요?"

"타이베이 국제 금융센터(Taipei World Financial Center)의 실루엣과 흡사한 방식으로, 처마의 모양을 형상화한 파사드는 어떨까요?"

"모델링을 뽑아봐야 알겠지만, 자칫 촌스러운 디자인이 될 수도 있을 것 같군요."

"말레이시아 트윈타워처럼, 대칭형 구조를 잡는 것도 흥미로워 보입니다."

WJ 스튜디오에서 처음 설계하는 초고층 마천루다 보니, 세계적으로 가장 뛰어난 기술력을 가진 건축공학 기술자들도 여러 명 섭외되었다. 우진은 특히 마천루 설계 분야에서 최고의 기술력을 자랑하는 미국과 독일의 기술자들을, 거액의 비용을 아끼지 않고 적극적으로 영입하였다.

"조금 더 기하학적인 실루엣을 뽑아내고 싶은데…."
"500미터가 넘는 높이의 마천루입니다. 조금만 축이 비틀어져도 역학구조가 무너질 겁니다."
"절제된 실루엣 안에서 독특한 디자인적 아름다움을 충족시키기란 쉽지 않군요."
"그릇도 물론 중요하지만, 우리는 그 안에 담을 내용물에 주목해야 합니다."
"내용물이라는 말씀은…."
"물론 기하학적이고 복잡한 실루엣을 만들어낼 수 있다면 디자인의 선택지가 늘어나긴 하겠지만, 언제나 그랬듯 건축 디자인이라는 것은 정해진 제약 안에서 아름다움을 표현해야 하는 학문 아닙니까?"
"대표님 말씀이 맞습니다."
"이 팀장님은 패러매트릭 디자인을 활용해서 뽑아낼 수 있는 다양한 외관 패턴에 대해 R&D 해주세요."
"네, 대표님."
"그리고 전 팀장님은 여기 김진형 박사님 모시고 정해진 구조체 안에서 모듈화 작업 부탁드립니다."
"알겠습니다, 대표님!"
"아직 기간은 여유가 많이 남아있지만, 다들 부지런히 작업해주세요. 최대한 다양한 설계를 검토하고 다양한 시도를 해야 하니까요."

"물론입니다, 대표님. 다음 주에 시안 몇 개 뽑아 올리겠습니다."

이런 초대형 프로젝트의 설계는 어떤 한 사람의 역량으로 해낼 수 있는 것이 아니다. 물론 메인 디자인 콘셉트나 커다란 골자는 우진의 손에서 만들어지겠지만, 그 이상으로 중요한 것이 바로 팀워크인 것이다.

'어쩌면 이번 프로젝트가 우리 WJ 스튜디오 설계팀의 진가를 증명할 수 있는 기회이기도 해.'

그래서 우진은 디자인과 설계 자체에 몰두하는 것 이상으로, 팀원들을 독려하고 소통하는 것에 집중하였다. 그리고 한 달, 두 달이 지났을 때, 그 노력의 결과가 서서히 드러나기 시작하였다.

"저는 무척이나 만족스럽습니다."

"…!"

"정말입니까, 대표님?!"

"물론 이 디자인과 설계가 감히 완벽하다고 얘기할 수는 없겠지만, 우리가 할 수 있는 최고의 최선의 디자인을 했다고 생각합니다."

"감사합니다…!"

콘셉트 설계와 디자인을 뽑아내는 데만 꼬박 두 달이 걸려 드디어 디자인 계획서를 본 우진의 입에서 만족스럽다는 이야기가 나온 것이다.

"여기서 디테일만 좀 더 챙겨보죠."

"기본설계 진행하면서 조금씩 수정해보겠습니다."

"그렇게 하세요. 어차피 구체적으로 설계 들어가다 보면, 필연적으로 수정해야 하는 부분이 나올 테니까요."

조 단위의 자본이 묶여있는 사업장인 만큼, 금융비용을 생각하면 하루하루가 천문학적인 비용이다. 그래서 설계가 진행되는 WJ 타워는 밤낮으로 불이 꺼지지 않았고, 그중에서도 누구보다도 가장 많은 시간을 설계에 몰두한 것은 바로 우진이었다.

'단 한 줌의 후회도 남기고 싶지 않은 프로젝트야.'

사실 사업적인 측면에서만 봤을 때, WJ 스튜디오는 이렇게까지 사활을 걸 필요가 없었다. 경쟁자가 있는 프로젝트도 아니었으며, 그들의 설계에 태클을 걸 수 있는 클라이언트가 따로 있는 프로젝트도 아니었으니 사실상 최소한의 인력과 노력만을 투입하는 게 가장 많이 남는 장사였던 것이다. 하지만 이번 프로젝트에서 우진의 목적은 많은 이익을 남기는 게 아니었다. 우진이 남기고 싶은 것은 최고의 건축이었다.

그리하여 2017년 가을, 모든 설계가 끝나고, SGBC 부지에 첫 삽을 떴을 때 인터뷰 마이크 앞에서 우진은 이렇게 말할 수 있었다.

"제 모든 것이 담긴 건축을 했다고 생각합니다."

"설계에 마침표를 찍은 바로 그 순간, 제게는 그 어떤 미련도 후회도 남아있지 않았습니다."

우진의 이 인터뷰는 전 국민에게 궁금증을 불러일으켰다. 그 어떤 건축을 할 때도 이렇게까지 자신감을 비췄던 적은 없던 우진이었으니 대체 그가 어떤 디자인의 어떤 아름다운 건축을 완성했는지 너무도 궁금했던 것이다.

아니, 우진의 디자인이 궁금한 것은 대한민국 국민들뿐만이 아니었다. 작년부터 시작됐던 여러 대규모 해외 프로젝트들이 윤곽을 드러내기 시작하면서, 우진과 WJ 스튜디오의 명성은 날이 갈수록 높아지고 있었으니까. 그래서 우진의 이 인터뷰는 외신들까지도 앞다투어 보도하기 시작하였다.

[한국의 천재적인 20대 건축가 서우진. 그의 손에서 탄생할 최초의 마천루를 조명하다.]
[삼성 글로벌 비즈니스 센터 SGBC는 세계에서 가장 아름다운 건축물의 반열에 들 수 있을 것인가?]

해외의 많은 건축 디자이너들도 궁금해했다. 이제 세계적인 건축가의 반열에 이름을 올리기 시작한 우진이 물리적으로도 세계에서 열 손가락 안에 꼽을 정도로 높은 마천루인 이 SGBC를 어떻게 디자인했을지에 대해 말이다. 하지만 WJ 스튜디오와 KCA 인베스트먼트는 최종 확정된 디자인을 결코 공개하지 않았다.

워낙 규모가 큰 마천루의 특성상 완공될 때까지 실루엣을 가리는 것은 불가능했지만, 그래도 미리 조감도를 공개하지 않음으로써 더욱 큰 기대감과 궁금증을 자아내기로 한 것이다. 이것은 송주빈 이사의 의견이었다.

"이것만큼 좋은 마케팅 소스도 없을 겁니다, 대표님. 디자인이 공개되지 않은 마천루가 하루하루 하늘을 향해 솟아오르면, 꽤 긴 시간 동안 지속적으로 언론의 관심을 받을 수 있겠지요."

"저도 동의합니다."

"게다가 한국 최고의 건축가 서우진 대표님께서 디자인하신 작품 아닙니까?"

"하하, 과찬이십니다."

"미리 조감도를 공개하지 않는다면, 이렇게 아름답고 멋진 디자인을 가진 건축물은 그 자체로 거대한 광고판이 되어줄 겁니다."

덕분에 각종 매체에서 가상으로 그려낸 예상 조감도들이 떠돌았지만, 그것들은 하나같이 우진의 디자인과 너무 다른 것이었다. 그런데 아이러니하게도, 이 와중에 완공된 SGBC의 모습이 가장 기대되고 궁금한 것은 다름 아닌 서우진이었다.

"공사 기간은 5년 정도라고 했지?"

"맞아, 석구. 2022년 9월이야."

"준공 예정일?"

"그렇지."

2017년의 10월 어느 날, 우진이 새로 입주한 펜트하우스 테라스에서 두 사람은 저녁 식사를 함께하고 있었다.

"내가 다 두근거리네."

"하하, 그러냐."

"당연하지. 내가 설계한 패턴이 들어갔잖아."

"그랬지."

"그리고 네 꿈이었잖아."

"그러네."

저녁을 먹는 두 사람이 바라보고 있는 곳은, 아름다운 조명이 반짝이는 한강의 남쪽이었다. 성수에서 강을 건너면 청담이었고, 그 뒤가 바로 삼성동이었다.

"저기 저쪽이지?"
"아마 그럴걸?"
"그럼 몇 년 뒤에는, 저 위로 건물이 우뚝 솟아있겠네?"
"충분히 보이고도 남지. 서울에서 가장 높은 건물이 될 테니까."

지금 두 사람이 앉아있는 50층 펜트하우스의 테라스에서도, 아직 SGBC 사업장은 눈에 들어오지 않았다. 지금은 공사가 제대로 시작된 지 한 달 남짓밖에 되지 않았고, 때문에 부지를 정비하는 작업조차 제대로 끝나지 않은 상황이었으니 말이다.

하지만 두 사람의 말처럼, 2020년이 지날 즈음에는 멋들어진 마천루가 보일 것이었다. 우진의 집처럼 높은 곳이 아니라도 아니, 서울 어느 곳에 서있더라도 우진이 디자인하고 WJ 스튜디오에서 설계한 아름다운 마천루를 볼 수 있게 될 것이었다. SGBC 빌딩은 마천루라는 그 이름처럼, 하늘에 닿아있는 멋진 건축물로 지어질 테니까.

"빨리 2022년이 됐으면 좋겠다. 그지?"
석현의 물음에 우진은 묘한 표정이 되었다.
"그렇기도 하고, 아니기도 해."

"그래?"

"기대되기도 하면서, 반대로 두렵기도 하거든."

그리고 우진의 그 아리송한 대답에, 석현은 고개를 갸웃할 수밖에 없었다.

"뭐가? 사람들의 평가가?"

우진은 대답 대신 빙긋 웃어 보였다. 이어서 잠시 포크를 내려놓은 그는, 천천히 걸음을 옮겨 테라스 난관으로 향했다. 50층의 테라스에서 내려다보는 서울의 밤 풍경은, 언제나처럼 아름답기 그지없었다.

'이 아름다운 서울의 스카이라인이, 5년 뒤에는 더 아름다워져야 할 텐데….'

차갑지만 상쾌한 서울의 밤공기를 느끼며, 우진은 천천히 눈을 감았다.

그렇게, 시간은 다시 빠르게 흘러가기 시작하였다.

어느 건축가의 인생

따뜻한 햇살이 쏟아져 들어오는 조용하고 아늑한 사무실. 따뜻한 색감의 나무 탁자 위에선 타자 소리가 울려 퍼지고 있었다. 타자를 치는 사람은 하얗고 긴 손가락을 가진 여성이었다.

딸깍- 타타타닥- 다다닥-!

타자 소리가 퍼져나갈 때마다 작은 모니터 위의 하얀 화면을 까만 글씨들이 차분히 채워나갔다. 하얀 조판 위에 쓰여 내려가는 글씨들은 제법 정갈했다. 페이지 수가 제법 많은 것을 보면 단순히 문서작업은 아닌 듯하였다.

탁-

그녀가 검지로 가볍게 엔터키를 누르자 문단이 넘어가며 글은 일단락되었다. 그리고 화면의 상단에, 그녀가 작업 중인 파일의 이름이 떠올랐다.

[어느 건축가의 인생]

그것은 에세이 같기도, 수필 같기도 혹은 자전적 소설 같기도 한 모호한 이름이었다.

또르륵-

잠시 집필을 멈춘 그녀는 탁자 위에 올려있던 주전자를 들어 유리컵에 커피를 따라 올렸다. 비어있던 잔에 따뜻한 커피가 반쯤 들어차자 그 향을 음미하며 한 모금 커피를 홀짝였다. 커피가 조금 뜨거웠는지 인상을 살짝 찡그리는 여자. 이어서 그녀의 손은 다시 마우스를 움직이고 있었다.

딸깍-

"이쯤 썼으면 어디 한 번… 퇴고나 해볼까?"

화면 우측의 스크롤을 쭉 올리자 네댓 페이지 정도가 순식간에 주르륵 미끄러져 내려왔다. 그리고 그 첫 페이지에 도달했을 때,

[22세, 늦깎이 대학생의 도전]

그녀는 자신이 쓴 글을 읽어 내려가기 시작하였다.

— * —

아영은 디자인 잡지사 〈아르티카〉의 편집팀장이자 건축가 서우진의 열렬한 팬이었다. 한때는 디자인을 전공했던 전공자로서 또 한때는 건축 설계사무소에서 일했던 적이 있는 실무자로서 건축과 디자인을 누구보다 사랑하는 여자, 손아영이 가장 존경하는 디자이너는 바로 서우진이었다.

'내가 꿈꾸는 가장 이상적인 디자이너의 모습. 어쩌면 그게 서우진일지도 몰라.'

지금 그녀의 손에서 쓰이는 것은 바로 그 서우진에 대한 이야기였다. 그리고 이것은 이번 달 〈아르티카〉에 특집으로 실리게 될 기고(寄稿)글이기도 하였다.

[2010년, 군대를 전역했던 서우진 대표는 스물두 살의 늦깎이 새내기였다.]
[그리고 그는 겉으로 보기에 아주 평범한 신입생이었다.]
[집이 부유하지도 않았으며 수석 입학을 한 장학생도 아니었고, 특별히 잘생긴 외모를 가진 것도 아니었으니 말이다.]
[하지만 그는 분명 특별했다.]
[스물둘 우진에게는 명확한 꿈이 있었고, 확고한 목표가 있었으며, 누구보다 커다란 열정이 있었으니까.]
[스물두 살에는 결코 갖기 힘든 그런 것들 말이다.]

아영은 〈아르티카〉의 편집팀에서 일한 지 거의 십 년이 다 되어간다. 그리고 그녀는 몇 년 전부터 줄곧 이런 생각을 가지고 있었다. 그녀가 존경하는 디자이너 서우진. 그가 어떤 삶을 살아왔는지, 그 발자취를 좇아보고 싶다는 생각 말이다.

'어떤 인생을 살아야 이런 건축가로 성장할 수 있는지. 다른 것보다 그게 너무 궁금해.'

그래서 이렇게 기회가 왔을 때, 아영은 회사에 자처하여 이번 기획을 맡겠다고 이야기했다. 〈디자이너 서우진 특집〉이라는 이름으로 잡지의 3분의 1 수준이 할애되는 프로젝트만큼은 꼭 맡고 싶었던 것이다. 그렇지 않아도 일이 많았지만, 야근을 하더라도 상관없었다. 서우진이라는 사람에 대해 조금이라도 더 알 수 있는 이번 기회를, 팬으로서 결코 놓치고 싶지 않았으니까.

'WJ 스튜디오에서 공식적으로 협조까지 해준다는데, 이런 기회가 또 어디 있겠어?'

그래서 아영은 전체 프로젝트의 총괄 기획은 물론 이렇게 기고글까지 자처해서 쓰게 되었고, 정말 공들여 이번 프로젝트를 준비하였다. 그리고 프로젝트가 진행되면 진행될수록 아영은 더욱 놀랄 수밖에 없었다. 서우진이라는 사람에 대해 알게 되면 알게 될수록, 그가 걸어온 길의 경이로움을 더 진하게 느낄 수 있었으니 말이다.

[그는 자신을 운이 좋은 사람이라고 표현하였다.]

[첫 일터에서 최고의 사업 파트너가 된 박경완 이사를 만날 수 있었으며, 그해 여름에는 국민배우 임수하와의 친분까지 생기게 됐다며 말이다.]

[하지만 필자는 생각한다. 어쩌면 운이 좋았던 것은 오히려 그들이 아니었을까?]

스물둘에 WJ 스튜디오를 창업했다는 이야기는 업계에서 너무 유명해 아영도 이미 알고 있는 사실이었다. 하지만 그 누구도 WJ 스튜디오가 어떻게 성장해왔는지를 구체적으로 알지는 못했다.

설립 첫해부터 전국의 규모 있는 아파트단지 건축모형 외주를 싸그리 쓸어 담았으며, 그렇게 생긴 시드머니로 인테리어 디자인

시장에 뛰어들었고 당시 창업자이던 재벌 3세 석중을 어떤 식으로 구워삶아, 현재까지도 최고의 국내 커피 브랜드로 성업 중인 카페 프레스코라는 브랜드를 만들어냈는지에 대해 말이다.

'정말, 소설 같은 이야기네.'

더욱 충격적인 사실은, 강남 최고의 프리미엄 아파트 단지로 평가받고 있는 청담 클리오의 설계를 제안받았던 때가, 바로 같은 해 겨울이었다는 사실이었다. 이때까지도 우진은 고작 학부 새내기일 뿐이었다.

[필자는 그의 일생에 대한 자료들을 조사하면서 몇 번이고 두 눈을 의심해야 했다.]

[연도를 잘못 본 것인지 아니면 서우진 대표의 나이를 잘못 본 것인지.]

[상식적으로는 도저히 이해할 수 없는 기막힌 일들이 한두 가지가 아니었으니까.]

그래서 아영은 이번 프로젝트가 더욱더 마음에 들었다. 그녀가 기획·편집하는 모든 소스들 중 단 한 가지도 진부한 것이 없었다.

[서우진 대표가 세계적인 건축가 브루노 산체스를 처음 알게 된 것은, SPDC 공모전에서였다고 했다.]

[지금까지도 건축을 전공하는 학부생들에게는 꿈의 공모전으로 통하는 SPDC(Seoul Public Design Contest).]

[브루노는 서우진 대표가 작품을 출품했던 당시, SPDC의 심사

위원이었다고 한다.]

2010년의 SPDC에 대해서 조사할 때에는 무척이나 큰 아쉬움을 느꼈다. 그것은 바로 SPDC에서 대상을 받았던 그 당시 서우진의 프레젠테이션 영상자료를 구하지 못했기 때문. 아영은 당시의 영상자료를 어떻게든 구해서 본 뒤 그 감동을 글로써 구독자들에게 전해주고 싶었지만, 결국 그리하지 못했다. 하지만 그녀 대신 그때의 감동을 공유해줄 사람을 운 좋게 만날 수 있었다.

[필자에게 그때의 감격을 공유해준 사람은 다름 아닌 건축가 브루노였다.]
[〈아르티카〉 팀은 잠시 국내 프로젝트를 위해 방한해있던 브루노를 운 좋게 만날 수 있었고, 그는 우리 팀과의 짧은 인터뷰에서 이런 이야기를 해주었다.]
["그때 그 프레젠테이션은 아직도 제 기억에 남아있지요."]
["정말 놀라운 디자인 프레젠테이션이었어요."]
["그날 그 자리에 있던 사람들은 아마 단 한 사람도 빠짐없이 자리에서 일어나야 했을 겁니다."]

〈우리 집에 왜 왔니〉의 패널로 등장하여 유명세를 타게 된 것은 일부러 기고 글에 다루지 않았다. 그것은 그녀가 알리지 않더라도, 전 국민이 알고 있는 사실이었으니까. 그리고 그것이 아니더라도, 하고 싶은 이야기는 태산같이 많았다.

[디자이너 서우진을 건축가로서 성장시켜준 초기의 작품 중 왕

십리 패러필드의 파빌리온도 빼놓을 수 없다.]

[왕십리 패러필드는 세계적인 건축가 브루노가 디자인한 수많은 건축물 중에서도 세 손가락 안에 항상 꼽히는 작품.]

[전문가들은 이렇게 이야기하기도 한다.]

[디지털 패러매트릭 기법을 활용해 디자인한 서우진의 파빌리온이, '빛의 건축'이라고 불리는 브루노의 패러필드를 더욱 완벽하게 완성시켰다고 말이다.]

자신의 글을 쭉 읽어 내려가던 아영은, 작업했던 페이지의 상당수에 Delete Key를 누르며 아쉬움을 감추지 못하였다. 우진의 이야기들 중 다루고 싶은 부분이 너무 많은데, 정해진 지면에는 한계가 있었으니 말이다. 서우진이라는 건축가가 손댔던 그 수많은 프로젝트들 중, 일부를 '선택'해야 한다는 건 쉽지 않은 일이었다.

['서우진' 하면 빼놓을 수 없는 키워드 안에는, '성수동'도 반드시 존재한다.]

[지금의 아름다운 성수동이 존재할 수 있었던 이유가, 다름 아닌 건축가 서우진이니까.]

[이건 결코 과장이 아니다.]

[지금 성수동 스카이라인을 장식하고 있는 아름다운 초고층 주거단지부터 시작해서, 한강변을 따라 조성된 아름다운 성수 한강 공원과 문화시설들.]

[아직까지 서울숲 인근에서 가장 아름다운 건축물로 평가받는 WJ 타워는 물론, 수많은 오피스 건물들까지. 건축가 서우진의 손이 닿지 않은 지역은 성수동 어디에도 없으니 말이다.]

[성수동이 강남 못지않은 최고의 부촌으로 발전할 수 있었던 데에, 가장 공이 큰 사람이 서우진 대표라는 것은 모두가 동의하는 부분일 것이다.]

본인이 쓴 글을 읽어 내려가던 아영은 저도 모르게 성수동의 풍경을 떠올렸다. 그녀의 글에 써있는 이야기 그대로, 성수동은 정말 우진의 건축과 디자인이 가장 많이 담겨있는 도시였다. 성수동을 '서우진의 도시'라고 부르는 사람도 있을 정도. 물론 아영 또한, 그 이야기에 동의했다.

'성수동, 정말 살기 좋은 곳이지.'
〈우리 집에 왜 왔니〉는 일부러 다루지 않았지만, 같은 영상매체인 〈천년의 그대〉는 다루지 않을 수 없었다. 이천시의 명물인 〈천년의 그대〉 세트장은, 건축적으로도 뛰어난 가치를 가진 곳이었으니까.

[서우진이 국제적으로 인정받은 건축가가 된 이후, 〈천년의 그대〉 세트장은 해외 전문가들을 통해 재평가받기도 했다.]
[세계인들에게 가장 한국적이면서 가장 미래지향적이라고 느껴지는 건축이 드라마 세트장이라는 사실이 무척이나 놀랍다며 말이다.]
['가장 한국적이면서도 가장 미래지향적인 건축']
[서우진의 작품 '하늘궁전'을 이보다 더 완벽하게 설명할 수 있는 문장이 있을까?]

서우진의 상징과도 같은 브랜드, 아르코 또한 결코 빼놓을 수 없었다. 청담 아르코라는 이름의 도심 럭셔리 타운하우스 이후로, 우진은 전국 각지에 수많은 아르코를 탄생시켰고, 그 모든 곳을 전부 성공시켰으니 말이다.

[아르코는 한국에서 어느새 '부'의 상징이 되어있다.]

[아르코에 산다는 것은 대한민국에서 가장 성공한 인생을 뜻하는 대명사가 되었으며]

[많은 사람들이 드림 하우스로 아르코를 첫손에 꼽기를 주저하지 않는다.]

[브랜드 아르코를 보면서 필자는 한 가지 사실을 다시 한번 깨달을 수 있었다.]

[서우진 대표는 훌륭한 디자이너이자 건축가이지만, 그 이상으로 탁월한 사업가라는 사실을 말이다.]

아영이 지금까지 작업한 분량은 여기까지였다. 지금까지의 내용만으로도, 잡지 기고 글치고는 무척이나 긴 분량. 하지만 그녀의 글은 여기서 끝일 수 없었다. 지금까지의 내용은, 서우진이라는 건축가의 건축 인생 절반에도 한참 미치지 못하는 수준이었으니 말이다.

이제는 식어서 미지근해진 커피로 천천히 목을 축인 아영은, 의자에 다시 자리를 잡고 앉았다. 이제부터 그녀가 써 내려가야 할 내용은, 지금의 서우진을 있게 만들어준 가장 역사적인 건축에 대한 이야기였다.

[세계에서 가장 아름다운 마천루, 삼성 글로벌 비즈니스 센터.]

그리고 이와 동시에, 서우진이라는 건축가 인생의 2막이나 다름 없는 이야기였다.

어느 건축가들의 탄생

2018년 1월 1일, 새해를 맞은 석현은 상당히 기분이 뒤숭숭했다.

'2018년? 벌써 2018년이라니. 이게 말이 돼?'

그의 기분이 뒤숭숭한 이유는 별다른 것이 아니었다. 최근 사귀던 여자친구와 두 달도 채 못 사귀고 헤어지게 됐기 때문도 아니었으며, 지난주 애지중지하던 포르쉐 엉덩이에 약간의 기스가 났기 때문도 아니었다. 석현의 기분이 꿀꿀한 이유는 한 가지.

'내가 30대라니.'

그의 나이 앞자리가, 올해부터는 3으로 바뀌기 때문이었다.

"30대 형들은 다 아저씨라고 생각했는데….'

기분이 꿀꿀해서인지, 아침에도 일찍부터 눈이 떠졌다. 1월 1일은 공휴일. 회사에 출근해야 하는 날이 아니었음에도 말이다. 사실 오늘 그에게 약속이 하나 있긴 했다. 조금 귀찮지만 가야 하는 약속이었다. 꿀꿀한 기분 탓에 집에 콕 박혀있고 싶었지만, 만약 약속에 가지 않는다면 앞으로 상당히 오랜 기간 피곤해질 그런 약속이었다.

[헤이, 석현. 10시까지 와야 하는 것 알지?]

"10시? 꼭 그렇게 일찍 가야 해?"

[당연하지. 준공식이 10시에 시작인데, 그럼 대체 언제 오려고 한 거야, Bro?]

아침 일찍부터 전화를 걸어 시끄럽게 구는 제이든의 목소리에 석현은 저도 모르게 한숨을 푹 쉬었다. 30대 아저씨가 된 석현의 마음을 헤아리지 못하는 제이든 어린이는 오늘도 한껏 텐션이 달아올라있었다. 아니, 여느 때보다 몇 배는 더 업되어 있는지도 몰랐다.

'그래도 오늘은, 내가 이해해줘야지, 뭐. 신이 날 만한 날이니까.'

드레스 룸으로 가 깔끔한 세미 정장을 차려입은 석현은 두꺼운 코트에 목도리를 두르고 집을 나섰다. 오늘 그가 가야 하는 곳은 한남동. 조금 더 정확히 말하면, 제이든이 설계한 첫 건축물의 준공식이 있는 곳이었다.

띵-!

엘리베이터를 타고 내려가며, 석현은 문득 이런 생각을 떠올렸다.

'그나저나 제이든의 스튜디오가 어찌어찌 굴러가는 게 진짜 신기하긴 하네. 그 천방지축이 회사를 운영할 수 있을 거라곤 생각도 못 했는데 말이지.'

몇 년 전 우진은 제이든의 스튜디오에 꽤 큰돈을 투자하였다. 'J&S 디자인 스튜디오'라는 이름의, 완전한 신생 디자인 설계사무소. 그리고 이때만 하더라도, 석현은 이 투자에 그리 긍정적이지 않았다. 제이든이 석현의 소울 메이트인 것과 별개로, 또 그의 디자인 실력이 뛰어나다는 것과 별개로, 제멋대로인 그가 스튜디오를 잘 운영해낼 수 없을 것 같았기 때문이었다.

하지만 결국 J&S 디자인 스튜디오는 꽤 근사하게 자리를 잡은 상황이었다. 건축설계는 이번이 처음이었지만, 인테리어나 전시 설계는 꽤 많이 성공적으로 해낸 이력을 가지고 있었으니까. 그래서 석현은 이렇게 생각했다.

'어쩌면 제이든이 동업자를 잘 만난 덕인지도 모르겠네.'

제이든의 동갑내기 친구이자 동기인 선빈. J&S 디자인 스튜디오를 제이든과 함께 설립한 선빈이라는 존재의 역량이, 제이든의 부족한 부분을 훌륭히 채워주었다고 말이다.

어찌 됐든 그래서 우진의 투자는 성공적인 것이 되었다. 제이든과 선빈은 루키 디자이너로서 훌륭히 인지도를 쌓아가고 있었으며, WJ 스튜디오의 관계사로서 협업도 문제없이 해내고 있었으니까.

'J&S 디자인 스튜디오'는 어느새, 과거의 WJ 스튜디오처럼 미래가 촉망받는 디자인 설계사무소가 된 것이다. 비록 이곳 스튜디오의 첫 번째 건축 의뢰, 오늘 준공된 이 건물의 건축 의뢰를 맡긴 사람이 제이든의 어머니였을지라도 말이다.

부릉-

주차장에 내려온 석현이 차에 시동을 걸자, 그의 애마는 여느 때처럼 우렁찬 배기음을 내뿜었다. 핸들을 잡은 석현은 천천히 차를 몰기 시작하였다. 성수동에서 한남동까지가 지도상으로는 꽤 가까운 편이었지만, 차가 좀 밀릴 것은 각오해야 하리라.

"선물이라도 하나 사가야 하나?"

전후 사정이 어찌 됐든, 오늘은 석현의 오랜 친구 제이든이 디자이너로서 처음 데뷔하는 날. 그런데 무슨 선물을 사야 할까 고민하던 사이, 어느새 차는 한남동에 도착해버렸다. 그래서 석현은 뒷머리를 긁적였다.

"어쩔 수 없지, 뭐."

원래 진짜 친한 친구끼리는 딱히 선물 같은 게 필요 없는 법이다.

—— ✱ ——

한편, 석현이 그렇게 한남동에 도착했을 즈음, 우진은 그보다 조금 더 먼저 현장에 도착해있었다. 우진의 옆에는 당연히 제이든이 붙어있었다. 잠시도 쉬지 않고 떠드는 제이든의 얼굴에는 그 어느 때보다 환한 미소가 걸려 있었다. 물론 우진과 티격태격하는 것은, 여느 때와 다를 바 없었지만 말이다.

"여기 좀 봐, Boss."

"보고 있어, 제이든."

"내가 디자인했지만, 정말 멋지지 않아?"

"뭔가 말이 이상한데…."

"또 괜히 내 Korean language 가지고 트집 잡지 말고. 본질을 파악해줬으면 해, 우진."

"본질…? 무슨 본질."

"그야 당연히 이 멋진 공간과 디자인이지."

"…."

제이든의 말대로 그가 디자인한 공간은 멋졌다. 하지만 원래 자화자찬에는 순순히 동의해주기 싫은 법.

"다시 생각해봐, 제이든."
"다시 생각하라니! 이건 내 생각이 아니야, 우진."
"그건 또 무슨 말인데?"
"내 Client도 이미 상당히 만족했거든."

　클라이언트라는 말에는 실소를 흘릴 수밖에 없었다. 이 건물의 주인은 다름 아닌 제이든의 어머니였으니까.

"대부분의 어머니께선… 자식이 하는 일에 만족하는 척하시곤 해, 제이든."
"Holy! 그런 게 아니야! 적어도 오늘만큼은 엄마와 철저히 비즈니스 관계였다고."
"정말?"
"Bloody Hell!"

　제이든과의 대화는 항상 유쾌했다. 그래서 우진은 웃음을 머금은 채, 제이든의 작품을 다시 응시하였다. 규모가 그리 크진 않지만, 신생 스튜디오의 첫 프로젝트치고는 결코 작지 않은 5층짜리 건물. 사실 웃고 떠드는 겉과 다르게 이 건물을 보는 우진의 속마음은 조금 복잡하였다.
　그 이유는 간단했다. 지금 우진의 눈앞에 있는 이 건물은 그의 전생에선 없던 건물이었으니까. 같은 자리에 같은 디자이너의 손에서 비슷한 규모로 지어지긴 했었지만, 디자인만큼은 완전히 달랐으니까.

'제이든의 첫 작품이, 나 때문에 완전히 달라졌네.'

우진은 전생에서 제이든의 첫 작품을 아직도 기억하고 있었다. 전생의 우진에게 제이든 테일러라는 디자이너는 선망의 대상이었으니, 기억하는 것이 당연하였다. 그리고 그 기억 속의 건물과 지금 눈앞에 있는 건물 사이에는, 누가 봐도 완벽한 괴리가 있었다.

사실 그럴 수밖에 없다. 같은 디자이너의 손에서 탄생했지만 지어진 시기도 몇 년이나 차이 났으며, 제이든도 우진의 전생에서 살아가던 제이든과 완전히 다른 사람이었으니까. 게다가 한 가지 더, 전생에 이 자리에 지어졌던 건물이 제이든 혼자서 디자인 디렉팅을 했던 건물이라면 이번에는 디렉터가 한 사람 더 추가되었으니까.

우진이 그런 생각을 하고 있던 그때, 마침 다른 손님에게 디자인을 소개하던 선빈이 반가운 표정으로 우진에게 다가왔다. 우진은 아직도 미스테리였다. 성향상 완전히 상극이나 다름없는 이 두 사람이, 어떻게 동업을 하게 되었으며 이렇게 잘해나가고 있는지가 말이다.

"형! 왔어?"

"그래, 이제 봤냐?"

"하하, 아버지 손님들께서 오셔서 설명드린다고 시간이 좀 걸렸네."

그렇게 반갑게 인사를 나누던 우진이 문득 선빈에게 물어보았다.

"아버지께서는 뭐라셔? 마음에 들어 하시지?"

어찌 보면 당연해 보이는 이 질문을 우진이 한 이유는 일전에 선빈에게 이런 이야기를 들었기 때문이었다.

[아버지께서는 반대하시네.]
[그래? 왜 그러시지?]
[굳이 왜 힘든 길을 가려고 하냐는 입장이셔.]
[음….]
[아버지께선 내가 본인 사업을 물려받았으면 하시나 봐. 어차피 업종이 같기도 하니, 굳이 새로 차리려는 마음을 이해 못 하셔.]
[충분히 그러실 수도 있겠네.]
[휴우.]
[하지만 넌 그럴 생각이 없겠지?]
[맞아, 형. 난 아버지 일이 아닌 내 일을 하고 싶어.]
[그럼 보여드려. 네가 얼마나 잘해낼 수 있는지.]
[…!]
[나도 했는데 너라고 못 하겠어?]
[형은….]
[원래 허락을 받는 것보단, 용서받는 게 좀 더 쉬운 법이지.]

선빈의 아버지는 처음 자신과 비슷한 길을 걸으려는 아들을 말렸다고 했다. 건축업계에서 하나의 사업체를 일궈낸다는 것이 얼마나 힘든 길인지 누구보다 잘 아는 게 바로 선빈의 아버지였고, 때문에 자신이 걸었던 그 길을 아들이 똑같이 걷는 것을 원치 않았던 것이다.

자식은 새로이 길을 개척하기보다, 당신이 닦아놓은 길 위로 편히 걸어왔으면 하는 생각이었던 것. 그래서 오늘 선빈은 어쩌면,

다른 누구도 아닌 아버지께 자신의 첫 건축을 보이는 것이 가장 떨렸을지도 몰랐다. 그런 그의 내심을 이해하기에, 우진이 그런 질문을 던졌던 것이고 말이다. 그리고 선빈은 다행히 밝은 표정으로 대답하였다.

"뭐, 우리 아버지야 당연히 대견스럽다 하시지. 이제 와서 뭐라고 하시겠어, 하하하."
"잘됐네."
"맞아, 잘됐지."
선빈이 활짝 웃으며 한마디 덧붙였다.
"다 형 덕분이야."

우진의 시선이 다시 한번 건물을 향했다. 완전히 다른 개성을 가진 두 건축 디자이너가 합심하여 완성해낸, 단 하나뿐인 독특한 건물. 우진의 마음은 여전히 복잡했다. 자신의 개입 없이도 분명히 훌륭했을 두 건축가가, 어쨌든 우진의 영향으로 다른 길을 걷게 된 것이니까.

하지만 복잡한 마음과 별개로 우진이 지금 웃을 수 있는 이유는 하나였다. 그것은 바로 지금 우진의 눈앞에 있는 이 건축 디자인이, 제이든을 스타 건축가로 만들어줬던 전생의 그 작품과 비교해도 전혀 부족해 보이지 않을 만큼 충분히 멋졌기 때문이다.

— * —

2018년 12월 25일. 크리스마스를 맞은 스페인 바르셀로나에서

374

는, 18세기부터 이어진 오랜 전통의 축제인 '피라 데 산타루치아 (Fira de Santa Lucia)'가 열리고 있었다. 아름답게 저물어가는 노을과 거리를 밝게 수놓는 반짝이는 조명들.

축제이자 크리스마스 마켓이기도 한 이 '피라 데 산타루치아'가 열리는 바르셀로나 거리는, 무척이나 흥겹고도 낭만적인 거리였다. 그리고 스페인의 유학생인 소연은, 크리스마스인 오늘 이 거리를 걷고 있었다. 혼자는 아니었다. 얼마 전 함께 대학원을 졸업한, 친한 동기 카밀라(Camila)와 함께였으니까.

한껏 흥겨운 이 크리스마스 분위기 속에서, 소연 또한 더없이 밝은 표정이었다. 스페인에 머물게 된 지 이제 5년이 넘었지만, 열정적이고 여유로운 이곳 문화는 지금까지도 그녀에게 긍정적인 영향을 주고 있었다.

그래서 그녀는 앞으로도 이곳에서 일을 좀 더 해볼 생각이었다. 물론 항상 한국이 그립고 또 언젠가 돌아갈 생각이긴 했지만, 브루노의 전폭적인 지지를 받으며 스페인 건축업계에 자리 잡을 수 있는 이런 기회는 아무 때나 오는 것이 아니었으니 말이다. 소연이 이런 생각을 하며 걸음을 옮기고 있던 그때, 카밀라의 목소리가 들려왔다.

"소연, 무슨 생각을 그렇게 해?"
"그냥, 거리가 아름답잖아."
"새삼? 바르셀로나에 하루 이틀 오는 것도 아니면서."
"하지만 이 축제는 처음이야."
"아하! 그렇구나. 네가 산타루치아 축제에 처음 와보는 줄은 몰랐어."

카밀라는 밝은 주황빛이 나는 붉은 머리의 예쁘장한 친구였다. 그리고 소연이 스페인 생활에 어렵지 않게 적응할 수 있었던 데에는, 그녀의 역할이 꽤 컸다.

"그럼, 소연."
"응?"
"처음 온 기념으로, 내가 선물 하나 사줄까?"
"선물…? 갑자기?"

소연을 향해 해맑게 웃어 보인 카밀라는, 문득 거리의 가게 한 곳으로 들어가 뭔가를 집어 들었다.

"아저씨, 이거 얼마예요?"
"5유로에 팔고 있단다."
"여기, 조금 더 큰 녀석은요?"
"그건 7유로쯤 받아야겠군."
소연은 카밀라가 손에 집은 물건을 보고는, 고개를 갸웃하였다.
"그게 뭐야, 카밀라? 통나무 인형…?"
조금 큰 맥주 캔 크기로 절단된 통나무의 단면에 눈, 코, 입을 붙여 넣고, 빨간 모자를 씌워 놓은 특이한 모습의 인형. 카밀라가 그것을 갑자기 왜 사준다는 것인지, 이해할 수 없었으니 말이다.
"잠깐, 기다려봐."
하지만 카밀라는 대답 대신 웃으며 인형을 사서 나왔고, 그것을 소연에게 건네었다.

"이건 '까까띠오'라는 거야, 소연."

"까까띠오…?"

이어서 더욱 해맑게 웃으며 설명을 덧붙였다.

"이걸 두들기면서 노래를 부르면, 크리스마스에 원하는 선물을 얻을 수 있다는 전통이 있어."

"아하…?"

카밀라가 통나무 옆면을 톡톡 두들기며, 소연에게 다시 물어보았다.

"소연은 크리스마스에 받고 싶었던 선물이 있어?"

"선물?"

"아니면 바라는 소원이 있다든가?"

"음…."

카밀라의 말을 듣던 소연은, 저도 모르게 통나무를 톡톡 두들겨보았다. 그리고 흥겨운 산타루치아 축제를 다시 한번 둘러보며, 속으로 작게 중얼거렸다.

'아름다운 공간을 설계하는, 멋진 건축 디자이너가 되게 해주세요.'

시간이 흘러가도 변하지 않는 것들

홍식은 지난 몇 년, 정말 늘어지게 여유로운 시간들을 보내고 있었다. 물론 그의 나이는 은퇴할 나이도 한참 지난 연배다. 하지만 은퇴 직후에 청담 선영아파트의 조합장이 됐던 그는 이전까지 단 한 번도 쉬지 못하고 일해왔다.

청담 선영아파트 재건축 조합을 성공적으로 이끌어낸 이후에는, 곧바로 성수 전략정비구역의 조합장으로 몇 년을 더 일했으니까. 물론 그렇게 바쁘게 살아온 것에 후회는 없었다. 은퇴 시점부터 근 10년 동안 그렇게 열심히 노년의 열정을 불태운 덕에 지금의 부유함을 얻을 수 있었으니 말이다.

재건축 조합을 이끌면서 투자도 병행한 덕에 자산가치도 수배 이상 상승하였고, 무엇보다 서울에서 가장 핫한 두 구역의 개발을 성공적으로 이끌어낸 전적 덕분에, 그의 몸값도 엄청나게 솟아오른 것. 강남 재건축단지 조합에서 지금까지 홍식에게 보내온 러브콜만 해도 열 곳이 넘을 정도였다.

압구정의 어떤 재건축 단지에서는 홍식에게 연봉 5억을 제시하기도 하였다. 그 정도 연봉을 지불하더라도 홍식의 능력으로 재건축을 몇 달만 앞당길 수 있다면, 결코 아깝지 않은 돈이었기에 가능한 일이었다.

하지만 홍식은 그 어떤 러브콜에도 응하지 않았다. 돈은 이미 자식들에게 증여하고도 노년을 충분히 호화롭게 보낼 수 있을 정도로 충분하였고, 그러다 보니 이제 그에게 돈보다 중요한 것은 '시간'이었으니까.

그래서 성수 전략정비구역의 준공승인이 떨어진 뒤부터, 홍식은 작정하고 여유로운 삶을 보내고 있었다. 우진과 마찬가지로 성수 전략정비구역에서 펜트하우스를 분양받은 홍식은 우진의 바로 옆 동에 살고 있었다.

'내가 이런 집에도 다 살아보고… 역시 인생은 모른단 말이지. 허허허.'

그리고 이렇게 여유로운 휴식기를 보내고 있는 홍식에게 요즘 가장 큰 행복은 바로 두 어린 손자들이었다. 홍식이 성수동으로 이사 온 이후 손자들이 놀러 오는 빈도수가 배 이상은 늘어난 것 같았다. 큰아들의 집과 좀 더 가까워져서기도 했지만 이유가 그 때문만은 아니었다.

"할부지!!"
"허허, 우리 장군이들, 왔구나!"

펜트하우스인 홍식의 집은 서비스 면적으로 제공되는 테라스만 30평이 넘었고, 앞마당처럼 잘 꾸며놓은 그 테라스는 네 살 배기 손자들에게 더없이 훌륭한 놀이터였던 것이다.

"아버님, 점심 식사는 하셨어요?"

"아직 안 했다. 뭐라도 시켜줄까?"

"할부지! 짜장면!"

"그래, 짜장면 먹자, 하하. 애미도 괜찮지?"

"네, 아버님. 좋아요."

테라스에 놓아둔 푹신한 빈백(Beanbag) 위에 앉은 홍식은 신이 나서 뛰어다니는 손주들을 보며 흐뭇한 미소를 머금었다. 두 사업장의 조합장을 맡는 동안 10년은 더 늙어버린 느낌이었다면, 요즘의 여유롭고 행복한 삶은 그를 다시 젊어지게 만드는 느낌이었다.

'연봉 5억이고 나발이고. 아무리 비싼 돈을 줘도 이렇게 귀한 시간을 살 수는 없는 노릇이지.'

비싼 연봉에 혹하지 않았다면 거짓말이겠지만, 돈보다 여유로운 시간을 선택한 것에 정말 단 한 번도 후회는 없었다.

"아버지, 이번 추석도 큰아버지 댁에서 쇠기로 한 거죠?"

"아, 그렇지 않아도 얘기하려 했는데, 이번 추석은 성수동에서 쇠기로 했다."

"네? 아버님 댁에서요?"

"그래, 여기서."

"큰집에 갑자기 무슨 일 있으세요?"

"형님께서 집 구경 좀 하자고 하시는구나."

"아하."

며느리가 알겠다는 듯 고개를 끄덕이자, 옆에 있던 큰아들이 홍식을 향해 물어보았다.

"그럼 올해는 큰아빠가 서울로 올라오시는 거네요?"

"뭐, 우리가 제사를 지내는 것도 아니고. 사실 어디서 지내든 별 상관은 없으니까."

"흐흐, 아버지."

"뭐, 인마."

"집 자랑하고 싶으셔서, 아버지께서 부르신 건 아니고요?"

"에잉, 자랑은 무슨. 그런 거 아니다."

여느 때처럼 나른한 주말의 오후. 가을이 성큼 다가와서인지, 테라스에는 시원한 바람이 솔솔 불어오고 있었다. 이 평화로운 풍경을 감상하며 홍식은 빈백에 완전히 몸을 뉘였다.

"아버님, 커피 한 잔 내려도 될까요?"

"그래라, 원두 어디 있는지 알지?"

"네, 아버님도 한 잔 드실래요?"

"좋지, 난 따뜻하고 연하게."

"네에, 조금만 기다리세요."

시원한 가을바람 속에 반쯤 누워 따뜻한 커피까지 한 잔 마시면, 그곳이 바로 무릉도원이 아닌가? 먹고살 걱정이 없는 이런 상황에선, 돈 따위보다 이러한 여유와 행복이 훨씬 더 중요하지 않은가?

그런 생각을 하며 만족스런 표정으로 잠시 눈을 감은 홍식은 솔솔 불어오는 시원한 바람에 순간 꾸벅 졸았다. 아마 바지춤에서 진동하기 시작한 스마트폰이 아니었다면, 며느리가 커피를 타오기 전까지 잠시 잠이 들었을지도 몰랐다.

위이잉-!

홍식은 요란하게 진동하는 스마트폰을 꺼내며 투덜거렸다.

'이 시간에 누구야? 전화 올 사람이 없는데.'

하지만 다음 순간,

[서우진 대표]

발신자를 확인하고는, 묘한 표정이 될 수밖에 없었다.

'음? 서 대표가 어쩐 일로…?'

성수 전략정비구역의 준공승인이 떨어진 뒤, 우진의 연락이 오는 것은 정말 오랜만의 일이었으니 말이다.

"험험."

헛기침을 하며 자리에 일어나 앉은 홍식은 일부러 조금 큰 목소리로 통화를 시작하였다. 이제 국내에서는 손가락에 꼽을 정도의 유명인인 서우진과의 인맥을 은근히 아들 내외에게 자랑하고 싶었던 모양이었다.

"허허, 서 대표님. 오랜만이십니다."

[하하하. 잘 지내셨지요, 조합장님!]

"어허, 이 사람이. 저 이제 조합장 아니잖습니까."

[뭐, 지금이야 아니시겠지만….]

"앞으로도 아닐 겁니다."

[그래요?]

"물론이지요. 조합장 하는 동안 십 년은 더 늙은 것 같아요."

[하하하하하.]

　오랜만의 통화, 그리고 나이 차이가 수십 년 이상 나는 두 사람이
었지만 그들은 유쾌한 목소리로 이런저런 이야기를 나누며 껄껄
웃고 있었다. 지난 긴 시간 동안 함께했던 사업 파트너였으니, 나이
차이 같은 것은 큰 의미 없을 정도로 막역한 사이가 됐던 것이다.

　"그나저나 바로 옆 동 사시면서 얼굴 한 번 보기 힘듭니다, 서 대
표."
　[저야 워낙 벌여놓은 일이 많잖습니까.]
　"그러니까 일도 좀 쉬엄쉬엄하시고… 아, 서 대표는 아직 열심히
일해야 할 나이긴 하군요."
　[저 이제 서른 넘었습니다, 조합장님.]
　"어허, 조합장 아니라니까."

　우진과 통화를 하면서 홍식은 오랜만에 껄껄 웃었다. 연배로 따
지면 작은아들보다도 어린 서우진이었지만, 홍식은 그렇게 느껴
본 적이 단 한 번도 없었다. 그런데 기분 좋게 대화를 나누던 홍식
의 표정이, 어느 순간부터 조금씩 변하기 시작하였다.

　[그러니까, 조합장님. 이제 압구정이 대격변을 시작할 겁니다.]
　"진짜… 사업 진행이 되는 겁니까?"
　[물론입니다. 성수 전략정비 어떻게 밀어붙였는지 보지 않으셨
습니까? 아니, 함께하셨지요.]
　"흐음…."

[조합장님만 오셔서 저랑 손발 맞춰주시면, 늦어도 3년 내로는 삽 뜰 수 있을 겁니다.]

우진의 이야기를 듣던 홍식은 저도 모르게 한쪽 뺨을 철썩철썩 때리며 속으로 중얼거렸다.

'안 돼. 절대로 안 되지. 나더러 재건축 현장으로 다시 오라고? 이 여유를 버리고? 말도 안 되는 일이야.'

우진의 말을 듣다 보니, 어느 순간 들썩이기 시작하는 자신을 발견한 것이다.

"그렇게 말씀하셔도 소용없습니다, 서 대표님."

[네?]

"일전에 다른 조합에서 연봉 5억을 불러도 안 갔던 겁니다."

[음….]

"서 대표는 아직 젊지만, 난 이제 시간이 귀한 나이예요."

[아직 살아오신 만큼은 더 사셔야 할 텐데요?]

"…?"

[이제 120세 시대 아닙니까, 하하하.]

어처구니없는 우진의 말에 홍식은 순간 말을 잃었고, 그런 그의 귓전으로 우진의 목소리가 다시 흘러들어오기 시작했다.

[연봉 5억 거절했다 하셨지요?]

"…."

[괜찮습니다. 어차피 그거보다 훨씬 더 많이 드리려고 했으니

까.]

그리고 잠시 후,
뚝-
서우진과의 통화를 마친 홍식은 저도 모르게 작은 목소리로 중얼거릴 수밖에 없었다.
"젠장."

거절하기엔, 역시 너무 많은 돈이었다.

— * —

서울 시청 앞에는 푸른 잔디가 깔린 드넓은 광장이 있다. 덕수궁을 서쪽에 끼고 북쪽에는 시청, 동쪽에는 을지로를 끼고 있는, 무려 사천 평 면적의 널찍한 광장.

그리고 2019년 6월 30일, 우진은 오전 일찍부터 이곳에 나와있었다. 그가 이곳에 나와있는 이유는 다른 것이 아니었다. 오늘 이 자리의 주인공에게 초대를 받았으니까.
'시장님 임기가 벌써 끝날 때가 되다니….'
이제 잠시 후면 '전' 서울시장이 될, 2010년대의 서울시를 책임졌던 2선 시장 구윤권. 오늘은 8년간 서울시의 시장직을 훌륭하게 맡아온 구윤권이 그 자리에서 물러나는 날이었다.

"오, 서 대표. 와줬군요."

"당연하죠. 어떻게 이런 자리에 초대받고 오지 않을 수가 있겠습니까, 하하."

"여튼 정말 감사드립니다. 서 대표께서 제 퇴임식 자리를 더 의미 깊은 자리로 만들어주셨습니다."

"그렇게 생각해주신다니 진심으로 영광입니다."

구윤권은 우진의 전생에서와 정확히 같은 날 퇴임하게 되었다. 전생에서도 그랬듯 윤권은 충분히 3선시장이 될 수 있을 만큼 서울시민들의 지지와 신임을 얻고 있었지만, 마찬가지로 이후의 선거에 더 이상 나서지 않고 임기를 마무리 지은 것이다.

일각에서는 대권을 노리기 위한 포석이라는 이야기도 있었지만, 그것은 억측에 가까웠다. 2019년도의 정세상 실제로 대권에 도전하기 위해서는 한 번의 임기를 더 채우는 것이 구윤권에게 유리했으며, 윤권은 일찌감치 더 이상 정계에 발들이지 않겠다는 선언을 한 상황이었으니까.

서울 시민들은 그의 이러한 선택을 진심으로 아쉬워하였다. 그가 임기를 지내던 지난 8년 동안, 서울시의 눈부신 발전을 부정하는 사람은 많지 않았으니 말이다. 다만 어째서 여기서 물러나는 것이냐는 질문을 받을 때마다, 이렇게 대답할 뿐이었다.

"아무리 맑은 물도 고이면 썩게 마련입니다. 저는 8년의 임기 동안 꿈꿔왔던 대부분의 것들을 이뤘으며, 2020년 이후의 서울시에는 저보다 더 창의적이고 새로운 시장님이 필요하다고 생각했습니다."

그래서 서울시의 광장에는 그와의 이별을 아쉬워하는 수많은 시민들이 모여있었다. 그리고 그런 시민들을 향해, 윤권은 마지막 소감을 발표하기 시작하였다.

"존경하는 시민 여러분."

조금은 먹먹한 듯 느껴지기도 하는 윤권의 단단하고 묵직한 목소리.

"여러분이 계셨기에 서울시가 존재할 수 있었고, 서울시가 있었기에 제가 이 자리에 설 수 있었습니다."

윤권은 이 자리에 모인 모두를 향해 진심으로 이야기하였다.

"제가 만들고 싶었던 아름다운 서울. 최대한 많은 시민 여러분께 행복한 추억을 남겨드릴 수 있는 도시, 서울."

감정이 벅차오르는지 윤권은 한 차례 마른침을 집어삼켰고, 그 이후 천천히 말을 이었다.

"그렇게 멋진 서울을 만들 수 있게 도와주신 여러분께, 진심으로 감사드립니다."

이 이야기를 시작으로 마이크를 통해 흘러나온 윤권의 소감문이 광장에 천천히 울려 퍼졌다. 그는 준비했던 이야기들을 차분히 이어가면서 광장에 모인 시민들의 면면을 찬찬히 훑어보았다. 그리하여 이윽고 윤권의 시선이 우진에게 도달했을 때,

빙긋-

눈이 마주친 두 사람은 누가 먼저랄 것 없이 서로를 향해 미소지을 수 있었다.

우진에게 구윤권은 그가 꿈을 펼칠 수 있도록 많은 기회를 만들

어준 최고의 서울시장이었으며, 반대로 윤권에게 서우진은 그가 꿈꿔왔던 아름다운 서울을 만들 수 있도록 도와준 최고의 건축가였으니 말이다.

— * —

시간은 흘러갔다. 여전히 모두는 각자의 자리에서 각자의 할 일을 해나가고 있었으며, 그 안에서 우진 또한 언제나처럼 앞을 향해 성큼성큼 걸어 나가고 있었다.

어찌 보면 우진은 2018년에 이미 꿈을 이룬 것이나 다름없다. 무려 서울의 강남, 그것도 삼성동 업무지구의 한복판에 본인이 만족할 수 있을 만한 최고의 설계를 디자인해 그것을 지어 올리기 시작했으니까. 물론 준공이 되어야 마침표가 만들어지겠지만, 어쨌든 우진이 그 꿈을 위해 할 수 있는 것은 더 이상 남아있지 않았다. 우진이 할 수 있는 것은 기다리는 것뿐이었으니까.

[삼성 글로벌 비즈니스 타워, 현재 공정률 56%!]
[SGBC가 삼성 국제 업무지구에 불러올 새로운 바람은?]
[일자리만 5천 개? 매머드 급 업무시설 SGBC!]
[천웅건설의 천종걸 회장, "천웅의 이름을 걸고, SGBC를 최고의 건축물로 지어 보일 것."]
[KCA 인베스트먼트, 송주빈 이사. 자금 조달 계획에는 전혀 문제가 없어… "SGBC는 예정보다도 조금 더 빨리 준공될 수 있을 것."]

하지만 이렇게 사실상 꿈을 이룬 것임에도, 우진은 묵묵히 앞을 향해 나아갈 뿐이었다. 사실 그것은 당연했다. 꿈을 이뤘다는 것은 그것으로 모든 할 일을 다했다는 뜻이 아니었으며, 오히려 우진이 그토록 꿈꾸던 무대에 첫발을 디뎠다는 뜻에 가까웠으니까.

누구에게라도 의뢰를 받을 수 있으며, 또 어떤 건축이든 할 수 있는 그런 건축가. 이제 서우진이라는 건축가는 세계적인 건축가 중 한 명으로 당당히 이름을 올렸으니 말이다.

[국내 최대 규모의 아트 갤러리 H 아트센터. 한남동 알짜배기 땅에, 내달 착공 들어가…]

[H 아트센터의 대표 임석호, "최고의 아트갤러리를 디자인해준 서우진 대표에게 진심으로 감사드린다."]

[H 아트센터에서 소장할 첫 번째 작품은 '서우진의 파빌리온']

[착공을 앞둔 H 아트센터, 그 아름다운 조감도 공개!]

우진은 계속해서 디자인을 했고, 또 계속해서 건축을 하였다. 하지만 앞만 보고 달리던 과거와 조금은 달랐다. 우진은 이제, 건축을 진심으로 즐기고 있었다.

[중국, 상하이(上海)에 위치한 복합 문화공간 '極隆101广场(이하 101광장)'이 2020년 겨울 개관 소식을 전했다.]

[한국의 세계적인 건축가 서우진이 설계한 이곳은 중국의 전통 건축양식을 콘셉트로 설계·디자인이 계획되었다 하였으며…]

[그럼에도 불구하고 서우진은 "가장 모던하고 가장 절제된 공간"이라는 말로 101광장을 표현하였다.]

[지하 1층부터 지상 5층까지, 수만 평이 넘는 넓은 공간에 지어진 이 건축물은…]

[한편 건축주 루한(Luhan)은 서우진의 이 건축에 대해 찬사를 아끼지 않았다.]

[그는 현지 인터뷰에서, 다음과 같이 이야기했다고 한다.]

["나는 서우진 건축가로부터, 가장 높은 곳에 지어진 가장 아름다운 광장을 선물 받았다."]

우진의 활동무대는 이제 더 이상 국내에 국한돼있지 않았다. 2018년을 기점으로 아예 글로벌 사업부를 설립한 WJ 스튜디오는, 세계 각국에 현지법인을 설립할 정도로 빠르게 사업을 확장해나갔으니 말이다.

그러면서 당연히 프로젝트의 숫자는 늘어났지만, 그 와중에도 우진은 한 가지 원칙을 고수하였다. 그것은 바로 모든 프로젝트의 콘셉트 기획단계에서 우진이 조금이라도 꼭 참여한다는 원칙이었다. 그래서 회사가 커지면 커질수록, 우진도 계속해서 바빠졌다.

안식년 이후로 손에 쥐고 있던 일들의 많은 부분들을 경영진에게 나누었지만, 이제는 기업경영이 아닌 '디자인'이라는 분야 하나만 갖고도 하루가 부족할 정도로 바빠진 것이다. 하여 2021년 봄,

드르륵-

우진이 오늘 이렇게 캐리어를 끌고 인천공항에 온 것도 그런 이유였다. 스페인 바르셀로나에서 시작될 신규 프로젝트의 참석을 위해, 스페인행 비행기에 탑승하고 있었으니까. 짐칸에 짐을 올리고 좌석에 착석하자, 옆에 앉은 디자인 팀장이 창밖을 응시하며 밝

게 웃었다.

"날씨 진짜 좋네요, 대표님."

우진도 웃으며 고개를 끄덕였다.

"오랜만에 황사도 없고, 하늘 정말 맑네요."

우진의 옆에 앉은 디자인 팀장은 9년 전 WJ 스튜디오에 인턴으로 입사했던 유수영이었다. 학과는 다르지만 같은 학부 선배였던 우진을 동경하여 WJ 스튜디오에 지원했고, 그 이후로 WJ 스튜디오와 거의 10년에 가까운 세월을 함께하며 성장해온 디자이너 유수영.

우진과 함께 실사를 나가는 것만으로도 잔뜩 긴장해있던 그 인턴은 더 이상 없었다. 수영은 이제 WJ 스튜디오가 아니더라도 어디에서든 인정받고 탐낼 만한 뛰어난 디자이너가 되어있었다. 물론 그렇다고 해도, 수영이 WJ 스튜디오를 떠날 일은 없어 보였지만 말이다.

'대표님께서 계시는 한, 내가 이직할 이유 같은 건 없겠지.'

WJ 스튜디오는 이제 전 세계를 놓고 봐도 손에 꼽을 만한 최고의 디자인 스튜디오다. 게다가 그녀의 우상이 아직도 현업에서 뛰고 있었으며, 업계 표준보다 연봉이 부족한 것도 아니다. 수영이 그런 생각을 하고 있을 때, 바로 뒷자리에서 탄성이 터져 나왔다.

"우와, 스페인이라니!"

그 낯익은 목소리에, 수영이 고개를 돌리며 물어보았다.

"김 주임은 스페인 처음이야?"

"네, 팀장님. 저 지금 너무 설레요."

초롱초롱한 눈망울로 창밖을 응시하는 김 주임을 보며, 수영의
머릿속에 잠시 추억이 떠올랐다.

'나도 저랬던 때가 있었지.'

수영도 회사업무로 해외 출장을 갔던 처음이 분명히 있었고, 그
때 출국 비행기에선 김 주임과 같은 마음이었었으니 말이다. 그래
서 수영은 피식 실소를 머금으며 자신의 자리로 돌아앉았다. 그리
고 김 주임을 향해 웃으며 말했다.

"김 주임 아마 딱 2주 정도만 지나면 한국이 그리워질걸?"

"네…? 그럴 리가요."

"스페인에서 소금기 가득한 음식 먹으면서 한 달 동안 도면만 치
다 보면, 내 말이 무슨 말인지 알게 될 거야."

"에엑…! 내 감성 돌려내요, 팀장님!"

두 사람의 대화에, 창밖을 응시하고 있던 우진의 입에서도 실소
가 새어 나왔다.

'김 주임이 많이 들떴네.'

우진은 김 주임의 설렘을 이해했다. 우진을 포함한 일행은 오늘
단순히 해외 미팅을 위해 스페인행 비행기를 탄 게 아니었으니까.
그랬더라면 이렇게 커다란 캐리어를 끌고 오지도 않았을 것이며,
열 명도 넘는 디자인팀 전체를 데리고 오지 않았을 터다.

우진은 수년 전 마테오가 한국에 왔던 것처럼, 프로젝트를 위해
아예 한 달이라는 기간을 잡고 출장을 가는 길이었다. 이것은 스페
인의 초대형 복합 문화시설의 설계권을 따기 위한 출장이었다.

"다들 비행기에서 푹 자둬요. 내일부터는 바쁠 테니까."

"네, 대표님."

"히히. 알겠어요, 대표님."

이번 프로젝트는 SGBC에 어느 정도 비견될 정도의 초대형 프로젝트였다. 그런 중요한 프로젝트를 따내기 위한 특별 원정대에 포함되었다는 사실은 이제 2년 차 디자이너인 김 주임의 입장에서 충분히 설렐 만한 일.

그와 동시에 자부심을 가져도 될 만한 일이었다. 직원들에게 얘기하진 않았지만 이번에 차출된 인원은 우진이 생각할 때 충분한 실력이 있는 사람들뿐이었고, 뛰어난 디자이너가 수두룩한 WJ 스튜디오 안에서 2년 차가 이번 프로젝트 인원으로 선정됐다는 것은 꽤 대단한 일이었으니까.

'이번 프로젝트까지 따낸다면, 본격적으로 유럽 사업장을 키울 수 있겠지.'

구구구궁-!

요란한 소리를 내며 비행기가 활주로를 달리기 시작하자, 우진은 눈을 감고 머리를 의자에 기대었다. 그는 함께 비행기를 탄 다른 직원들만큼이나, 이번 스페인행이 기대되었다.

— * —

관광으로 무척이나 유명한 도시인 바르셀로나 외곽에는 '신(新) 업무지구'로 불리는 첨단산업지구가 있다. 과거 '혁신지구'라는 이름으로 불렸던 낙후된 공업지역을, 도시재생과 개발계획을 통해 완전히 탈바꿈시킨 첨단산업지구.

마치 신도시처럼 멋들어진 건물들이 즐비하게 늘어서 있는 이곳에는 다양한 업체가 입주해 있었고, 그만큼 많은 업무인력이 상주하는 지역이었다. 하루에도 전 세계 다양한 사람들이 오가며 수많은 비즈니스 미팅이 이뤄지는 이곳. 그렇기에 이 첨단산업지구에 입점한 카페들은 대부분 미팅 룸을 가지고 있었다.

"안녕하세요. 미팅 룸 예약해뒀는데…."

"혹시 성함이 어떻게 되시나요?"

"제 이름으로 예약한 건 아니고요. 'EL 컴퍼니'라는 이름으로 예약했거든요."

그리고 이곳 카페 엘 노마드(El Nomade)는, 업무지구의 메인 스트리트에 있는 가장 큰 카페 중 한 곳이었다. 메인 스트리트의 코너 라인, 가장 눈에 띄는 자리에 있는 모던한 디자인의 신축 카페. 그래서 이곳을 처음 방문하는 외부인들은 대부분 이곳에서 미팅을 잡곤 했다. 디자인도 깔끔하고 분위기도 좋은 데다, 커피 맛도 나쁘지 않은 카페였다.

"아아! 찾았습니다. 그런데 조금 일찍 오셨네요?"

"네, 어쩌다 보니…."

하지만 오전 일찍부터 이 카페를 찾은 이 여성은 이곳 '엘 노마드'에 처음 오는 외부인처럼 보이지는 않았다.

"혹시 일찍 와서 자리가 없는 건 아니죠?"

캐셔와 대화하고 있는 그녀의 옆으로 어느새 나타난 점장이 불쑥 끼어드는 것만 봐도 알 수 있는 사실이었다.

"그럴 리가요. 종종 이렇게 일찍 오시지 않습니까?"
"아, 점장님. 오늘은 일찍부터 계시네요?"
"오늘은 오후에 일이 있어, 오전 타임으로 나왔습니다. 하하하."

여자와 반갑게 인사를 나눈 점장이, 메뉴판을 톡톡 두들기며 말을 이었다.

"미팅 전에 브런치를 하시려고 일찍 오셨지요?"
"네."
"항상 주문하시던 거로?"
"그렇게 해주세요."

주문을 마친 그녀는 직원에게 안내받은 미팅 룸으로 걸어갔다.

또각- 또각-
자리에 앉은 그녀는 작은 노트북을 먼저 세팅하였고, 그사이 그녀가 주문한 브런치가 나왔다. 그녀가 좋아하는 것은 따뜻한 라떼에 치즈가 듬뿍 얹힌 크로크무슈(Croque monsieur)였다. 한 손으로 크로크무슈를 집어 든 그녀는, 고개를 들어 벽걸이 시계를 확인하였다.

'미팅까지는 아직 30분 정도 남았고….'

그런데 그녀가 빵을 한입 크게 베어 물었을 때,

지이잉-

탁자 위에 올려놓은 그녀의 스마트폰이, 요란하게 진동하기 시작했다.

"으응?"

전화 올 데가 없다고 생각했던 그녀는 고개를 갸웃했지만 화면에 떠오른 발신자 표시를 보고는 피식 웃을 수밖에 없었다. 이른 시간부터 전화를 건 사람은 다름 아닌 그녀가 가장 사랑하는 한 사람.

"할머니!"

물론 전화가 걸려온 곳은, 지금 이미 저녁 시간일 테지만 말이다.

[그랴, 우리 소연이, 잘 지내고 있지?]

전화를 받은 그녀의 입에서는 카페 분위기와 이질적인 한국어가 튀어나왔다.

"저야 당연히 잘 지내죠! 우리 할매, 큰 손주 보고 싶어서 전화했구나?"

[그라모, 당연하제.]

"할머니는 몸 좀 어떠세요?"

[할미야 우리 손주들 보고 싶은 것만 빼면 괜찮지.]

"헤헤, 이번 여름휴가 때는 꼭 한국 들어갈게요."

빵과 커피를 입 안에 우겨 넣으면서도, 그녀는 전화를 끊지 않았다. 오랜만에 듣는 할머니의 목소리는 너무 그리운 것이었으니 말이다.

[이번 여름에는 우리 소연이, 이 할미한테 사윗감도 보여주고 하는 거제?]

"아, 할머니는 진짜 맨날…."

[너 이제 서른이여, 서른! 일이 바쁘고 고될수록 의지할 배우자가 필요한 거여.]

통화는 역시 여느 때나 다름없는 레퍼토리였지만, 그녀는 이 진부한 이야기도 싫지 않았다. 할머니의 이 이야기 속에는 누구보다도 그녀 자신을 위하는 마음이 가장 많이 들어있다는 사실을 알고 있었으니 말이다.

시계를 힐끔 확인한 소연은 통화를 계속하였다. 미팅 10분 전까지는 전화를 좀 더 해도 된다고 생각했다.

"가연이, 아연이도 잘 있죠?"

[그럼. 가연이는 회사 잘 다니고, 아연이는 학교 잘 다니지.]

"그렇구나."

[아연이가 눈 퍼런 형부도 괜찮디야, 알겠지?]

"아, 할머니!"

그녀, 소연의 목소리는 그렇게 크지 않았다. 하지만 이른 시간인 만큼 카페 안은 워낙 조용하였고, 이 안에서 한국말을 쓰는 사람은 그녀뿐. 그래서 그녀의 목소리는 카페 안에 도드라지게 울려 퍼졌지만, 본인은 그것을 인지하지 못하는 듯하였다.

전화에 집중해서 그런 것은 아니었다. 그녀는 왼쪽 어깨로 스마트폰을 받친 채, 미팅에 쓸 PPT를 세팅하기 위해 분주히 노트북을 두들기고 있었으니까.

"할머니, 나 이제 미팅."

[그랴, 일 잘하고.]

"제가 조만간 다시 전화 드릴게요."

[할미는 우리 큰손주가 최고인 거 알제?]

"알아요. 흐흐."

그런데 그렇게 할머니와 통화를 마치고 전화를 끊었을 때,

'음…?'

소연은 위화감을 느낄 수밖에 없었다. 노트북을 두들기고 있는 그녀의 옆으로, 누군가의 시선이 느껴졌으니 말이다. 그래서 그녀는 반사적으로 고개를 돌렸고, 다음 순간 손에 쥐고 있던 스마트폰을 떨어뜨릴 수밖에 없었다.

"통화, 끝났어?"

그곳에는 그녀가 무척이나 그리워했던, 한 남자가 앉아있었으니 말이다.

가장 높고, 가장 아름다운

보통의 사람들이 가진 상상력은 생각보다 빈곤하다. 건축·공간을 설계하고 디자인하는 디자이너와 달리 눈으로 보지 않고는 건물의 완공된 모습을 쉬이 상상할 수 없는 것이다. 건축을 하는 사람들이야 뼈대가 올라오고 마감이 덧입혀지는 것을 보면 이 건물이 완공됐을 때 어떤 모습을 보여줄지 어느 정도 상상할 수 있지만, 보통의 사람들은 건물이 자신의 모습을 완전히 보여줄 때까지 그 완성된 모습을 쉽게 상상하기 힘들다는 얘기다.

그래서인지 2020년 전후로, SGBC와 관련된 이슈들은 조금 사그라들었다. 이 높다란 마천루는 단 한순간도 쉬지 않고 계속해서 지어지고 있었지만, 사람들의 관심은 처음 공사가 시작됐을 때보다 많이 옅어진 것이다.

하지만 2021년이 지나고 2022년 새해가 밝을 즈음, SGBC와 관련된 기사들은 다시 수면 위로 올라오기 시작하였다. 그 이유는 간단했다. 이제 보통 사람들의 상상력으로도 충분히 머릿속에 그려질 만큼, 아름다운 마천루의 모습이 서울 상공에 솟아올랐으니까.

[서우진의 작품, 삼성 글로벌 비즈니스 센터(SGBC). 새해 들어 공정률 95% 달성!]

[나선형으로 이어지는 그림 같은 커튼월 패턴의 변화. 디지털 건축의 정수를 보여준, 건축가 서우진의 SGBC.]

[2022년 5월 준공 예정? 서우진이 디자인한 SGBC는 세계에서 가장 아름다운 마천루가 될 수 있을까?]

[천웅건설과 WJ 스튜디오. "비록 세계에서 가장 높은 건물은 될 수 없겠지만, 가장 아름다운 건물을 지을 수 있도록 노력했다."]

SGBC가 끼고 있는 널찍한 대로인 영동대로는 강남에서도 차량 통행량이 압도적으로 많은 도로다. 때문에 건물의 완공이 다가올수록 SGBC의 사진은 많은 사람들의 스마트폰에 촬영될 수밖에 없었고, 봄이 되어 거의 윤곽이 다 드러났을 땐 지나가던 행인들도 건물의 아름다운 자태를 감상하고 갈 정도였다.

준공일을 한 달 앞둔 4월에는 공중파 뉴스에서 헬기까지 동원하여 항공 샷을 찍으며 앞다투어 뉴스에 보도할 정도. 그렇게 우진의 SGBC에 대한 관심도는, 준공이 다가올수록 자연스레 예열되고 있었고, 그에 따라 WJ 스튜디오 직원들도 들뜨기 시작하였다.

"윤 실장님, 어제 뉴스에 SGBC 뜬 거 봤어요?"
"당연히 봤지."
"그게 진짜 이제 다 지어져가네요."
"왜. 이 팀장. 감회가 새로워?"
"당연하죠! SGBC 설계에 제 지분도 쥐꼬리만큼은 있잖아요, 헤헤."

"뭐, 인정. 그때 다 같이 몇 날 밤을 샜었으니까, 하하."

"그나저나 SGBC 다 지어지면, 우리 사옥도 그쪽으로 이전했으면 좋겠어요."

"응? 그건 왜?"

"멋지잖아요. 그런 건물로 출근하면 뭔가 더 기분이 날 것 같아."

"아서라. 영동대교 타고 출근하다가 복장 터질 일 있나?"

"아… 맞다. 거기 차 엄청 밀리지."

하지만 이렇게 삼성 글로벌 비즈니스 센터에 대한 이야기를 하는 사람들 중 그 누구보다도 가장 SGBC의 완공을 기다리는 사람은 바로 우진일 수밖에 없었다. 이 SGBC 건물을 탄생시키기 위해 가장 많은 노력과 희생 그리고 기여를 한 사람.

'드디어…!'

그래서 5월의 어느 날, 우진은 아침부터 가슴이 두근대기 시작했다. 회사에 출근한 우진은 자리에 앉자마자 곧바로 누군가에게 전화를 걸었다.

띠리리링-

이어서 2천 년대에나 유행했을 법한 발라드가 잠시 울려 퍼진 뒤,

[여, 대표님.]

익숙한 목소리가 우진의 귓전으로 흘러들어왔다.

[땅- 따앙-]

시끄러운 공사 소리도 함께 들려왔지만, 우진은 개의치 않고 수화기에 대고 물어보았다.

"이사님, 현장 상황 어때요?"

[뭐가?]

우진의 전화를 받은 사람은 SGBC 현장에서 감리업체와 함께 최종 현장 점검 중인 WJ 스튜디오의 이사 박경완.

"마무리 잘되어가냐는 거죠."

[뭐, 그럭저럭?]

우진은 그를 향해, 은근한 목소리로 다시 물어보았다.

"그럼 오늘… 그거, 가능해요?"

처음 우진의 말을 알아듣지 못했는지, 경완의 대답은 곧바로 들려오지 않았다.

하지만 다음 순간,

[그거…? 아, 점등식?]

"네, 그거 말고 뭐겠어요. 흐흐."

우진이 무슨 얘기를 하는 건지 이해한 경완은 껄껄 웃으며 대답하였다.

[짜식이, 아주 몸이 달아 있고만?]

"당연하죠. 제가 이날을 얼마나 기다려왔는데."

[별일 없으면 6시 전에는 시마이할 거다.]

"그때까지 전기점검 다 끝난다는 거죠?"

[그래, 짜샤.]

경완의 시원한 대답에 우진은 헤벌쭉 걸린 미소를 숨길 수 없었다.

"그럼 저 6시까지 튀어 갈게요."

하지만 다음 순간 들려온 경완의 대답에, 다시 고개를 갸웃할 수밖에 없었다.

[6시는 너무 일러.]

"왜요? 늦어도 6시 전에 끝난다면서."

그리고 그런 우진을 향해, 경완의 장난기 어린 목소리가 다시 이어졌다.

[야, 생각해봐. 6시에 하는 점등식이 멋지겠냐, 8시에 하는 점등식이 멋지겠냐.]

"아…!"

[아마추어같이 왜 이러실까.]

경완의 그 대답에 우진은 고개를 절로 끄덕였고 말이다.

"흐흐, 역시 이사님뿐입니다."

점등(點燈)이란 말 그대로, 등에 불을 켜는 것을 말한다. 그러니까 건물의 점등식이라는 것은 건물에 들어가는 조명을 켜는 행사를 말하는 것. 당연히 그냥 켜는 것은 아니었다. 건물에 존재하는 모든 등을 일제히 켜거나 혹은 어떤 규칙성에 의해 아름다운 조명을 연출하거나.

건물에 들어가는 수많은 조명을 일제히 컨트롤하면서 일반적으로 보기 힘든 장관을 연출하는 것이 건물의 점등식이었던 것이다. 이것은 보통 준공 직전에 전기공사를 점검할 겸해서 하는 행사. 우진은 이 행사를 잔뜩 기대하고 있었다.

[시간 비면 6시에 밥이나 같이 먹자.]

"좋습니다. 삼성에서 먹을까요?"

[오늘 점등식도 하는데, 기념으로 한우 어때.]

"준공 날은 또 준공기념이잖아요?"

[당연하지. ㅎㅎㅎ.]

"뭐, 알겠습니다. 드시고 싶으신 거 예약해두세요."

[오오…! 역시 우리 대표님!]

경완과의 전화를 끊은 우진이 곧바로 전화를 건 곳은, 마케팅실의 내선 번호였다.

"실장님, 통화 괜찮으세요?"

[네, 대표님. 말씀하세요.]

"오늘 점등식, 일정대로 진행될 것 같다니까… 어제 말씀드렸던 준비 차질 없이 부탁 좀 드릴게요."

[하하, 알겠습니다. 그렇지 않아도 항공청에 다시 전화하려던 참이었습니다.]

"촬영 장비도 다 세팅해두셨죠?"

[물론이죠!]

마케팅팀과의 전화까지 끊고 나자, 우진은 의자에 몸을 푹 기대었다. 오늘도 해야 할 일은 꽤 많았지만, 일이 쉽사리 손에 잡히지 않았다. 그 이유는 당연히, 기분이 붕 떠있기 때문이었다.

철컥-

"으아…!"

잠시 몸을 기대어 눈을 감고 있던 우진은 가까스로 다시 마음을 다잡고는 일에 몰두하기 시작하였다.

딸깍- 딸깍-

점등식이 계속해서 머릿속에 아른거렸지만, 그래도 할 일은 해야 하는 법. 그리하여 5시가 조금 넘었을 때,

"저 먼저 가보겠습니다."

"대표님, 삼성동으로 가시는 거죠?"

"네, 팀장님. 작업 마무리하고 정리하시면, 팀장님도 바로 넘어 오세요."

"알겠습니다!"

짐을 챙긴 우진은 부리나케 삼성동으로 향했다. 그의 걸음걸이는 그 어느 때보다 빨랐다.

— * —

슬슬 여름이 다가오고 있어서인지, 아니면 그 어느 때보다 우진이 밤을 기다리고 있어서인지, 5월의 해는 꽤나 길게 느껴졌다. 시간은 저녁 7시. 식사를 마치고 경완과 함께 목적지로 향하던 우진은 문득 하늘을 보며 중얼거렸다.

"하늘이 아직도 밝네요."

"그러게. 점등식 일정을 9시로 잡을 걸 그랬나?"

"음… 뭐, 초저녁 하늘도 운치 있으니까요."

두 사람이 향하는 곳은 SGBC 현장이 아니었다. 오히려 우진의 차가 향하는 곳은 현장이 있는 곳의 반대 방향.

"야, 그런데 너 지금 어디 가는 거냐?"

"흐흐, 와보시면 알아요."

의아한 표정이 된 경완을 태우고 탄천을 따라 말없이 10분 정도 운전한 우진은 곧 엉뚱한 건물에 차를 대고 주차장에 내려섰다. 그러자 차에서 내린 경완이 의아한 표정으로 우진을 향해 물었다.

"야, 이제 시간 별로 없어."

"알아요."

"8시까지 돌아가려면 서둘러야 해. 아직도 차 막힌다?"

"돌아갈 땐 도로로 안 가니까 괜찮아요."

"뭐…?"

"그렇죠, 박 차장님?"

시선을 돌리는 우진을 따라, 경완의 시선도 자연스레 돌아갔다. 그곳에서는 낯선 한 사람이 건물 밖으로 나오고 있었고, 아직도 아리송한 표정인 경완을 둔 채 우진이 그와 악수하였다.

"하하, 서우진 대표님을 이렇게 직접 뵐 수 있어서 영광입니다."

"영광이라니요. 제가 뭐 대단한 사람도 아니고… 하하."

"충분히 대단하시죠. SGBC는 제가 출근길에 항상 지나는데, 볼 때마다 정말 감탄합니다."

"그렇게 말씀해주시니 정말 감사합니다."

낯선 남자와 우진이 대화를 나누는 동안, 경완은 주변을 두리번거렸다. 그리고 잠시 후,

'아…!'

경완은 여기가 어딘지 곧 깨달을 수 있었다. 우진은 경완을 데리고 헬기를 전문으로 취급하는 항공업체에 도착한 것이었다.

"여긴, 저희 회사 박경완 이사님입니다."

"아, 반갑습니다, 이사님. 박승철이라고 합니다."

"반갑습니다, 차장님. 박경완입니다."

차장의 안내를 받아 건물 안으로 들어가자, WJ 스튜디오에서 준비한 촬영팀이 이미 도착해있었다.

"대표님! 이사님!"

"하하, 다들 와 계셨네요."

그리고 잠시 후,

두두두두두-!

허공을 가르는 헬기의 날개 소리와 함께 일행은 하나씩 헬기에 탑승을 시작하였다. 미리 준비를 다해두었기에, 절차는 그리 오래 걸리지 않았다.

"왜 그래요, 이사님. 무서워요?"

"나 헬기 처음 타본다…."

"여기 헬기 두 번째 타는 사람은 없을 걸요?"

"…."

이윽고 헬기가 날아올랐고, 일행의 시야에 점점 서울 밤하늘 풍경이 들어왔다. 멀찍이 SGBC 건물이 보였지만 아직은 까만 실루엣일 뿐이었다. 우진과 경완이 헬기를 타러 온 사이 하늘은 제법 어두컴컴해졌고, 점등식 직전인 SGBC 타워에는 아무런 불도 들어와있지 않았으니까.

[탑승객 여러분, 꽉 붙잡으세요.]

항공으로 이동해서인지 헬기는 금세 SGBC 타워까지 도착하였고, 그 인근으로 천천히 접근을 시작하였다. 500미터가 넘는 건물의 위를 날고 있자니, 우진도 창밖을 내려다보기가 무서울 정도였다.

'비행기 탈 때랑은 완전히 느낌이 다르구나.'

일행이 헬기에 적응하고 있는 동안, 조종사는 능숙하게 SGBC 건물 인근을 빙빙 돌기 시작하였다. 그리고 헬기의 비행궤적이 안정됐을 즈음, 촬영 팀의 무전이 울리기 시작하였다.

[팀장님, 준비되셨습니까?]

"오케이, 이쪽은 준비 완료."

[이제 5분 전입니다. 예정대로 점등식 진행해도 되겠습니까?]

무전을 받은 촬영팀장이 반사적으로 우진을 응시하였고,

"대표님, 진행할까요?"

우진은 당연히 고개를 끄덕였다.

"네, 예정대로 가죠."

우진의 말이 떨어지자 무전은 끊어졌고, 촬영팀은 분주하게 장비를 한 번 더 점검하기 시작했다. 그리고 이렇게 3분의 시간이 흘러간 뒤,

[레디- 큐!]

짧은 무전음을 시작으로 거대한 SGBC 건물의 하단부에 조명이 들어오기 시작하였다.

띵- 띵- 띵-!

조명은 순차적으로 점등되었다. SGBC 건물의 커튼월 패턴의 배열을 따라, 규칙적으로 하나하나 들어오기 시작하는 새하얀 조명들. 마치 거대한 빛의 기둥이 솟아오르기라도 하듯 500미터가 넘는 높이를 휘감으며 타고 올라오는 조명의 모습은 말 그대로 장관

이었다.

"우, 우와…!"

누군가의 입에서 탄성이 흘러나왔고, 모두가 입을 쩍 벌리고 있었다. 상공에서 내려다보는 이 빛의 향연은 평생에 한 번 보기조차 힘든 아름다운 장관임이 분명하였다. 건물을 사선으로 휘감으며 하나씩 켜진 불빛은 이내 꼭대기 층까지 환하게 밝혔으며, 그것을 마주한 우진은 벅찬 감격을 주체할 수 없었다.

서울에서 가장 아름다운 건물.

앞으로 전 세계인들이 이렇게 평가하게 될 우진의 SGBC 타워가, 비로소 세상에 모습을 드러내는 순간이었다.

Epilogue

2022년 완공된 SGBC는 세계 건축업계에 새로운 바람을 불러왔다.

[한국에 방문한다면 꼭 가봐야 할 건축물 Best One.]

[크고 작은 모듈들의 융합과 조화. 그리고 그것들이 하나 되어 만든 아름다운 조형의 결정체 SGBC.]

우진이 가진바 모든 능력을 동원하고 심혈을 기울여 디자인·설계한 이 SGBC는 전 세계인들에게 강렬한 충격을 줄 만큼 아름다운 건축물이 되어 탄생했으니까. 그것은 누구도 부정할 수 없는 사실이었다. 얼마 전 세계건축협회장으로 부임한 세계적인 건축가 존 클레드가 이렇게 말했을 정도였으니 말이다.

[직선으로 비스듬히 솟는 듯 보이는 수많은 선들이 이어져 하나의 면을 만들었고]

[그 수많은 면들이 또 한 번 휘감기며 다시 거대한 곡선을 만들었다.]

[금방이라도 꿈틀거리며 튀어나올 것 같은 그 유기적인 면의 형상들은 다시 한번 정제된 패턴으로 건물의 외관에 녹아들었으며]

[그것으로 SGBC는 오로지 그만이 가진 아름다운 조형성을 완성해낼 수 있었다.]

[필자는 감히 말하고 싶다.]

[절제된 틀 안에서 가질 수 있는 궁극의 조형미란, 바로 이런 것이 아닐까?]

존 클레드의 이 이야기는 매체를 통해 일파만파 퍼져나갔다.

[세계건축협회장 존 클레드, 서우진의 SGBC를 최고의 건축이라며 극찬!]

["절제된 틀 안에서 가질 수 있는 궁극의 조형미" 건축이 받을 수 있는 최고의 찬사를 보낸 존 클레드.]

[한국에도 드디어 세계적인 건축가가 탄생했다?]

[세계적인 건축물로 인정받은 서우진의 SGBC.]

그리고 여론이 이쯤 흘러가자 이제 업계에서 주목하는 것은 바로 2023년도의 '프리츠커 건축상(Pritzker Architecture Prize)'이었다. 아직 한국에서는 단 한 명의 건축가도 수상한 적 없는, 건축 분야에서 세계 최고의 권위를 가진 프리츠커 건축상.

몇몇 국내 언론에서 올해의 프리츠커 건축상을 우진이 충분히 받아낼 수 있을 것이라 전망하였고, 그런 이야기가 스멀스멀 나오자 많은 사람들이 우진의 수상을 기대하기 시작하였다. '건축계의 노벨상'이라는 말이 있을 만큼 권위 있는 프리츠커 건축상을 우진이 받는다면, 그것은 충분히 국위 선양이라 할 만한 것이었으니 말이다.

WJ 스튜디오 내에서도 프리츠커 건축상에 대한 이야기들이 종종 흘러나왔다.

"대표님, 정말 프리츠커 받으실 수 있을까?"

"제발, 됐으면 좋겠다."

"그러게, 솔직히 대표님 정도면 받으실 만한데."

"나 요즘도 옥상에서 바람 쐴 때, 한 번씩 멍하니 SGBC 쳐다본다니까?"

"나도 그래. 진짜 맑은 날에는 한강 너머로 SGBC밖에 안 보여."

프리츠커상은 매년 1월 말까지 후보자 추천을 받는다. 당연하겠지만 우진은 많은 이들의 추천을 받아 그 후보 명단에 이름을 올렸고, 40여 개 국가의 500명 넘는 후보자들 사이에서 경쟁을 시작하였다. 사실 경쟁을 한다고 해서 우진이 해야 할 일은 없다.

지명된 후보자들을 심사하여 수상자를 선정하는 과정은 오롯이 프리츠커 가문이 운영하는 하얏트 재단의 재량이었으니까. 건축뿐 아니라 다양한 분야의 전문가 십여 명이 각각의 심사를 거쳐 비밀투표로 수상자를 선정하는 방식으로 진행되며 그 결과는 보통 3월에 발표된다.

그리고 심사결과,

[2023년도 프리츠커 건축상의 수상자는 대한민국의 서우진입니다.]

우진은 한국 나이로 35세에, 건축가로서 받을 수 있는 최고의 상을 손에 쥐게 되었다. 그리고 그것은 역대 수상자 중 최연소였다.

"이런 영광스런 상을 받을 수 있게 해주신 모든 분들께, 진심으로 감사드립니다."
"앞으로도 사회에 이바지할 수 있는 더욱 멋진 건축, 멋진 공간을 설계하기 위해 끊임없이 노력하겠습니다."

우진은 상금으로 받은 10만 달러를 그대로 한국건축재단에 기부하였다. 한국 돈으로 1억이 좀 넘는, 우진에게는 그리 크지 않은 수준의 금액이었지만 굳이 기부를 한 이유는 어떤 상징성을 포함한 우진의 개인적인 바람 때문이었다. 앞으로 한국에서 더욱 훌륭한 건축가가 많이 나올 수 있었으면 좋겠다는, 그런 바람. 우진의 그러한 의지는 많은 대중들에게 전해졌고, 덕분에 더욱 많은 사람들의 사랑을 받게 되었다.

그렇게 1년이 지났고, 또 2년이 지났다. 그리고 우진은 어느새 40대가 되어있었다.

— * —

사람은 망각의 동물이다. 때문에 영원히 잊을 수 없을 것만 같던 기억도 어느 순간이 되면 희미해질 수밖에 없다. 그 영원히 잊을 수 없을 것만 같던 기억. 우진에게는 그것이 바로 회귀였다. 시간을 거슬러 과거로 돌아온 그 기억만큼은 평생 선명할 줄 알았건만 어느새 우진은 새로 얻은 이 삶에 완전히 적응해버렸고, 20년이 지나는 동안 '회귀'라는 충격적인 기억도 희미해져버린 것이다.

그래서 2030년 2월 15일. 그날을 우진은 결코 기억할 수 없었다. 이날이 전생의 우진이 두 번째 삶을 얻었던 바로 그날이라는 것을 말이다.

"좋은 아침입니다!"

"대표님, 오셨어요?"

"오늘 오전 회의 있는 것 아시죠? 다들 준비하세요."

"네, 대표님!"

"오후에는 미팅 있으니까, 회의 늘어지면 안 됩니다."

그래서 그날도 우진은 여느 때와 마찬가지로 가벼운 마음으로 출근했고, 별생각 없이 업무를 시작하였다. 어제 올라온 결재를 전부 마친 뒤 오전에는 회의에 들어갔고, 오후에는 미팅을 위해 강남으로 이동하였다. 오늘 있는 미팅은 공교롭게도 꽤 중요한 미팅이었다.

"오늘 미팅이 어디라고 했죠, 이사님?"

우진의 질문에, 운전대를 잡고 있던 경완이 대수롭지 않은 목소리로 대답했다.

"아, 대치동. 거기 칠성 캐슬 단지 뒤쪽에 있는 빌라촌 알지?"

"엇…!"

"거기 드디어 이번에 사업 시행인가 나는가 보더라고. 진짜 언제까지 빌라촌으로 남아있으려나 했는데…."

경완은 운전대를 잡은 채 사업장에 대해 떠들었지만, 더 이상 우진은 그 이야기가 들리지 않았다.

'거기라면 분명….'

경완이 이야기한 그 빌라촌은 우진이 너무도 잘 알고 있는 곳이었고, 그렇기에 묘한 기시감이 들었으니 말이다.

"뭐야, 무슨 일 있어? 갑자기 왜 말이 없어, 서 대표?"

"잠깐만요. 뭐 확인할 게 있어서요."

우진은 스마트폰을 켜 지도를 펼쳐보았다. 그렇게 경완이 말한 위치를 다시 확인한 뒤, 스마트폰 배경화면에 시선이 머물렀다. 시간과 날짜가 정확하게 명시돼있는 배경화면.

1시 45분
2월 15일 수요일

오늘은 정확히 2030년 2월 15일 수요일이었고, 덕분에 드디어 우진은 기억해낼 수 있었다. 오늘이 바로 전생에 우진이 회귀했던, 바로 그날이라는 사실을 말이다. 일단 생각이 난 뒤에 헷갈리거나 할 일은 없었다. 우진은 정확히 20년을 회귀했었고, 2010년 2월 15일은 그의 전역 날이었으니까.

'어떻게 이런 우연이….'

우진은 온몸에 소름이 돋는 것을 느꼈다. 우연이라기에는 정말 너무도 공교로웠으니까. 물론 전생의 오늘은 이번 생의 오늘과 완전히 다른 하루였다. 그날의 우진에게는 오전부터 오후까지 하루 종일 안 좋은 일만 생겼지만, 우진이 살아가고 있는 오늘은 완전히 반대였으니까.

특별하게 좋은 일들이 있던 날도 아니었지만, 하는 일마다 어쩐지 술술 잘 풀리는 그런 날이었다고 해야 할까? 하지만 그런 다른 사실들과 별개로 하필 같은 날에 '그곳'을 가게 되었다는 사실만으로도 우진으로서는 온몸에 털이 쭈뼛쭈뼛 곤두서는 기분이었다. 생각이 여기까지 미치자, 갖은 걱정이 다 떠오르기 시작했다.

'설마, 다시 회귀하는 건 아니겠지?'
'아니면 이 모든 일들이 꿈이었다거나….'
'아냐, 절대로 그럴 수는 없어. 그건 불가능해.'

우진이 그런 생각을 떠올리는 사이, 경완의 차는 목적지에 도착하였다. 이곳은 회귀 이후, 우진이 딱 한 번 와봤던 곳이었다. 처음 회귀하여 전역했던 바로 그 주 주말에, 궁금했던 나머지 '그 집'에 한번 가봤으니까.

'그때는 분명 별것 없는 아주 평범한 집이었지.'

물론 그때 우진은 집에 들어가보지 못했다. 2030년과 달리 2010년에는 그 집에 살고 있는 사람이 있었고, 그래서 밖에서 볼 수밖에 없었던 것이다. 하여 우진은 그 뒤로, '그 집'에 대한 것들을 완전히 잊고 있었다. 한동안 생각할 여력이 없을 정도로 정신없이 살아왔기 때문일 터였다.

"조합사무실이 어디죠?"
"저 안쪽 허름한 단독주택이라고 하더라고."

"단독을 조합사무실로 개조했나 보네요."

"뭐, 어차피 사는 사람도 없는데, 비워둬서 뭐 하냐는 생각이었 겠지. 조합 입장에선 여길 조합사무실로 쓰면, 임대료를 아끼는 셈 이니까."

좁은 골목길을 따라 차를 몰고 들어간 경완은, 인근에 차를 세우 고 시동을 껐다. 개발구역 안은 차를 타고 들어갈 수 없을 만큼 좁 고 낙후돼있었기에, 여기부터는 걸어 들어가야 했다. 5분 정도 걸 어 들어가자 조합사무실이 나타났고, 우진은 고개를 두리번거렸 다. 이 근처에 우진이 회귀했던 바로 '그 집'이 있을 테니 말이다.

우진은 사무실에 도착하기 전 어렵지 않게 그곳을 찾을 수 있었 고, 발견한 순간 저도 모르게 마른침을 삼켜야 했다. 이제 아무도 살 지 않아 폐허가 된, 20년 전 오늘의 기억과 똑같은 모습을 한 그 집. 심장이 빠르게 뛰기 시작한 우진은 경완에게 잠시 양해를 구했다.

"이사님."

"왜?"

"아직 약속 시간 좀 남았다고 했죠?"

"한 20분 정도?"

"저 그럼 잠깐, 저기 좀 다녀올게요."

"저기…?"

이유를 모르는 경완은 고개를 갸웃하였고, 우진은 그런 그에게 간략하게 설명해주었다. 물론 회귀에 대한 이야기를 한 것은 아니 다. 다만 저곳이 아주 오래전 우진이 살았던, 그 집이라는 이야기를 해줬을 뿐이었다.

"아, 그런 이유가 있었어? 그래서 아까부터 심란한 표정이었구먼?"

"뭐… 그런 셈이죠."

"그럼 나 먼저 사무실 들어가있을 테니까, 얼른 보고 들어와라."

"네, 이사님."

우진의 옛날이야기에 피식 웃어 보인 경완은 먼저 조합사무실로 걸어 들어갔다. 그런 그의 뒷모습을 잠깐 응시한 우진은 마치 뭐에 홀리기라도 한 듯 천천히 걸음을 옮기기 시작하였다. 점점 더 가까워질수록, 우진의 기억이 선명해지기 시작했다.

그리 크지는 않지만, 아담한 이층집에 작은 마당까지 딸린 단독주택. 초등학생 시절 우진의 추억이 담긴, 그의 가장 행복했던 기억 속의 집. 그리고 마지막으로… 지금의 우진이 있을 수 있도록 만들어준, 회귀의 매개체.

대문 앞에 도달한 우진은 20년 전에 그랬던 것처럼 잠시 망설일 수밖에 없었다. 하지만 결국 그는 손을 뻗어 문을 열어젖혔고,

끼이익-

20년 전에 들었던 그 듣기 거북한 쇳소리와 함께, 철문이 천천히 열리기 시작하였다. 그가 집 안으로 들어가는 것을 제지할 사람은 당연히 아무도 없었다.

마당에 발을 디딘 우진은 다시 한번 마른침을 집어삼킨 뒤, 긴장된 표정으로 걸음을 옮겼다. 이어서 낡은 문고리를 잡았을 때,

철컹-

우진의 심장은 그 어느 때보다도 빠르게 뛰고 있었다.

— * —

우진의 눈앞에 펼쳐진 광경은, 지금까지 그의 심란함이 무색할
정도로 평범했다. 다 낡은 우산꽂이에는 거미줄이 잔뜩 쳐져있었
으며, 거실과 부엌 사이에 놓여있던 예쁜 무늬목 가구는 관리가 되
지 않아 반쯤 기울어져있었다.

대부분의 가구들은 원래 색감이 어떤 것이었는지 짐작하기 힘들
정도로 색이 바래있었으며 그 위에 쌓여있는 먼지는 잠깐 스치는
것만으로 손가락이 새까맣게 변할 정도였다. 그러니까 오늘 하루
가 20년 전의 하루와 달랐던 것처럼, 우진의 추억과 행복이 담겨있
던 이 집도 20년 전의 그날과는 달랐다. 그래서 우진은 안도할 수
있었다. 지난 20년이 실재(實在)하는 것이었음을, 다시 한번 확인
했으니 말이다.

"하, 하하….."

우진의 입에서 허탈한 웃음이 새어 나왔다. 이제 와 생각해보니,
그런 복잡한 생각들을 떠올렸던 것 자체가 민망하기도 했다. 이것
은 아마도 회귀 이후 우진이 한동안 마음속 깊은 곳에 가지고 있던
걱정. 그것에 대한 자기 방어기제였던 것 같았다.

"휴우."

머릿속이 정리되자, 이전에는 보이지 않던 것들이 보이기 시작
했다. 어쨌든 이 집은 우진이 유년 시절을 보냈던 그의 기억 속 가

장 아름다운 집이었고, 낡고 녹슬었을지언정 기억 속에 있던 그 구조가 남아있었으니 말이다. 물론 모든 것이 기억 속 그대로는 아니었다. 어떤 부분은 일치하는 것도 있었지만, 이렇게 놓고 보니 사실 대부분이 추억 미화에 가까웠다.

'뭔가 씁쓸하기도 하네.'

저벅- 저벅-

우진은 천천히 집 안으로 더 걸어 들어갔다. 다른 모든 상황들과 별개로 재개발이 확정된 이상 이 집은 곧 허물어질 것이었고, 그렇기에 이 모든 추억들을 두 눈 안에 담아두고 싶었던 것이다.

집 안을 천천히 살피던 우진은 잠시 후 뭔가 결심하기라도 한 듯 품속에서 작은 수첩을 꺼내 들었다. 이어서 우진의 볼펜이 수첩 위를 분주히 오가기 시작하였다. 이렇게 작은 수첩 위에 스케치를 그려 올리는 것은 오랜만이었지만, 우진의 펜대는 망설임 없이 쭉쭉 나아갔다.

금세 우진의 표정은 무아지경이 되었다. 희미했던 20년 전의 기억이 점점 되살아나기 시작했으며, 낡아 부서지기 직전인 집 안의 모습 위에 20년 전에 봤던 그 아름다운 공간이 덧입혀지기 시작했다. 그리고 다음 순간,

우우웅-!

우진의 수첩 주변으로, 황금빛 아지랑이가 피어오르기 시작하였다.

"…!"

그것을 발견한 우진의 펜대가 순간적으로 멈췄다.

'이건….'

펜대를 따라 스며드는 이 황금빛 선들이 우진의 눈앞에 나타
난 것은, 거의 십수 년 만의 일이었으니 말이다. 우진의 꿈이었던
SGBC 설계 때도 코빼기도 비추지 않던 골든 프린트가 다시 그의
눈앞에 모습을 드러낸 것.

하지만 놀란 것도 잠시 뿐, 우진은 기분 좋게 웃으며 펜대를 다시
움직이기 시작했다. 지금 우진에게는 이 금빛 선들이 어째서 다시
나타났는지, 그런 것은 중요하지 않았다. 다만 우진에게 가장 중요
한 것은 머릿속에 떠오른 영감이었다.

스슥-

우진의 펜이 움직일 때마다, 작은 수첩 위가 빼곡한 선들로 채워
진다. 우진이 아닌 다른 사람은 알아보기 힘들 정도로 복잡한 선들
이 그어졌고, 그 위에는 계속해서 황금빛 아지랑이가 넘실거렸다.
그렇게 10분 정도가 지났을까?

스하아아아-!

어느새 공간 전체를 채우고 있던 금빛 기류들이 우진의 스케치
위로 쭈욱 빨려들어갔다. 이어서 모든 금빛 기류가 전부 수첩 안으
로 빨려들어간 그때,

주우욱-!

우진은 방금까지 그린 그림을 수첩에서 주욱 뜯어 속주머니 안
으로 집어넣었다. 수첩은 미팅 때 꺼내어 써야 할 텐데, 방금 그린
스케치를 왠지 누구에게 보여주고 싶지 않았던 것이다.

'음, 너무 오래 머물렀나?'

수첩까지 주머니 속에 갈무리한 우진은 손목을 들어 시간을 확

인해보았다.

이어서 안도의 한숨을 쉬었다.

"다행이네."

체감상 꽤 긴 시간이 지난 것같이 느껴졌지만, 정확히 15분밖에 흘러가지 않았으니 말이다. 마치 시간이 느리게 가는 경험이라도 한 것 같았다.

우진은 고개를 들어 허름한 집을 다시 한번 눈에 담았다. 이어서 아무런 미련 없이,

저벅- 저벅-

천천히 집 밖으로 걸어 나왔다.

철컹-

그리고 우진은 오늘 이 곳에 오길 정말 잘했다는 생각을 하고 있었다.

— * —

우진은 시간에 딱 맞춰 조합사무실로 들어갔고, 미팅은 순조롭게 잘 끝났다.

"정말 잘 부탁드립니다, 서우진 대표님."

"하하, 최대한 열심히 디자인해서, 총회 때 멋진 모습 보여드리도록 하겠습니다."

"그나저나 서우진 대표님께서 저희 구역에서 유년 시절을 보내신 줄은 몰랐습니다."

"제 추억이 담긴 동네지요. 그런 만큼 더 멋진 집을 짓고 싶고요."

"그런 의미에서… 아르코 브랜드를 써주시는 건 안 되겠지요?"

"하, 하하. 아시다시피 그건 좀 어렵습니다. 여기도 물론 최고급 프리미엄 주거로 디자인하고 짓겠지만, 아르코는 아파트에 쓸 수는 없는 브랜드여서요."

"쩝, 아쉽지만 어쩔 수 없군요. 그럼, 총회 때 뵙겠습니다."

"감사합니다, 조합장님!"

미팅이 끝나고 사무실로 돌아오는 길, 경완이 궁금한 표정으로 우진에게 물어보았다.

"그나저나, 서 대표."

"네?"

"아까 그 집에 들어가선 뭘 한 거야?"

생각지 못했던 경완의 질문에, 우진은 잠시 움찔하였다. 뭐라고 대답해야 할지, 곧바로 답이 떠오르지 않은 것이다.

"뭐, 별거 했겠습니까. 그냥 추억 여행하고 온 거죠."

"그래?"

의미심장한 경완의 반문에, 우진이 다시 물었다.

"그런데, 그건 왜요?"

경완이 운전대를 돌리며, 머쓱한 표정으로 답했다.

"아, 아니. 그냥 궁금해서 물어본 거지. 아까 조합사무실로 들어오는 네 표정이 뭔가 몽롱해 보였거든."

"몽롱…하다고요?"

"뭔가 귀신 들린 사람 같았다고 해야 하나?"

경완의 말을 듣던 우진의 머릿속에 문득 잊고 있던 누군가의 얼굴이 떠올랐다.

'귀신이라.'

우진에게 '회귀'라는 선물을 준, 그러니까 지금의 우진이 있을 수 있도록 만들어준 한 사람의 얼굴.

'학철 아저씨….'

우진은 아직도 임학철이 어떤 존재인지 모른다. 그가 이야기했던 대로 그저 평범한 건축 디자이너였는지, 아니면 경완의 말대로 귀신인지, 그도 아니면 어떤 초월적인 존재인 건지. 하지만 그것과 별개로 우진은 한 가지 사실을 깨달을 수 있었다. 지금 회사에 복귀하자마자 뭘 가장 먼저 해야 할지를 떠올릴 수 있었던 것이다.

조수석에 앉아 창밖을 응시하던 우진은 수화기를 들어 누군가에게 전화하였다.

"실장님, 통화 가능하시죠?"

[네, 말씀하세요, 대표님.]

그리고 조금은 뜬금없는 이야기를 하기 시작하였다.

"제가 단독주택을 한 채 짓고 싶거든요?"

[단독… 주택이요?]

"괜찮은 부지가 하나 필요한데…."

[대표님 별장 지으시려는 건가요?]

"뭐, 그런 셈이죠."

뭔가 이야기를 하려던 우진이 잠시 말을 멈췄다. 문득 오래전의 기억이 다시 떠올랐기 때문이었다. 이번에는 20년 전의 기억도 아니었다. 우진이 살아온 시간으로 따지자면, 정확히 48년 전의 기억이었다.

[저는 아저씨가 부러워요.]
[으음…? 어째서?]
[아저씨는 건축 디자이너잖아요!]
[그래 뭐, 그렇다고 할 수 있지.]
[제 꿈이 훌륭한 건축 디자이너가 되는 거거든요.]
[아하.]
[아저씨는 제가 가진 꿈을 이룬 사람이에요. 그래서 아저씨가 부러워요.]

꿈을 이룬 아저씨가 부럽다는 우진의 말에 고개를 저으며 쓴웃음을 지었던 임학철의 모습.

[그렇지 않단다, 우진아. 오히려 이 아저씨는 네가 부럽구나.]
[왜요?]
[아저씨는 이제 더 이상 꿈을 꿀 수 없는 사람이거든.]
[응…?]
[아저씨의 한계는 별 볼 일 없는 건축사무소의 디자이너지만… 우리 우진이는 더 큰 꿈을 꿀 수 있잖니?]
[왜요? 아저씨는 세계 최고 디자이너가 되지 않을 생각이에요?]
[하, 하핫.]

우진은 이때 학철이 그저 멋쩍게 웃어넘겼던 것까지 기억하고 있었지만, 오늘은 이 뒷내용이 조금 더 떠올랐다. 그것도 무척이나 선명하게 말이다.

[음… 사실 이 아저씨도 한 가지 꿈이 있긴 해.]

[뭔데요?]

[아저씨가 예전에 설계하던 집이 하나 있는데… 어쩌다 보니 그걸, 끝까지 설계하지 못한 채 떠나게 됐었거든.]

[네에…? 떠나요?]

[그 설계를 다시 완성할 수 있다면, 바다가 보이는 아름다운 언덕 위에 그 집을 다시 지어보고 싶구나.]

[지금이라도 하시면 되잖아요?]

[아쉽게도 그럴 수가 없단다.]

[왜요?]

[그건… 비밀이다.]

우진은 이제 알 것 같았다. 아저씨가 끝까지 설계하지 못하고 떠났다는 그 집이 어떤 집인지, 어째서 그 설계를 완성할 수 없었던 것인지, 그리고 마지막으로 아저씨의 그 설계가 어떤 설계였는지에 대해 말이다.

'어쩌면 아저씨의 선물에 보답할 방법을 찾았는지도….'

우진이 그런 생각을 하고 있던 그때, 비서실장의 목소리가 다시 들려왔다.

[대표님…? 전화가 갑자기 맛이 갔나…?]

그리고 이 소리에 정신을 차린 우진이 다시 입을 열었다.

"바다가 보이는 예쁜 언덕이면 좋겠어요."

[네…?]

"그런 땅을 좀 찾아주세요."

[알겠습니다.]

"풍경이 최대한 아름다운 곳으로요. 땅값은 비싸도 상관없습니다."

[네, 대표님. 그렇게 하겠습니다.]

전화를 끊은 우진의 머릿속에는 이미 아름다운 단독주택의 모습이 그려지고 있었다. 경완의 물음에 대답하는 순간까지도 입가에 미소가 번져나가고 있었을 정도로 말이다.

"뭐야? 갑자기 별장? 대체 무슨 일인데?"

"갑자기는 아니고, 예전부터 생각하고 있던 거예요."

우진은 무척이나 후련한 표정이었다.

— * —

당연한 얘기겠지만, 2030년 2월 15일은 아무 일 없이 지나갔다. 그리고 그날 이후 우진은 매일 퇴근시간 이후 홀로 도면을 그리고 있었다.

"대표님, 퇴근 안 하세요?"

"조금만 있다가 할게요."

"요즘 저녁에 계속 무슨 도면을 그렇게 치시는 거예요?"

"하하, 그냥 개인적인 겁니다. 신경 안 쓰셔도 돼요."

우진이 그리는 도면은 다른 것이 아니었다. 회귀하기 직전 우진이 봤던 그 아름다운 단독주택의 모습. 그것을 다시 그려내기 위해, 조금씩 조금씩 도면을 그려 나갔던 것이다.

'여긴 이렇게 되면 될 것 같고….'

물론 그리 넓지 않은 단독주택의 도면 정도는 설계팀과 함께하면 하루 이틀 만에도 도면을 뽑아낼 수 있다. 하지만 우진은 이 도면만큼은 그렇게 하고 싶지 않았다. 처음부터 끝까지 혼자서 오롯이 그려낸 도면으로 시공팀에 공사만 맡기고 싶었던 것이다. 그래서 우진이 도면을 완성하는 데까지는 두 달 정도의 시간이 걸렸다. 짬짬이 나는 시간에만 작업했기 때문이기도 했지만, 심혈을 기울였기 때문이기도 했다.

그리고 이렇게 우진 한 사람의 손에서 완전히 그려진 도면은 동해가 보이는 어느 아름다운 언덕 위에 짓기로 하였다.

"여기 이 Site가 어떻겠습니까, 대표님."

"여기도 나쁘지 않긴 한데… 전 방금 전에 보여주신 땅이 더 마음에 드네요."

"음, 당장에야 여기가 조망이 가장 예쁘긴 하겠지만, 이곳은 한 가지 문제가 있습니다."

"그게 뭘까요?"

"영구조망이 아니거든요."

"아하."

"이 앞쪽 땅이 개발되기라도 하면, 아마 반쪽짜리 조망이 될 겁니다."

"아, 그건 상관없습니다, 실장님."

"네?"

"여기서부터 여기까지, 제가 전부 다 사버리면 되니까요."

"…."

일반적으로 단독주택의 공사기간은 철거부터 해서 4~5개월 정도를 잡는다. 그래서 6월에 시작된 공사는, 그해가 지나기 전까지 어렵지 않게 마무리될 수 있었다. 우진이 지으려는 집이 그렇게 커다란 규모의 단독주택도 아니었기 때문에, 시간은 오히려 단축되었다.

"대표님, 준공식은….."

"뭐, 제가 사적으로 지은 집인데, 그런 것까지 할 필요는 없습니다."

"알겠습니다."

"오늘 공사 마무리되면, 제가 요청 드렸던 대로 가구 세팅하고 깔끔하게 정리만 해주세요."

"넵, 대표님."

그래서 공사가 마무리된 바로 다음 날, 하루 휴가를 낸 우진은 홀로 차를 몰고 동해로 향했다. 고속도로를 달리는 동안 우진의 심장 박동은 점점 더 빨라지고 있었다. 어쩌면 오늘, 지난 20년 동안 마음속 한편에 가지고 있던 의문을 풀 수 있게 될지도 모른다는 생각이 들었으니 말이다. 그것은… 그냥 직감이었다.

'내 감이 맞았으면 좋겠는데….'

목적지에 도달하자, 멀리서부터 아름다운 2층 집이 우진의 시야에 들어왔다. 탁 트인 넓은 땅 위에 한 채의 집만 지어져있다 보니, 멀리서도 한눈에 들어왔다. 집 앞에 차를 댄 우진은 천천히 현관을 향해 걸음을 옮겼다.

저벅- 저벅-

이어서 문고리를 잡은 우진은 잠시 심호흡을 한 뒤 천천히 그것을 열어젖혔다.

철컹-!

그리고 다음 순간, 우진은 낯익은 얼굴을 마주할 수 있었다. 바로 방금 전까지도 생각하고 있던 바로 그 얼굴.

"…!"

우진과 눈이 마주친 학철이 빙긋 웃으며 입을 열었다.

[오랜만이구나, 우진아. 다시 만날 수 있을 줄은 몰랐는데….]

혹시 했지만 그러면서도 설마 했던 학철의 등장에 우진은 순간적으로 말문이 막혀버렸다. 그에게 묻고 싶은 것이 너무 많아서인지, 무슨 말부터 해야 할지 입이 떨어지지 않았다. 그런 우진을 향해 학철이 다시 입을 열었다.

[우진이 덕분에, 이 아저씨가 한을 푸는구나.]

"아저씨…."

[정말 아름다운 집이야. 내가 상상했던 것, 그 이상으로 멋져.]

점점 희미해지기 시작한 학철의 몸이 점점 금빛 아지랑이에 휩싸이기 시작했고, 그의 눈에서는 한줄기 눈물이 흘러내렸다. 그 모습을 보며 우진도 울컥하였다. 학철은 친구 하나 없던 우진의 유년 시절, 꽤 오랜 시간 유일한 친구가 돼줬던 아저씨였으니까. 우진의 입이 가까스로 떨어졌다.

"아저씨 덕분에 할 수 있었어요."

[아니, 그렇지 않단다. 네가 아니었다면 할 수 없었어.]

우진은 더 이상 말을 잇지 못했다. 그사이 학철의 모습은 완전히 흩어져 부서지며 사라졌다. 그리고 잠시 후, 우진의 귓전으로 학철의 마지막 한마디가 흘러들어왔다.

[우진이 넌, 내가 아는 건축가 중 가장 멋진 건축가였다. 이 아저씨에게만큼은… 세계 최고의 디자이너야.]

금빛 아지랑이는 전부 사라졌고, 학철의 모습은 더 이상 눈앞에 남아있지 않았다. 하지만 그 자리에서 우진은 가만히 선 채 한동안 움직일 수 없었다. 그것은 아마도 강렬한 여운이 남았기 때문이리라.

저벅-

잠시 후 걸음을 뗀 우진은 반년 전에 그랬던 것처럼 집을 한 바퀴 둘러보았다. 학철이 유년 시절의 우진에게 보여주었던 그 집. 우진이 20년 전, 전생의 마지막 날 볼 수 있었던 바로 그 집. 자신의 손으로 그 집을 결국 다시 지어낸 우진은 마치 오랜 친구가 남기고 간 숙제를 마친 기분이었다.

물론 그것과 별개로, '건축'이라는 영원히 끝나지 않을 긴 숙제가 하나 더 남아있었지만 말이다.

〈完〉

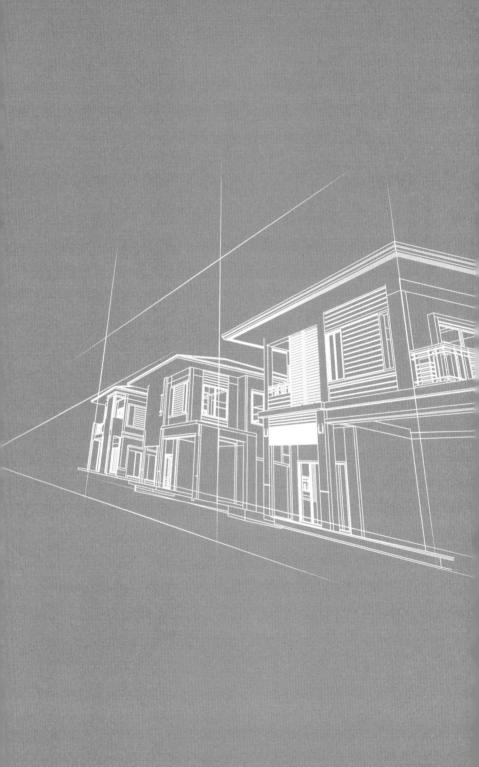